사상계, 냉전 근대 한국의 지식장

|민족문화 학술총서|74|

사상계, 냉전 근대 한국의 지식장

초판 1쇄 발행 2020년 9월 21일
초판 2쇄 발행 2021년 12월 17일

저자 김려실 김경숙 손남훈 이시성
펴낸이 이대현
편집 이태곤 문선희 권분옥 임애정 강윤경
디자인 안혜진 최선주 이경진 ㅣ **기획마케팅** 박태훈 안현진
펴낸곳 도서출판 역락 ㅣ **등록** 1999년 4월 19일 제303-2002-000014호
주소 서울시 서초구 동광로46길 6-6(반포4동 577-25) 문창빌딩 2층(우06589)
전화 02-3409-2060(편집부), 2058(영업부) ㅣ **팩시밀리** 02-3409-2059
이메일 youkrack@hanmail.net
역락홈페이지 www.youkrackbooks.com

ISBN 979-11-6244-580-8 93810

* 책값은 뒤표지에 있습니다.
* 잘못된 책은 바꿔 드립니다.
* 이 도서의 국립중앙도서관 출판예정도서목록(CIP)은 서지정보유통지원시스템 홈페이지(http://seoji.
  nl.go.kr)와 국가자료공동목록시스템(http://www.nl.go.kr/kolisnet)에서 이용하실 수 있습니다.
  (CIP제어번호 : CIP2020036532)

| 민족문화 학술총서 | 74 |

사상계,
냉전 근대 한국의
지식장

김려실
김경숙
손남훈
이시성

역락

사상계 윤독회

이 책이 세상에 나오게 된 계기를 말하자면 다소 우직한 이름으로 출발한 한 연구 모임으로 거슬러 올라가야 한다. 2011년에 '문학과 매체 연구'라는 대학원 강의에서 처음으로 『사상계』를 다룬 나는 종강 후에 학생들과 함께 '사상계 윤독회'라는 연구 모임을 결성했다. 이름 그대로 일주일에 한 번 모여 『사상계』를 읽고 토론하는 모임이었다. 발췌독이 아니라 정독이 그 모임의 취지였기에 우리는 '처음부터 끝까지'를 목표로 2012년 1월 6일부터 2016년 8월 2일까지 장장 5년 동안 『사상계』를 읽었다. 그사이 최대 20명이었던 모임의 인원은 이 책의 저자 수만큼으로 줄었다. 남은 우리는 우직하다기보다는 우둔한 것이 아닐까를 고민하며 다시 해제 집필을 위해 2017년부터 한 달에 한 번 스터디를 했다. 그로부터 삼 년 만에, 드디어 이 책이 세상과 만나게 되었다. 우리의 게으름과 뻔뻔함 때문에 십 년을 채울 뻔했지만 강산이 변하기 전에 연구 성과를 내게 되어 기쁘게 생각한다.

윤독회와 스터디를 거치는 동안 『사상계』 연구는 인문학 분야에

서 일종의 트렌드로 부상했고 다양한 관점으로 접근한 논문과 저서
가 나왔다. 그럼에도 이 책을 펴내기로 한 것은 읽으면 읽을수록 발
췌독과 키워드 연구(광범위한 배경 지식과 문맥에 대한 이해 없이 키워
드를 입력해서 검색한 인터넷 소스에 의존한 연구방식을 우리는 이렇게 부
른다)만으로는 '『사상계』와 그 시대'를 온전히 이해할 수 없다는 생
각이 들었기 때문이다. 막상 써보니 읽는 것 못지않게 방대한 분량
의 잡지를 한 권에 정리하는 것도 어려운 일이라는 점을 깨닫게 되
었다. 독자에게 『사상계』와 그 시대에 대한 지식을 제공하는 동시에
각자의 연구 결과를 담기에 적합한 글쓰기를 고민한 끝에 이 책은
다음과 같이 절충적인 방식으로 집필되었다. 제1부는 시대적 배경
과 『사상계』의 주요 담론을 연대순으로 정리했고, 제2부는 정치적
현실과 정권과의 대립 속에서 『사상계』 지식인의 대응과 변모를 다
루었으며, 제3부는 지식인 잡지였지만 전후 재건의 과정에서 종합
지로서의 역할도 했던 『사상계』의 다양한 면모를 볼 수 있는 글들로
구성했다.

한국의 냉전 근대와 『사상계』

『사상계, 냉전 근대 한국의 지식장』이라는 제목에 드러난 바대로
우리의 문제의식은 1950~1960년대 한국 지식인들이 분단국가 한
국의 근대에 대해 어떤 고민을 했는지를 읽어내는 것이었다. 선행
연구가 누누이 지적했다시피 『사상계』 지식인들은 대체로 서구적

근대와 민주주의를 도달해야 할 지향점으로 삼았던 계몽주의자들이었다. 그러나 그들의 냉전 근대(Cold War Modernity) 인식이 균일하지는 않았고 조국근대화를 슬로건으로 삼은 반공 개발주의 독재 정권과 맞서면서 그들 내부에도 분화가 일어났다. 따라서 제1부는 『사상계』 지식인들이 선도했던 주요 담론을 다루면서 지면에서 펼쳐진 논쟁도 함께 정리하여 가급적이면 그들의 다양한 목소리가 드러나게끔 했다.

한국사회가 나아가야 할 방향에 대해 『사상계』 지식인들의 사고와 태도가 분화를 보인 기점은 4월혁명보다도 한일협정 반대운동부터였다. 제2부에서는 『사상계』의 담론 지형이 어떻게 변화했는가를 4·19와 6·3이라는 결정적인 두 사건에 대한 지식인들의 대응을 통해 보여주려고 했다. 1950~1960년대의 편집위원회의 구성과 잡지의 지향점을 비교한 다음, 한일협정 반대운동이라는 실천의 영역에서 『사상계』 지식인들이 대학생층과 연대하여 대항 담론의 공간을 만들어가기 위해 어떤 노력을 기울였는가를 다루었다.

제3부는 그동안 상대적으로 연구가 소홀했던 화보, 연극, SF 문학 등을 조명함으로써 『사상계』 지식인의 냉전 근대 담론이 대중적 표상과 만나는 지점을 탐색했다. 이 책의 독자들은 문예란, 화보, 독자통신 등을 재음미함으로써 『사상계』가 수용했던 서구의 냉전 문화뿐만 아니라 화해할 수 없는 정치적 현실에 대한 알레고리를 통해 냉전 근대를 극복할 전망을 제시하고자 했음을 읽어낼 수 있을 것이다.

미완의 혁명에 대한 기시감

2012년 여름, 장준하 선생의 유골이 37년 만에 공개되었을 때의 충격과 그 이후 일련의 사건들은 우리가 장기간 사상계 윤독회를 지속할 수 있는 동력이 되었다. 그해가 저물자 우리는『사상계』를 고사시킨 독재자의 딸이 대통령이 된 나라에 살게 되었고 그 뒤로 영원히 회귀하는 역사 속에서 살고 있는 것이 아닐까라는 기시감을 주는 사건이 계속 이어졌다. 그중에서도 세월호는 가장 절망적인 사건이었으며 촛불혁명은 가장 희망적인 사건이었다. 그리고 지금, 혁명에 대한 기대감이 사그라진 이후 분노와 좌절감이 이 나라를 갈라놓고 뒤흔들고 있다. 꼭 60년 전 4월혁명 이후 한국사회의 상황과 닮아있지 않은가. 얄궂게도 4월혁명 이후 수립된 제2공화국의 집권정당과 지금의 집권정당은 이름이 같다. 그뿐만 아니라 신냉전 구도 속에서 심화되고 있는 한일 간의 역사전쟁과 무역전쟁은 해방 이후 최대의 반일운동이었던 6·3을 떠올리게 한다. 촛불혁명 역시 미완의 혁명인 것이다. 그와 같은 깨달음 뒤에 가장 먼저 떠올랐던 질문은 이런 것이었다. 그런데 지금 우리에게는『사상계』와 같은 공론장이 존재하는가?

그 질문에 쉽사리 그렇다고 대답할 수 없었기에 한국의 냉전 근대에 대한 우리의 연구는 지금도 진행형이다. 그럼에도『사상계』와 관련한 연구 결과는 일단락을 지어야 할 시점이 왔고 또 이제까지의 성과를 다른 이들과 공유해야 함께 앞으로 나아갈 수 있다는 판단 아래 지금의 형태로 책을 출간하게 되었다. 원고를 마무리하며 다시 읽어 보니 역시 아쉬운 부분이 많다. 그러나 후속 연구가 우리의 미진함을 보완해 줄 것이라고 믿으며『종합잡지『사상계』총목차 및 인명 색인』을 함께 펴내는 것으로 아쉬움을 접기로 했다. 창간부터 휴간까지 통시적으로『사상계』의 흐름을 짚어보고 싶은 분들이나 미시적 독서로『사상계』의 세부를 연구하고 싶은 분들의 길잡이가 되기를 바란다.

그동안『사상계』를 함께 읽고 공부했던 우리의 긴 여정이『사상계, 냉전 근대 한국의 지식장』의 출간으로 마무리되었다. 이 책을 민족문화 학술총서로 선정하고 지원해주신 부산대학교 한국민족문화연구소와 이 책과『종합잡지『사상계』총목차 및 인명 색인』을 함께 출판하여 후속 연구를 활성화하고자 한 우리의 제안을 수락해주신 역락 출판사에 심심한 감사를 드린다. 지면 관계상 일일이 거명하지 못하지만 함께 고민하고 토론했던 동학들,『사상계』관련 자료나 당시의 사실을 확인해주신 여러분들께도 감사의 말씀을 전한다.

2020년 6월
다시 학문의 바다로 함께 항해할 날을 기다리며
저자들을 대표하여 김려실 씀

목 차

제2부 『사상계』 지식인의 냉전 근대와 참여의 논리

제3부 『사상계』의 냉전 근대 표상

思 想 界

創刊號〔一九五三年四月〕 印刷
發行兼〔一九五六年六月〕號․ 發行 每月一日一回發行

4

1953

『사상계』 창간호

제1부

『사상계』
냉전 근대 담론의 추이

일러두기

1. 『사상계』를 인용할 경우 현대국어 맞춤법에 따라 표기했고 한자는 한글로 바꾸었으며 필요시에 괄호 안에 원어 또는 원문을 병기했다.

2. 인명, 제목, 기관명 등은 처음에만 괄호 안에 원어 또는 원문을 병기했다.

3. 아래 장과 절은 저자들의 기존 논문을 수정·보완하거나 일부를 발췌한 것이다.

제2부 제4장 김경숙, 「『사상계』의 편집 양식과 담론연구(1)」, 『민족문화논총』70호, 2018.

제2부 제5장 김려실, 「『사상계』 지식인의 한일협정 인식과 반대운동의 논리」, 『한국민족문화』54, 부산대학교 한국민족문화연구소, 2015.

제2부 제6장 이시성, 「대학생 담론을 통해 본 1960년대 『사상계』의 담론 지형 변화」, 『인문연구』제90호, 영남대학교 인문과학연구소, 2020.

제3부 제7장 김려실, 「화보로 읽는/보는 『사상계』 : 1960년대 『사상계』와 혁명의 망탈리테」, 『상허학보』57집, 2019.

제3부 제8장 김경숙, 「한국연극사에서 『사상계』의 위치연구 : 연극전문지 공백기 (1950~60년대)의 『사상계』 극문학 수록양상 중심으로」, 『한국문학논총』제79집, 한국문학회, 2018.

제3부 제9장 손남훈, 「『사상계』의 과학 인식과 「아이스만 견문기」의 비판 의식」, 『우리문학연구』제65집, 2020.

제1장

『사상』에서 4월혁명까지:
1952년 9월호~1960년 4월호

1950년~1960년의 주요 사건

1950년
6.25. 한국전쟁 발발

1951년
1.4. 후퇴, 10.21. 한일회담 예비회담 시작, 12.23. 임시수도 부산에서 자유당 창당

1952년
4.28. 샌프란시스코 강화조약 발효, 일본 주권 회복, 5.26. 부산정치파동 시작, 6.20. 국제구락부 사건, 7.7. 발췌개헌, 11.1. 미국, 태평양 에니웨톡 섬(Eniwetok atoll)에서 첫 수소폭탄 실험, 11.5. 아이젠하워 제34대 미대통령 당선

1953년
3.30. 휴전반대성명 발표, 6.21. 국회의 북진통일 결의, 7.27. 휴전협정 조인, 10.1. 한미상호방위조약 조인, 10.6. 제3차 한일회담개최

1954년
3.11. 신문소설 『자유부인』 논쟁 개시, 7.25. 이승만 대통령 미국방문, 8.17. 한국정부 한국인 대일왕래 금지, 10.26. 뉴델리 밀회 사건, 11.6. 유

엔총회에서 60개국 '원자력의 평화이용'공동결의안 제출, 11.17. 한국에 대한 군사 및 경제원조에 관한 한·미간의 합의의사록, 11.27. 사사오입 개헌

1955년
1.17. 최초의 원자력 잠수함인 노틸러스호 항해 시작, 7.22. 박인수 혼인 빙자 간음죄 무죄선고, 8월~12월 중립국감시위원단 철수 요구 궐기대회, 11.1. 베트남 전쟁 발발, 11.14. 미일 원자력협정 조인

1956년
5.5. 신익희 민주당 대통령 후보 급서, 5.15. 정부통령 선거, 9.28. 장면 부통령 저격미수 사건, 12.18. 유엔총회 일본의 유엔 가입 가결

1957년
5.25. 장충동 야당 집회에 정치깡패 난동 사건, 7.29. 국제 원자력 기구 설립, 10.4. 소련 인공위성 스푸트니크 1호 발사

1958년
1월 참의원 선거법 통과, 1.13. 조봉암·진보당 사건, 2월 신민법 공포, 12.24. 신국가보안법 파동(24파동)

1959년
2월~12월 재일교포 북송반대시위, 4.30. 『경향신문』 폐간 조치, 7.31. 조봉암 사형, 9.15. 태풍 사라호 발생

1960년
3.15. 부정선거, 4.11. 김주열 시체 발견, 4.19. 4월혁명, 4.28. 이승만 하야

1.『사상계』그리고 지적 공론장의 형성

『사상』에서 『사상계』까지

한국전쟁으로 모든 사회 체제는 급격히 재편되었으며 전쟁 중임에도 국가 재건의 의지가 사회 전반으로 확장되었다. 당시 지식인을 중심으로 "하상(河床)과 산록(山麓)을 막론하고 어디서든지 수업을 시작하라"는 구호 아래 재건을 위한 교육의 중요성과 새로운 사상의 필요성이 강조되었다.[1] 천막교실의 "공부하자 연구하자"는 표어나 노천교실에서도 책 읽기에 열중하는 어린 학생의 모습 등 제시된 아래 사진들(사진 1.1)은 모든 것이 피폐해진 전쟁 중임에도 교육열만큼은 뜨겁게 타올랐음을 보여준다.

사진 1.1 ‖ 한국전쟁 중 천막교실(좌), 노천교실(우)

---

1   최규남, 「인테리에 고함」, 『경향신문』, 1952.5.2. 2면.

한편, 계몽적 문화사업의 실천을 요청하는 목소리도 높았는데 1952년 12월 13일 자『동아일보』사설을 통해 이를 들을 수 있다.

> 민주국민으로서의 생활태도 철학 습관 또는 실천으로 지향하기 위하여서는 교육기관을 유독 학교에만 국한할 것이 아니라 전 가정 전 국민의 생활을 향상시킬 목적으로 언론계 종교계 정당 사회단체 등이 연대책임을 지고 상호 협력하고 부조하고 편달하여 우리의 대를 이을 청소년 교육에 만전을 기하도록 하는 것이 국가백년대계에 제일 큰 일이라는 것을 각자가 철저히 인식하여야만 될 것이다.[2]

또한 신문, 방송 매체 등 언론의 제 기능을 요구하는 한편 계몽적 문화사업의 일환으로 "출판문화의 향상과 융성"을 위한 '출판계 대기업화'가 제시되기도 했다.[3] 그리고 임시수도 부산에는 서울대학교와 부산지역 국립대학에 기초를 둔 전시연합대학이 설치되어 재건 인재의 양성에 조력한다(사진 1.2).

당시 부산은 후방이라는 심리적 안정감, 넘쳐나는 지식 생산자, 새로운 정보와 선진 문물에 대한 대중의 폭발적인 호기심 등 각종 매체 부흥에 필요한 긍정적 요인이 풍성한 상태였다. 즉 피난 온 전

---

2   『동아일보』, 1952. 12. 13. 1면.
3   이하윤, 「문화운동의 명일의 교차점에서」, 『경향신문』, 1953. 1. 1. 3면; 「출판계를 정화하라」, 『경향신문』, 1952. 10. 15. 1면; 윤경섭, 「출판고언」, 『경향신문』, 1952. 9. 26. 2면; 「전시행정의 검토」, 『동아일보』, 1952. 5. 8. 1면.

국의 문인, 교수, 언론인 등 지
식인들이 총집결함으로써 이
도시는 거대한 '지적 공론장'의
면모를 갖추게 되었던 것이다.

사진 1.2 ‖ 전시연합대학 사열식(1951.4.14)
ⓒ 국가기록원

이러한 배경을 바탕으로 피
난지를 중심으로 한 잡지매체
의 발간과 유통이 매우 활발했
다. 따라서 전쟁에도 불구하고
1950년대는 잡지문화의 르네

상스기로 불리기도 한다.[4]『사상계』는 이와 같은 분위기 속에서 '사회
적 空器가 되는 잡지'라는 소명의식을 품고 탄생했다. 장준하는 1953
년 4월 1일에 문교부 산하 국민사상연구원 기관지『사상』을 인수해
월간 종합교양지 형식의『사상계』를 발간했다.『사상』과『사상계』의
편집후기는 두 잡지가 공통적으로 지향하는 바를 보여주고 있다.

이 겨레의 활로를 개척함에는 (…중략…) 세계적인 사
고가 요청된다.『사상』은 실로 이러한 역사적 사명을 느껴
나서게 되는 바이므로 그 편집에 있어서도 특히 연구적이
며 이념적인 것에 치중하였다.

—『사상』, 1952년 9월 창간호 편집후기, 134쪽.

---

4   정진석,『한국잡지역사』, 커뮤니케이션북스, 2014, 76쪽.

『사상』 속간을 위하여 편집하였던 것을 『사상계』란 이름으로 내어놓게 된다. 동서고금의 사상을 밝히고 바른 세계관 인생관을 확립하여 보려는 기도(企圖)는 변함이 없는 것이다.

—『사상계』, 1953년 4월 창간호 편집후기, 201쪽.

곡절 많은 발간과정[5]을 겪었던 『사상계』가 밝힌 편집목표는 위에서 보다시피 바른 세계관·인생관의 수립이었다. 이는 이 겨레의 활로를 개척하는 세계적 사고의 요청에 부응하기 위해 연구적이며 이념적인 것에 중점을 두었던 『사상』과 같은 맥락이다. 즉 『사상』에서 『사상계』로 장준하의 철학이 고스란히 이어졌음을 확인할 수 있는 대목이다.

장준하는 인간 문제야말로 철학의 궁극적 과제라고 강조하면서 창간호에 인간 문제를 특집으로 기획하는데 이로써 이 잡지의 휴머니즘적 지향은 더욱 뚜렷해진다. 창간호에는 동서의 인간관의 연원을 철학적, 종교적, 문화적, 사회적으로 살핀 글들이 게재되었다.(「인

---

5   10주기 추모문집간행위원회, 『장준하문집 3』 78-83쪽. 장준하는 광복군 시절 발간했던 『등불』, 『제단』에 이은 『사상』에 애착이 강했다. 하지만 미국공보원의 용지 무상지원에도 불구하고 계속되는 결손으로 『사상』의 발행이 어려워지자 국민사상연구원에 사표를 낸다. 장준하의 전폭적 지지자였던 백낙준이 당시 문교장관을 사임했고 새 장관은 잡지발행에 무관심했다. 정태섭(연세대 교무처장)의 제안으로 '사상'에 '계'를 추가하여 『사상』의 판권 문제를 해결하고 『사상』 5호를 위해 모아둔 원고와 백낙준의 금전적 도움으로 어렵게 『사상계』를 발행한다. 銅版代 2천 2백환을 부인의 겨울 옷가지를 내다판 돈으로 해결했다는 일화에서 당시 상황을 단적으로 짐작해 볼 수 있다.

간과 문화」(7),「인간 생활과 종교」(16),
「인간과 교육」(31),「동양인의 인생관」
(43),「인간에 대한 소고 : 기독교적 입장
에서」(53),「불교의 인생관」(61),「칸트의
인생관」(71),「인간변질론」(86))

사진 1.3 ‖ 『사상계』 창간호

지식인 독자를 겨냥한 이 글들은
독자의 수준 높은 독해력이 필수로
요구되었다. 때문에 발간 당시 실수
요에 대한 우려가 있었으나 창간호
3,000부는 발간과 동시에 매진되었
다. 전쟁 중임에도 지적·학문적 동향을 파악하고자 한 당대 지식인
들의 호응이 상당했기에 가능했던 일이다.

　『사상계』가 당시 민중의 계몽과 교육에 집중했음은 1953년 7월
호를 통해 명확히 나타난다. 이 호에 실린 6편의 글은 『사상계』가 타
깃으로 하는 주 독자층이 학생과 지식인이었음을 증명하듯 교육과
계몽의 특성을 강하게 띠고 있다. (「한국교육의 당면문제」(123),「중등
교육의 기본원리」(129),「훈육론의 재고」(162),「학구와 자유」(169),
「자유를 위한 교육」(176)) 또 지식인들 특히 대학생 독자를 염두에
둔 편집은 이후로도 계속되는데 1955년 6월호는 아예「학생에게 보
내는 특집」을 기획하여 전체 내용을 학생 관련으로 구성한다.

　『사상계』가 발간되었던 18년(『사상』 포함, 1952.9~1970.5)의 기간
은 한국전쟁, 4·19, 5·16, 한일회담 등의 정치사와 함께 한 기간이

다. 때문에『사상계』는 민감한 정치 사회적 사안에 대해 비판 담론을 쏟아내는 정론지의 성격이 강했다. 하지만 남북통일 문제 및 노동자 문제 등의 현실적인 논쟁은 물론 선진외국의 문화, 학술 이론의 번역 소개와 정치, 경제, 사회, 문학, 예술 등 각 분야를 망라한 각개 권위자들의 글 또한 다양하게 게재되었다. 또한『사상계』는 1955년 2월호부터 문예란을 신설한 후 당대를 대표하는 문인들의 활동 무대도 본격적으로 제공한다. 특히 신인문학상과 동인문학상을 제정하여 역량 있는 신인 발굴에도 적극적이어서 문예지에 필적할 만했다.

한마디로『사상계』는 전후 한국사회가 처한 지적 갈증을 해소해 준 단비였다. 이 잡지는 당대 각 분야의 전문가들이 편집위원회를 결성하여 지적 연대를 확장했을 뿐만 아니라 대학생 중심의 젊은 세대를 주 독자층으로 포괄하여 전후 한국사회의 지식 담론을 주도했다. 현재도『사상계』의 발간이 광복 이후 오늘에 이르기까지 한국 지성사에 가장 큰 영향을 끼친 사건으로 꼽힌다는 점에서 당대의 지식장으로서 이 잡지의 위상을 가히 짐작할 수 있다.[6]

---

6   2005년 8월 20일『교수신문』은 2005년 광복 60주년을 맞아 KBS와 공동으로 '한국 지성사의 풍경'이라는 기획을 마련해 분야별 학자 100명을 대상으로 심층 설문조사를 한 적이 있는데 한국 지성사에 가장 큰 영향을 미친 저술과 인물, 사건 분야에 종합잡지 '사상계'를 1위로 꼽았다. 윤무한,「사상계와 장준하 : 건국 60주년 특별 연재/책으로 본 한국 현대인물사④」,『신동아』, 2008년 11월호.

편집위원회 구성과 편집 방향

『사상계』는 언론이란 항상 민중 편에 서서 치자의 그릇된 정치로부터 그 민중을 보호하고 치자(治者)의 비정을 가차 없이 고발하고 또한 민중을 대변하는 것이 그 본길'[7]이라는 장준하의 투철한 언론관을 바탕으로 발행되었다. 더불어 민감한 시대적 사안마다 쓴소리를 마다하지 않았던 『사상계』의 진정한 힘은 편집위원회(장준하 포함)에서 나왔다.

발간 초기에 장준하는 잡지의 기획, 원고청탁, 정리, 편집, 교정, 조판, 판매, 수금에 이르기까지 모든 업무를 혼자서 처리하며 고군분투했다. 김재준, 김기석, 오영진, 홍이섭, 정태섭, 엄요섭, 김병기가 편집자문위원으로 존재했고(1953.7) 전택부가 보강되기는 했으나(1954.9~12) 제대로 된 편집진용이라 하기에는 미흡한 면이 많았다.

장준하 1인 체제를 마감하고 본격적인 주간 주재의 편집위원회가 갖춰진 것은 1955년 1월이었다. 이때 명시된 편집위원은 주간 김성한과 장준하, 엄요섭, 홍이섭, 정병욱, 정태섭, 신상초, 강봉식, 안병욱, 전택부 이렇게 10명이다.

각 분야의 전문가들로 포진된 『사상계』 편집위원회의 구성은 이용성의 표현을 빌리자면 잡지를 매개로 한 최초의 지식인 집단이 출범했다는 의미였다.[8]

---

7   10주기추모문집간행위원회, 앞의 책, 33쪽.
8   이용성, 「『사상계』의 지식인과 잡지이념에 대한 연구」, 『출판잡지연구』 5호, 출판문화학회, 1997, 56쪽.

1955년 2월에는 대만 유학에서 돌아온 김준엽이 편집위원에 합류한다. 당시 고려대 교수였던 김준엽은 광복군 시절 장준하와 함께 『등불』과 『제단』을 발행했던 인물이다. 김성한은 그의 등장을 "『사상계』가 일치단결해서 동지적으로 뭉치고 후일 크게 비약할 계기"[9]로 평가했다. 김준엽이 편집위원에 기명된(1955년 7월호) 때에 편집위원회 결성 후 처음으로 개편이 있었다.[10] 이에 김성한이 문학을, 안병욱이 교양을, 김준엽이 정치·사회를 분담하면서 『사상계』편집위원회는 더욱 전문화된다. 평화적 남북통일, 자유민주주의, 경제부흥, 전통문화계승, 복지사회건설로 기본 편집 방향을 밝힌 '사상계헌장'이 8월호부터 게재된 것도 편집위원회가 뚜렷한 목표를 가지고 활동하였음을 뒷받침한다.

이미 알려진 바와 같이 『사상계』편집진 대부분은 1920년을 전후로 출생한 서북 출신의 젊은 지식인들로 구성되었다. 장준하와 김준엽, 안병욱, 양호민, 신상초, 황산덕, 오영진과 같은 주요 편집인이 모두 평안도 출생이다. 또 편집위원은 아니지만 주요 필자인 함석헌, 김재준, 백낙준, 김성식, 김기석, 선우휘, 이범선 등의 주요 필진들도 북한 출신이었다.[11] 이에 김건우는 '오산문화', '숭실문화'의 자장에 속해 있으면서 지맥과 학맥 상, 분명한 구심과 뿌리를 가지고

---

9 『사상계』 1963년 4월호 276쪽.
10 『사상계』 원전에는 편집위원회의 첫 개편이 1958년 4월로 공식기록 되어있다. 따라서 1955년 7월의 개편은 김준엽의 합류를 통한 비공식적 상임위원회의 성격을 띤다고 하겠다.
11 편집위원의 세부 정보는 이 책의 제2부 제4장을 참조.

있던 이들을 두고 '『사상계』지식인 집단'이라 명명했다.[12]

『사상계』의 편집위원회는 대부분 당시 주요 대학의 교수였고 언론인 문인 등으로 구성된 지식인 집단이었다. 또 발행에 앞서 여러 번의 편집회의를 거쳐 매호를 철저히 기획했던 탓에 공정의 대명사로서 그 권위가 대단했다. 편집위원회의 전성기 때는 412면의 지면으로 9만 7천 부의 판매부수를 자랑할 만큼 독자의 호응도 전폭적이었다.[13] 그 당시 대학생들이 이 잡지를 유행처럼 끼고 다닐 정도였으니 담론의 생산자인 동시에 수신자이기도 했던 『사상계』 필진들이 대학사회에 미친 영향력 또한 쉽게 가늠할 수 있다.

한편 『사상계』의 흥망성쇠가 편집위원회 체제의 도입 및 해체와 밀접하게 연관되어 있음에 주목해야 한다. 『사상계』의 전성기는 편집위원회가 정식으로 결성된 1955년부터 편집위원회가 해체된 1965년 10월까지라고 보는 관점이 일반적이다. 1965년에서 1966년으로 넘어가는 시점에 『사상계』는 사실상 종말을 고했다는 진단은 편집위원회의 붕괴를 그 근거로 삼는다.[14] 『사상계』의 역대 주간은

---

12 김건우, 『사상계와 1950년대 문학』, 소명출판, 2003, 11쪽.

13 『사상계』의 판매부수에 대해서는 여러 곳의 자료를 종합해 볼 때 창간기는 3,000부, 문예란이 보강된 1955년 6월호에 6,000부, 12월호에 1만부 돌파, 1956년에 3만부, 1960년 4월 412면의 부피로 9만 7천 부에 다다라 최고 정점을 이루었다고 보인다. 『사상계』의 지면이 가장 많았던 때는 540면(1963년 4월 10주년 기념호)이지만 판매부수는 1960년이 절정이었다.
    김병익, 『한국문단사』, 일지사, 1973, 213쪽; 『장준하문집3』, 10쪽, 117-123쪽; 김준엽, 『장정 5』, 나남, 2015, 90쪽; 최덕교, 「한 시대의 등불, 큰 잡지 사상계」, 『한국잡지백년3』, 현암사, 2004. 501-505쪽; 김삼웅, 『장준하 평전』, 시대의 창, 2009, 404쪽.

14 김건우, 「『사상계』그룹의 와해와 대학의 변화」, 『대한민국의 설계자들』, 느티나무책방, 2017, 90쪽.

총 5명으로 김성한, 안병욱, 양호민, 김준엽, 지명관이다(사진 1.4). 주간의 변동은 편집 양식의 변동을 가져오곤 했는데 그런 현상은 편집자의 의견이 잡지에 적극적으로 반영되었다는 의미이며『사상계』의 특성을 편집진의 특성에서 찾는 이유이기도 하다. 월남지식인이었던 편집진이 사상뿐만 아니라 지역적 연고로 강한 결속력을 띤 것이 지적 공론장을 형성하는 면에서는 긍정적으로 작용했으나 이념적, 지적 편향이라는 단점은『사상계』의 한계였다.

사진 1.4 ‖ 장준하와『사상계』역대 주간

2. 1950년대 『사상계』의 주요 담론

반공주의 담론

한국전쟁을 거치며 반공주의는 모든 이념 위에 군림하는 가장 강력한 이념으로 자리 잡았다. 휴전 후 이승만은 이 무소불위의 이데올로기를 무기로 정적을 제거하며 종신집권의 길로 나아갔다. 조봉암의 처형이 그 대표적 사례였다. "내 죽음이 헛되지 않고 이 나라의 민주 발전에 도움이 되기 바랄 뿐"이라는 그의 유언이 무색하게도 반공법 위반에 대한 무죄가 선고되기까지는 무려 52년의 시간이 걸렸다.[15]

극단적인 관제 반공이데올로기가 강요되던 1950년대에 월남의 이유를 불문하고 이북에서의 삶의 근거를 버리고 이남을 선택했다는 공통점을 가진 『사상계』 편집인들 역시 반공주의로부터 자유로울 수 없었다. 반공주의는 남한 지배층의 기득권 유지를 위한 유용한 통제 및 관리의 도구였으며 월남지식인들에게는 자기

사진 1.5 ∥ 진보당 사건으로
재판받는 조봉암

---

15 조봉암의 평가는 2020년 발견된 구소련 극비 외교문서 등을 종합하여 향후 연구가
    필요한 부분이다.

의 이념적 순수성을 증명할 수 있는 절대적 방법이었다. 때문에 이들의 '반공주의'는 남한 태생 지식인들에 비해 몇 곱절 강하게 내면화되었다고 볼 수 있다. 반공주의는 계몽주의, 민족주의, 반독재 민주주의, 친미주의와 함께 『사상계』 전체를 관통하는 중심 이념이었고 『사상계』 특집의 20%를 차지할 정도로 중요하게 다루어진 담론이기도 했다.[16]

1950년대의 『사상계』는 "이 지구상에 공산주의가 존재하는 한 인류의 평화는 근본적으로 안정될 수 없다."며 공산주의에 대해 일관되게 반대한다.[17] 발간 초기에는 공산주의=괴물과 같은 노골적이고 적대적인 표현도 자주 등장했다. 이런 단면만 본다면 『사상계』 지식인들의 반공이데올로기를 반공을 국시로 하던 당시의 정책과 동일한 것으로 오해할 수도 있다.

하지만 『사상계』의 반공담론은 당시의 관제 반공주의와는 결을 달리했다. 결론부터 말하자면 『사상계』의 반공담론은 공산주의에 대한 무조건적인 반대나 비판보다는 분석을 통해 이 체제의 허구성을 입증하는 데에 더욱 치중했다. 예를 들어 휴전 전에 문교장관을 지낸 연세대 총장 백낙준은 "3차 대전을 피하고 싶은 자유진영의 의중을 간파한 공산진영이 한국전쟁을 세계제패의 호기로 알고 광범위한 침략을 계속하고 있는 것"으로 공산진영의 검은 의도를 분석했다. 그는 자유진영의 완전한 승리가 확정될 때까지 어중간한 타협

16　김경숙, 『『사상계』의 문예 전략 연구』, 부산대 박사논문, 2019, 27쪽.

17　김창순, 「공산주의의 운명」, 『사상계』, 1956년 11월호, 102쪽.

즉 섣부른 휴전은 안 된다고 경고했다.[18]

『사상계』의 공산당에 대한 분석이 얼마나 심층적이었는지는 1954
년 2월호에서 다룬 '소련의 제문제'라는 특집을 보면 알 수 있다. 「소
련 공산당과 국가기구」, 「소련 민족정책의 변천」, 「소련 내의 민족자
결」, 「소련 외교와 이데올로기」, 「소련의 노동정책」, 「말렌코프의 가
는 길」 등이 편성되었다. 또 이 특집 이후 6개월 만에 하버드 대학교
의 사회학자인 무어(Barrington Moore Jr.)의 논문을 시리즈로 게재하

사진 1.6 ‖ 공산당의 감시체제를 풍자한 만화(『사상계』,
1956년 11월호, 105쪽)

18 백낙준, 「한국전쟁과 세계평화」, 『사상계』, 1953년 6월호, 4쪽.

여 소련의 정치, 사회, 경제에 대해 상세하게 분석하기도 했다.[19] 공산주의 종주국에 대한『사상계』의 관심이 어느 정도였는지 짐작이 된다. 언론인 신상초의 중공양당의 대립투쟁을 다룬 글이나[20] 공산주의가 주장하는 민주주의론의 허상을 비판한 양호민의 글도『사상계』가 단순한 반공논리에만 머무르지 않았음을 보여주고 있다.[21]

이밖에도 1950년대『사상계』는 공산권의 문화, 공산주의의 기원인 맑스에 대한 분석, 나치즘과 공산주의에 대한 비교, 공산사회의 지도자나 지식인, 공산혁명의 과정, 공산권 수장인 스탈린의 생애 조명, 공산주의의 동요와 몰락, 공산주의 기구, 중공의 종교정책, 공산권의 예술, 소련의 경제, 소련 스파이의 필요 이유 등 공산주의와 관련된 주제를 거의 매호마다 다루었다.[22] 대부분 공산주의 이론에 정통한 세계 석학들의 논문과 이론을 번역하거나 소개하는 글이었고 편집진 중 신상초, 김상협, 김준엽, 양호민, 한태연이 주로 그 글들을 검토했다. 이처럼『사상계』의 반공담론은 공산주의에 대한 배타적 감정으로 치닫기보다는 공산주의에 대한 이해와 분석을 통하여 대응을 모색하는 데에 초점을 맞추고 있다. 때에 따라서는 반공주의를 위협하지 않는 자유민주주의에 대한 모색, 즉 중립론을 옹호

---

19 배링턴 무어, 강봉식 옮김,「현대소련정치의 모순과 고민1, 2 : 스탈린식 평등론」,『사상계』, 1954년 8월-1955년 1월호.
20 신상초,「현대중국혁명의 사적고찰」,『사상계』, 1953년 6월호, 153쪽.
21 양호민,「소비에트·민주주의론」,『사상계』, 1953년 7월호, 17쪽.
22 『사상계』가 다룬 공산주의 관련 글의 게재 월호는 김경숙의 앞의 논문 28-29쪽을 참조할 것.

하기도 했다.

정리하자면 1950년대는 권력 유지를 위한 정부 주도의 극단적 반공논리가 사회에 표면화되어 있었지만 또 다른 이면에는 지식인들을 중심으로 공산주의에 대한 끊임없는 성찰과 분석, 이해의 작업이 지속되었다. 이 담론의 중심에는 어김없이 『사상계』가 위치하고 있었다. 이것은 당시의 이승만 정권이 지향하던 극단적 반공논리에 대한 지적 도전으로 비춰졌고 『사상계』와 정치권의 갈등이 발아한 이유 중 하나였다.

서구 선진문화 수용 담론

1950년대 『사상계』는 "한국의 후진성을 극복"한다는 목적 아래 선진 문화(특히 미국문화)의 수용에 적극적이었다. 새로운 지식, 이론, 사상을 만들어가기 위해 외국, 특히 서구의 매체, 언론을 적극적으로 탐사한 것은 『사상계』의 주요한 특징이다.[23] 1950년대 『사상계』를 통해 세 차례 이상 번역 소개된 사상가는 버트런드 러셀, 라인홀트 니버, 시드니 후크, 아놀드 토인비이다.[24] 『사상계』는 이들이 설파한 자유와 민주주의 사상을 대부분 논문 분량 그대로 소개했다.

---

23 권보드래, 「『사상계』와 세계문화자유회의 : 1950-1960년대 냉전이데올로기의 세계적 연쇄와 한국」, 『아세아 연구』, 제54권, 고려대학교동아세아문제연구소, 2011, 246-247쪽.
24 권보드래, 「실존, 자유부인, 프래그머티즘」, 『아프레걸 사상계를 읽다』, 동국대학교출판부, 2009, 94쪽.

『사상계』가 선진문화에 대한 탐사를 적극적으로 시작한 때는 편집위원회의 구성 시기와도 정확히 일치한다. 국외의 소식을 전하기 시작한 '내외전망' 코너가 1955년 1월호부터 신설되었고 1955년 9월호부터는 내외전망란 안에 '움직이는 세계'를 추가로 개설하여 서구의 동향을 좀 더 면밀히 전달했다. 또『사상계』가 서구의 근대를 분석하여 체화하고자 한 욕구는 문학란에도 고스란히 표출되었다. 1960년 3월 '세계문단'란을 신설한 후 '세계문학'(1962.1) '해외문단'(1963.2)으로 개편해가며 서구문학의 움직임을 주시하여 소개했다.

그런데『사상계』의 서구문화 수용은 대부분 미국을 중심에 두었거나 미국을 경유했다. 가령 교육과 계몽에 집중했던 초기『사상계』는 미국 교육학자인 존 듀이(John Dewey)의 교육철학에 대한 원고를 여러 차례 게재함으로써 미국의 교수법에 특별한 관심을 나타낸다. 한국 교수협의회 초대 회장이었던 임한영은 '한국의 듀이'라고 불릴 정도로 듀이철학에 심취했었던 친미 성향의 인물로『사상계』에 수차례 듀이를 소개했다.[25]

주지하다시피 해방 후 한국의 근대화는 미국이 주도하는 냉전질서에 통합된 상태에서 진행되었다. 미국은 자국의 지배 이데올로기를 전파하는 헤게모니 구축이 우선이었기에 신속한 근대화를 위한 경제적 개입을 당연시했다. 특이한 점은 문화외교 정책에 관해서는 거의 일방적으로 지원을 아끼지 않았다는 것인데, 한국의 경제개발 지

---

25 임한영은 「인간과 교육」(1953년 4월호), 「존·듀이와 그의 교육 사상」(1953년 7월호), 「존·듀이」(1954년 6월호) 등을 게재한다.

원방식에 대한 미국의 입장이 1950년대와 1960년대의 차이가 있었음에 비해 문화외교 정책만큼은 일관성을 고수했다. '주한 미공보원'은 이러한 미국정부의 근대화 기획과 문화외교의 양 측면을 잇는 대표적인 기구였다.[26]

사진 1.7 ‖ 1951년 미공보원건물

발간 때부터 미공보원의 경제적 지원을 받았다는 점에서 『사상계』 역시 한국 근대화를 위한 미정책의 수혜자였다.[27] 자국의 사상과 문화를 전파하기 위해 각종 매체와 예술분야의 지원을 아끼지 않았던 미국이었다. 대다수가 기독교 신자였고 선진국 유학파 출신이었던 당시 최고의 지식집단이 만든 이 잡지를 미공보원이 놓쳤을 리가 없다. 따라서 『사상계』 지식인에 대한 미국의 교육원조도 당연히 있었다. 주로 문화 관련 주요인물에 대한 장단기 미국유학의 기회를 제공했는데, 이를 경험한 대부분의 인물이 친미 성향을 띠었다. 미공보원의 지원은 『사상계』의 친미 성향을 뒷받침한 요인의 하나였던 것이다.[28]

---

26 허은, 「근대화로의 길과 미국의 개입」, 『아프레걸 사상계를 읽다』, 동국대학교출판부, 2009, 367쪽.

27 『사상』이 1952년 12월호 총 4권으로 폐간되자 장준하가 미공보원으로부터 6개월분의 종이 원조를 받아 발간하게 된다.

28 한국 연극계를 대표하는 오영진, 유치진, 이해랑 등을 미국에 초빙한 것이 그 대표

오영진은『사상계』필진 중에서도 대표적인 친미반공 지식인이었다. 그는 1952년 베니스에서 개최한 국제 예술가 회의에 한국 대표로 참석하면서「구라파기행」이라는 여행기를 총 12회에 걸쳐『동아일보』에 연재한 바 있었다. 또 1953년에는 미 국무성 초청으로 연극, 영화, 라디오 방송계 등을 시찰할 기회를 얻는데 이 경험을「아메리카 기행」이라는 수필로『현대공론』에 발표한다. 오영진의 친미 성향은 이 글에서도 볼 수 있지만『사상계』에서는 더욱 노골적으로 드러난다. 그는 미국 기행의 목적이 아메리카 서민들의 생활을 통하여 아메리카 문화의 배경과 문화 현상을 보고 그들의 사고방식을 습득하기 위한 것이라고 썼다. 또 보스턴 미술관 관람 후기에는 미국을 "꿈의 나라"로 묘사하기도 했다.[29]

『사상계』의 친미적 성향은 비단 오영진뿐 아니라 필진 대다수에서 나타난다. 예를 들어 농림부 차관으로 농촌문제 전문가였던 주석균은 미국과 일본인을 이렇게 대조한다.

"일본이 태평양 전쟁을 시작한 후에 영어를 추방하고
영미에 관한 연구를 금하였음에 반하여 미국이 일본과 개

적 예라 할 수 있다. 또 미국은 미국 희곡의 한국 공연을 지원, 한국어 번역 사업에 대한 지원, 또 미국 연극인들과 학자들을 한국에 파견하여 미국 연극의 직접적인 소개 등의 사업을 추진하기도 한다.

29 오영진,「하와이 기행」,『사상계』, 1954년 6월호, 169쪽-181쪽;「아메리카 기행 1」,『현대공론』, 제2권 제5호, 1954년 7월, 82쪽;「아메리카 기행 4」,『현대공론』, 제2권 제8호, 1954년 10월, 135쪽.

전한 후에 전 장병에게 일본어를 교육하고 일본연구를 적극적으로 장려하였다는 대조적 사실은 일본인의 관념적 비과학성과 미국인의 현실적 과학성을 단적으로 표징하는 것으로 우리에게 活교훈이 되는 것이다."[30]

그는 "맥아더 장군이 현역군인으로서 트루먼 대통령을 그렇게도 비난 공격함에도 트루먼 대통령이 아무런 간섭을 하지 않는 것과 같은 사례는 미국 민주주의의 안정성을 입증하는 것으로 우리들이 무조건하고 본받아야 할 점"이라고 표현한다.

『사상계』 초기 편집인이었던 영문학자 강봉식 역시 미국 교육학자 허친스의 논문을 옮기며 "미국은 자유사회와 훌륭한 국가를 건설할 만한 기반을 갖추었다"며 미국을 적극 예찬했다.[31] 자유민주주의 외에도 『사상계』가 주목한 것은 미국의 경제력이었는데 "미국경제는 세계 대다수 국가경제와 비교해 볼 때 낙원"이라며 미국에 대한 선망의 눈길을 감추지 않았다.[32]

그런데 『사상계』의 친미 성향을 특정국가(미국)에 치우친 지속적이고 절대적인 애정으로 볼 수만은 없다. 첫째로 「세계문단」란을 통하여 영국의 앵그리 영맨(angry young man)의 문화나 프랑스의 실존주의 소개 등에도 많은 지면을 할애했던 『사상계』의 행보를 감안해

---

30   주석균, 「방향론 상」, 『사상계』, 1953년 10·11월호, 25쪽.
31   로버트·M·핫친스, 강봉식 옮김, 「자유를 위한 교육」, 『사상계』, 1953년 7월호. 176쪽.
32   존·K·제섭, 미카엘 A·하일페린, 백성죽 옮김, 「서구경제의 당면문제와 미국의 대외경제정책」, 『사상계』, 1954년 8월호, 32쪽.

야 한다. 미국에 국한되지 않은 서구 지향적인 모습이 꾸준히 확인된다는 것은 다시 말하면『사상계』의 친미적 성향은 근대화를 앞서 이룬 선진문화 전반에 대한 관심과 선망으로 파악해야 한다는 뜻이다.

두 번째로『사상계』의 친미 성향은 1963년 한일회담 당시 미국의 강압적 태도와 월남파병 문제에서 미국의 태도 변화를 접한 후 비판적으로 바뀐다는 점도 고려되어야 한다.『사상계』의 대미관의 변화는 다음과 같이, 친미 성향 일색인 정치판을 비판하는 언론인 송건호의 말에서 확실하게 감지된다.

> "한국이 아메리카 영향 안에 들어선 지도 벌써 18년, 그
> 간 학계·행정계에는 어느덧 아메리카학풍의 훈련을 받은
> 일꾼들이 대부분의 요직을 차지하게 되었고 이들의 영향
> 은 점차 우리 생활 깊숙이까지 미치게 되었다."[33]

서구 지향적, 친미적이었던 1950년대『사상계』의 지식장은 1960년 들어 4월혁명과 함께 변화를 보인다. 또 군사 쿠데타에 대해서도 초반에는『사상계』지식인들 대부분이 침묵했지만 6·3을 기점으로 자성의 목소리는 커졌고 친미 성향도 미국 비판으로 변전하게 된다.

---

33   송건호,「민족지성의 반성과 비판」,『사상계』, 1963년 11월호, 231쪽.

한국인에 대한 미군인의 사형(私刑), 1960년 2월호

지난 2일 밤 미제7사단 제2중형전차대대 C중대에서 미중대장 맥케네리의 지휘아래 한국여성 2명을 감금하고 두발을 깎아버린 사건이 발생했다. 이유는 미군부대 주변에 위치한 기지촌 소속의 한국인 창녀 2명이 사병들이 자고 있는 병사의 실내에까지 무단 침입한 때문이었는데 이에 대한 미중대장의 삭발조치가 사회적으로 크게 논란이 되고 있다.

두 여성의 행위는 명백한 범죄행위이므로 범죄행위에 합당한 처벌을 받는 것은 마땅하나 삭발조치는 한국민의 정서에 위배되는 도를 지나친 월권행위라는 점이 문제가 된 것이다. 또 이 처벌이 미국 법에 의해서 시행되어야 하느냐 그렇지 않으면 한국 법에 의해야 하느냐 또 재판을 받는 데에도 미국의 군사재판소의 재판을 받아야 하는지 한국법원의 재판을 받아야 하는지 등의 국제적 성질의 문제가 파생했다. 무엇보다 이러한 문제의 발생 원인은 아직까지 한미행정협정의 체결이 시행되지 않은 탓이 가장 크다.

이 삭발사건을 계기로 한국에 주둔하고 있는 미국군대가 한국인을 마음대로 처벌할 수 있는지 또 아무리 창녀라 하더라도 삭발이라는 사적 제재를 가하는 것이 인간의 기본권리를 유린하는 것이 아니냐는 국내의 논란이 심하다. 혹자는 두 여성의 범죄가 미군의 주둔지역 내인 영내에서 발생한 만큼 미국 군대의 군법회의를 거쳐서 처벌할 권한이 있지 않을까 하는 의문을 가질 수도 있겠으나 현재 미국 군대가 한국인을 처벌할 명시적인 공식적 권한은 전혀 없다. 6. 25 당시 '주한미국 군대의 관할권에 관한 한미협정'에 의하면 "미국 군사 재판소는 한국이 지방법원의 부존재로 인하여 요청하지 않는 한 한국인을 재판하지 않는다."고 되어있으며 "미국 군대의 한국인에 대한 구속은 한국인이 미국군대 또는 구성원에 대하여 가해 행위를 가하였을 때 미국 군대에 의한 한국인의 구속이 필요하게 되었을 경우에 한한다."라고 되어있다. 따라서 미국군 대가 침범한 두 여성에 대한 조처는 법적 기준이 명백하다고 할 것이다. 대전협정에 따르면 첫째 한국인이 미국 군대 또는 구성원에 대하여 가 해를 한 경우에 해당되므로 구속조건은 충분하다. 둘째 구속을 한다면 한국경찰에 범법자를 인도하는 정도의 한계를 넘지 않아야 한다. 그럼 에도 불구하고 2일 날 밤 두 여인을 도망가지 못하게 구속한 뒤 여성에 게 최대의 모욕이 되는 삭발의 처벌을 실행하였으니 이는 맥케네리 중 대장의 명백한 월권행위이며 비인도적이고 비굴한 처벌이라고 하겠다. 만약 한미협정이 체결되어 있었으면 이 중대장의 월권을 처벌할 근거가 충분했을 것이나 현재상황으로는 불가능하다. 따라서 주둔미군의 처벌 을 할 수 있는 재판권을 확보하는 한미 협정체결의 필요가 시급하다고 하겠다. 이는 한국의 주권을 위한 국제문제이다.

▷ 이 기사 이전에 『사상계』에서는 「한미행정협정관계 좌담회 : 주권은 학대받고 있다」(1959년 7월호)를 특집으로 싣고 '한미행정협정'의 조속 한 체결이 필요함을 논의했다. 하지만 이 논의 후 10년이나 지난 1966년 7월에야 '한미행정협정(Status of Forces Agreement, SOFA)'은 체결된다. 본래가 불평등 협정으로 시작한 SOFA는 여러 차례의 개정되었음에도 불구하고 여전히 한국에 불리한 조항이 많이 남아 있다.

함석헌의 할 말 논쟁

1950년대 아니 『사상계』가 발간된 전 기간을 통틀어도 함석헌과 윤형중 신부의 논쟁만큼 주목을 받은 논쟁은 없었다. '함도깨비', '한국의 간디', '겨레의 할아버지'라는 별칭이 말해 주듯 함석헌은 기인에 가까운 인물인 동시에 『사상계』 독자의 무한한 사랑을 받은 인물이었다. 그는 장준하와 함께 『사상계』라는 수레의 양대 축으로 불리기도 했다. 함석헌을 맨 처음 『사상계』로 이끈 안병욱은 "의를 위하여 죽기를 각오한 사람은 천하에 두려운 것이 없다. 함선생의 글은 언제나 피의 맥박과 생명의 리듬이 약동한다."[34]라고 말했다.

『사상계』에 실린 함석헌의 첫 원고 「한국기독교는 무엇을 하고 있는가?」는 당시 기독교의 문제점을 꿰뚫고 비판하는 논리적이고 단호한 글이다.[35] 함석헌은 이 글에서 기독교와 공산주의가 한때는 일제에 공동으로 대적한 이데올로기였으나 이제는 민중이 하나를 선택해야 하는 기로에 서 있다고 역설한다. 또 기독교의 교파 갈등에 대해서는 자기 교파의 독재적 통일만 원하는 싸움은 공산주의와 다를 것이 없다고 신랄히 비판하며 "장로급이 중

사진 1.8 ‖ 함석헌

---

34 안병욱, 「나와 함석헌 선생」, 『사상계』, 1963년 4월호, 270-271쪽.
35 『사상계』, 1956년 1월호, 126쪽.

심이 되는 교회는 돈의 교회다"라는 직설적 표현도 서슴지 않았다. 교인이면서도 거침없이 교회의 치부를 들추며 도덕적인 반성을 촉구한 이 글은『사상계』의 판매부수를 수천 부 증가시키며 당시 큰 이슈가 되었다. 그때의 분위기를 안병욱은 이렇게 회고한다.

> "이 글은 한국기독교에 대한 가차 없는 비판과 신랄한
> 경고요, 또 선생님 자신의 기독교관을 적은 것이다. 무교
> 회주의자인 함선생은 이 글에서 프로테스탄트도 공격했
> 고 가톨릭도 내리쳤다. 기독교인들은 분개했고, 비기독교
> 인들은 쾌재를 외쳤다."[36]

하지만 극단적이고 직설적인 그의 주장은 일부 독자에게는 불편함을 주었고 일명 '할 말 논쟁'의 불씨를 제공했다. 함석헌은「새 윤리(상·하)」(1956년 4~5월호),「건전한 사회는 어떻게 건설될 것인가」(1956년 9월호),「진리에의 향수」(1956년 10월호),「사상과 실천」(1956년 12월호)을 잇따라 발표하며 독자층을 넓혀 가던 중이었다. 그런데 1950년대를 떠들썩하게 한「할 말이 있다」(1957년 3월호)로 시작된 일명 '할 말 논쟁'으로 일약『사상계』의 중심 필자가 된다. 함석헌의 주장에 윤형중 신부의 반박문이 실리면서 본격화된 이 논쟁은「할 말이 있다」→「함석헌 선생에게 할 말이 있다」(1957년 5월호)

---

36   안병욱,「옆에서 지켜본 사상계 12년」,『사상계』, 1965년 4월호, 265쪽.

→「윤형중 신부에게는 할 말이 없다」(1957년 6월호)로 논쟁이 가열된다. 여기에서 '할 말'은 이승만 독재의 강화로 억압받는 '표현의 자유'를 말한다. 그러나 윤형중은 기독교에 대한 비판에 예민하게 반응하여 논리성을 잃고 함석헌을 공산주의자로 몰아붙인다. 1950년대에 공산주의자라고 불리는 것은 참으로 위험천만한 일인데도 말이다.

함석헌은 '할 말'의 대상은 어디까지나 민중으로, 윤형중이 이를 오해한 것이라고 해명했다. 또 논란의 시초가 된 처음 글도 기독교를 걱정하고 다 함께 토의하자는 의식에서 나온 것임을 적극 주장한다. 덧붙여 윤형중의 반응은 오히려 자격지심일 뿐이며 특히나 자신을 공산당으로 몬 것은 종교인으로서의 자존심마저 버리는 행위라고 비판한다. 또 함석헌은 해명을 통해 반복적으로 "민중이여 판단하라"라고 말함으로써 자신과 윤형중 사이에 벌어진 논쟁을 개인적 차원의 것이 아닌 민중의 차원에서 사유해야 할 문제로 공론화했다. 여하튼 이 논쟁은 당시의 사회적 문제를 비판하는 새로운 담론장으로서 『사상계』의 부상을 잘 보여준 예라 하겠다.[37]

한편 이용성은 이 논쟁에 대한 색다른 시각을 제공한다. 일관되게 나타나는 함석헌의 기독교 비판은 종교 이데올로기와 지배 이데올로기가 연결되어 있는 상황에서 지배 이데올로기를 비판하기 위한

---

37 전태수, 「민중의 소리 : 함석헌·윤형중 양씨논쟁을 읽고 나도 몇 마디 한다」, 『사상계』, 1957년 8월호 284쪽.

우회로로 작동했다는 것이다.[38] 즉 함석헌이 겨냥했던 대상은 종교가 아닌 당시의 정권과 정치계였다는 분석이다. 이 분석처럼 정치권을 향한 함석헌의 비판은 점점 거침이 없어지는데 「생각하는 백성이라야 산다」에 이르러서는 우회하지 않고 정권에 대해 정면공격을 감행했다.[39]

이 글에서 함석헌은 이승만을 임진왜란 때의 선조에 비유하며 존칭의 수식 없이 '이승만'이라고 표기하는 불경죄를 저질러 구속된다.[40] 물론 공식적인 죄명은 국가보안법 위반이다. 그러나 그는 옥중에서도 "나는 죽어도 사상의 강제를 당하고 싶지는 않다."며 뜻을 굽히지 않았고 더욱 거침없이 필봉을 휘두르며 서슬 퍼런 독재정권에 맞서 새로운 담론을 생산해 내었다.[41] 물론 이 모든 것은 함석헌과 뜻을 같이했던 『사상계』라는 지적 공론장과 민중의 절대적인 지지와 존경이 있었기에 가능했다.[42]

---

38 이용성, 「사상계의 지식인과 잡지이념에 대한 연구」, 『출판잡지연구』, 5권 1호, 출판문화회, 1997, 60쪽.

39 『사상계』, 1958년 8월호, 25쪽.

40 국가기록원의 사건일지는 다음과 같다.
함석헌, 『사상계』 1958년 8월호, "생각하는 백성이라야 산다"
1958.8.8. 서울지방법원, 함석헌에 대해 국가보안법위반 혐의로 구속영장 발부
1958.8. 『사상계』 발행인 장준하, 주간 안병욱 연행
1958.8.25. 함석헌 구속 해제, 불기소 결정

41 함석헌, 「〈생각하는 백성이라야 산다〉를 풀어 밝힌다.」, 『사상계』, 1958년 10월호, 101쪽.

42 「한마디 한다 : 함석헌 선생을 존경한다」, 『사상계』, 1957년 6월, 179쪽; 「한마디 한다 : 함,윤 양선생에게 감사한다」, 『사상계』, 1957년 8월, 306쪽.

한글간소화 문제

1950년대(특히 1954년) 지식인들 사이에서 최고 이슈는 단연 한글간소화 문제였다. 1949년 대통령 담화(1949.10.9)를 통해 맞춤법 개정의 필요성을 제기하면서 시작된 이 논란은 거센 학계의 반발에 부딪혀 1955년 또 대통령 담화로 결국 끝을 맺는다. 이승만 정권의 대표적인 실패 정책으로 꼽히는 한글간소화 방안은 성안(成案)되어 (1954.6.26) 국무회의까지 통과(1954.7.2.)했다. 그러나 실제 시행되지는 않았고 대통령 담화로 시행을 포기(1955.9.19.)했다. 그 과정에서 당시 학자적 양심을 지키기 위해 최현배 문교부 편수국장과 김법린 문교부 장관이 자리에서 물러나는 등 무수한 잡음을 남겼다.

이 문제는 『사상계』가 특집으로 다룰 만큼 단순히 정치적 논란에 그치지 않고 당시 지성계 전반과 국민의 주요 관심사로 번졌다. 1954년 9월호에서 전택부는 「독립 투쟁사상에서 본 한글운동의 위치」라는 특집을 통해 한글간소화의 진행과정을 전 지면의 과반수 (226면 중 130면)가 넘는 분량을 할애하여 소상히 전달했다.[43] 『사상계』는 이미 8월호 권두언 「문화와 정치 : 한글 문제에 대한 민의원의 계속투쟁을 촉(促)함」을 통해 한글간소화를 밀어붙이는 이승만 정권이 독재로 치닫고 있음을 지적한 바 있다.[44] 이후 한글간소화에 대한 논쟁은 이승만을 지지하는 정경해의 글과 이를 반대하는 이숭

---

43 『사상계』, 1954년 9월호, 10-139쪽.
44 『사상계』, 1954년 8월호, 8-9쪽.

녕, 허웅 두 국문학자의 반박문을 게재하며 『사상계』(1954.10~12월) 지면을 더욱 뜨겁게 달구었다. 1970년대까지 이어진 이 논쟁은 『사상계』가 가장 길게 다룬 논쟁으로 꼽힌다.[45]

한글 표기법이 어려워서 바꿔야겠다는 대통령의 담화로 시작된 '한글간소화 파동'은 권력남용의 전형적인 예로 회자된다. 관이 주도하여 만든 최초의 한글 표기법이라는 의의에도 불구하고 한국어 정서법에 대한 깊은 이해가 없다는 비판을 면치 못했다. 당시 지식인 사회 전체가 이 부당성에 저항했다고 볼 수 있는데 한글을 전근대적인 표기법으로 되돌리고자 했던 독단적 정책 앞에 지식인 사회는 심각한 위기의식을 공유했던 것이다. 그때의 지식인들은 이 사태를 자신의 전문분야를 초월하여 지식인 전체의 전문성이 침범당한 것으로 받아들였다.

이 파동은 1954년 1월에 『서울신문』에 연재되기 시작한 『자유부인』에도 반영되었다. 이 신문소설은 신문가판 시간에 맞춰 줄을 설 정도의 인기를 누렸고 단행본과 영화로도 생산되며 흥행에 성공했다. 당시 이 작품은 계, 댄스, 사치라는 부정적 사회상의 단면을 보여주며 세태를 꼬집었다는 긍정적 평과 춤바람으로 표출된 가정주부

---

45 정경해,「허웅씨소론 : 철자법개정론 비판에 답함」,『사상계』, 1954년 10월호;「이숭녕씨 소론에 답함」,『사상계』, 1954년 12월호; 이숭녕,「진위의 혼미 : 정경해씨 소론에 駁함」,『사상계』, 1954년 10월호;「건전한 발전을 향하여」,『사상계』, 1954년 11월호; 허웅,「다시 정경해씨에게」,『사상계』, 1954년 12월호; 류정기,「發端에서 勝利까지 : 한글專用反對事件의 全貌」,『사상계』, 1970년 2월호;「한글전용과 3선 개헌의 망상 : 집권자의 반성을 촉구한다」,『사상계』, 1969년 9월호; 오아성,「한글전용 찬반론 비판」,『사상계』, 1970년 1-2월호.

의 일탈과 불륜을 자극적으로 묘사했다 하여 저질 통속소설이라는 부정적 평을 함께 들으며 큰 논란이 되었다. 그런데 이 소설에서 서사의 중심축을 구성한 것이 바로 한글간소화 파동이다.

사진 1.9 ‖ 『자유부인』단행본
(정음사/1954년 초판)

작가 정비석은 오선영의 남편인 장태연의 직업을 국문학 교수로 설정하고 한글간소화 문제를 소설의 모티프로 서사의 시작과 끝에 사용한다. 그해 가장 뜨거웠던 사회적 이슈를 작품의 흥행에 활용한 것이다. 당시 최고의 지식인 잡지로 통하던 『사상계』와 또 최고의 통속소설로 꼽히는 『자유부인』의 극과 극의 묘한 접점을 1954년 9월호 『사상계』를 통해서 확인할 수 있다(『사상계』톺아보기 2 참조).

전택부,「독립 투쟁사에서 본 한글운동의 위치」, 1954년 9월호

1. 들어가는 말

1954년 7월 2일 국제회의를 통과하여 9월 3일 정식 발표된 "한글간소화 방안"은 단순한 문화 문제가 아닌 정치, 민족 문제로 돼 버렸다. 필자는 한글 학자들의 투쟁사와 근자 일어나는 각 신문의 여론을 재록하여 국 민의 뜻이 무엇임을 정부에 알리고자 한다.

2. 훈민정음 제정 당시의 역사적 배경과 그 이유

우리 민족의 자주 독립을 위한 투쟁사를 이해하기 위해 타민족의 침략 과 지배를 물리치고 민족 자체의 힘과 애씀으로 자립하려는 순 정치적 권력적 면의 투쟁사와 민족 고유의 문화와 전통을 보존, 육성시키려는 순 문화적 정신적 자립의 면을 알아야 한다. (…중략…) 세종대왕의 훈민 정음 창조욕이나 문화적 정열에서 된 것이 아니라 한화사대주의 사상에 서 골병 들린 국민들을 구원하고 올바른 민족의식을 깨우쳐 독립적인 국가 건설을 이룩하기 위해 제정되었다는 것을 깨달을 수 있다.

3. 일제탄압과 한글의 투쟁

1919년 기미운동이 터져 나온 다음부터 정지되었던 한글운동이 다시 일어나게 되었다. 즉 일본 역대 총독의 무단정책이 다소 완화되어 문화 정책으로 변하여 다시 한글운동이 머리를 들고 일어날 수 있게 된 것이 다. 조선어학회와 한글맞춤법 통일안 발표,『조선말 큰 사전』의 편찬이 있었고 1942년 10월 1일에 치안 유지법 위반이란 죄목으로 조선어학회 관계자 33인이 검거되는 조선어학회 사건이 터진다.

4. 건설기에 들어선 한글운동

일본의 동화정책이 하도 잔인하고 간사하여 (…중략…) 광복이 된 초기에 있어서는 일본말과 그 정신을 버리기가 매우 힘이 들었다. (…중략…) 이제 광복된 우리 겨레는 우리 정신 찾기와 우리말과 글 배우기에 관심을 가지게 되었으니 한글학회 회원들은 백성들의 요구에 응하기 위해 한글강습의 강사로서 경향(京鄉) 각지를 순회하며 우리말 가르치기에 노력하였다. 한편 국어교재를 편찬하여 당시 미군정부의 문교부 교과서로 사용하였으니 현 한글학회의 회장이신 최현배 선생이 1946년에 문교부 편수국장의 자리에 응한 것은 한결같은 정성으로 우리말을 연구하여 겨레의 살길을 장만해 주자는 애국심에서였다.

5. 이승만 박사의 한글에 대한 담화 발표와 옥중기『독립정신』

오늘날 한글 문제가 크게 일어난 것은 지난 3월 27일 이승만 박사의 한글에 관한 담화 발표가 있은 다음부터였다. (…중략…) 필자가 여기서 단언하는 바는 이승만 박사의 금번 담화는 어디까지나 독립자주정신에 입각한 민족주의 사상에서 나온 것이며, 훈민정음을 제정한 세종대왕의 평민주의에서 나온바 숭고한 것이라는 것을 믿는 바이며, 따라서 이승만 박사의 근본취지와 한글 학자들의 투쟁목적이 조금도 상치(相馳)되지 않는다는 것을 단언하는 바이다.

6.「한글간소화방안」정부안의 발표

3월 27일 이대통령의 전기 담화 발표가 있은 후 백두진 전 국무총리의 4월 27일부 훈령 제8호에 의하여 이선근 문교부 장관의 문교부안을 7월 2일 국무회의에 통과시키고 7월 3일에 정부안이 정식으로 발표된 것이다.

7. 언론계, 문화계의 반향

위와 같은 정부안이 발표되자 각 신문들의 보도는 반대의 사설과 기사를 내고 각계각층의 학자들과 문필가, 언론인들의 논설을 게재했다. 7월 4일~7월 15일까지 가장 대표적인 신문 몇을 골라서 그 기사 내용을 대강 소개하면 다음과 같다. 이들 기사는 근자에 와서 이만큼 크게 문화면의 문제가 세론화된 일은 드물다는 것을 말해 준다. 「한글간소화에 중지를 모으라」, 『조선일보』(7월5일), 「후퇴하는 한글」, 『경향신문』(7월5일), 「한글간소화와 세론」, 『동아일보』(7월6일) 이상은 신문사설이고 이숭녕, 「언어학에의 絶緣狀−신철자법 이론의 배경」, 『조선일보』(7월5일), 정경해, 「한글간소화에 대하여」, 『조선일보』(7월12일), 새뮤얼 E. 마틴, 「문교부 장관에게 보내는 공개장」, 『한국일보』(7월10일), 주요한, 「한글간소화방안 검토」, 『동아일보』(7월8일), 김윤경, 「한글간소화정부안의 비판」, 『연희대학』(7월8일) 은 신문 논설이다.

8. 행정부와 입법주의 성스러운 결투

제20차 민의원 회의 속기록(한글간소화 문제에 대한 질문)과 제21차 민의원 회의 속기록(한글간소화 문제에 대한 질문)의 전문을 실은 글이다.

9. 무소속동지회의 한글 문제 공청회

여기 게재하는 글은 지난 7월 11일 오후, 국회의사당에서 무소속동지회가 개최한 '한글간소화에 대한 공청회'의 연기록(連記錄)을 무소속동지회에서 얻어서 실은 것이다. (…중략…) 이때는 필자도 직접 참석하여 찬반 양론을 듣고 그때의 상황과 속기록을 실은 글이다. 여기서 필자가 본 최현배의 반론 광경은 모두를 압도할 만큼의 박력이 있었고 기억에 남는다는 인상을 받았다.

10. 결론

오늘날 한글운동이 다시 일어나서 그 본래의 사명인 민족의식의 고취, 어리석은 민중의 계몽과 독립정신의 진흥에 전력을 다하지 않으면 안

된다는 것이다. (…중략…) 지금 우린 민족은 또다시 영어만능주의에 빠지고 있다. 무슨 까닭으로 우리 민족은 영어만을 중히 여기고 우리글은 없이 여기느냔 말인가. 이것은 옛날 우리 조상들이 한문만 숭상하고 훈민정음은 언문이니 암글이니 천대하던 못된 버릇으로 해서 그러는 것이 아닌가.

▷ 이 논쟁은 당대의 지식인은 물론『자유부인』의 중심서사를 이룰 만큼 대중적 관심을 끌었다. 무엇보다 이 논쟁이 외국인(새뮤얼 E. 마틴)에게도 관심의 대상이었다는 점이 인상 깊다.

원자력 담론

　원폭투하에 따른 충격적인 2차 대전 종결 이후 핵무기 개발에 대한 열강들의 각축은 더욱 격렬해졌다. 또 군사용 원자력 개발을 둘러싼 세계적 논란이 거세었고 한국 내에서도 원폭 시비론이 끊이지 않았다. 1953년 12월 아이젠하워가 UN에서 '원자력의 평화적 이용'을 천명한 뒤 한국에도 1955년 2월 UN 국제원자력평화회의 초청장이 도착한다. 이로써 한국정부의 원자력 정책은 구체성을 띠게 되었고 1957년 문교부 산하 원자력과를 신설한다. 1958년에는 원자력법이 제정되었고 1962년에는 연구용 원자로가 공릉동에 건설되었다 (사진 1.10.).

　『사상계』의 원자력 담론은 그 쓰임에 따라 크게 강한 우려와 격한 찬성으로 나뉜다. 즉 원자력의 핵무기 개발에는 강한 우려를 청정에너지로의 활용에는 격한 찬성을 표방했다.

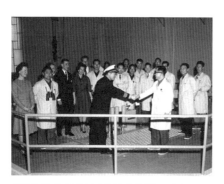

사진 1.10 ‖ 1962년 3월 원자력연구소 원자로 첫 점화

　핵과 관련된 『사상계』의 첫 발언은 1955년 4월호 時論에 실린 「핵무기의 상호시위」이다.[46] 『사상계』는 소련 외교관 몰로토프(1890~1986)가 부린 허세에 미국이

46　『사상계』, 1955년 4월호, 144쪽.

보란 듯이 네바다에 원폭실험을 했다는 소식을 전한다. 이 실험은 1946년 비키니섬에서 세계최초 공개 핵실험을 시작한 후 33번째였다.[47] 또 영국정부(2월)와 프랑스정부(3월)가 각기 원자폭탄을 개발하겠다고 발표한 것은 전 세계의 핵무기 생산 경쟁이 갈수록 심해질 것을 뜻한다고 보았다.

핵무기에 대해서는 『사상계』 내에서도 의견이 분분했던 모양이다. 가령 현역육군 소장 강영훈의 「국방단상」에서는 찬성 의견이다. 미·소간의 냉전시대를 맞이하여 또 당시 약소국들(한국 포함)의 미약한 국방을 보완하기 위해서 미국의 '핵우산정책'이 중요하다고 주장한다.[48] 반면 핵무기 정책에 대한 우려를 표명한 글은 주미필리핀 대사 카르로스·P·로무로의 「국제평화의 길」이다.[49] 이 글은 문명의 발달로 전 인류를 멸망시킬 수 있는 핵무기가 등장하였음에도 소수 패권 국가들의 무책임한 야욕으로 대다수 약소국가들(특히 아프리카 아시아 지역)은 핵에 대한 무지로 제국주의 국가들에 의해 지배당할 가능성이 잠재한다고 분석한다.

한편 『사상계』가 핵실험을 소련을 향한 미국의 세력 과시로 보았다는 점은 주목할 일이다. 또 핵실험을 냉전시대 갈등의 극단으로 본 『사상계』의 지적은 정확했다. 비록 핵무기 생산을 직접 반대하지는

---

47 미국은 비키니섬과 에니웨톡섬의 주민을 강제로 몰아내고 1946년-1958까지 23차례 핵폭탄 실험을 실행했다. 그중 1954년에 행해진 수소폭탄에서는 섬 3개가 통째로 사라졌다.
48 『사상계』, 1956년 12월호, 137쪽.
49 『사상계』, 1957년 1월호, 291쪽.

않았지만『사상계』는 핵이 평화적으로 사용되기를 바라는 메시지를 전함으로써 핵무기 개발에 우회적인 반대의 뜻을 비쳤다. 1956년 11월호에 실린「자유세계와 활로」는 미국무 차관보인 피어리(Robert Peary)가 미하원분과위원회에서 연설한 것으로 미국의 대외 원조정책과 함께 원자력의 평화이용 방법에 대한 정책이 제시되었다.

> "국내의 군사적 경제적 역량을 강화하는 동시 자유세계
> 의 무역 및 투자를 증대시켜야만 한다. (…중략…) 인간의 복
> 지, 개인의 자유, 향상하는 생활수준을 특징하는 사회의 건
> 설에 다른 나라들과 더불어 협조하여야만 한다. 원자력의
> 평화적 사용을 촉진시키기 위하여 우리의 기술 원조를 계속
> 제공하여야 하며 우리의 우방들과 협력하여야만 한다. 또
> 상호간의 지식과 이해를 증대시키기 위하여 우리의 공보계
> 획 및 교육문화 교환계획을 더욱 추진시켜야 한다."[50]

또 같은 호에서 수학자이자 과학자인 뉴맨의「기술과 인간」을 통해 원자력 무기에 의한 인류 피해에 대한 우려와 해결책을 제시하는 내용을 번역하여 게재했다.[51]

이처럼『사상계』는 원자력의 무기화에 대한 우려와는 달리 원자력의 에너지화에 대해서는 찬성의 입장을 견지한다. 때문에 원자력이 타

---

50   『사상계』, 1956년 11월호, 38쪽.
51   『사상계』, 1956년 11월호, 300쪽.

에너지에 비해 효율성과 편의성이 우수함을 강조하는 글을 자주 게재했다. 이것은 정부의 원자력 발전정책에 힘을 싣는 입장이기도 했다.

1950년대 한국사회의 큰 화두는 에너지 문제였다. 『사상계』 지식인들도 여기에 적극적으로 반응했다. 1950년대 『사상계』에는 단두 번 화보가 편성되는데 1957년 1월호 화보에 미국 원조나 차관으로 건설된 산업체, 발전소, 교량 등의 사진을 극히 간단한 캡션과 함께 실었다.[52] 여기서 주요 수력 및 화력발전소 사진을 전면에 배치, 에너지 문제에 관한 『사상계』의 높은 관심을 나타내었다. 한편 「인류의 복지를 위한 원자력」은 원자력 에너지를 긍정적으로 평가하는 『사상계』의 시각이 잘 드러난다.[53] 이 글은 원자력이 이제는 군사적 이용에서 평화적 이용으로 전환하고 있으며 미소가 원자력 원조경쟁을 통해 냉전시대의 새로운 장을 열고 있다고 보았다. 그러나 미국과 원자력 평화이용 상호협력을 맺고도 원자력

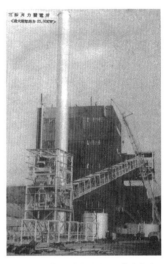

사진 1.11 ‖ 삼척화력발전소(『사상계』, 1957년 1월호 화보)

---

52   사진의 생산 환경 자체가 열악했던 시기에 사진전문지가 아닌 종합지가 고화질 화보를 전면에 내세운 것은 『사상계』가 처음이었다.
김려실, 「화보로 읽는/보는 『사상계』-1960년대 『사상계』와 혁명의 망탈리테」, 『상허학보』 57호, 상허학회, 2019, 54-56쪽.

53   『사상계』, 1957년 4월호, 261쪽.

위원회나 원자력 법안의 국회통과 진척이 더딘 점은 비판한다.

이와 같이 『사상계』는 원자력의 정보를 신속하게 게재하며 한국의 핵담론을 선구적으로 이끌었다. 하지만 1950년대는 원자력에 대한 국민적 공감대가 제대로 형성되지 않았던 시기였고, 언론은 겨우 원자력의 평화적 이용과 과학기술의 진흥을 홍보하는 수준이었다.[54] 때문에 『사상계』가 생산한 원자력 담론은 더욱 가치를 발했으며 선도적인 활약은 1960년대 이후까지 계속되었다.

원조경제 담론

1950년대 군사 및 경제 원조를 매개로 한 미국의 영향력은 절대적이었다. 하지만 군정기의 원조는 단순한 구호 성격일 뿐 남한의 자립 경제를 위한 전략은 아니었다. 1950년 UNKRA(국제연합 한국재건단)의 발족과 한국 경제의 실태조사를 거쳐 '한미경제조정협정'을 체결(1952년)하면서 재건을 위한 본격적 모색이 시작된다.

전쟁으로 인해 사회주의·민족주의 계열의 경제학자들이 줄어든 남한은 자유방임적인 경제이론이 대세였다. 즉 정부역할을 최소화한 '민간주도형(또는 자유시장형) 경제 개발론'이 당시 1950년대 경제이론의 중심이었다. 이 '민간주도형(또는 자유시장형) 경제 개발

---

54   주성돈,「1950년대 한국의 원자력정책 변화 분석」,『정부와 정책』, 제4권 제2호, 가톨릭대학교 정부혁신생산성연구소, 2012, 70쪽.

론'을 주도적으로 이끌어 간 것은『사상계』지식인 집단이 었다.[55] 1950년대『사상계』는 외국 유학파 출신의 경제전문 가들이 선진국의 경제사례나 이론[56] ECAFE(아시아·태평양 경제사회위원회)회의 개최 소

사진 1.12 ‖ 1959년 UNKRA에서 구호물자 전달하는 모습

식과 같은 국외 경제 동향을 실시간으로 소개하면서 한국 경제 지식 장의 몫을 꾸준히 감당하고 있었다.[57]

사실 경제 분야에 대한『사상계』의 관심은『사상』에서부터 찾아 볼 수 있다.『사상』첫 호에는 경제학자 배성룡의「한민족의 경제사 상」, 다음 호에는「유교와 경제」가 게재된다.[58] 그러나 1952, 3년까 지의『사상계』는 대부분 일반적인 경제이론 소개에 머물렀다. 1954

---

55 박태균,「1950년대 경제 개발론 연구」,『사회와 역사』, 한국사회사학회, 2002, 221쪽.

56 홍성유,「영미경제학에 있어서의 방법논쟁」,『사상계』, 1954년 6월호, 22쪽; 존 K 쩨섭, 미카엘 A 하일페린,「서구경제의 당면문제와 미국의 대외경제정책」,『사상 계』, 1954년 8월호, 32쪽; 편집부,「서독은 이렇게 부흥했다」,『사상계』, 1955년 11 월호, 241쪽;「「콜롬보」계획과 후진국경제」,『사상계』, 1956년 3월호, 291쪽;「필 립핀 경제의 자립화정책」,『사상계』, 1956년 1월호, 295쪽;「서독경제와 정부의 역 할」,『사상계』, 1956년 2월호, 178쪽; 이창렬,「인도 오개년 경제계획」,『사상계』, 1955년 12월호, 177쪽; 신태환,「미국경제학자의 일본 경제학계 비판」,『사상계』, 1956년 3월호, 103쪽; 김영철,「자기자본축적의 국민경제적 의의 : 경영 경제적 입 장에서의 소고」,『사상계』, 1956년 6월호, 145쪽.

57 『사상계』, 1955년 5월호, 119쪽.

58 『사상』, 1952년 9월호, 43쪽;『사상』, 1952년 10월호, 45쪽.

년 「한국경제의 자본적 요청(상)」[59]과 「경제조항의 개헌안과 그 과제」[60]에 와서야 한국의 경제 상황에 대한 분석과 대책이 제시된다. 식산은행 참사였던 김상겸이 쓴 「한국경제의 자본적 요청(상)」은 『네에산』 보고서를 근거로 자본 축적의 우선과 소비의 중요성을 역설한다. 「경제조항의 개헌안과 그 과제」는 개헌의 목적이 '국가의 통제 관리를 최소한으로 제한'하여 '자유경제 체제로 환원'하는 데 있다고 강조했다.

한편 성균관대 경제학 교수 안림은 한국 농업 경제의 위기에 대해 쓴다.[61] 이 논문에서는 생산성 점감, 외곡 수입이 폭증, 곡가 붕락, 농촌 인구의 이농 경향, 현물 교환 경제에의 후퇴, 화폐 경제로부터의 이탈화 등으로 농촌 경제가 위기 상황에 처해 있다고 진단한다. 이유로 공업에 비해 상대적인 저소득률과 토지개혁의 실책을 들고 있다. 대책으로는 저미가정책의 개선, 인플레와 재정 정책에 의한 농촌궁핍화 현상의 개선을 제시한다.

1955년 3월호부터 『사상계』의 본격적 경제 담론이 이루어지는데[62] 활약이 특히 두드러지는 논객은 고려대 경제학과 교수 성창환이다. 성창환(1955년 10월 편집위원 합류)은 경제 담론 생산을 위해 영

---

59 김상겸, 「한국경제의 자본적 요청(상)」, 『사상계』, 1954년 3월호, 60쪽.
60 안림, 「경제조항의 개헌안과 그 과제」, 『사상계』, 1954년 3월호, 113쪽.
61 안림, 「농업경제의 위기 : 도시와 농촌의 가치 평준화」, 『사상계』, 1954년 10월호, 14쪽; 박동앙, 「농민은 왜 못사느냐?」, 『사상계』, 1957년 6월호, 73쪽.
62 박동앙, 「한국경제와 미작농」, 『사상계』, 1955년 3월호, 81쪽; 이동욱, 「외환율과 물가」, 『사상계』, 1955년 3월호, 93쪽; 신병현, 「우리나라 국민소득의 분석 : 특히 정부부문을 중심으로」, 『사상계』, 1955년 4월호, 117쪽.

입된 인물로 배성룡, 김영철, 이정환, 이동욱, 고승제, 황병준, 안림, 유창현(유창순) 등과 함께 『사상계』의 경제지식장을 열어간다. 당시 성창환, 이정환, 이동욱은 민간주도형 경제 개발론의 핵심 멤버였다. 이들은 적극적인 외자도입을 주장하면서도 미국 일변도에는 우려를 나타낸다.

1957년 이후 미국의 대외 원조가 감소하면서 외자의 이용을 둘러싼 논쟁이 대두되었다. 그때 다른 경제 개발론자들이 외자에 의존한 한국 경제 구조를 비판한 데 비하여, 『사상계』 지식인들은 외자의 효율적 이용을 강조했다. 특히 이정환, 김영철, 성창환 등은 1950년대의 원조 물자의 특혜적·파행적 운영을 비판하고, 적극적으로 외자를 받아들일 것을 강조했다. 이 중 성창환은 또한 경제 장을 통한 내부 공급의 증가가 인플레의 앙등을 막을 수 있기 때문에 경제 발전 기간 동안 어느 정도의 인플레는 허용해야 한다는 입장이었다.[63]

『사상계』는 1958년 4월 이후 경제전문 편집위원들을 더욱 보강하고 산업구조개편, 외자도입, 경제계획화 문제 등에 대한 담론을 『사상계』 지식장을 통해 계속해서 펼쳐간다.

(김경숙)

---

63 성창환, 「인프레이션下의 한국금융의 특성과 그 문제점」, 『사상계』, 1955년 3월호, 70쪽.

제2장

4월혁명부터 판권 양도까지:
1960년 5월호~1967년 12월호

1960년~1967년의 주요 사건

1960년

3.15. 부정선거, 4.19. 4월혁명, 4.26. 이승만 하야, 5.21. 내각책임제 중심의 헌법안 공고, 6.21. 헌법 가결, 8.8. 제2공화국 출범, 8.12. 윤보선 대통령 취임, 8.14. 김일성의 남북연방제 제의, 8.23. 제2공화국 장면 총리 내각 출범

1961년

5.16. 군사 쿠데타, 6.3. 미국과 소련이 핵금지조약 체결, 8.12. 박정희 의장, 63년 여름에 민정이양 약속, 8.30. 한국노총 결성 8.31. 소련의 핵실험 재개, 9.15. 미국의 핵실험 실시, 11.6. 유엔의 핵실험 금지안 가결

1962년

8.17. 장면 총리 기소, 8.31. 장준하의 막사이사이상 수상, 10.13. 한국신문발행인협회 창립, 10.12. 쿠바 미사일 위기, 12.17. 헌법 개정 국민투표, 12.27. 헌법 시행

1963년

8.30. 박정희 예편 후 민주공화당 입당, 10.15. 박정희 당선, 11.12. 케네디 암살, 12.17. 제3공화국 출범

1964년

6.3. 6·3항쟁, 계엄령 선포, 8.2. 통킹만 사건, 8.4. 월남파병안 통과, 8.24. 통혁당 사건 수사 발표, 10.10. 도쿄 올림픽, 10·16. 중공 핵실험

1965년

4.13. 한일회담 반대시위 참여한 동국대 농대 2년 김중배 경찰 구타로 사망, 6.22. 한일기본조약 조인, 8.7. 미국의 공식적인 월남 군사 개입, 8.12. 민중당 국회의원 한일협정 반대하며 의원직 사퇴서 제출, 8.13. 월남파병 동의안 가결, 8.22. 한일협정 반대시위, 8.26. 서울에 위수령 발동

1966년

1.8. 국회의원 김두한의 주도로 한국독립당 내란음모 사건으로 구속, 2.2. 존슨 미 대통령이 한국군 증파 요구 친서 송부, 2.25. 신민당 창당 발기인 대회 개최, 3.3. 국세청 발족, 3.24. 한일무역협정 조인, 6.4. 전 국무총리 장면 서거, 6.30. 태릉 선수촌 설립, 7.9. 한미행정협정 조인, 7.29. 국무회의에서 제2차 경제개발계획 의결, 9.15. 사카린 밀수 사건 폭로, 9.22. 국회의원 김두한이 국회에 오물 투척, 10.31. 미 존슨 대통령 한국 방문

1967년

1.19. 북한군 해안 포대의 포격으로 해군 초계함 당포함이 격침, 1.27. 미국·소련·영국이 우주의 평화적 개발과 무기 배치 금지를 골자로 한 우주 조약 체결, 2.7. 신민당 정식 발족, 2.9. 한미행정협정 발효, 5.6. 6대 대통령 선거에서 박정희 당선, 6.8. 제7대 국회의원 선거, 6.10. 대학생들의 6·8 부정선거 규탄, 7.8. 동백림 사건

1. 4월혁명에서 5·16군사 쿠데타까지

1960년대를 4월혁명에서 시작한다고 본다면, 그 전운이 되는 3·15부정선거와 그에 대한 『사상계』의 반응을 먼저 살펴볼 필요가 있다. "2월 28일 대구의 학생 데모, 3월 1일 서울시에 뿌려진 삐라 사건, 3월 5일 서울운동장에서 학생들의 시위는 학생들이 공명선거를 주창하는 사건들이었다", "학생들의 권리, 시민으로서의 권리를 충분히 보장하면서 학원의 독립을 수호하고 교육의 효과를 올리는 방법이 무엇인지 교육당국과 정부가 고민해야"[1] 한다며 학생들을 옹호하는 논리를 펼친 것이 『사상계』의 입장이었다. 신상초는 3·15 선거가 "부정·부자유·폭력·선거사태"였음을 지적하고 사건의 세밀한 내막을 분류, 기록, 폭로했다.[2] 그만큼 3·15부정선거에 대한 『사상계』 필진들의 분노와 실망감 역시 컸던 것이다. 이와 함께 『사상계』는 경찰의 강압적인 시위 억제 집행 방식에 대해 비판한다. 여기서 『사상계』는 부정선거에 대한 시위 주체 세력을 "중고생들"로 보고 있는데, "이들이 공산주의적 사상에 동정을 가지게 되지나 않을까 염려스"럽다는 언급도 한다.[3] 훗날 4월혁명 주체 세력은 대학

---

1   「3·15선거와 학생 데모」, 『사상계』, 1960년 4월호.
2   신상초, 「공명선거여 안녕히!」, 『사상계』, 1960년 3월호.
3   한태연, 신상초, 부완혁, 김상협, 「좌담회 민주정치 최후의 교두보 : 3·15 선거와 한국의 정당정치」, 『사상계』, 1960년 5월호.

생으로 이해되어, 예비 인텔리들로 자리매김하면서 한국 근대화의 주역으로 부상하게 되는 담론의 양상과는 사뭇 다른 이해와 태도라 할 수 있다.

4월혁명이 일어나자 『사상계』는 1960년 6월호를 「민중의 승리」 기념호로 꾸려 4월혁명을 긍정하는 특집을 기획한다. 그런데 4월혁명으로 이승만이 하야하고 정국 수습책이 논의되던 시기인 60년 하반기, 『사상계』는 혁명 자체는 긍정하지만 혁명 후 나타나는 상황들에 대해 우려와 비판을 표한다. 장준하는 반혁명분자 독재의 앞잡이들이 이 정권하에서 이런저런 투쟁을 했다며 모습을 바꾸고 있다고 비난하는 한편, 과도정부가 부정축재 조사도 형식에 그치고 기간산업을 마비시킬 수 없다는 구실로 탈세 부분은 건드리지 못했다고 지적했다.[4] 『사상계』는 4월혁명 후 불어 닥친 시민들의 구악일소(舊惡一掃) 요구에 과도정부가 올바로 부응하지 못하자 과도정부를 지속적으로 비판하게 된다. 중앙대 법대 교수인 이종극은 과정기 때 실업자가 오히려 증가하고 중소기업이 도산하여 시월위기설이 나돌고 있다며 과정은 방대, 과잉, 낭비, 부패 정부기구를 그대로 남겨놓았다고 비판하기도 했다.[5]

이듬해인 61년 4월, 『사상계』는 4월혁명 1주년을 기념하는 특집을 기획한다. 여기서 연세대 정치학과 이극찬은 혁명정신을 망각하고 구질서의 테두리에서 부정선거범을 처리하는 데 그쳤다고 과도

---

4   장준하, 「혁명상미성공」, 『사상계』, 1960년 8월호.
5   이종극, 「訃 과도정부의 총결산」, 『사상계』, 1960년 10월호.

정부와 민주당을 비판하며, 이로 인해 혁명의 열광은 정치로부터 도피하는 국민들의 태도로 나타나고 말았다고 지적한다.[6] 이화여대 사회학과의 고영복 교수는 4월혁명 이후 청년 세대를 중심으로 비등해지는 기성세대불신론, 남북통일론, 영세중립화론 등의 여론은 국민의 갈망을 집권 세력이 대표하지 못함을 뜻하는 것이라고 말한다.[7] 이들은 한결같이 4월혁명 이후 국민의 여론에 귀 기울이기보다 민주당이 신구파 싸움에만 몰두하고 내각책임제라는 정치 체제의 형식적 개편에만 치중하면서 혁명정신을 망각했다고 비판한다.

이러한 지지부진은 61년 5·16 쿠데타 발발에 대한 각계의 반응이 부정적이지만은 않았던 이유 중 하나가 된다.

『사상계』는 쿠데타 발발 이전, 후진국 근대화의 현실적 방안은 강력한 리더십을 가진 지도자에 의한 압축적이고 효율적인 경제 발전임을 누차 강조한 바 있다. 이를테면 A.슐레진저 2세는 「영웅적 지도자론 : 강력한 지도자들과 허탈한 인민들의 딜레마에 대하여」에서 미개발제국들이 단일 세대 속에 압축적인 경제성장을 이룩하기 위해 영웅적 리더십이 가장 효과적인 방편으로 간주되고 있다고 진단했는데 『사상계』는 이를 1961년 4월호에 소개한 바 있다.

장준하가 자유당과 본질적으로 다름이 없는 민주당의 작태로 인하여 국민경제의 황폐화, 빈익빈 부익부의 편중, 공산당의 혼란 조

---

6   이극찬, 「정치적 무관심과 민주정치의 위기 : 사·일구의 한 돎을 맞으며」, 『사상계』, 1961년 4월호
7   고영복, 「혁명후 사회동태의 의미」, 『사상계』, 1961년 4월호.

성의 극대화, 절정에 달한 국정의 문란, 마비 상태에 빠진 사회적 기강 등 누란의 위기에서 민족적 활로를 타개하기 위해 최후수단으로 일어난 것이 5·16 쿠데타이며 4·19는 입헌정치와 자유를 쟁취하기 위한 민주주의 혁명이고 5·16은 부패, 무능, 무질서, 공산주의의 책동을 바로잡으려는 민족주의적 군사혁명이라고 본 것은[8] 민주당의 개혁 실패와 강력한 리더십에 대한 대망이 만들어낸 결과로 볼 수 있는 것이다. 또한 이와 같은 장준하와 『사상계』의 판단은 쿠데타 주역들이 자신들의 혁명(쿠데타)이 4월혁명의 연장임을 선언하고 공산주의에 반대한 데 대한 반응(특히 혁명공약 5장)이기도 했다. 게다가 한국전쟁과 4월혁명으로 확인된 군부에 대한 세간의 긍정적 인식이 밑바탕에 깔려 있는 것이기도 했다. 61년 7월호에 쿠데타 후 미국·독일·일본 등 해외 반응이 실려 있는데[9], 미국의 반응을 소

사진 2.1 ‖ 함석헌 귀국보고회(1963년) 당시 몰려든 인파 ⓒ국가기록원

개한 이정식이 그들의 입을 빌려, 국민의 정부를 무력으로 전복한 것은 민주주의적인 방법은 아니나 이러한 비상적 수단을 취하지 않으면 안 될 만큼 한국 사회가 불안했다면서 5·16 군혁(軍革)을 정당화

---

8 장준하, 「5·16 혁명과 민족의 진로」, 『사상계』, 1961년 6월호.
9 「5·16 혁명과 해외논조 : 본사해외특파원현지보고」, 『사상계』, 1961년 7월호.

하고 있는 것은 그 명확한 예가 된다. 한국의 혼란스러운 정치 상황을 수습하기 위해서는 형식적인 민주주의보다 효과적이고 능률적인 정부기구와 정부정책이 필요하다는 것이다.

다만 함석헌만은 총칼을 보고 겁을 먹은 탓인데 국민을 겁나게 하여서 다스리기는 쉬울지 몰라도 비겁한 민중을 가지고는 진정한 혁명은 꿈도 꿀 수 없다면서 처음에는 독재를 좀 하다가 점진적인 민주정치를 하겠다는 모순된 어리석은 거짓말로 민중을 현혹하지 말라고 부정했는데[10] 그럼에도 대다수 당대 지식인들은 혁명공약에 쓰인 대로 민정이양이 수순대로 진행될 것이라 믿었다.

내각책임제 논의

4월혁명 후 대통령제의 폐해가 확인되자 민주당을 중심으로 내각책임제로의 정치 체제 개편이 이루어졌고『사상계』또한 올바른 내각책임제 방향에 대한 모색을 시작했다. 서울대 법대 한태연 교수와『조선일보』논설위원 부완혁은 60년 10월호에 각각「국무총리론 : 제2공화국의 내각책임제의 운영을 위한 서론」과「이로부터의 정치적 쟁점」을 실었는데, 공히 내각책임제는 양당제가 선행되어야 함에도 한국에서는 다수 민주당(의석의 1/3 차지)과 군소정당 또는 무소속으로 이루어져 있어 정당 간의 대립이라 볼 수 없다고 지적하

---

10 함석헌,「5·16을 어떻게 볼까?」,『사상계』, 1961년 7월호.

고, 내각책임제 운영에 대해 우려를 표명했다. 이후 민생고 해결을 비롯한 개혁 과정이 지지부진해지자 언론을 중심으로 정부 비판이 이어졌는데 이에 고려대학교 정치학과 윤천주 교수는 61년 3월호에 「내각책임정치의 환상」을 실으면서 예산 편성, 집행의 기회도 주지 않고 갈아엎자는 주장은 내각책임제에 대한 환상에서 비롯된 것에 불과하다며 갈아치우자는 말 대신 밀어 주자라는 말이 필요하다고 주장하기도 했다.

한편, 한국의 내각책임제가 양당 체제의 미비로 한계가 있다는 『사상계』 필진들의 논의는 한국에는 양당 체제가 필수적이라는 암묵적인 동의로 귀결되었다. 선진국의 정치 시스템이 대부분 양당 체제로 구축되어 있기 때문이었다. 그러나 고려대 정치학과 오병헌 교수는 '양당제도가 정착되면 정치는 안정될 수 있을까'라는 본질적인 질문을 늦게나마 던진다. 그는 실질적으로는 제3대 국회 이후부터는 착실한 양대 정당화의 경향을 보여주고 있음을 증명하면서 의회정치의 정착을 막는 것은 오히려 무소속 입후보자들의 존재라고 주장한다. 문제는 정당의 수를 줄이는 게 아니라 두 개의 큰 정당이 대립하여 타협과 양보 없는 사태가 나타나지 않을까 하는 점이라고 우려한다.[11] 그러나 이와 같은 내각책임제 운영 방식과 양당제 정치 체제에 대한 논의들은 5·16군사 쿠데타의 발발로 흐지부지 끝을 맺는다.

---

11   오병헌, 「한국의 양당제도 : 타협과 관용을 가진 정당정치의 출현을 염원하며」, 『사상계』, 1963년 6월호.

중립화통일론 비판

4월혁명의 주역인 청년 세대를 중심으로 혁명 이후 통일에 대한 열망이 고조되고 그에 대한 해법으로 중립화통일론이 본격적으로 부상하기 시작한다.『사상계』또한 이러한 청년 세대를 중심으로 한 시민 사회의 열망에 답하는 글들을 쏟아냈다.

특히 1960년 8월 2일 북한군 정낙현 소좌의 귀순은 북한 문제에 대한 국내의 논의들을 더욱 자극했다.『사상계』편집진은 60년 9월 호에 북한에 대한 보다 과학적이고 체계적인 구명(究明)이 신속히 착수되어야 할 것을 주문한「대 이북관계의 현황과 북한연구의 긴급성」을 실어 군불을 땠고 오랜 기간 중립화통일론을 주장해 온 김삼규의「통일독립 공화국에의 길」도 같은 호에 게재했다.

그러나『사상계』편집진들은 중립화통일론에 대체로 부정적인 입장이었다. 장준하는 권두언에서 평화공존론은 민주진영 내부에 정신부패의 병균을 뿌림으로써 그 나라가 자멸하도록 이끄는 것으로 보았다.[12] 강대국가들의 국제협정에 의해서 보장된 중립화가 성립될 가능성이 있느냐의 문제와 우리 스스로가 성립된 중립화를 유지할 수 있는가의 문제는 별개며 남한정부는 무엇보다도 먼저 정치적 경제적 자립을 위한 자기역량의 저축에 모든 힘을 기울여야 한다고 주문한 고려대 정치학과 조순승 교수 또한 마찬가지였다.[13] 서울

---

12 장준하,「이데올로기적 혼돈의 극복을 위하여」,『사상계』, 1960년 11월호.
13 조순승,「한국 중립화는 가능한가 : 김삼규 씨의 이론을 중심으로」,『사상계』, 1960년 12월호.

대 신상초 교수는 더 나아가 중립국 운동이 공산주의자들의 농간이며, 공산화가 달성된다면 무자비한 숙청을 단행하여 중립화론자들을 처단할 것이라고 경고하기도 했다.[14]

한편 서울대 의대 교수 유석진은 젊은 세대가 통일을 부르짖고 중립론을 내세우는 것은 기성세대가 독립국가를 만들어놓지 못한 것에 대한 항의라며 중립화론 자체에 대한 비판보다 담론에 세대론적 배경과 맥락이 있음을 확인하기도 했다.[15]

그러나 대체적으로는 중립화가 공산화의 첫걸음이라는 사실에 동의했다. 소련의 '평화 공존, 평화 공세' 주장과 중립화통일론을 동일한 것으로 보았기 때문이다. 주요한과 민병기는 미·소 중심의 세계 질서가 점차 다원화되어 가는 상황에서 중립론은 오히려 고립주의를 의미하게 될 따름이라고 주장하기도 했다.[16]

한미 관계와 원조 문제

『사상계』는 미국이 이승만에 압력을 행사하여 4월혁명을 성공으로 이끄는 막후의 역할을 했다고 보면서 대체로 미국에 대해 긍정적

---

14 신상초, 「세계혁명의 재인식」, 『사상계』, 1961년 4월호.
15 유석진, 「신세대와 구세대간의 알력 : 세대 간의 갈등을 중심으로」, 『사상계』, 1961년 4월호.
16 주요한, 「드골이 던진 중립화론의 파문 : 다중심 세계의 도래」, 『사상계』, 1964년 4월호; 민병기, 「미쏘의 세계 정책과 '중립' : 다원화된 세력관계에서 중립은 고립주의를 의미한다」, 『사상계』, 1964년 4월호.

이었고 친미적 성향까지 띄었다. 그러나 미국의 원조 정책에 대해서는 매우 민감하게 반응했다. 앞서 콘론 어쏘시에이츠 보고서가 『사상계』에 연재되었던 것도 그들의 원조 정책 변화 가능성에 한국이 어떻게 대응해야 할 것인지를 선제적으로 논의해야만 했기 때문이다.

　미국의 원조 정책의 변화와 제아시아 국가에 대한 미국의 정책적 판단을 추측할 수 있는 이 보고서는 1960년 1월호에서 5월호까지 총 5회에 걸쳐 전문이 실렸다. 이 보고서에서 주목할 만한 사항은 피원조국인 한국에 대한 진단인데, 1960년 1월호에 실린 내용을 보면 "미국의 원조기술 및 원조에 관한 미국의 책임을 재검토할 필요"가 있으며, "선거가 다가옴에 따라 자유당은 기본적 민주주의권리에 대한 침해라고밖에 볼 수 없는 행위를 계속"하고 있다고 하여 한국을 긴장시켰다. 특히 자유당에 대한 보고서의 부정적 평가는 미국이 4월혁명 당시 방관 내지 묵인의 태도를 취한 이유가 어느 정도 설명되는 대목이기도 하다. 한국의 이승만 독재 상황에 대해 미국이 냉정한 판단을 하고 있었고 주한미대사 메카나기가 막후에서 이승만이 권좌에서 물러나도록 압력 아닌 압력을 가한 것도 미국의 이와 같은 한국 인식과 관련된다고

사진 2.2 ‖ 1960년 1월호 콘론 보고서
1회의 첫 면

할 수 있다. 『사상계』가 메카나기 대사를 옹호하는 글(「매카나기 大使」, 60년 6월호)을 실은 것도 같은 맥락으로 풀이된다. 신상초가 4월 혁명 당시 희생이 적었던 원인으로 군인들이 이승만 정권과 민중의 싸움에서 중립을 지켰기 때문이며 우방인 미국이 이승만을 조금도 옹호하지 않았기 때문이라는 분석을 내놓고 있는 것[17]도 콜론 보고서가 한국 지식인들에게 영향력을 끼친 대미 인식의 양상을 잘 보여주는 대목이라 할 수 있을 것이다.

한편 콜론 보고서는 한국의 군사 쿠데타 가능성을 거론하기도 했다. 콜론 보고서를 작성한 스칼라피노 교수는 "다른 아시아의 국가처럼 한국에서는 젊은 교육받은 계급이 그들의 재능과 힘을 충분히 발휘할 곳을 찾지 못해 「인텔리. 프롤레타리아트」로 발전해 갈 상당한 위험성이 있다. 이 문제는 한때 일본이 그러했듯이 한국에서는 특별한 면을 갖고 있다. 가난한 가정의 유능한 자제가 일반대학에 들어가는 수는 학비 부족으로 대단히 제한되어 있다. 그들에게 어떠한 고등교육의 기회가 있다면 그것은 보통 군부학교를 통해서다. 이리하여 하층 경제 계급 출신의 유망한 청년장교가 다수 생기며 「특권적」 관리나 정치가에 분노를 갖게 된다. 이것은 폭발할 우려도 있는 것이다"라고 적었고 이는 현실이 되고 말았다고 『사상계』는 쓴다.[18]

콜론 보고서의 이와 같은 군부 쿠데타 예상 시나리오는 5·16으로

---

17 신상초, 「이승만폭정의 종언」, 『사상계』, 1960년 6월호.
18 스칼라피노, 김준엽, 양호민, 이만갑, 한재덕, 「공산권의 동요 : 스칼라피노 교수와의 토론」, 『사상계』, 1962년 2월호.

현실화되면서 한국의 지식인들에게 후진국에서 일어나는 일반적인 양상으로서의 군부 쿠데타로 받아들여지기도 했다.

미국이 한국을 바라보는 시각이 무엇인지를 예민하게 받아들이면서도, 『사상계』 필진들은 미국의 원조를 무조건 긍정적으로 바라보지만은 않았다. 미국 원조는 한국 경제에 일정 부분 도움을 준 것은 사실이지만, 한국 경제의 대미 의존도를 높여 결과적으로 한국 경제의 자립을 이끌지는 못했다는 사실을 강하게 비판했다. 특히 미국 원조가 소비재 중심으로 이루어져 있어 산업 구조가 기형적으로 변하고 소득 분배의 지나친 불균형을 야기했다는 점도 적극적으로 지적했다. 즉 분배 면에서 원조자금이 각종 특혜와 불공정한 정책으로 인해 노동자, 농민에게 직접적인 혜택을 주지는 않았다는 것이었다. 한국의 경우, 자원이 적고 내수 기반이 빈약하여 수출 중심의 경제 구조를 가져야 하는데 미 원조는 한국 경제의 이와 같은 개선 방안에 대해 아무런 도움이 되지 못했다는 것이다.

『사상계』는 변화해 가는 국제 정세의 흐름에 매우 민감하여 〈움직이는 세계〉와 같은 꼭지에서 이를 꼼꼼히 다루어왔다. 그 결과, 『사상계』 필진들은 기존의 미·소 양극화 냉전 체제에서 다원화 체제로 이행되어 가고 있다고 판단했고 미국의 경제도 점차 위기 상황이 심화되어 가고 있다고 보았다. 사실상 미국의 보호 아래 국가 체제가 유지되고 있는 한국은 하루속히 자주경제를 완성하고 정국을 안정시켜 근대국민국가를 달성해야만 공산주의의 위협으로부터 벗어날 수 있다고 생각한 것이다. 한국전쟁이 발발한 지 10여 년

남짓한 상황에서 제대로 된 근대화 수순을 밟지 않는다면 동남아 여러 국가들이나 콩고와 같은 상황이 한국에서 일어나지 않을 것이라는 보장을 할 수 없다고 본 것이다. 더욱이 한국은 휴전 상태이기 때문에 미국의 입지 약화와 경제 불안은 주한미군 철수로 이어져 결국 침략 야욕에 불탄 북한과 이를 뒤에서 조종할 소련·중국에 의해 제2의 한국전쟁이 일어날지 모른다는 두려움이 있었다.[19] 한국의 가장 큰 과제가 빈곤의 해결에 있다고 할 때, 그것은 단지 경제적 차원의 문제만이 아니라 북한에 대한 체제 우위의 문제이자 공산주의에 대한 적개심의 발로이기도 했기 때문에 미국의 원조에 대한 불만은 피수원국의 단순한 투정 이상의 의미를 갖고 있었다.

한일 관계와 한일협정 문제

1950년대 『사상계』는 한일 관계에 대해 큰 주목을 하지 않았지만 4월혁명 이후 젊은 세대를 중심으로 반일 절대주의라는 터부가 해제되고[20] 한일 간 협상이 지속되면서 이에 대한 한국의 태도와 쟁점을 짚는 한편, 정부가 해야 할 일이 무엇인지 고민하기 시작했다.

박정희 정권에 의한 한일협정 체결이 급물살을 타기 전, 『사상계』는 미국의 원조가 감소하는 상황에서 경제성장을 이루려면 일본과

---

19 조순승, 「한국의 장래와 1963년」, 『사상계』, 1963년 6월호.
20 「전국에 몰아치는 일본풍」, 『사상계』, 1960년 11월호.

의 경제 제휴를 해야 한다[21]는 데 대체적으로 동의하고 있었다. 내심 재일교포의 재산 반입 또한 한국 경제의 외양을 부풀릴 수 있는 좋은 방법임도 숨기지 않고 있었다.[22] 한일 간 대립이 지속되는 것은 한국에 아무런 이득이 되지 않을 뿐 아니라 민생고의 시급한 해결이 가장 큰 과제였던 한국의 입장에서는 오히려 한일 간 경제 교류는 경제에 도움이 될 것이라고 판단하고 있었다. 다만 일본 내 조총련이 대(對)한국간첩본거지로 삼아 암약하고 있는 사실이 걱정된다는 점[23], 일본 자금으로 경제성장하려는 태도가 경제 자립과 민족 자주성을 훼손할 수 있다는 장준하의 61년 5월호 권두언에서의 우려[24]에서 보듯 한일 간의 관계 개선은 깊은 숙고와 국민 대다수의 동의하에 신중하게 이루어져야 한다고 보았다.

경제 발전 방향의 설정

『사상계』는 후진국 근대화 발전 방향을 크게 두 가지로 나누어 생각했던 것 같다. 하나는 농업 생산력 향상이고 또 다른 하나는 근대적 공업 입국이다. 이 둘은 하나로 모아지기도 하면서 또한 갈라지기도 한다. 서울대 경제학과 황병준은 전기, 석탄, 제철 같은 기간산

---

21 이동욱, 「한일악수의 필요성」, 『사상계』, 1960년 11월호.
22 성창환, 「저개발지역의 자본형성과 외국원조 : 자립정신이 물질적 제조건보다도 선행되어야 한다」, 『사상계』, 1960년 11월호.
23 박도경, 「재일본 「조총련」의 내막」, 『사상계』, 1961년 1월호.
24 장준하, 「한일문제해결의 기본자세」, 『사상계』, 1961년 5월호.

업의 육성이 필요하며 당장 시급한 전력부족문제를 빠른 시일 내에 해결하여 수출 향상을 위한 인프라를 구축해야 한다고 주장했다.[25] 이를 통한 외화 획득만이 자주경제의 기틀을 제공할 수 있다고 본 것이다. 성균관대 경제학과 탁희준은 잠재적 실업군을 공업화를 통해 해소해야 한다고 주장했다.[26]

　그런데 4월혁명 전『사상계』가 가장 자주 거론한 현안은 농촌문제였다. 미국의 잉여농산물 수입으로 인한 농가 소득 감소 해결 방안과 농촌 진흥 방안 등이 주요 쟁점이었다. "한국 빈곤과 후진성의 근원은 농촌사회"[27]이기에 "한국경제발전은 농업 중심의 전개가 아니라 산업구조의 고도화 관점에서 공업화 위주로 진행되어야"[28] 한다고 주장하는 견해가 대표적이다. "농촌의 과잉인구를 공업 광업 수산력 등으로 돌려 생산수준을 향상시켜야 한다."[29]는 주장도 같은 맥락에서 이어졌다. 농업국가에서 공업국가로 체질을 개선하지 않으면 한국의 근대화는 요원하다는 것이 대체적인 인식이었다.

　한편, 농촌문제와 관련하여 미국의 값싼 잉여농산물로 인한 곡가 하락을 막는 방법도 논의되었다. 1960년 1월호 〈국내의 움직임〉 꼭지에는 "풍년과 미국 잉여농산물의 유입으로 인한 곡가 하락"[30]을

25　황병준, 「한국경제의 근대화와 기간산업」, 『사상계』, 1961년 1월호.
26　탁희준, 「실업자 대책을 겸한 경제부흥」, 『사상계』, 1961년 1월호.
27　이만갑, 「농촌빈곤의 사회학적 해석 : 농촌문제 해결책의 맹점」, 『사상계』, 1960년 1월호.
28　이정환, 「『천하지대본』의 경제학」, 『사상계』, 1960년 1월호.
29　이동욱, 「농정의 자유주의와 사회주의」, 『사상계』, 1960년 1월호.
30　「곡가 폭락을 막는 길」, 『사상계』, 1960년 1월호.

지적하면서 이에 대한 해결책으로 잉여농산물 수입 억제를 주장하는 것이 아니라 남아도는 곡식을 수출할 방법을 찾으려 했다. 이는 미국의 잉여농산물 수입에 대해 직접적인 문제제기를 하지 않고 다른 방법을 모색하고 있는 것으로 당대 『사상계』 필진들의 미국 인식의 궤를 보여주는 것이기도 하다.

당대 농촌문제의 핵심은, 농촌의 잉여 인구는 증가 추세에 있는데 비해, 소득은 정체 내지 답보 상태에 머물러 있다는 데 있었다. 1960년 4월호의 「한국의 경제구조와 인구」라는 글 또한 한국의 자연발생적 인구증가를 우려한다.[31] 그리고 이를 해결하기 위해 농촌의 잉여 노동력을 활용해야 한다는 점이 강조된다. "농업의 자본가적 경영생산방식을 통하는 농가 인구의 축소를 기하고 이로부터 얻는 노동력을 산업군으로 편성하여 한국경제 백년대계를 위한 외부경제 ― 노동집약적 자본절약적 ― 즉 도로, 철로, 수로, 그리고 산수통제에 동원시키는 것이 한국 경제의 1960년의 신기축이 되고 또한 일방은 인구 통제 ― 산아통제와 死통제 ― 정책의 강행이 전자의 기축의 움직임에 박차를 가할 것이다."는 주장이 그것이다. 그러면서 이 글은 "공업화라는 것은 결코 한국경제의 발전의 신기축이 못된다."고 단언한다. 대다수 『사상계』 필진들이 공업화를 통한 근대화 달성으로 농촌문제의 해법을 제시한 반면, 이 글은 농촌의 잉여 노동력을 활용하여 사회 간접 자본을 마련하면서도 무리한 공업화로 인한 부작용을

---

31   이기준, 「한국의 경제구조와 인구」, 『사상계』, 1960년 4월호.

최소화하면서 점진적인 발전을 도모해야 한다고 주장한 것이다.

사실상 농업국가인 한국은 당장 문제가 되고 있는 농촌 빈곤 문제와 고리채, 잉여 노동력 양산 등을 어떻게 해결해야 할 것인지에 좀 더 초점을 두어야 한다고 주장한 견해도 있었다. 장준하는 60년 9월호 권두언 「농촌과 농민을 보라」에서 농촌과 농민의 희생을 강요하는 도시제일주의정책을 타파해야 한다고 역설했고 훗날 농림부 장관과 성균관대 총장을 거치게 되는 박동앙은 농촌의 잉여 노동력 문제를 해결하기 위해 중소기업의 지방분산이나 개간 간척과 같은 대규모 국토개발사업을 통해 농지를 확보하여 잉여 노동력이 일할 수 있게 면밀한 계획을 세워야 한다고 보았다.[32]

즉 한국의 경제 발전의 가장 큰 걸림돌은 잉여 노동력을 어떻게 효율적으로 활용할 것인가의 문제와 결부되어 있다고 본 것이다. 이는 분배의 문제이기도 하고 도농 격차 해소 과제와도 관계될 뿐 아니라 공산주의의 침입을 막기 위한 과제이기도 했다. 또한 잉여 노동력 문제는 산아 제한을 통한 '근대적' 가족계획 수립 정책과도 연관된다.

인구 조절 정책의 대두

1960년대 한국의 가장 중요한 화두는 조속한 근대화의 실현이었다. 이를 위해서는 가족 단위에서부터 '근대화'가 절실했고 그에 대

---

32 박동앙, 「농촌잠재실업과 이농」, 『사상계』, 1961년 2월호.

한 계몽이 요구되었다. 특히 산아제한을 통해 인구의 적정 증가율을 조절해야 한다는 주장이 점점 설득력을 얻고 있었다. 현재와 같이 인구가 증가해서는 경제가 감당하기 어렵고 실업자만 양성될 것이라는 경고는 훗날 '핵폭탄'에 비유될 정도로 공포스러운 것이었다. 따라서 피임을 통해 인구증가율을 떨어뜨리고 경제활동에 종사할 수 있는 적정 인구수를 유지하여 결과적으로 경제성장을 도모할 수 있는 환경을 조성하는 것이 무엇보다 시급히 요청되었다.[33]

인구의 폭발적 증가를 우려한 『사상계』 편집진들은 산아 제한에 대해 대체적으로 동의하는 분위기였으나 개신교와 카톨릭의 반발도 만만치 않았다. 수태를 방지하는 피임이나 임신중절 등의 산아 제한 방법은 모두가 신법 자연법에 배치되는 일대 죄악이라는 논리[34]가 그것이었다.

그러나 빈곤한 한국 경제를 근대화하기 위해서는 인구조절이 필수적이라고 믿는 경향이 더 강했다. 한국 가정에 적합한 수태조절기술을 어떻게 갖출 것인가를 따져보기도 하고[35] 스테로이드 제제에 의해 뇌하수체의 호르몬 제조기능을 통제하는 방법을 사용하면 카톨릭의 윤리에 반하지 않으면서도 인구의 자연조절이 가능하다는 점을 소개하는 글을 싣기도 했다.[36]

---

33   고황경, 「산아제한의 국가적 의의」, 『사상계』, 1960년 4월호.
34   서석태, 「천주의 법과 산아제한」; 강원룡, 「하나님의 말씀과 산아조절」, 『사상계』, 1960년 7월호.
35   박재울, 「산아조절의 의학」, 『사상계』, 1960년 8월호.
36   가트메커, 「인구조절을 위한 정제」, 『사상계』, 1960년 8월호.

이러한 배경에는 우리나라를 포함한 아시아의 여러 후진 국가들, 특히 농어촌사회에서 제2차 세계대전 이후부터 현대 공중보건기술과 발전된 의학의 영향으로 사망률 저하가 두드러져 급속하게 인구 증가율이 높아진 사정이 있다.[37] 그러나 인구의 급속한 증가만큼의 경제 규모는 실현되지 않은 상태이므로 인구증가율은 곧 실업률 증가를 의미하기에 산아 제한은 국가의 미래를 위해서도 필수적이라고 보았다. 그러하기에 산아 제한 정책을 가족계획운동의 합법적 실시로 전환하여 가족계획의 이익과 긍정적인 측면을 부각하여 매스컴을 통해 계몽해야 한다는 주장도 등장했다. 아울러 간략하고 손쉬우며 값싼 피임법 연구 및 보급이 필요하다고 보기도 했다.[38] 산아 제한 논란은 이후에도 계속되지만 대체적으로 인구의 급속한 증가가 가뜩이나 어려운 경제 사정을 더욱 힘들게 만들 것이라는 점에 대해서 동의하는 논조가 다수였다.

한편, 인구의 자연 증가율이 상승하는 것을 막으면서도 외자 확보를 위한 또 다른 수단이 고안되었는데, 해외 이민을 장려하거나 노동력을 파견하는 정책이 그것이었다. 그러나 이 정책이 본격적으로 실시된 것은 박정희 정권이 들어선 이후였다.『사상계』는 해외 이민 정책이나 노동력 파견에 대해 반대 의견을 두드러지게 보이지는 않았다.

---

37 양재모,「농촌가족계획의 이상안 : 농부의 수태조절을 중심하여」,『사상계』, 1960년 12월호.
38 이효재,「한국가족계획의 현대화안」,『사상계』, 1961년 4월호.

한국가족계획의 현대화안, 1961년 4월호

　요즈음 일간신문, 잡지를 통하여 우리나라 인구문제의 심각함을 지적하고 산아제한정책실시의 긴박함을 부르짖는 글들이 자주 눈에 뜨인다. 특히 이 중에는 학생들의 투고를 간혹 볼 수 있다. 그리고 지금쯤 우리국가의 경제, 사회문제에 웬만큼 관심 있는 사람치고 어떤 방법의 인구제한을 찬성치 않는 사람은 없을 것이다. (…중략…)

　가족계획운동을 처음으로 전개한 민간단체로는, 「어머니회」이다. 이회에선 그동안 서울시의 중앙지대에 보건진료소를 설치하여 회원증(연400환)을 가진 부녀자들에게 보건상담을 위주로 피임법을 실지 지도하고 있다. 그리고 시내의 여관계 의사들로서 구성된 가족계획연구위원회를 조직하여 그 위원들의 병원을 지정 보건상담소로 정하고 있다. 이 중앙진료소에서 계속적인 상담과 치료를 필요로 하는 사람들을 그들이 사는 구역의 지정 상담소에 소개하여 피임보건에 관한 무료상담과 실비치료의 혜택을 받을 수 있게 한다. 그러나 이러한 봉사사업에 대한 일반 부녀자들의 반응은 아직도 극히 소극적이며 소수에 불과하다고 한다. (…중략…)

　이 진료소에서 보급시키는 피임방법으로는 저생활층의 형편에 알맞은 스폰지사용 방법이다. 이것은 그들이 시장에서 싸게 살 수 있는 자료로서 만들 수 있는 것이다. 이 방법의 피임률은 7-8할 정도라고 한다. (…중략…)

　시장에는 외제품이 이미 많이 매매되고 있으며 '콘돔'이나 '젤리' 등은 국내에서 제조되고 있다 한다. 관게당국자의 말에 의하면 '콘돔'제조는 성병방지용으로 정식제조허가를 하고 있으며 그 외 피임용구의 제조는 부정이라고 한다. (…중략…)

우리의 인구문제를 타개하기 위한 가족계획운동을 민간운동으로 추진시키기에는 하루 속히 관계법령의 제정이 앞서야 할 것이다. (…중략…) 하루 속히 인구조절을 추진하는 단체나 가족계획을 연구하고 보급시키기 위한 단체를 조직하여 적극적 여론을 일으키는 한편 정부에 압력을 가해야 할 것이다. 필요하다면 조속한 입법을 위한 민간운동까지 전개되어져야 할 것이다. (…중략…)

피임법 사용에 대한 주부들의 찬반의 태도를 숫자적으로 보면 서울시의 응답자 중 51.5%가 찬성이며 농촌의 경우는 52.7%가 찬성이다. (…중략…) 이러한 과반수의 부녀자들이 피임법의 사용을 찬성한다고 해서 현대적 가족계획을 쉽사리 받아들일 수 있는 태도가 조성되어져 있다고 볼 수 없다. 이들의 이상적 자녀수를 보면 서울시나 농촌에 있어서 아들 셋, 딸 둘을 원하는 부녀자가 과반수이다. 그들의 현실정으로선 자녀 다섯이란 과한 숫자이다. (…중략…)

그들의 형편에 가장 알맞게 돈들이지 않고 비교적 쉽게 사용할 수 있는 그리고 보급하기에 실지 기술을 요하지 않는 것으로는 주기법이 있다. 이것은 월경의 주기가 정확한 사람들에게는 상당히 효과적인 방법이다. 그리고 이 방법은 남편의 협조 없이 이루어질 수 없으므로 남자들의 계몽과 교육이 부녀자들의 것과 병행되어져야만 한다.

이 방법 이외에 또한 싸게 자료를 구하여 사용할 수 있는 스폰지용법을 전달할 수 있을 것이다. 이 방법을 철저히 지도하기 위하여는 어느 정도의 진료소시설이 필요하며 전문적 기술이 필요할 것이다. 그러나 위선 아쉬운 대로 그 사용법을 자세히 설명하는 정도에 그친다고 하더라도 전혀 보급치 않는 것보다는 나으리라 생각된다. 이러한 여러 가지 방법의 지도는 전문가들의 지도와 교육을 어느 정도 철저히 받은 후에 시행해야 할 것이다.

▷ 한국전쟁 이후 일어난 '베이비붐'경향은 가뜩이나 빈곤한 가정 경

제를 파탄으로까지 몰고 갈 수 있는 위험인자로 인식되었다. 1960년을 전후하여, 출산을 국가에 의해 관리되어야 할 '가족계획'으로 삼아야 한다는 생각은 심각한 식량난에 허덕이던 '후진 한국'의 입장에서는 매우 긴급한 것이었다. 인구증가율을 낮추는 즉각적이고 실효적인 시도는 피임법의 보급이었다. 그러나 피임은 주로 여성의 의무사항이었다. 국산 콘돔이 생산되고 있었음에도, '여성을 위한' 값싸고 효과 좋은 피임법을 보급해야 한다는 주장에 이의를 제기하는 이는 없었다. 그 연장선에서, 1973년 제정된 '모자보건법'은 여성을 출산과 양육을 전담하는 존재로 명확히 한다.

2. 군사 쿠데타에서 한일협정까지

번의에 번의를 거듭한 '민정 복귀'

내각책임제를 골자로 한 민주당의 권력 장악은 5·16 쿠데타로 끝이 났고 박정희 의장은 당대 지식인들의 상당한 기대 속에 권력을 잡았다. 그 기대는 당대 지식인들이 민정이양 약속을 굳게 믿은 결과이기도 했다.

하지만 혁명 완수 후 민정이양을 하겠다는 공약이 있으나 쉽지는 않을 것이라고 본 박준규는 아예 합헌적인 정치질서를 조속히 수립하기 위해 군인이 군복을 벗고 정계로 나와도 좋을 것이라고 일찍이 언급하기도 했다.[39]

민주적 절차의 정당성은 확보하지 못했지만, 공산 세력이 현존의 위협으로 도사리고 있는 지금, 난국 수습을 위해 군인이 뛰어든 것에는 대체로 긍정하는 분위기였다. 장준하가 권두언에서 "현군사혁명정권에 대해서도 그 정책의 시와 비를 공정히 판단하여 혁명과업 대열에 실책이 없도록 편달함을 우리들의 당연한 의무로 확신하는 바이다"라며 『사상계』의 포지션을 비판자에서 조력자로 두려 한 것도 같은 맥락이었다.[40]

---

39 박준규 외, 「좌담회·기성정치인의 솔직한 발언」, 『사상계』, 1961년 8월호.
40 장준하, 「우리는 왜 「사상계」를 내는가? : 창간9주년을 맞이하여」, 『사상계』, 1962

그러나 『사상계』의 이와 같은 긍정적 태도는 오래 가지 못한다. 박정희가 '번의에 번의를 거듭하며' 끝내 대통령 선거에 군복을 벗고 출마를 하고, 한일 협상을 국민들의 동의도 구하지 않은 채 졸속으로 밀어붙이고, 국민의 자유를 억압하고, 민생고의 해결을 이루지 못했을 뿐 아니라 자유당 못지않은 부패와 비리를 저지른 사실이 조금씩 드러나기 시작했기 때문이다. 이에 『사상계』는 군사정부에 대한 실망을 감추지 못하고 비판의 목소리를 높이게 된다.

이러한 실망과 비판의 목소리는 먼저, 62년 11월에 통과된 새 헌법에 대한 비판에서 잘 드러난다. 즉 새로운 헌법에 적시된 단원제 국회가 권력 집중의 위험성을 내포하고 있다는 주장[41], 같은 맥락에서 새 헌법이 국민의 기본권을 권력자가 자의적으로 제한할 위험이 있다고 보는 논의가 있었다.[42] 또한 신헌법은 대통령의 권한이 과도하게 비대해지거나 남용될 위험성이 내포되어 있다는 경고도 있었다.[43]

군사정부 주체 세력이 혁명공약 6조를 수정하여(1962년 12월 27일) 민정에 적극 참가하려 하자 장준하를 비롯한 『사상계』 인사들은 민정은 군정의 연장이어서는 안 된다고 비판했다. 63년 들어와 박정희 의장이 번의에 번의를 거듭하여 끝내 출마를 하게 되자 장준하는

___

년 4월호.

41　김기범, 「양원제 무용론을 박함 : 권력집중의 위험성을 내포한 단원제」, 『사상계』, 1962년 8월호.

42　김남진, 「새헌법과 기본권의 명문화 : 권력이 보장되지 않고 권력의 분립이 규정되지 아니한 사회는 헌법을 가지지 아니한다」, 『사상계』, 1962년 8월호.

43　한동섭, 「새 헌법안을 비판한다 : 좋은 헌법을 위한 성의를」, 『사상계』, 1962년 12월호.

사진 2.3 ‖ '번의에 번의를 거듭'하여 끝내 군복을 벗고 출마한 박정희 의장을 강도 높게 비판한 1963년 4월호 화보

군정 2년간의 실패를 들어 순수 민간인에 의한 비상과도거국내각을 구성하고 박의장은 물러나야 한다고 주장했다.[44] 함석헌은 일련의 헌법 개정과 대통령 출마 과정을 보면서 이미 독재의 기틀이 다져진 상태에서 올바른 민주주의 정치는 불가능해지고 말았다며 이에 맞설 새로운 지도세력의 필요성을 절규하기도 했다.[45]

『사상계』의 우려와 비판에도 불구하고 박 정권이 출범하자 신상초, 조순승 등은 이를 '독재'로 규정하면서 민주주의의 쇠퇴를 개탄했다.[46] 특히 1964년 들어, 한일회담이 급물살을 타고 이에 대학생을 중심으로 한일회담 반대시위가 본격화되자 박정희 정권은 6월 3일 비상계엄을 선포하는데 이는 5·16이 4·19의 연장이 아니라는 점을 『사상계』 필진들에게 새삼 일깨워 주었다. 주미대사를 역임했던 장리욱은 군정은 혁명공약을 깨뜨린 사실이 그들이 취한 정책의 과제 중 최대의 과오라는 것을 솔직하고 명백하게 자인자백하고, 연내에 정권을 이양함으로써 공약을 지키

---

44 장준하, 「구악과 신악은 다 같이 물러가라!」, 『사상계』, 1963년 10월호.
45 함석헌, 「새 혁명」, 『사상계』, 1963년 10월호.
46 신상초, 「군사 독재가 남긴 것 : 「부패무능」을 대변한다(하)」, 『사상계』, 1963년 9월호; 조순승, 「절대권력은 절대부패한다 : 독재의 논리」, 『사상계』, 1963년 11월호.

려는 성의를 나타내야 한다고 주장했다.[47] 나아가 서강대 사학과 길현모는 군사정권은 혁명이 다시 있어서는 안 된다고 강조했지만, 혁명권은 국민의 권리라고 주장했다. 그는 혁명은 민주제도 최후의 수단으로만 사용되어야 하지만 독재화에의 가장 결정적인 순간, 즉 집권정권이 정권교체의 민주적인 룰을 거부할 순간에 사용할 수 있다고 주장하여 독재에 맞선 또 다른 시민 혁명의 논리적 정당성을 옹호하기도 했다.[48] 이러한 비판의 가장 큰 배경에는 무엇보다 한일협정의 졸속 체결을 들 수 있다.

한일협정 반대운동

1961년까지만 해도 혁명정부의 한일회담 방침에 『사상계』(특히 장준하)는 원칙적으로는 지지 의사를 밝혔다. 한일회담에서 중요한 것은 대일일반청구권의 해결을 통해 국교를 정상화하는 일인데, 혁명정부가 현재의 모든 문제를 해결한 후 국교를 수립, 차관을 청하겠다는 기본방침을 정하자 이에 대해 전폭적인 지지를 보낸 것이다.[49] 『사상계』는 일본과의 국교정상화는 필요하지만, 그렇다고 한일회담을 서두를 필요가 없으며, 우리가 서두를수록 국익에는 부합

---

47 장리욱, 「이 막다른 골목을 뚫고 나가야」, 『사상계』, 1964년 6월호.
48 길현모, 「사월과 오월과 유월 : 지성이 혼선되어 있는 오늘을 분석한다」, 『사상계』, 1965년 6월호.
49 장준하, 「한·일문제의 해결을 재론한다」, 『사상계』, 1961년 10월호.

하지 않을 것이라는 주장을 내세운다.[50]

미·소 중심의 양극화가 점차 다원화되어 가는 국제 정세에서, 미국은 경제 위기를 타개하는 한편 자국의 군사 무기 기술의 발전으로 해외 주둔 기지의 필요성이 점차 옅어져 가자 극동 아시아 방위를 일본 중심으로 재편하는 지역적 안정 보장 체제를 구축하고자 했다. 이는 일본 입장에서도 패전 이후 다시금 '정상 국가'로 발돋움하고자 하고자 하는 의도와 맞아 떨어지는 것이었다. 미국은 일본이 공산 세력의 완충 역할을 하고 있는 한국과 수교를 맺음으로써 미일 양국의 이와 같은 구상을 실현할 발판을 마련할 수 있다고 보고 한일 간 수교를 종용했다.

한국 입장에서는 쿠데타로 집권한 박정희 정권이 자신들의 지지 기반을 확보하기 위해서는 경제 발전이 이루어져야만 하는데, 미국의 원조가 점차 줄어드는 상황에서 일본을 통한 외자도입 필요성이 시간이 갈수록 증가하고 있었다. 하지만 한일협정 체결은 여전히 대일 감정이 좋지 않은 한국민들에게 받아들여지기가 쉽지 않았다. 더욱이 협정 체결로 인한 일본의 부상은 대동아 공영권을 연상시키는 것이기도 했고 일본 자본의 한국 진출은 한국의 경제 식민지화를 자초하는 것으로 우려되기도 했다. 이뿐만 아니라 일반청구권, 재일교포 처우 문제, 문화재 반환 문제, 어업권 등 국익과 관련한 사안들을 타결하기에는 상당한 시간과 노력이 필요한 것처럼 보였다.

---

50   조순승, 「한·일문제의 재검토 요망」, 『사상계』, 1961년 12월호.

『사상계』는 한일 국교정상화 논의는 궁극적으로 동북아시아에서의 공산 세력 확산을 막고자 하는 미국의 입장과 미국을 등에 업고 다시금 동북아시아에서의 영향력을 회복하고자 하는 일본의 의도가 맞물린 결과임을 주지하고 있었다. 더욱이 중국이 핵실험을 실시하고(1964년) 동남아시아의 정국 혼란이 가중되어 가는 국제 정세는(대표적으로 월남 문제) 오히려 협상 과정에서 한국에 유리한 발판을 제공하는 것이기도 했다. 대외적인 상황 역시 협상을 빨리 타결해야 할 이유가 별로 없었던 것이다. 오히려 협상을 서두르고자 한국의 국익에 부합하지 않는 협상 체결이 이루어진다면 그것은 사대주의 외교로 비판받아도 마땅한 것이었다.

1964년『사상계』가 정기 4월호뿐 아니라 긴급증간호를 발간한 것도 한일회담 체결 방침에 따른 3·24 시위가 일어남에 따라 한일 수교 정책의 잘못을 지적하기 위한 것이었다. 특히『사상계』편집진이 박 정권에 실망한 부분은 그들이 내세웠던 '민족적 민주주의'가 모호한 기치였음에도 불구하고 자주성과 주체성을 운위한 것으로 여겼는데 한일회담 과정을 보니 일본에 대해 수치스러울 만큼 저자세를 취하고 있었다는 점이었다.[51] 1965년 6월, 한일협정이 조인되자『사상계』는 7월호와는 별개로 긴급증간호를 편집, 협정 폐기를 공식적으로 주장하고[52] 대 박정희 정권 투쟁을 더욱 강력하게 밀어붙이게 된다.

51 「신임을 상실한 대일외교 : 한국외교의 정도를 위하여」,『사상계』, 1964년 5월호.
52 「한일협정조인을 폐기하라」,『사상계』, 1965년 7월 긴급증간호.

친미 성향의 균열

미국과의 관계에서 『사상계』가 초점을 두었던 것은 원조 문제다. 『사상계』는 미국의 원조 정책 변화에 민감하게 반응하면서 61년 10월호에 미국의 경제 원조의 필요성을 역설한 찰스 울프 2세의 「경제 원조의 재고」와 대외 원조 삭감을 주장한 미국의 신자유주의 경제학자 밀튼 프리드먼의 「경제 원조의 재고에 답한다」를 나란히 싣기도 했다.

한편, 『사상계』는 한미행정협정 체결을 촉구하기도 했다. 한국전쟁 당시 체결되었던 대전협정이 전쟁 기간이 아님에도 여전히 유효하여 주한미군 범죄에 공소권을 갖고 있지 못한 점을 비판적으로 살피기도 했다.[53] 미군의 만행으로 인해 반미 감정이 점차 고양되자 한미 당국은 1962년 9월 제1차 실무자 회담을 실시하고, 1966년 7월 9일 행정협정(SOFA)을 체결, 이듬해 2월 9일부터 정식 발효하게 된다. 그러나 이 협정 또한 수많은 불평등조항이 포함되어 있어, 오늘날까지 한국정부의 주권 행사에 제약으로 작용하고 있다.

한편, 미국이 일본을 통해 동북아시아에서의 공산주의 세력 확산을 차단하려는 기획을 세운 것에 대해 NATO처럼 동북아조약기구(NEATO) 구성을 촉진하고, 미국이 현재의 지위를 유지하면서 조정 부담시키는 것이 극동제국의 반발을 받지 않으면서도 목적을 이루

---

53 박관숙, 「한·미 행정협정을 체결하라 : 본의 아닌 호의관계의 균열을 막는 길」, 『사상계』, 1962년 4월호; 박관숙, 「한미행정협정의 문제점 : 그 조속한 체결을 촉구하면서」, 『사상계』, 1965년 7월호.

는 현실성 있는 방법이 될 것이라고 제안하기도 했다.[54]

한일 수교 과정에 미국이 개입되어 있다는 사실, 그리고 그 점이 한일 협정의 굴욕적 체결을 이끌어 낸 근본 원인이 되었다는 점을 『사상계』 필진들은 인식하고 있었다. 이에 한일협정 체결과 베트남 파병을 전후해서는 친미적 성격에서 다소간 미국 비판적 성격으로 이행하는 담론의 결을 보여주게 되었다. 특히 함석헌의 「세 번째 국민에게 부르짖는 말」(65년 5월호)에서 이러한 태도가 잘 나타나고 있다.

민족주의 경제정책 강조

공산주의와의 대결에서 승리하고 자립 경제를 이룩하여 궁극적으로 근대화를 달성하기 위해서는 현재의 빈곤 상태에서 탈출하기 위한 면밀한 경제정책이 필요했다. 그런데 그 방향성에 대해 농업 중심이냐 공업 중심이냐의 논의가 5·16 이후 특히 구체화되었다.

『조선일보』 기자 출신 김윤환은 후진국 근대화 과정에서 농업생산력의 향상은 경제발전에 불가결한 전제적인 요건이라 지적하고 농업의 생산력을 향상시키기 위해서는 전면적인 농업구조개편이 있어야 한다고 주장했다. 특히 농업 경영의 법인화를 통해 영세 농

---

54 조재준, 「전환점에 선 미극동전략 : 동북아조약기구창설을 제창한다」, 『사상계』, 1963년 10월호.

가의 소득 보장이 이루어져야 한다고 보았다.[55]

하지만 다수의 견해는 기존의 농업 중심보다는 공업 중심의 산업 구조 개편에 역점을 두었다. 이화여대 교육학과 이규환은 우리나라를 공업사회로 만드는 것만이 진정한 민주주의를 실현하는 길이라 보았고[56] 김성식은 근대국민국가의 달성은 민족의식에 기반을 두는데, 민족의식 함양은 농업보다도 공업화에 의해서 더 많이 발달한다고 주장했다. 농업이 폐쇄된 사회의 생업이라고 하면 상공업은 개방된 사회의 생업이기에 상공업이 발달하면 그러한 사회를 근거로 강한 민족의식이 생기게 된다는 것이었다.[57] 여기에는 미국 경제학자 로스토우가 정의한 후진 사회의 특징은 농업 중심이라는 점도 거론되었다.[58]

이러한 산업 혁명의 달성은 강력한 지도력과 치밀한 계획에서만 가능하며[59] 민족주의에 바탕을 두어야 한다고 보았다.[60]

이들은 모두 성장 위주의 경제정책 설정을 전제하고 있다는 공통

55　김윤환, 「한국의 농본정책을 비판한다 : 농업구조개혁을 위한 협동정신과 공동작업의 추진」, 『사상계』, 1963년 2월호.

56　이규환, 「공업사회로서의 지향과 대학기능의 변화」, 『사상계』, 1961년 10월호.

57　김성식, 「한국의 민주주의는 어떻게 재건될 것인가」, 『사상계』, 1962년 1월호.

58　김정학, 「후진사회의 유산 : 이중사회적인 요소의 탈피가 시급하다」, 『사상계』, 1962년 3월호.

59　이극찬, 「한국경제사회가 요구하는 정당 : 이 민족을 위하여 몸 바칠 정당인을」, 『사상계』, 1962년 7월호; 김영록, 「경제건설을 위한 리더십 : 빈곤극복전쟁의 현대적 의의」, 『사상계』, 1965년 2월호.

60　차기벽 외, 「좌담회·한국정치의 오늘과 내일 : 건설은 정치악의 제거로부터」, 『사상계』, 1965년 4월호.

점이 있다. 이에 대해 분배 정의의 실현 필요성을 제기한 논의[61]와 박정희식 고전적 순수 성장 논리를 비판한 이열모의 논의[62]가 1965년 무렵 나타나기 시작했다. 이는 박정희 정부의 경제정책에 대한 비판의 맥락에서 이루어졌다. 그러나 공히 민족의식에 바탕을 둔 경제정책이라는 점에서 외연을 공유하고 있는 것이기도 했다.

월남의 상황에 대한 우려와 파병에 대한 초기 입장

『사상계』는 해외 동향을 예의주시하고 있었는데, 특히 1962년 무렵부터 월남 상황에 대한 기사가 계속 실리고 있었다. 월남에 전운이 고조되는 가운데 일어난 통킹만 사건은(훗날 미국의 조작으로 밝혀진다) 미국의 월남 참전에 기름을 부었다. 조순승은 월남에 전쟁이 벌어진다면 중공의 개입이 불 보듯 뻔하며 중공이 미국의 시선을 분산시키기 위해 한반도에 전쟁을 책동할 수도 있는데, 이럴 경우 미국은 상황에 따라 핵전쟁을 벌일 수도 있다고 우려했다.[63]

『사상계』는 65년 1월 26일 국회에서 통과된 월남전 파병안 자체보다 기습 통과 과정을 강도 높게 비난했으며 우리 군의 안전이 보

61　차기벽 외, 「좌담회·한국정치의 오늘과 내일 : 건설은 정치악의 제거로부터」, 『사상계』, 1965년 4월호.

62　이열모, 「부정부패의 메카니즘 : 그 가속도현상을 어떻게 볼 것인가?」, 『사상계』, 1965년 7월호.

63　조순승, 「기로에 선 미국의 극동정책 : 전쟁의 위험이 내포된 극동의 현상유지」, 『사상계』, 1965년 2월호.

미래세계의 인공식량:
아무도 안 굶을 때가 올 것인가(1963년 8월호)

올해 들어 우리나라 국민은 심각한 식량난에 봉착하고 있다. 그러나 식량난은 축복받는 몇몇 나라만을 제외하고는 전세계적으로 겪는 고통인 것이다. 식량난의 원인은 천재(天災) 등 몇 가지를 들 수 있다. 그렇지만 가장 중대한 원인은 인구의 증가다. (…중략…) 지금 같은 식량증산의 비율로는 도저히 인구증가율을 따라갈 수 없게 된다. (…중략…) 무슨 방법으로라도 식량은 증산해야겠는데 그것이 땅을 파는 것이 아니고 파격적인 것일수록 인구를 굶기지 않는데는 더욱 유리성을 띄운다 하겠다. 그러면 앞으로 폭발하는 인구를 먹여 살리기 위해 어떤 식량자원이 개척되고 있는 것일까. (…중략…)

그런데 아주 가까운 장래에 식량이 될 수 있을 것으로 보이는 유력한 후보자는 클로렐라다. 클로렐라는 「우주인의 식량」이니 「꿈의 식량」이니 불리우는 가운데 착착 개발이 진행되고 있다. 연구가 열매를 맺아갈 징조가 보임에 따라 그것은 오히려 식량위기를 극복할 수 있는 유력한 새 얼굴로 클로즈·업 되어 가고 있다. (…중략…) 인간 1인분의 식량을 충족시키려면 0.14입방미터의 수조 하나만 있으면 충분하다. 또한 그 수조에서 자라는 클로렐라는 한 사람이 1일동안 호흡하는데 필요한 산소를 방출해 준다. 클로렐라가 우주선내에서의 식량으로 적당하다고 생각되는 것은 이 때문이다. 즉 조그만 수조 안에 인체로부터의 배설물을 채운 다음 클로렐라를 번식시키면 산소를 방출해주면서 충분한 식량을 제공해 줄 수 있는 것이다. 클로렐라를 먹고 나서 배설된 것을 수조에 넣으면 그것이 다시 클로렐라가 되므로 말하자면 식량의 영구 배급이 가능하게 된다. (…중략…) 다만 소화가 잘 안된다는 것과 맛이 좀 이상하고

색깔이 푸르다는 것이 아직껏 결점으로 남아져 있을 뿐인데 이런 것쯤은 멀지 않아 개량되어질 것으로 여겨진다. (…중략…) 우리나라의 클로렐라 연구자들은 오직 연구비가 없다는 단 한가지 애로 때문에 연구를 계속하지 못하고 있다. 이왕 격심한 식량난에 처한 김에 그것을 계기로 해서 철저한 연구를 여행시키면 어떨는지.

클로렐라를 새로운 식량원으로 개발하려는 이와 같은 연구 이외에도 미래의 식량을 개발하려는 연구는 여러 갈래로 가지를 뻗쳐가고 있다. 미생물을 이용, 석유에서 단백질을 끄집어내려는 연구는 프랑스에서 거의 완성을 보게끔 되었다. 또한 일본에서도 그와 똑같은 연구가 착수된 바 있는데 그 역시 상당한 진척을 보이고 있다. (…중략…) 현재 전세계의 粗석유연산량은 약 10억톤이며 이중 약 7억톤이 파라핀이다. 따라서 그 1퍼센트만 이용하더라도 전세계의 단백질부족량을 메꿀 수 있다는 것이다. (…중략…)

한편 영국, 서독에서는 들에 무성하게 자라고 있는 풀에서 직접 단백질을 회수하기 위한 연구가 진행되고 있다. 풀을 물에 담그고 그에다가 충격파를 발사함으로써 세포원형질을 파괴, 단백질, 탄수화물, 지방, 섬유 등을 나누어 단백질을 회수한다는 것이 바로 그 연구의 내용이다. (…중략…)

그밖에 단백질이랑 비타민 B군 따위를 다량 함유하고 있으며 탱크내에서 겨우 9시간 동안에 64배로 늘어나는 효모가 이미 제2차대전 당시 독일에서 발견된 바 있다. 당시 그 효모를 건조, 맛을 낸 다음 인조육이라 하여 판매하기까지 했던 것이다. 이러한 효모배양연구도 선진국에선 한창 진행되고 있다. 이렇게 보면 미래의 식량은 곧 오늘의 식량으로 등장할 수 있을 것 같기도 하다.

▷ 먹고 사는 문제가 가장 중요했던 1960년대, 근대화 달성의 욕망은 먼저 굶주림을 면하려는 처절한 생존 본능에서 비롯한 것임을 주지할

필요가 있다. 그리고 이 글은 과학의 발전을 통해 마련될 수 있다고 가정된 대체 식량의 개발 또한 굶주림의 상황과 맥을 같이 한다는 사실을 잘 보여준다. SF적 상상력에 가까운 이와 같은 과학에 대한 열망은 결국 먹고 사는 문제를 해결하고자 했던 욕망이 얼마나 큰 것이었는지를 새삼 확인시킨다. '과학입국'과 '잘 살아보세'는 허기진 배를 부여잡은 1960년대 한국민에게 손쉽게 동일시 가능한, 해결해야 할 과제였던 것이다.

장되지 않는 한 출병을 보류해야 한
다고 주장했다.[64]

사진 2.4 ‖ 급박한 전쟁 중에도 군인들
이 월남 주민들에게 인정
을 베풀었다는 내용을 담은
1966년 9월호 화보 표지

그렇지만 월남전 파병은 내심 경
제 발전의 뜻하지 않은 동력이 될 수
있다는 판단도 가지고 있었다. 일본
이 한국전 특수로 경제 강국으로 발
돋움했듯 한국 또한 월남전 특수를
누릴 수 있을 것이라는 기대가 있었
던 것이다. 월남파병 가족들의 불안
을 안심시키기 위해 게재된 김동수
의 「〈속·월남통신〉 베트남전쟁 속의
다이얀人 : 주월국군병원일지」(65년
6월호)의 전반적인 내용이 전쟁 속에서 피어나는 휴머니즘을 강조
하고 있는 데서도 월남전 파병에 대한 불안과 기대가 동시에 내재
되어 있음을 확인할 수 있다. 그럼에도 『사상계』는 월남전이 미국과
중국의 대리전인 만큼 아시아 전역으로 확대될 수도 있다는 점을 우
려했다.[65] 월남 전쟁이 점차 심화되어 가는 상황이 계속되자 장준하
를 비롯한 『사상계』 편집진은 월남전에 대한 더욱 강한 반대의 목소
리를 드러내기 시작했다.

64   장준하, 「월남파병에 관한 우리의 견해」, 『사상계』, 1965년 3월호.
65   「월남전은 어디까지 확대될 것인가?」, 『사상계』, 1965년 7월호.

언론 통제와 반발

계엄령 상황이던 1964년 7월 30일 공화당은 언론 통제 법안인 언론윤리위원회법을 통과시킨다. 이에 『사상계』는 '악법을 즉시 철폐하라'는 제목 아래 홍중인, 문형선, 양호민 등의 글을 싣고 정부의 계엄령 해제 이후 언론 단속에 항의한다. 64년 10월호에 안병욱의 글과 송건호의 「곡필 언론사 : 망국변호론에서 3·15부정선거 옹호론까지」를 실은 것도 같은 맥락이다.

이 호의 권두언에는 특이하게 당시 모든 편집위원의 이름이 들어가 있는데, 이는 언론법에 대한 항의 차원에서 실린 것이다. 이 글은 5·16 이후 절대적인 권력이 무서운 전략의 길을 달려온 것을 목도했다면서 권력을 견제할 수 있는 비판의 자유, 표현의 자유, 언론의 자유의 필요성을 강조하고 정부는 일체의 언론간섭을 포기하여야 한다고 주장한다.[66] 아울러 미국에서 사회학을 전공한 강원룡 목사는 언론이 집권자의 통제를 받게 되면 민주주의는 사이비 민주주의로 전락한다며 행정부가 언론윤리위원회법을 제정, 시행하려는 것은 결국 언론자유에 대한 침해인 동시에 민주주의에 대한 위협이라고 주장한다.[67]

---

66 장준하, 「정부는 언론에 간섭 않기를 바란다」, 『사상계』, 1964년 10월호.
67 강원룡, 「두개의 유령 : 언론파동의 여음」, 『사상계』, 1964년 11월호.

3. 한일협정 이후『사상계』의 대외 담론 동향

한일협정 체결 비판

한일협정 체결 직후『사상계』는 체결 이전과 마찬가지로 비판적인 목소리를 강하게 쏟아냈다. 장준하는 굴욕적이고 반민족적인 한일회담 비준을 막으려는 반대투쟁은 민족의 지상명령이 되었다면서 정부는 한일회담을 포기하고 역사의 명령과 민족의 소리에 순응하여 한일조약 비준을 즉각 포기하라[68]고 목소리를 높였다. 부완혁도 한일협정은 일본이 한국을 노예화했던 역사적 사실에 대한 과거 청산 작업, 앞으로 양국 관계의 호혜평등과 주권존중의 원칙, 대한민국정부의 합법성 인정, '북괴'의 불법성 확인 및 재일교포 북송 금지, 평화선 고수와 파행적 교역의 지양 등 필요한 조치는 하나도 구현하시 못한 채, 일본경제의 활로

사진 2.5 ‖ 한일협정 체결을 '신을사조약'이라 비판한 '긴급증간호' 표지

---

68 장준하,「해방 20년을 맞으면서」,『사상계』, 1965년 8월호.

개척에만 기여하고 독립국가로서의 자주성을 손상시키는 모순과 굴욕만을 안겨주었다고 비판했다. 따라서 우리의 주체의식을 살리는 길은 한일협정을 백지화하고 재출발하는 것뿐[69]이라고 주장했다.

함석헌은 한일협정에 반대하는 국민의 목소리가 결국 실패한 데에는 일본 제국주의자들이 버티고 있고, 그들 뒤에는 미국의 입김이 작용하고 있기 때문이라면서 이승만 독재정권 때와는 달리 전열을 가다듬고 새로운 싸움을 준비해야 한다[70]고 주문했다.

일본이 미국에 적자를 보고 있고 일본 어선이 미국·캐나다·일본 간의 어업협정을 위반해 손해를 보게 된 상황에서, 한국과의 어업협정 체결로 일본이 보상받게 될 길이 열렸다는 점을 강조하는 기사[71]를 싣기도 했다.

다만 고려대 정치학과 한배호는 한일 국교정상화를 계기로 해서 우리 한국이 경제적인, 정치적인 발전을 통해서 통일할 수 있는 보다 더 굳은 기반을 마련할 수 있다면 오히려 성공이 될 수도 있다고 조심스러운 전망을 내놓기도 했다.[72]

그러나 일본과의 경제 협력 시기가 점차 경과해 가면서 공보다 과가 더 많다는 사실이 드러나게 된다. 특히 박정희의 지휘 아래 벌어

---

69 부완혁, 「한일협정은 비준 동의될 수 없다 : 어째서 우리는 그것을 매국조약이라고 부르는가」, 『사상계』, 1965년 8월호.
70 함석헌, 「싸움은 이제부터」, 『사상계』, 1965년 10월호.
71 「미묘해지는 한·미·일 삼각관계」, 『사상계』, 1965년 8월호.
72 함병춘, 한배호, 「대담·60년대 후반기의 국제사회 : 한국이 설 자리를 찾는 입장에서」, 『사상계』, 1966년 2월호.

진 사카린 밀수 사건, 일본정부의 '북괴' 기술자 입국 허용 문제(66년 4월 27일)는 협정 당시의 우려가 실질적인 사건으로 터진 것이었다. 더욱이 일본 차관의 지지부진한 일본 국회의 인증으로 말미암아, 일본의 경제력으로 한국의 경제적 발전을 도모하고자 한 표면적인 구실마저 비판을 면하지 못하게 되었다. 한일협정은 일본 빚더미 위에 세워진 자립 경제의 환상[73]이라는 것이다.

한일협정으로 일본의 동아시아 영향력이 확대될 수 있는 계기가 마련됨으로써 『사상계』 필진들이 우려한 상황은 또 있었는데, 일본의 재무장이 그것이었다. 특히 일본의 군사력은 현재의 일본 평화헌법상으로 보아 어디까지나 자위의 한계를 넘을 수는 없지만 인접 국가의 분쟁이 일본의 자위를 위태롭게 할 경우 군사력의 대외 진출이 일어날 수 있다는 점은 심히 염려스러운 부분이었다.[74]

미국의 대한(對韓) 정책 비판과 관계 재고의 필요성

불평등한 한일협정 체결 뒤에 미국의 압력이 있었다는 사실이 여러 정황을 통해 확인되어 가자 『사상계』는 기존의 친미적 성향에서부터 노골적인 미국의 대한 정책 비판을 펼친다. 특히 1965년 9월호 특집 '미국의 대한정책비판'은 그 결정판이다. 미국의 이익에 따라

---

73   장준하, 「한일관계의 기형화와 총선전망」, 『사상계』, 1967년 1월호.
74   김성집, 「일본의 재무장과 그 전망 : 제3차 군사력증강계획을 중심으로」, 『사상계』, 1967년 2월호.

일본과 협정을 맺은 한국은 결국 피해를 받을 수밖에 없는 상황이 되고 말았다. 공산주의와의 대결에서 승리하고 제대로 된 독립국가 건설을 위해서는 하루바삐 근대 국민 국가로 도약하여야 하는데, 미국은 이를 돕지는 못할망정 한국을 일본의 재식민지화하는 정책을 뒤에서 조종함으로써 한국민의 의사에 반하고 있다는 것이다. 장준하는 불법적 한일협정 비준을 두고 행한 미국의 무비판적인 전폭 지지에 대하여 미국의 납득할 만한 해명을 촉구하는 권두언을 쓰기도 했다.[75] 그만큼 한일협정을 계기로 미국에 대한 『사상계』, 나아가 한국의 비판적 지식인들의 신뢰와 우호는 무너지고 반미 감정이 노골화되기 시작했던 것이다.

1965년 9월호 「미군정이 남긴 유산 : 온갖 사회혼란의 불씨만 남기고」라는 글은 8·15 이래 계속된 격동과 사회혼란의 연원을 캐보면 미·소 양국의 냉전의 소산인 국토양단에 그 근본 원인이 있겠지만, 민족사회 구조의 기초공사를 담당했던 미군정의 실정을 무시할 수 없다면서 크게 두 가지를 지적한다. 첫째, 미군정이 「해방」된 민족의 감정을 무시하는 인사를 감행했으며 건전하고 참신한 민족세력 육성에 실패했다는 것. 둘째, 졸렬한 경제정책. 물가통제법을 폐지하고 미가 통제 식량 배급에 실패한 것이 미군정의 책임이었다는 것이다. 이 때문에 물가 폭등과 실업자의 증대, 임금의 상대적 저하가 발생하여 사회불안과 경제파탄은 극에 달하였고, 농민들은 기아

75　장준하, 「권두언·미국의 對韓정책은 무엇인가」, 『사상계』, 1965년 10월호.

상태에 빠졌다고 진단한다.[76]

『동아일보』 논설위원 이갑섭은 「미(美) 대한(對韓) 경제정책의 공과 : 자주성을 상실케 한 경원」에서, 미국의 대한 원조는 한국 경제의 자립화에 공헌했다기보다 오히려 더욱 많은 원조수요와 더욱 뿌리 깊은 대외 원조 의존성을 조장하는 방식으로 이루어져 왔음을 지적한다. 원조를 받기 시작한 지 20년이 흐르고 무려 37억 불 이상의 막대한 원조를 받아 왔음에도 여전히 더욱 많은 외원을 필요로 하게 되었다는 것이다. 그만큼 미국 원조는 낭비되어 왔으며 이러한 상황에서 미국 원조에의 의존성을 반영구화 되고 있다고 본다. 또한 미국 원조는 한국의 농업에도 적지 않는 타격을 입혔고 우리들로 하여금 소비와 사치의 습성을 기르게 했다고 지적한다.[77]

연세대 신학과 김찬국은 「이방인에서 「동역자」로 : 미국의 선교정책 비판」에서, 한국과 일본과의 국교정상화를 위한 조약 비준을 앞에 두고 기독교인들이 한국에 불리한 조약에 대한 비준 반대운동을 벌이는 이때에 선교사들의 태도는 여전히 미국정책을 우선시한다고 비판한다. 한국을 여전히 선교식민지로 보고 있다는 비판이다. 한국말을 잘하고 한글을 잘 읽고 「사랑방」에서 잘 살 수 있고 숭늉 맛을 알 수 있을 정도로 한국인과의 자기동일시가 가능해야 이방인

76　김영달, 「미군정이 남긴 유산 : 온갖 사회혼란의 불씨만 남기고」, 『사상계』, 1965년 9월호.

77　이갑섭, 「미(美) 대한(對韓) 경제정책의 공과 : 자주성을 상실케 한 경원」, 『사상계』, 1965년 9월호.

「선교사」가 아닌 동반인 「동역자」가 될 수 있다고 주문한다.[78]

이처럼 『사상계』는 미국이 자국의 이익을 위해 한국에 일본과 손잡으라고 강요하고 있다면서, 반공만 지켜진다면 민주적 절차와 방법은 후순위라고 생각하는 것은 아닌지 의심의 눈길을 보내게 되었다.[79] 더욱이 미국은 일본의 군국주의 팽창주의를 내버려 두고 있어 장차 동북아시아에 또 한 번의 불행한 사태가 발생할지도 모른다는 사실을 외면하고 있다고 지적하기도 했다.[80]

월남에 대한 관심과 파병 비판론

『사상계』는 월남파병이 국회를 통과한 후부터 이에 대한 지속적인 관심을 보여주는 기사와 보고문을 쏟아냈다.[81] 월남파병은 동남

---

78 김찬국, 「이방인에서 「동역자」로 : 미국의 선교정책 비판」, 『사상계』, 1965년 9월호.

79 신상초, 이열모, 송건호, 부완혁(사회), 「오늘의 정국 혼란을 말한다」, 『사상계』, 1965년 11월호.

80 신상초, 이열모, 송건호, 부완혁(사회), 「오늘의 정국 혼란을 말한다」, 『사상계』, 1965년 11월호.

81 「「동소아이」혈전의 세 갈래 파문」, 『사상계』, 1965년 8월호; 안의섭, 「곰과 중국인」, 『사상계』, 1965년 8월호; 「월남전선·「몬순」의 결전으로 육박」, 『사상계』, 1965년 9월호; 이기원, 「죤슨 외교의 문제점 : 동남아 특히 월남정책을 중심으로」, 『사상계』, 1965년 9월호; 「월남에 평화가 오는 날은 언제」, 『사상계』, 1965년 10월호; 「출발을 앞둔 「맹호부대」를 찾아보고 : 무운을 기원한다」, 『사상계』, 1965년 11월호; 「월남전투는 계속되고 있다」, 『사상계』, 1965년 11월호; 「월남전선과 평화작업의 좌표」, 『사상계』, 1965년 12월호; 「변화를 찾아 진통하는 월남전」, 『사상계』, 1966년 2월호; 「월남에서 중공으로 옮겨진 논점」, 『사상계』, 1966년 4월호; 부완혁, 「월남에 일개군단을 꼭 보내야 하나?」, 『사상계』, 1966년 4월호; 「월남전쟁」, 『사상계』, 1966년 5월호; 「「亂中亂」: 월남」, 『사상계』, 1966년 5월호; 「월남전이 넘어선 고비」, 『사상계』, 1966년 8월호; 「격화되는 월남전에서 발 빼려는 영국」,

아시아에서의 중공의 영향력 확대를 저지하고 일본이 한국전 특수로 경제 위기를 극복해냈듯이 월남전을 통한 경제적 효과를 재고하며 동남아시아에서의 한국 영향력 강화를 위해서 결정된 일이었지만, 『사상계』 필진들은 한일협정으로 비판받고 있는 정부의 시선을 돌리기 위한 수단의 의미도 있다고 보았다.[82]

『사상계』 필진들은 베트남에서의 전쟁이 긍정적 효과보다 부정적 효과가 더 클 것으로 생각했다. 먼저 미국의 월맹 폭격이 소련과 중국의 대립 상황을 단기적으로나마 해소하여 공산주의 국가들을 단결시키고[83] 미국에 대한 공산주의 세력의 대립각을 높여 확전의 기운을 높일 수 있다는 점을 우려했다.[84] 또한 한국이 걸어가야 할 자주 외교 노선에 치명적인 타격을 줄 수 있음도 지적했다. 특히 이방석은 월남파병은 사실상 대미일변도 외교로의 후퇴를 의미하는 것으로 보고, 파병이 미국에 대한 의리적 명분과 현실적인 경제적 이득을 가져오는 면도 있지만 국내외적으로는 한국 민족주의의 진로에 좌절감을 가져오게 할 가능성도 있으며 신축성 있는 자주 외교에도 중대한 오점이 될 수 있다고 지적했다.[85]

　　『사상계』, 1966년 9월호.

82　「출발을 앞둔 「맹호부대」를 찾아보고 : 무운을 기원한다」, 『사상계』, 1965년 11월호.

83　이기원, 「존슨 외교의 문제점 : 동남아 특히 월남정책을 중심으로」, 『사상계』, 1965년 9월호.

84　김영선, 김점곤, 부완혁, 유창순, 양호민, 지명관, 「『민족주체성』의 행방 : 또 무슨 일을 했는가?」, 『사상계』, 1966년 12월호.

85　이방석, 「퇴색한 민주주의와 민족주의 : 우여곡절과 파란중첩의 정치사」, 『사상계』, 1965년 12월호.

부완혁은 가장 강도 높은 월남파병 반대론을 펼쳤다. 그는 한국의 대규모 군대가 굳이 파견되어 싸워야 할 이유를 찾지 못하겠다고 하면서 우리가 반공하는 나라나 정권을 돕더라도 국군파견이 그 유일한 방법은 아니라고 일갈했다. 월남파병은 주체성을 상실한 외교의 결과이거나 국내 정치면에서 일부 이득을 얻기 위한 구실에 불과하다고 비판했다.[86]

파병을 통해 얻은 경제적 이득이 일본에 비해서 1%도 못 되며, 월남전의 휴전협상을 종용하는 국가들이 늘고 있어 월남에 가장 많이 파병한 한국은 외교적 지지마저 잃어가고 있어 득보다 실이 더 크다는 지적도 있었다.[87]

이와 같이 『사상계』 필진들은 철저한 실리적 계산에 입각하여 월남의 전쟁 상황을 한국 독자에게 전하고 월남파병 반대·비판론을 펼쳤다.

---

86 부완혁, 「월남에 일개군단을 꼭 보내야 하나?」, 『사상계』, 1966년 4월호.
87 김영선, 김점곤, 부완혁, 유창순, 양호민, 지명관, 「『민족주체성』의 행방 : 또 무슨 일을 했는가?」, 『사상계』, 1966년 12월호.

4. 한일협정 이후 『사상계』의 국내 담론 동향

민족주의와 주체성의 강조

한일협정으로 일본의 경제적 식민지로 전락하게 될지도 모른다는 『사상계』 필진들의 우려는 필연적으로 민족 주체성의 강화와 독립정신을 강조하는 담론을 생산하게 되었다. 숭실대 철학과 안병욱은 비록 정부가 굴욕적인 협정을 체결했지만, 일본의 예속적 상품시장으로 전락해서는 안 되며 미국의 문화식민지나 전략기지국가로 화할 수 없을 뿐 아니라 중·소 공산주의의 괴뢰적 노예국가로 굴러 떨어져서도 안 된다면서, 우리가 자주국가로 확립되려면 온 국민이 자주인의 확고부동한 독립정신을 지녀야 한다고 주장했다.[88]

더욱이 『사상계』 필진들은 미국이 일본을 극동 아시아의 방위 전략의 주체로 내세운 것은 결국 미국과 소련의 양자 대립 구도에서 다원화되어 가는 세계상을 반영하는 일환이라고 생각했기에, 진보 정치인 김철은 오늘 우리는 민족의 운명을 개척하여 나아갈 주체로서 뚜렷한 민족 노선을 정립하여야 한다면서 이것이 60년대 후기의

---

88 안병욱, 「해방 20년의 반성 : 우리는 그 날을 떳떳이 회상할 수 있는가?」, 『사상계』, 1965년 8월호.

민족적 과제[89]라고 강조하기도 했다. 다원화되어 가는 세계 안에서 민족 자주성을 획득해야만 한국이 존속할 수 있다는 것이다. 미국만을 숭배해서도 일본을 따라서도 국가의 자주성은 획득할 수 없으며 소련·중국·북한 공산주의 세력과의 대결에서 또한 승리할 수 없다는 것이다.

따라서 민족주의 이념은 필수적으로 요청되는 것이라 하겠다. 서울대 사학과 민석홍은 우리나라에서의 민족주의는 민족통일의 이념이기도 하거니와 근대적인 발전을 위하여 국민의 분발을 촉구하고 국민의 정력을 규합하는 방편으로서도 필요하다고 주장했다.[90] 민족주의가 지닌 사회 통합 기능을 강조하는 주장도 나왔다. 특히 4월혁명 이후 한국의 민족주의 열망이 높아가고는 있으나 제대로 자리 잡지 못한 이유를 박정희 정권의 국시(國是)인 반공 때문이라고 설명한 김경원은 공산주의를 억압하는 과정에서 민족주의자들까지 억압하고 있다고 주장한다. 강력한 민족주의는 공산주의인 북한과의 통합을 의미하는 것이기도 하다는 논리다. 게다가 한국의 식민지 경험의 특유성과 반공정책, 또 한국의 유교사상이 한국의 민족주의 발전을 저해한 요소라 지적한다. 한국의 발전을 위해 민족주의의 필요성을 확실히 느끼고는 있으나 민족주의로 나아가는 내부적 성향에 역행하는 전략적 요구조건과 상충하는 딜레마에 빠져있다는 것

---

89 김철, 「60년대 후기의 민족적 과제」, 『사상계』, 1966년 1월호.
90 민석홍, 「민족주의의 이념」, 『사상계』, 1966년 2월호 부록.

이다.[91] 국가 권력의 학원 난입과 학생의 대량검거, 학원에서의 학생 대량추방 그리고 이른바 '정치교수'의 추방과 같은 군사정권의 학원 개입은 민중의 역량을 성장시키지 못하게 하고 그로 인해 민족 정신의 진작을 막게 하여 영구 집권을 획책하는 것이라는 주장도 제기되었다.[92]

한편, 한일협정 체결 과정에서 보인 정권의 굴욕적인 외교가 낳은 폐해를 보면서 『사상계』 필진들은 외교상에서 무엇보다 중요한 것은 민족주의에 바탕을 둔 국가이익의 추구 논리라고 주장했다. 특히 1966년 3월호에서, 성균관대 정치학과 차기벽은 한국의 내셔널 인터레스트(national interest, 국가이익)를 착실히 추구하기 위해서 국가의 존립, 국민의 번영, 국위선양의 문제를 생각해 보아야 한다고 주장한다.[93] 또한 중앙대 법대 우재승은 「한국외교방향과 할슈타인원칙」에서 앞으로의 우리 외교는 대미 협조관계를 그 기간으로 하면서 한·미 친선관계를 해치지 않는 범위 내에서 중립권역 국가와의 협조를 보다 활발히 진행하는 실리외교로 나가야 한다고 제언한다.[94]

이러한 민족 주체성 강조의 논리는 박정희 정권의 비굴외교와 대비되면서, 당대 권력을 비판하는 핵심 논리로 작동하기도 했다. 언

---

91 김경원, 「한국정치이념의 빈곤」, 『사상계』, 1966년 11월호.
92 김영선, 김점곤, 부완혁, 유창순, 양호민, 지명관, 「『민속수체성』의 행방 : 또 무슨 일을 했는가?」, 『사상계』, 1966년 12월호.
93 차기벽, 「무엇이 국가이익이냐 : 내셔널리즘은 추구되어야 한다」, 『사상계』, 1966년 3월호.
94 우재승, 「한국외교방향과 할슈타인원칙」, 『사상계』, 1966년 3월호.

론인 송건호는 참된 자주 독립을 절규하는 민족대중과 이것을 반대하는 외세 간에 끼인 집권자는 자기의 권력을 계속 누리기 위해서 민중의 요구를 버리고 외세와 결탁하는 경우가 있다고 전제한다. 하지만 그는 외세란 본래 믿을 수 없는 '마키아벨리스트'들이므로 언제 어느 때 헌신짝처럼 버리고 갈지 모른다면서 외세의 힘이 집권자의 자리를 보호해 준다고 믿는 것은 어리석다고 말한다. 결국 참된 힘이 되는 것은 민중의 힘[95]이기에 미국과 일본의 비호 아래 정권을 유지하려는 태도는 잘못이라고 박정희 정권에 경고했다.

민족 주체성 강조와 민족주의 부흥론은 한편으로는 국가 근대화의 내적 역량을 성숙시키는 사회 통합의 담론이기도 했지만 다른 한편으로는 당대 정치권력의 비판 담론을 내재하기도 했던 것이다.

독재정치에 대한 우려

박정희 정권이 5·16 쿠데타로 정권을 잡고 이후 두 번의 대통령 선거에서 모두 승리하여 권력을 연장하게 되는 과정에서, 『사상계』 필진들은 정권의 독재화를 우려하면서 이에 대한 다각도의 비판과 대안을 제시했다. 특히 한일협정 이후 대학생들을 위시한 정부 비판 세력에 강도 높은 탄압을 행하고 언론을 통제하며 대학교수를 내쫓는 일들이 벌어지기 시작하자 이에 대한 비판과 대응, 저항 세력 구

---

95 송건호, 「집권자와 리더십의 본질」, 『사상계』, 1966년 9월호.

축 담론을 만들면서 정권에 각을 세웠다.

　장준하는 한일협정에 따른 포악과 격난, 역사상에 없었던 학원 난입과 휴업령, 그리고 이른바 '정치교수' 추축을 위한 집요한 압력이 오늘날 극한상황을 연출하게 했으며, 심지어『동아일보』나 본『사상계』에 관여한 교수를 다만 그 사실만으로 당국에서 징계대상으로 문제 삼고 있음을 비판했다.[96]

　장리욱 또한 정부가 정치교수 리스트를 만들어 그들을 파면시키고 다시 채용하지 않겠다는 다짐을 받은 상황에 대해, 이러한 조처는 한 대학의 교수만으로서가 아니라 공민(公民)으로서 가진 언론의 자유와 생존권을 박탈하는 폭거로 규정하고 이를 비판했다. 그는 정부가 학생들이 한일회담 반대시위를 하는 근본적인 이유를 모르고 있다면서 학생들은 현정부에 대한 불신과 부정부패에 대한 의분을 한일회담 반대로 표출했음을 분명히 했다. 만약 정부가 이 문제를 합리적으로 해결한다는 뜨거운 성의를 갖고 조리 있는 이론을 전개하기에 힘썼다면 대학을 빈사의 경지에까지 몰아넣지는 않았을 것

사진 2.6 ‖ 당시 정권은 대학생의 한일협정 반대 시위를 뒤에서 종용했다는 이유로 대학교수들을 '정치교수'로 낙인찍었다. 사진은 파면당한 교수들의 인터뷰를 실은『동아일보』1965년 9월 25일 자 3면

96　장준하,「오늘의 극한상황은 누구의 책임인가」,『사상계』, 1965년 11월호.

이라면서 정부는 대신, 정치교수를 제거해버리기만 하면 학생 데모는 뿌리가 뽑힐 것이라고 생각하고 있는데, 이는 대학이 가져야 할 자유와 권위와 주체성을 모조리 짓밟아버린 것이라고 비난했다. 아울러 전국 교수진영 또한 한일협정과 같은 이슈가 될 만한 것에는 다들 발언하더니, 정치교수 처벌에 이르러서는 침묵하고 있다며 강력히 비판했다.[97]

『사상계』 편집위원 양호민도 한일협정을 반대하는 교수가 정치교수라면, 찬성하는 교수도 정치교수다, 요컨대 정부가 말하는 정치교수는 정부의 대일정책을 비판하고 반대한 교수들에 대한 자의적인 지칭이다, 이는 민주주의를 표방하는 국가에서 일어나서는 안 되는 일이라면서 정부 정책에 교수들이 반대한다고 무조건 몰아낼 것이 아니라 위정자들의 자성을 바탕으로 아량을 가져야 한다고 주문했으며[98] 이병용은 최근에 군대가 학생 데모를 횡포하게 다루는 것이 기본권에 대한 직접침략이라면 소위 정치교수 추방은 기본권에 대한 간접침략이라 할 수 있다고 지적했다. 아울러 이제 우리에게는 긍정·예찬의 자유는 있어도 부정 비판의 여지는 점점 좁아져 폭력 앞의 굴복이라는 전근대적인 후퇴를 경험하고 있다면서, 그럼에도 정부는 조국근대화라는 슬로건을 내세우고 있으니 아이로니컬하다

97　장리욱, 「대학의 혼을 곡한다 : 소위 「정치교수」 파동을 보고」, 『사상계』, 1965년 11월호.
98　양호민, 「국가문제를 외면할 수 없다 : 「학원파동」으로 대학교단을 물러서면서」, 『사상계』, 1965년 1월호.

고 비꼬았다.[99] 김재준 또한 정부는 정보기관을 강화하고, 사립학교법에 의하여 학원자유를 없애며 교수들의 애국적인 발언을 봉쇄했을 뿐 아니라 학생의 애국적 행동을 엄단했다면서 그것이 합법적이고 아니고는 막론하고라도 원칙적으로 보아 민주한국을 지향하는, 또는 민주주의를 육성하는 방향에 배치된다는 것만은 확실하다고 지적했다.[100]

이러한 정부의 폭거에 대한 비판을 넘어 장준하는 국민의 마음을 끌지 못하는 비능률적이고 부정하며 부패한 현실권력이 있을 때 이에 대항하는 국민의 마음을 끌 수 있는 정신적인 권력 또는 주권이 절실히 필요하다면서 결코 패배의식 속에 빠지지 말고 애국심과 단결력을 재집결하여 새로운 다짐과 각오가 필요하다고 주문했다.[101] 『동아일보』 주필이었던 천관우도 나라 위한 민중의 항의를 정당히 대하라고 경고했다.[102] 함석헌은 구체적인 저항의 방법 중 언론이 할 수 있는 것으로 게릴라전을 제안하기도 했다. 요는 다음과 같다. 국민의 양심을 대표하던 『사상계』가 경영이 극도로 어려워졌는데 이는 독자가 없어서가 아니라 계획적으로 하는 압박 때문이다. 이것은 전쟁에서 대규모 정규군 싸움의 시대가 지나가고 게릴라전이 그 승

---

99 이병용,「특집 민주사회와 국민주권/얼룩진 국민주권 : 헌법상의 기본주권과 그 유린」,『사상계』, 1965년 11월호.

100 김재준,「민주에 역행한 을사년사 : 말로만 그친 민족주체성」,『사상계』, 1965년 12월호.

101 장준하,「권두언·새해를 맞이하면서」,『사상계』, 1966년 1월호.

102 천관우,「민중의 항의 짓밟지 말라」,『사상계』, 1966년 1월호.

부를 결정하듯이, 언론에서도 큰 신문, 큰 잡지에서 여론을 지배해 가던 시대는 지나간 것[103]을 뜻한다고 했다.

이러한 저항적 글쓰기도 있었던 반면, 새로운 대안을 담론화하는 움직임도 있었다. 여기에는 기존 미국의 원조 정책을 비판적으로 점검하고 미국이 개발도상국의 건전한 정치세력 형성에 기여해야 한다고 주장한 S.허팅톤의 「후진국의 정치착오」도 맥을 같이 했다. 『사상계』 편집부에 따르면, 이 논문은 "후진국에서 어떻게 정치세력을 형성하여 1인 독재의 부정부패한 사회를 극복하고 안정을 초래할 것인가를 모색한 귀중한 논문"이라 소개하고 있는데, 이는 박정희 정권하에서 비판과 대안을 모색하는 데 미국의 역할 또한 필요하다는 사실을 암시하는 것이기도 했다. 이 글에서 S.허팅톤은 근대화 도상 각국에 적어도 하나 이상의 강력한 반공정당을 수립할 수 있는 방향으로 정책을 지향하되, 개인이나 군인을 지지하지 말고 건전한 정당형성에 힘써야 한다면서, 근대화라는 이름으로 정치적 파탄을 초래해서는 안 된다고 주장했다.[104]

『사상계』 필진들은 다가올 1967년 대통령 선거(5월 3일)와 국회의원 선거(6월 8일)를 앞두고 바람직한 리더십을 담론화하는 시도로 이를 구체화했다.

서울대 교육학과 정범모는 후진국이라고 해서 카리스마형 지도자가 필요한 것은 아니라고 하면서 경제적 풍요와 정치적 민주주의,

---

103 함석헌, 「언론의 게릴라전을 제창(提唱)한다」, 『사상계』, 1967년 1월호.
104 S.허팅톤, 「후진국의 정치착오」, 『사상계』, 1966년 1월호.

사회적 개방과 다가치를 지향하기 위해서는 젊은이들과의 소통이 중요하다는 점을 지적했다.[105] 젊은이들과의 소통 중요성을 강조하는 부분에서 대학 학생 세력과 마찰을 빚고 있는 박정희 정권에 대한 비판이 숨어 있음을 알 수 있다.

『중앙일보』논설위원을 지냈던 신상초는 현재 제3공화국을 독재정치로 규정하면서 이는 현 정권 담당자들이 군정의 연장으로 통치를 하고 있고 이로 인해 여당이나 야당 모두 행정부를 견제하지 못하고 있기 때문이라고 본다. 이러한 독재로 인해 사회적으로 불신, 부패, 타락한 기풍이 만연하고 정치적 허무주의가 심화되고 있다고 진단한 그는 우리 역사에 있어서 이승만을 비롯하여 장면, 박정희'씨'까지 제대로 된 카리스마적 리더십을 가지고 국가 톱 리더로서의 참모습을 보여 준 적이 없기에 새로운 창조적 리더십이 필요하다고 주문한다.[106]

이문영 또한 행정 제도의 집권화는 장기 독재를 향한 대통령의 욕구 때문이라고 지적했고[107] 양호민도 현대 민주주의국가에 있어서 국가원수, 행정수반, 당수 등의 구분을 명백히 해야 한다[108]고 주장했다.

한일협정과 베트남 파병으로 외세인 미국의 편만을 들고 민중을 핍박하는 집권 세력은 언젠가 그 외세의 돌연한 태도 변화 때문에 무너질 수 있으므로 민중의 힘을 믿어야 한다는 충고도 있었다.[109]

---

105 정범모, 「현대가 요구하는 지도자상」, 『사상계』, 1966년 3월호.
106 신상초, 「정당 리더십」, 『사상계』, 1966년 3월호.
107 이문영, 「행정 분권의 파괴과정에서 본 대통령직」, 『사상계』, 1966년 9월호.
108 양호민, 「국가원수·행정수반·당수」, 『사상계』, 1966년 9월호.
109 송건호, 「집권자와 리이더쉽의 본질」, 『사상계』, 1966년 9월호.

지식인의 저항적 태도 촉구

『사상계』는 비판적 지식인 잡지인 만큼 후진국 근대화를 위한 지식인의 역할을 끊임없이 강조해왔다. 서울대 문리대 교수를 지낸 구범모는 후진국에선 위로부터의 근대화의 역군도, 근대적 민족주의 담당자도 인텔리 계층임을 생각하면 인텔리의 산업화를 위한 자세의 정비와 민족적 자주성을 위한 정신적 태도의 확립이 후진국 민족주의 성패의 관건이라 생각된다고 했다.[110]

특히 1966년 3월호에는 특집으로 〈새 지도세력 모색의 초장〉을 내세워 한국의 근대화를 이끌기 위한 인텔리들의 역할과 사명을 집중 부각하였는데, 이를 지도자의 리더십, 정당 리더십, 기업인 리더십, 공무원의 리더십, 노동 리더십, 군부 리더십으로 나누어 각각 살피고 있다. 특히 눈에 띄는 것은 노동 리더십인데, 여기서는 노동조합의 전문 지도자의 필요성을 역설하고 있다. 그리하여 앞으로의 노조 간부는 경영면은 물론 새로운 현상을 파악하기 위해 전문적 연구와 검토에 전념해야 할 것이고 노조의 기업에의 종속성이 극복되어야 할 것이며 노조운동을 자신의 입신을 위한 기구로 악용하는 경향이 제거되어야 할 것을 주문한다.[111]

또한 이방석은 「군부 엘리뜨의 과제」[112]에서 후진국에서는 사회적 기능의 미분화 상태와 더불어 가장 강력한 제도적 집단으로서 군부가

---

110 구범모, 「민족주의의 신화 : 후진국의 현실과 관련하여」, 『사상계』, 1965년 8월호.
111 박영기, 「노동지도자의 모색」, 『사상계』, 1966년 3월호.
112 이방석, 「군부 엘리트의 과제」, 『사상계』, 1966년 3월호.

결정적 역할을 수행하고 있다고 전제한다. 하지만 한국의 경우 군부가 집권하면서 많은 문제점이 생긴 데서 알 수 있듯, 의회민주정치와 정당정치의 건전한 운영으로 조속히 지양되어야 한다고 주장한다. 군 지휘관 및 장교 엘리트는 국가 이성의 수호자로서 군대의 상징적 위치를 견지해야 할 것이고, 대중 내셔널리즘의 한국적 현실에 호응할 수 있는 국민군대로서 특정 지배자층의 감시자 역할에 충실해야 할 것이며 군과 조직 자체의 안정을 도모하고 통수권과 지휘권의 엄격한 확립을 실현하여 군 본연의 역할에 충실해야 한다고 역설한다.

한국 지식인들은 대중과 유리되어 있으므로 지식인들은 메스컴과 교육을 통해 대중을 조직화하고 그들의 이해를 도모해야 한다. 민중을 그들의 이해와는 상반된 정책지향을 하면서 그들의 표를 긁어모아서 민주주의를 한다면 그것은 오히려 파시스트나 나치스트와 같은 대중무용론의 철학을 대두시킬 것이다. 대중과 공감하고 함께 행동할 수 있는 이념철학을 찾는 것이 대중사회에 대처할 수 있는 새로운 인텔리겐챠의 사명[113]이라고 지적하기도 했다.

총선과 대선을 앞둔 시점에서 비판적 지식인에 의한 대중 계몽은 독재의 길을 걷고 있는 한국의 현 상황을 바꿀 수 있는 절박한 방법 중 하나였을 것이다. 제대로 된 민주화, 근대화로 나아가기 위해서는 어쨌든 민중들의 지지와 표가 좌우할 것이기 때문이다.

반면에, 오늘날 우리나라 지식인들의 저항의식은 미묘하고 모호

---

113 김영모, 「지식인은 대중을 어떻게 보는가」, 『사상계』, 1966년 4월호.

해서 안개 속 같다면서 문교정책 가운데 휴교령이 떨어졌던 일은 대학의 자유와 격위(格位)를 아울러 유린한 것이었음에도 어떠한 저항도 하지 않은 모호한 지식인들의 태도는 비판받아 마땅하다고 성토하기도 했다.[114]

대선·총선의 패배와 그 대응

『사상계』 필진들은 정권교체를 열망했지만 결과적으로 대선과 총선은 박정희 대통령 당선과 여당의 압도적인 승리로 끝을 맺었다. 『사상계』는 즉각 선거 부정이 있었다고 비판했다. 특히 총선 과정이 문제였다. 선거가 있기 전, 공명선거에 의하여 정권이 평화적으로 교체되도록 부정선거 자금을 염출하지 못하도록 선거법과 정당법을 공평하게 개정하는 한편 군, 검, 경과 금융기관의 중립이 가장 절실한 문제이므로 법체계와 운용을 중립하도록 고쳐야 한다는 주장이 있었지만[115] 그뿐이었고 결과적으로 부정선거는 계속되었던 것이다.

장준하는 갖가지 부정적인 방식으로 당선된 국회의원들을 비꼬았고[116] 같은 호에 박두진은 시 「우리들의 기발은 불멸의 그것」에서 "우리의 하나 남은 한 표의 이 주권/ 깨끗하고 유순한 양심의 의사를/ 추악, 비겁, 교묘한 수법으로/ 짓밟고 있다"고 하여 비판의 강도

114 장리욱, 「현대인과 저항」, 『사상계』, 1967년 2월호.
115 이병린, 「헌정은 어디로 : 암흑이냐 광명이냐의 기로」, 『사상계』, 1966년 1월호.
116 장준하, 「일천만 유권자를 우롱하는 자 과연 누구냐?」, 『사상계』, 1967년 6월호.

를 높였다. 양호민은 부정선거 방식을 비판하는 한편, 국민의 광범위한 층이 정당 활동에 참여할 수 있도록 법적 조치가 있어야 하며 부정선거의 온상이 되는 소선거제를 합리적인 중선거제로 고칠 뿐 아니라 선거인명부 작성권을 내무부 산하 각 행정기관으로부터 중앙선거위원회로 이관해야 한다고 주장했다.[117] 김관석은 정치 윤리의 확립을 위해 자유로운 토론 풍토의 확대와 정치 활동의 길을 열어놓는 게 무엇보다 중요하다고 주장했다.[118]

대선과 총선 전에는, 야당은 조직의 개혁을 통해 정책의 근대화가 이루어져야 하고 공약 실천 의지를 보여주어야 한다, 참신한 지성을 동원하여 합리적이고 참신한 정책과 진로를 짜내어 국민 앞에 몸소 선두에 서야 한다는 등의 야당 개혁론이 제기된 바 있는데[119] 이는 야당 통합으로 어느 정도의 결실을 맺었지만 총선에서 패배하면서 빛이 바랬다. 그러나 장준하는 야당이 겪어야 할 시련이 가혹할수록 상대적으로 야당이 쟁취하는 것도 그만큼 크다고 하면서, 민중의 열망에 의해서 선거를 앞두고 극적인 결의를 한 신민당으로서는 투쟁 목표가 절박한 것일수록 앞으로 자라나는 정당정치를 위해서 다행이라고 해석해야 한다고 주장하기도 했다.[120]

---

117 양호민, 「의회민주주의와 야당의 지위」, 『사상계』, 1967년 6월호.
118 김관석, 「사회정의와 정치윤리」, 『사상계』, 1967년 8월호.
119 강원룡, 「막중한 야당의 책임 : 민중당의 건전한 성장을 기대하며」, 『사상계』, 1965년 8월호.
120 장준하, 「머리를 숙이라 민권 앞에」, 『사상계』, 1967년 10월호.

경제개발계획 비판

『사상계』는 1966년 8월호 특집으로 '5개년계획 이후의 한국경제'를 마련하여 박정희 정권의 경제정책을 비판하고 있다.

김영선은 제1차 5개년계획의 성과는 전근대적 방법으로 근대적 선전탑을 몇 개 세운 데 불과하다면서 정부는 숫자로 장난하거나 화려한 구호로 위장하여 몇 개의 선전탑을 이룩함으로써 국민의 시청(視聽)을 흐리게 하여 제1차 5개년계획의 성과는 의욕적이라는 환각을 갖게 했다고 비판했다. 이러한 의미에서 제1차 5개년계획은 오직 국민 대중에게 성공적이라는 환각을 일으키게 하는 데 성공했다고 비꼬고 있다.[121] 류창순 또한 현 집권층의 경제 시책이 전시효과에 치우쳐 있다는 점을 비판하기도 했다.[122]

특히 1966년 사카린 밀수 사건은 사회악의 정점을 찍은 것이었는데 밀수는 민족의 공적이요, 사회를 그르치는 독소이지만 사법당국은 오히려 밀수를 엄호은폐하려 한다고 지적하면서 정부가 상당한 경제성장을 이루었다고 자랑하지만 민생고는 나날이 어려워지고 있다고 비판하기도 했다.[123]

미국에 의한 의존이 심화되어 가는 가운데 미국 측의 무역자유화의 종용이 더욱 심해질 것을 우려하면서 결국 미국에 의한 무역자유

---

121 김영선, 「제1차 5개년계획은 성공했는가?」, 『사상계』, 1966년 8월호.
122 류창순, 「「연두교서」와 경제적 자찬의 역리」, 『사상계』, 1967년 1월호
123 장준하, 「1966년을 보내면서 : 공화당집권 1,000일이 보여 준 것」, 『사상계』, 1966년 12월호.

사진 2.7 ‖ 사카린 밀수 사건을 최초 보도한 『경향신문』 1966년 9월 15일 3면 기사

화(특히 수입)가 실시되었을 경우 우리 경제에 미칠 부정적 파급효과는 매우 클 것[124]을 우려하기도 했다.

더욱이 재정 규모 확대와 외원 감소를 메우기 위해 간접세적 부담이 급격히 증가되고 있어 서민 대중이 힘들어하고 있는데도 정부는 의무교육마저 학부형에게 전가시키고 있다고 지적[125]하기도 했다. 조세 부담으로 인한 가정 경제의 파탄이 불 보듯 뻔한 일이라는 것이다.

(손남훈)

---

124 김영록, 「「네거티브 시스템」과 무역자유화」, 『사상계』, 1967년 8월호.
125 김영록, 「가정(苛政)은 호랑이보다 무섭다 : 예산규모가 국가에게 지우는 부담」, 『사상계』, 1966년 2월호.

제3장

부완혁 체제에서 휴간까지 :
1968년 1월호~1970년 5월호

1968년~1970년의 주요 사건

1968년

1.21. 북한 무장공비 청와대 습격 미수 사건, 1.23. 푸에블로호 사건, 2.1. 경부고속도로 착공, 4.1. 향토예비군 창설, 8.24 통일혁명당 사건, 10.30. 울진·삼척 무장공비 침투 사건, 11.21. 주민등록증 발급, 12.5. 국민교육헌장 선포

1969년

1.7. 윤치영, '삼선개헌 검토중' 발언, 1.20. 美닉슨 대통령 취임, 6.20. 김영삼 피습 사건, 6 .23. 경희대의 선언을 필두로 전국적 개헌 반대시위 일어남, 7.16. 아폴로 11호 인류 최초 달 착륙, 7.25. 박정희, 3선 개헌 관련 담화 발표·美닉슨 독트린(괌 독트린) 발표, 8.8. MBC-TV 개국, 8.21. 박정희, 정상회담 위해 방미, 9.14. 삼선개헌 날치기 통과, 10.17. 개헌안에 대한 국민투표 실시

1970년

3.17. 정인숙 사건, 3.31. 요도호 하이재킹 사건, 4.8. 서울 마포구 와우아파트 붕괴 사건

1. 부완혁 체제 이후 『사상계』의 수난사

부완혁 체제로의 개편

『사상계』는 1968년 1월 통권 177호 사고(社告)를 통해 1967년 2월 이후로 시판을 중지하고 50쪽짜리의 납본용을 겨우 정기구독자들에게만 발송해왔던 힘든 상황을 극복하고 다시 300면으로 증면복구하게 되었음을 알린다.[1] 이와 더불어 편집·발행·인쇄인 란에 장준하 대신 부완혁의 이름이 오른다. 1967년 장준하가 옥중 당선되자 국회의원 겸직금지조항에 따라 당시 『사상계』의 편집위원이자 『조선일보』 주필이었던 부완혁에게 『사상계』의 판권을 국회의원을 그만둘 때 다시 돌려받는다는 조건으로 무상 양도했던 것이다. 당시 사상계 편집 간부였던 유경환·고성훈 변호사가 공증을 했다.

그러나 이 약속은 지켜지지 않았다. 두 사람 사이의 감정이 악화된 것이 그 이유라고 하지만 구체적으로 알려진 바는 없다. 다만 이들의 갈등을 암시하는 기록이 함석헌의 글로 남아 있다. 함석헌은 원래는 역사적 격전지를 탐방하는 기획 연재물이었던 「역사의 격전지를 찾

---

1   『장준하 평전』에서는 1968년 2월 제177호부터 부완혁 사장 체제로 바뀌었다고 서술하고 있지만 1968년 1월호의 판권지에 이미 편집·발행·인쇄인에 부완혁의 이름이 올라왔다. 또한, 2월호는 통권 제178호가 맞다. (김삼웅, 『장준하 평전』, 시대의 창, 2012, 480쪽 참고.)

아서」 세 번째 편의 주제를 『사상계』로 바꾸어 『사상계』야말로 역사
의 격전지가 되어 가고 있다며 비판한다. 그는 장준하와 부완혁이 의
견을 달리하는 것 자체를 '『사상계』의 자살'로 표현하면서 통탄해했
다. 이어 "격전지가 남한산성에 있는 줄 알고, 행주산성에 있는 줄 알
고, 한라산 백록담에 있는 줄 알고 헤매며 눈물 뿌렸던 나는 어리석
었습니다. 서로 목을 찔러 너도 죽고 나도 죽는 비참한 자살적인 전
쟁의 격전지는 다른 데 아닌 서울 복판에 있습니다"[2]라며 『사상계』
마저 그 격전에 뛰어들어서는 안 된다는 뜻을 간곡히 전했다.

기성언론과의 갈등 격화

함석헌의 간곡한 외침에서 이미 예견된 것인지 박정희 정권의 지
속적인 정치 탄압, 그리고 고질적인 자금난이 겹쳐져 『사상계』는 점
점 더 어려운 상황에 처하게 된다. 그리고 1969년 4월 11일 자 『동아
일보』의 「탈바꿈하는 잡지계」라는 기사로 인해 촉발된 동아일보와
의 일대 격전은 『사상계』를 또 다른 수난에 처하게 한다.

『동아일보』는 이 기사에서 "한때 칠만 부를 돌파했던 『사상계』는
발행인의 교체를 전후하여 경영난에 봉착, 납본용만을 찍어내면서
근근이 명맥을 유지하는 한편, 민권투쟁에 앞장섰던 『사상계』의 쇠
퇴는 정치적 절규만으로 독자를 계몽하던 시대가 끝나고 보다 구체

---

2   함석헌, 「역사의 격전지를 찾아서 ③」, 『사상계』, 1968년 10월호, 22쪽.

적이며 분석적인 내용을 원하는 독자들의 요구를 반영한 것으로 종합지의 앞날에 많은 교훈을 남겼다고 할 수 있다"며 『사상계』의 쇠퇴를 진단한다. 『사상계』측은 이 내용이 잘못된 정보를 담고 있으며 그로 인해 『사상계』의 명예가 심각하게 훼손되었다고 이의를 제기했고, 이는 법적 공방으로까지 이어진다. 『사상계』는 동아일보사에 기사 내용의 정정 및 사과 기사를 요구했지만 1969년 7월 10일 한국신문윤리위원회는 이 청구에 대한 기각 결정을 내놓는다. 이에 『사상계』측은 재심의청구제소장을 제출하지만 또다시 기각된다.

1960년대 후반에 접어들면서 실제로 『사상계』와 같은 시사교양지에 대한 선호가 감소하고 보다 대중적 취향에 영합하는 종합주간지가 인기를 끌었던 것은 사실이다. 그러나 『동아일보』가 이토록 냉정하게 『사상계』에 시한부 선고를 내린 것에는 기사에서도 언급되는 『신동아』, 『여성동아』 같은 주간지들을 동아일보사에서 발행하고 있었던 영향이 크다. 즉 신문을 가지고 있다는 장점을 활용하여 잡지계 전반을 객관적으로 살피는 듯한 논조의 기사를 통해 자신들의 주력 주간지의 경쟁지였던 『사상계』의 쇠락이 마치 시대적 흐름에 따른 어쩔 수 없는 것인 양 논평했던 것이다.

게다가 『사상계』는 이전부터 정부의 잘못된 정책과 행태를 비판하는 데 소극적인 기성언론들에 대해 비판적이었고 그로 인해 기성언론들과 불화를 겪기도 했다. 『사상계』가 "권력 앞에는 벌벌 떨면서 약자들 앞에는 폭군처럼 군림하는 것이 오늘날 신문의 모습이라면 이상이나 논리는 민주언론이라는 이름과 더불어 어디로 가버렸는가"[3]라며 날선 비판을 가한 것은『동아일보』만이 아니었다. 언론으로서의 사회적 역할은 다하지 않으면서 상업적 이유로『사상계』에 쇠퇴의 낙인을 찍는『동아일보』를 비롯한 기성언론 모두에 대한 강력한 비판이자 저항의 목소리였다. 그러나 당대의 언론계는『사상계』의 손을 들어주지 않았고, 자금난과 정치 탄압이라는 수난과 더불어『사상계』는 대중의 관심을 반영하지 못하고 그들로부터 외면받게 되었다는 오명까지 짊어지게 되었다.

3　「편집후기」,『사상계』, 1969년 10월호, 322쪽.

2. 1968년부터 휴간까지
『사상계』의 담론 양상

행정부 비대화와 입법부 약화의 현상 비판

1967년 선거를 통해 재집권에 성공한 박정희는 국회 과반을 차지한 공화당을 등에 업고 강력한 행정권을 행사하였고, 이로 인해 상대적으로 입법부의 역할은 약화되었다. 68년 7월호에 마련된 특집「입법부존립의 「결정」론」은 이러한 행태를 지적·비판한 것이다.

장을병 성균관대 정치학과 교수는 우리나라에는 민주당 집권기의 짧은 시기를 제외하고는 항상 행정권이 비대화되어 있었으나 특히 제3공화국에 들어서는 대통령이 당의 총재가 아니라 당 그 자체라 해도 과언이 아닐 정도로 당의 전권을 틀어쥐고 국회를 행정부의 시녀로 부리고 있다고 평한다. 또한, 1964년 한일협정 비준 과정에서 국회가 그 무능의 극치를 드러냈다고 지적하면서 강력한 행정권에 기댄 독재정치가 단기적으로는 효율적일지 모르나 장기적인 후진성 극복에는 도움이 되지 않는다고 했다.[4]

한배호 중앙대 정치학과 교수는 이런 행정비대화 현상의 원인을 행정부의 독주와 과도기 사회의 불안정의 두 가지로 꼽은 후 행정부

---

4   장을병, 「행정권의 이상비대화와 국회기능약화」, 『사상계』, 1968년 7월호, 18-25쪽.

에 대한 국회 종속현상을 타파하기 위해서는 입법부의 자율성과 독자성을 보장하는 입법체제를 마련해야 한다고 밝혔다.[5] 박승재 한양대 정치학과 교수 역시 같은 상황을 지적하면서 국회 기능의 정상화를 위해서 무엇보다 국회의원들의 노력이 요구됨을 지적했다. 권위주의적 자세를 버리고 국민의 진정한 대변자가 될 것, 정치쟁점은 어디까지나 원내에서 정책 대결로 펼칠 것 등을 한국정치를 근대화하기 위한 선결 과제로 꼽았다.[6]

이처럼 박정희 정권이 이끄는 행정부가 점점 비대해져 감에 따라 국회가 제 기능을 하지 못하고, 그 결과 독재정치화 할 수 있다는 우려는 당시 『사상계』 필진들이 공통적으로 가지고 있던 생각이었다. 이 우려가 현실화한 사건 중 하나가 1·21 사태로 불거진 향토예비군법개정을 둘러싼 논쟁이다. 1968년 1월 21일, 북한의 무장공비들이 청와대 바로 앞까지 근접하도록 이를 막지 못했다는 사실이 알려졌고, 이 사건으로 국민들은 큰 충격과 불안을 느꼈다. 이에 반공 강화의 정당성을 얻은 박정희는 향토예비군 설치와 전 국민의 주민등록증 발급을 시행했다. 그런데 『사상계』가 이를 중요한 정치적 쟁점으로 인식한 까닭은 이 사안이 전적으로 행정부의 독단으로 결정되었기 때문이다(사진 3.1).

『사상계』는 68년 6월호에 향토예비군법개정안에 대한 정부 측의 입장과 야당의 반대 이유를 각각 실었다. 정부 측의 설명은 앞서

---

5   한배호, 「입법과정 없는 입법부의 향방」, 『사상계』, 1968년 7월호, 26-30쪽.
6   박승재, 「국회의 무능과 민권수호」, 『사상계』, 1968년 7월호, 31-37쪽.

"야당이 불참한 일당변칙국회에서
향토예비군의 무장이 사후입법으로
소급 합법화되는 순간, 없는 것은 야
당만이 아니다. 민주헌법도, 국회법률
심의권도 없는 순간이다."

—화보 해설 중에서

사진 3.1 ‖ 「향토예비군」(『사상계』, 1968년 6월호)

4월 23일 최영희 국방부 장관이 국회 국방위에서 향토예비군법의
개정을 위하여 행한 제안 설명을 그대로 인용·게재하고 있는데, 자
위와 자주국방을 위해 필요하다는 것이 그 골자였다.[7] 신민당 유진
오 총재는 무장공비의 침입을 가능케 했던 군대와 경찰의 기강 재확
립이 우선이며 갑작스러운 훈련으로 무장 게릴라를 막아낼 수 없다
는, 실효성의 문제를 들어 반대 의견을 냈다. 이에 더해 그는 법과 예
산이 확정되기에 앞서 무장을 기정사실화하는 것은 입법권과 예산
심의권을 가진 입법부에 대한 행정부의 중대한 침해 행위이며, 도저
히 법치국가에서는 일어날 수 없는 일이라 단언했다.[8] 부완혁은 유
진오의 의견에 동의하면서 "통수권과 행정권을 혼합하여 무장병력
을 단일화하려는 것으로 이것은 독재코스의 정상코스로 접어들었

---

7   최영희, 「향토예비군개정안에 대한 정부측제안설명」, 『사상계』, 1968년 6월호,
     74–75쪽.
8   유진오, 「향토예비군법개정안에 대한 야당측반대이유」, 『사상계』, 1968년 6월호,
     76–81쪽.

다는"[9] 뜻이라며 한층 강력한 비판의 의견을 표했다.

향토예비군법 개정안을 둘러싼 당시의 논쟁은 그 사안 자체의 효율성이나 실효성보다도 이미 박정희 정권이 5·16 쿠데타 이래 여러 차례 국회와 법질서를 무시하고 행동을 강행해왔던 것에 대한 우려에서 촉발되었다. 나아가 이것이 국민 대다수의 청장년을 무장병력으로 단일화하겠다는 구상에 기반하고 있는 만큼 독재화의 기반이 될 것에 대한 염려도 있었다. 개헌 논의가 아직 나오기 전이었지만 『사상계』는 박정희 정권이 나아갈 길을 조심스럽게 예상하고 있었던 것이다.

정권교체에 대한 갈망과 삼선개헌 비판

박정희가 민정이양의 약속을 저버린 후 지식인 담론장에서는 평화적 정권교체에 대한 기대가 지속되었으며, 1971년 대선을 앞둔 1968년의 상황에서 그것은 기대를 넘어 열망에 가까운 것이 되어있었다. 이에 『사상계』는 68년 4월호에 「정권교체론」을 마련하여 정권교체의 전망을 제시했다. 김규택 성균관대 정치학과 교수는 한국과 같은 신생국가에서는 군부에 의한 정권 장악이 일어나기 마련이며 선거가 실질적인 정권교체의 기능을 하기 힘들다고 지적하면서도 그럼에도 우리 사회가 더 후퇴하지 않기 위해서는 평화적 정권교

---

9   부완혁, 「반공을 위한 깊은 반성」, 『사상계』, 1968년 6월호, 16쪽.

체가 이루어지는 풍토를 마련해야 한다고 덧붙였다.[10] 한편, 서울대 법학연구소의 김석작은 집권자가 현존 사회 질서를 유지·보호하기 위해 어떤 이데올로기를 동원하는지를 분석함으로써 정권교체가 아닌 그것을 가로막는 정권연장의 전략을 분석했다. 그에 따르면 권력자는 이데올로기 형성뿐만 아니라 정치적 무관심, 밖으로의 관심 전향, 생산 및 분배에 관한 정책 수립 등 다양한 방식으로 피지배자에 대한 영향력을 유지해 간다고 한다.[11]

　서울대 문리과대학 조교수인 노재봉은 자연적인 계기에 대응하는 정치세력의 출현을 기대했다. 이미 저항이나 쿠데타에 의한 정권교체는 있었고, 4월혁명이나 5·16 쿠데타 이후의 선거조차 기정사실을 확인하는 권력정당화 과정의 일환이었을 뿐 자연적 계기에 의한 정권교체의 역사가 없었다는 것이 그의 지적이었다.[12] 성균관대 동양철학과 연구실의 이돈녕은 4월혁명의 정신사적 의의를 강조하며 만약 평화적 정권교체를 거부하고 영구집권을 획책하는 세력이 있다면 민중이 궐기하여 4월혁명 정신의 계승을 증명할 것이라고 했다.[13] 정범모 서울대학교 사범대학 교수는 한 사회의 지도세력 교체의 의의는 교체 자체에 있다기보다 그 순탄한 과정에 있다고 했

10　김규택, 「정권교체의 실제 : 평화적 정권교체에의 논리」, 『사상계』, 1968년 4월호, 47–51쪽.
11　김석작, 「집권연장의 전략 : 권력안정의 이론적 고찰」, 『사상계』, 1968년 4월호, 52–56쪽.
12　노재봉, 「정권교체 가능성의 제시와 모색」 『사상계』, 1968년 4월호, 52–56쪽.
13　이돈녕, 「4·19의 행방」, 『사상계』, 1968년 4월호, 62–68쪽.

다. 또한, 그는 '교체'의 외연을 확장하여 야당에서의 종적·횡적 교체를 원활하게 하는 것이 앞으로의 정권교체까지 대비할 수 있는 길이 될 것이라고 지적했다.[14]

당시 『사상계』의 필진들은 공통적으로 공명선거에 의한 평화적 정권교체에 뜻을 모으고 있었으며, 그것을 가능하게 하는 사회·정치적 제반 조건을 모색하고 있었다. 1967년의 선거를 통해 박정희가 재집권을 한 이상 앞선 자유당 정권의 경우에 비추어 보았을 때, 집권연장 혹은 영구집권의 위험이 도사리고 있음을 충분히 인지하고 있었기 때문이다. 이명영 성균관대 정치학과 교수가 개헌 논의가 본격화되기 전인 1968년 8월에 우리나라에서 일찍이 개헌은 집권연장의 수단으로 사용되어 왔으나 이제는 그와 같은 단계를 벗어나야 한다고 지적했던 글도 이러한 배경에서 나온 것이다.[15]

그러나 1969년 1월 7일, 윤치영 공화당 의장서리가 기자회견에서 "우리나라 실정에서는 무엇보다 강력한 리더십이 있어야 조국근대화와 조국중흥이라는 민족적 과업을 완수할 수 있다"며 이를 위해 대통령의 연임금지조항을 포함한 현행헌법의 개정 가능성을 시사함으로써 평화적 정권교체에 대한 지식인들의 기대는 위기에 처하게 된다. 그는 이것이 개인적 의견에 불과함을 피력했지만 일각에서는 "'개헌의 연내발의를 목표로 하여 양성화가 시작"된 것이라는 추

---

14   정범모, 「교체세력의 배양 : 승계주체의 형성 과정」, 『사상계』, 1968년 5월호, 93–98쪽.

15   이명영, 「집권연장을 위한 개헌공작 : 개헌의 역사 그 비판과 전망」, 『사상계』, 1968년 8월호, 101–109쪽.

측이 일었다.[16] 이에 박정희는 임기 중 개헌 의사가 없다고 하면서도 꼭 필요하다면 금년 말이나 내년 초에 애기해도 늦지 않다며 여지를 남겼고, 1963년 민정이양 논의가 불거졌을 때와 마찬가지로 몇 번의 번의를 거듭한 끝에 정국은 개헌을 향해 가기 시작했다. 이 과정에서 『사상계』는 1969년 1월부터 개헌안이 날치기 통과되는 9월까지 지속적으로 개헌 반대 의견을 담은 특집과 기사들을 쏟아냈고, 때에 따라 대통령 특별담화문과 그에 대한 야당 총재의 기자회견 내용을 인용 게재하거나 시민단체들의 성명서와 선언문을 싣기도 했다.

지면 수가 급격히 감소한 69년 2월호에는 「영구집권공작과 민주정치의 종언」 특집이 실렸다. 여기에서 김운용은 1954년 이승만 대통령이 삼선연임을 위해 개헌을 꾀했던 예를 들며 박정희와 비교했다. 현 집권자가 집권연장을 위해 강력한 영도자의 필요성을 주창하며 개헌을 도모하는 것이 둘의 공통점이라 지적한 그는 개헌이 자칫 법적 영역을 벗어나 정치적으로만 해소될 것을 우려했다.[17] 이택휘는 박정희를 직접적으로 언급하지는 않았다. 그러나 신생국가에서 신생 정치세력으로서의 군부의 등장은 자연스러운 현상이지만 그것은 어디까지나 잠정적 해결에 그칠 뿐 궁극적으로는 극복되어야 한다고 의견을 밝힘으로써 군부 정권으로 시작한 박정희 정권의 집권연장에 대해 부정적 의사를 내비쳤다.[18]

---

16 「"대통령 연임금지 등 문제점있다면 현행헌법 검토 연구"」, 『동아일보』, 1969.1.7, 1면
17 김운용, 「삼선연임금지조항의 계보 : 대통령삼선연임금지의 논리와 사적고찰」, 『사상계』, 1969년 2월호, 7-26쪽.
18 이택휘, 「군정과 헌정 : 신생국가의 현실과 그 유형」, 『사상계』, 1969년 2월호,

69년 7월호에는「개헌 찬반 양진영의 전열을 점검한다」특집을 통해 삼선개헌에 대한 찬반양론을 모두 소개하며 본격적인 논의의 장을 마련했다. 개헌 찬성론자들은 반대론자들이 삼선개헌을 곧바로 독재정치와 연관시키며 국민을 선동하고 있다며 "개인주의, 국민주의, 권력분립주의, 정당정치의 채택, 언론·집회·결사의 자유를 보장하고 있다면 그러한 정치체제하에서는 집권 기간이 영구적이 아닌 한 독재운운은 어불성설에 불과"[19]하다고 주장했다. 개헌 반대운동을 펼치던 대표적인 사회단체인 4·19, 6·3민주수호투쟁위원회는 찬성 측의 논리를 조목조목 반박했는데, 특히나 근대화의 강력한 영도자로서 박정희가 필요하다는 주장에 대해 국방의 위기를 초래하고, 전시효과용 경제건설로 실제적 경제파탄을 은폐한 박정희는 오히려 정치적 책임을 지고 물러나야 한다며 강력한 반론을 펼쳤다.[20]

「개헌파동의 증언자들」이라는 제목으로 과거 자유당 시절 개헌파동에 맞서 싸웠던 前민의원 윤길중, 前서울특별시장 김상돈, 前민의원 이철승의 글을 실은 것은『사상계』가 박정희의 삼선개헌 시도를 이승만 정권기의 그것과 동일시하고 있음을, 즉 영구집권 시도를 통한 독재정치에의 야욕으로 파악하고 있음을 단적으로 보여준다. 특히 이철승은 "국민은 오래 참는 비애가 있으나 영원히 불의를 방

27-42쪽.

19   개헌전국추진위원회,「왜 3선개헌이 필요한가」,『사상계』, 1969년 7월호, 46쪽.

20   4·19, 6·3민주수호투쟁위원회,「삼선개헌을 반대한다」,『사상계』, 1969년 7월호, 50-53쪽.

관하지 않는다"[21]고 발언함으로써 4월혁명과 같은 민중에 의한 저항과 투쟁의 역사가 반복될 수 있음을 시사하였는데 이는 그가 사안을 얼마나 심각하게 인식하고 있었는지를 보여준다. 한편 前민주공화보기자였던 이상진은 위기에 처한 반공전선의 강화를 삼선개헌의 근거로 주장하는 개헌지지 측에 대해 법치에 따르는 민주정치의 수호야말로 반공에 대한 최선의 공세라고 반박했다.[22]

이처럼 『사상계』 편집부와 필진들은 기본적으로는 집권연장을 통한 독재정권의 등장에 대한 경계의 의미로 삼선개헌을 반대해왔으나 개헌의 절차적 측면이 가진 위헌성에 대한 문제제기도 있었다. 봉래(부완혁의 필명)는 현 집권자가 이미 과거에 쿠데타와 민정이양을 구실로 두 번의 변칙제헌을 한 전례가 있다는 점과 삼선개헌의 대상은 구헌법이나 그 절차규정은 비상조치법에 추가한 개헌절차규정을 따르고 있는 모순 등을 지적했다. 또한, 국회 발의의 정족수인 국회의원 3분의 2 이상의 의석을 가지고 있으면서도 굳이 국민발의를 택하려는 것에 대해서도 의문을 제기했다.[23]

『사상계』는 1969년 내내 지속적으로 삼선개헌을 문제시하며 그 반민주성을 고발했다. 그러나 이러한 노력에도 불구하고 9월 14일 새벽 2시 50분, 공화당 및 무소속 의원 122명이 국회 제3별관 3층 특별위원회실에서 개헌안을 25분 만에 날치기 통과시켜 버리는 황당

---

21 이철승,「호헌전선은 영원하다」,『사상계』, 1969년 7월호, 72쪽.
22 이상진,「삼선개헌의 비현실성」,『사상계』, 1969년 8월호, 137-141쪽.
23 봉래,「5·16 후 개헌절차에 이상있다」,『사상계』, 1969년 6월호, 4-10쪽.

한 일이 발생한다. 그리고 9월 22일, 중정은 개헌 반대운동을 가장 격렬히 벌였던 4·19, 6·3 범청년회 소탕작전을 펼침으로써 국민투표를 앞두고 위험 요소를 제거하려고 했다.[24] 이에 신민당 원내총무인 김영삼은 "헌법개정안은 그 내용에 있어 위헌이며 그 형식에 있어 불법"이기 때문에 "이 불법적 개헌안의 마지막 저지선인 국민투표로마저 저지하지 못한다면 이 나라 민주주의는 사실상 종말을 고하고 말 것"이라며 국민투표에 대한 국민들의 관심을 강력 촉구[25]하였지만 개헌안은 투표율 77.1%, 찬성 65.1%로 통과되고 말았다.

이후 『사상계』는 개헌 관련 보도에 적극적으로 대응하지 않고 비판적 논평도 자제한 기성언론의 보도 행태에 대해 비판[26]을 가하는 한편, 11월호에 「정계 개편의 새로운 구도」를 특집으로 마련하여 개헌을 막지 못한 것에는 야당인 신민당의 책임도 크다는 자성의 목소리를 싣는다. 여기에서 당시 신민당 의원이었던 김대중은 지도체제의 세대교체, 반여(反與) 집단이 아닌 정책정당으로서의 정체성 수립, 그리고 당의 능률적 운영 등을 신민당이 나아가야 할 길로 꼽으며 이후를 도모하고자 했다.[27]

---

24 「남산의 부장들 (16) 권총꺼내 「이만섭 제거」 지시 김형욱」, 『동아일보』, 1990.11.23, 19면

25 김영삼, 「원내 극한투쟁의 전략 : 개정안은 국회를 통과하지 못했다」, 『사상계』, 1969년 10월호, 31쪽.

26 기자협회, 「개헌보도의 결산 신문은 진실을 외면했다 : 개헌 문제에서 보인 언론의 태도」, 『사상계』, 1969년 11월호, 96-102쪽.

27 김대중, 「체질개혁론 : 과감한 자기개혁만이 살길이다」, 『사상계』, 1969년 11월호, 51-59쪽.

고도 경제성장의 허상 폭로

1968년의 한국의 경제 상황은 고도성장의 기쁨을 만끽 중이었다. 제1차 경제개발5개년계획(1962~1966)이 원래의 목표인 7%를 웃도는 8.5%의 연평균 경제성장률을 기록한 후 제2차 경제개발5개년계획(1967~1971)에 접어들면서도 호조가 계속되었고, 성장률 지표상으로는 3년 차에 이미 목표인 7%를 돌파하여 당시 한국은 성장 일로에 있는 듯 보였다. 그러나 이것은 어디까지나 지표상의 문제로, 실제는 전혀 다르다는 것이 『사상계』가 일깨워주는 현실이었다.

『사상계』가 분석한 60년대 말의 고도성장은 전시효과를 노린 숫자놀음일 뿐 국민의 실생활과 상당히 동떨어져 있는 것이었다. 낙관적인 경제지표에도 불구하고 해결되지 않는 문제들이 산적해 있었다. 그중 『사상계』에서 특히 집중하고 또 여러 차례 언급했던 것이 농업의 위기이다. 장원종 동국대 경상대학 교수는 농업의 발전은 식량과 원료를 확보하고 수출을 가능케 하는 공급, 그리고 국내시장을 개발하는 수요의 두 가지 측면에서 중요성을 가지며 경제개발계획을 통해 목표로 하는 고도의 공업사회로 나아가기 위해 1차 산업인 농업의 뒷받침은 필수적이라고 지적했다.[28] 그러나 당장의 경제성장률 상승만을 중요시한 정부는 농업을 돌보는 데 관심을 기울이지 않았다. 경제평론가 이열모는 그 결과 농민들은 실제 투입되는 생산비에도 못 미치는 정부 매입값에 작물을 넘기고 있고, 이는 곧 농민

---

28 장원종, 「경제발전의 유형과 현단계의 한국경제」, 『사상계』, 1968년 9월호, 58-72쪽.

들의 의욕과 토지생산성의 저하로 이어지고 있다고 분석했다.[29] 또한, 그는 무엇보다 식량 공급이 충분치 않아 외곡의 수입에 상당량 의존하고 있다는 점은 농가뿐만 아니라 한국 경제의 토대까지 흔들 수 있는 위험 요인이라고 지적했다(사진 3.2와 3.3).[30]

한국 경제의 또 다른 커다란 불안 요인은 외자 의존도가 지나치게 높다는 점이었다. 높은 경제성장률에도 불구하고 재화의 국내공급으로는 수요를 충당할 수 없어 수입을 하여 수출품을 만드는 한편, 수출 촉진을 위해 또다시 수입에 의존하는 악순환이 일어나고 있었는데 이는 채산성이 맞지 않을 뿐 아니라 장기적인 경제 발전에 도움이 되지 않았다. 그럼에도 불구하고 이러한 일이 반복되는 것은 오로지 경제성장 지표만을 중시했기 때문이다. 그리하여 임종철 서울대 상과대학 조교수에 따르면 1968년 6월을 기준으로 외채는 13억 726만 9천 달러로 68년 예상 국민총생산의 30%, 당해 수출목표

"무주읍내에서 얼마 떨어지지 않은 곳이지만 너무 초라하다. 우리나라 인구의 절반 이상을 차지하고 있는 농민도 최소한도의 의식주문제는 해결되어야 한다."

—화보 해설 중에서

사진 3.2 ‖ 「농민생활향상의 기점」(『사상계』, 1968년 11월호)

29 이열모, 「고도성장과 빈곤확산의 허실」, 『사상계』, 1968년 9월호, 37-42쪽.
30 이열모, 「빈곤확산의 곡가정책」, 『사상계』, 1968년 12월호, 247-254쪽; 이열모, 「농업정책 산발율의 명중탄」, 『사상계』, 1969년 11월호, 208-215쪽.

액의 2.7배에 달했다고 한다.[31] 또한, 지나치게 미국의 차관에 의존해 경제개발을 이룩해 온 것 역시 비판의 대상이 되었다. 조용범 우석대 법경대학 부교수는 이것이 높은 경제성장률을 곧 경제발전으로 여기는 그릇된 인식에서 비롯된 것으로 지적하며 공업화와 외자에 의해 강행된 양적성장은 막대한 외채의 누적과 국민경제의 대외의존도 심화로 국민경제를 더욱 부정적 방향으로 이끌 것이라고 경고했다.[32]

이처럼 당시 지식인 사회가 파악한 한국의 경제 상황은 경제성장률의 고공행진을 선전하는 정부의 낙관적 태도와는 달리 내부적으로는 기반 산업인 농업의 위기와 내수시장의 미비, 그리고 외부적으로는 차관과 외채에의 과잉 의존이라는 기형적인 상태에 있었다. 이는 결국 경제성장률에만 집착하는 양적성장을 추진한 결과였다. 그리하여 높아져 가는 경제지표의 한편에서 국민들은

"금산군-민주공화당 사무총장 길재호 의원 출신구. 금산읍 번화가에 서 있는 시계탑은 한 정치인 선전의 전시물인 것 같다. 쌀을 일본에 수출하던 때도 가난했지만 일본에서 쌀을 사다 먹게 된다는 것은 더 한심한 일이다."
—화보 해설 중에서

사진 3.3 ‖ 「농민생활향상의 기점」
（『사상계』, 1968년 11월호）

---

31 임종철, 「자립과 의존의 난맥」, 『사상계』, 1968년 9월호, 43-50쪽.
32 조용범, 「원조중단의 논리와 차관에의 미망」, 『사상계』, 1969년 7월호, 14-23쪽.

저임금 상태를 벗어나지 못한 채 허덕였다. 또한, 기업들은 실질적인 경쟁력은 갖추지 못하고 조세, 금융 등의 면에서 정부의 특혜 및 원조에 힘입어 성장한 탓에 진정한 자립 경제로부터 갈수록 요원해지는 상황에 당면하게 되었다.

닉슨의 신외교노선에 대한 주목

1968년 존슨 대통령이 갑작스럽게 대통령 선거 입후보를 철회함과 동시에 월맹에 대한 북폭 정지 명령과 공산 측과의 협상 가능성을 시사함으로써 선거전의 양상은 급전환을 맞게 된다. 이때부터 『사상계』는 차기 대통령으로 누가 뽑힐지에 주목했는데, 그 결과에 따라 태평양 정세에 변화가 있을 것이기 때문이었다. 이준규 서울대 정치학과 교수는 신고립주의적 지향을 미국의 신외교노선으로 예상했는데, 이는 중공 주변의 동북·남아의 광대한 지역을 중공에 대한 중립지대 혹은 완충지대로 간주하는 입장으로서, 그 지역에 대한 군사적 개입과 정치적 책무를 평화정책으로 대체함으로써 공존을 모색하겠다는 입장이었다.[33]

11월 선거 결과 미국 내 전반적인 반전(反戰)의 여론에 힘입어 군사 개입의 중단을 내세웠던 닉슨이 미국의 제37대 대통령으로 당선되자 신고립주의 노선의 대외정책에 대한 예상이 현실화된다(사진

33　박준규, 「미국의 신고립주의 노선」, 『사상계』, 1968년 5월호, 39~44쪽.

3.4). 이것이 국내에서 한반도 정세의 위기로 다가왔던 것은 후에 '닉슨 독트린'(혹은 괌 독트린)으로 구체화된 미국의 신고립주의 노선이 아시아 분쟁의 비미국화, 그리고 일본의 역할 강화를 기본 골자로 하고 있었기 때문이다. 즉 아시아 국가들과의 동맹 관계를 유지하되 그들의 정치적 분쟁에 대한 군사적 개입은 자제하고, 그 대신 일본에게 그 역할을 맡기겠다는 것이었다. 일본의 오키나와 반환에 대해 우리의 안보문제와 연관 지어 관심을 가진 것도 이 때문인데, 오키나와에 있는 핵 기지의 귀추에 따라 동북아의 긴장 상황에 변화가 생길 가능성이 컸다. 오키나와의 일본 반환 시, 핵 기지를 한국으로 옮겨오자는 주장이 일부로부터 제기되었던 것도 그러한 위기의식에서 비롯된 것이나 봉래는 이러한 주장이 실효성이 없다고 일축했다.[34]

닉슨의 대외정책은 크게 두 가지 기조로 나뉘는데 첫째가 소련과

"팔년간의 와신상담 끝에 닉슨은 전 세계 최강의 권력왕좌로 등장했다. 그와 그의 가족 얼굴에서 고뇌의 빛은 사라졌지만, 그의 무거운 짐은 일모도원의 감이 있다. 상하양원을 반대당에서 지배하는 가운데 새 대통령이 취임하게 되는 것은 120년래 처음 있는 일이고, 핵전쟁에의 불씨를 꺼서 세계평화를 보장해야할 책임도 막중하니 말이다."　　　　　—화보 해설 중에서

사진 3.4 ‖ 「닉슨의 권토중래」(『사상계』, 1968년 12월호)

34　봉래, 「오끼나와 반환과 우리의 안보문제」, 『사상계』, 1969년 5월호, 19-27쪽.

의 협상·협조를 통해 세계에서의 미·소의 안정된 지위를 유지하겠다는 것이고, 두 번째가 '아시아는 아시아인에 의해'라는 구호로 대변되는 중공의 위협에 대한 아시아 제국(諸國)의 협력체제 구축이다. 특히 후자는 미국이 전면적으로 개입하지 않겠다는 입장을 전제한 것으로 닉슨이 해외 주둔 미 병력 100만 중 1만 4900명에 대해 귀환을 명령한 것도 이러한 맥락에서 이루어졌다.[35] 한국의 5만 5000여 병력은 감축 대상에서 제외되었지만 이러한 조치가 위기감을 불러일으킨 것은 명백했다. 박정희가 1969년 8월 21일 닉슨과의 정상회담을 위한 방미에 앞서 8월 17일 미국 시사 주간지 『유에스뉴스앤드월드 리포트』와의 단독회견에서 미군 철수를 막기 위해 제주도를 미군기지로 제공하고, 필요하다면 핵무기 설치도 허용할 수 있다고 발언한 것은 그만큼 미군 철수에 대한 위기감이 컸기 때문이다. 『사상계』에서도 박정희의 방미와 관련하여 한국 방위를 미국이 적극적으로 보장하도록 하고, 반드시 미국을 참여케 한 아시아의 군사적 공동조처가 필요하다는 입장이 나왔다.[36]

사실 『사상계』는 월남전의 종결이 조금씩 가시화되던 오래전부터 월남전의 전후 처리와 관련하여 미국의 새로운 대외정책에 관심을 가져왔고, 이미 유력한 하나의 방안으로 예상되었던 일본을 중심으로 한 아시아 방위체 구상에 대해 상당한 우려를 표해왔다. 김흥철 국방대학원 교수는 미국의 그러한 처사는 아시아의 많은 국가들

---

35 박태식, 「닉슨정부의 새 사명」, 『사상계』, 1969년 8월호, 74-79쪽.
36 박상윤, 「대미 국방의존의 필요성과 그 한계」, 『사상계』, 1969년 8월호, 96-104쪽.

이 일본에 의해 식민지배를 받은 전력이 있다는 정신사적 배경과 현실적 한계를 고려하지 않은 것이기에 오히려 아시아의 진정한 평화와 통일민주전선의 구축을 위협할 것이라 논평했다. 덧붙여 미국이 한국에 대해서만큼은 일반적인 군사·경제적 원조의 대상이 아닌 '독립된 특별계정'으로서 대우해 주길 바란다고도 했다.[37] 성황용 외국어대 정치학과 강사는 일본 역시 아시아 방위체에서 중심적 역할을 함으로써 많은 정치적·경제적 부담을 떠안을 의사는 없어 보인다고 진단하며 궁극적으로 미국의 핵 보복력을 뒷받침으로 하여 점차 지역 국가가 개별적으로 방위체제를 갖추는 것이 이상적일 것이라고 분석했다.[38]

60년대 후반은 월남전이 종결의 양상으로 접어들고 닉슨이 새롭게 미국의 대통령으로 등장하면서 변화하는 세계정세를 예민하게 읽어내야 하는 시기였다. 특히 월남전은 여러 가지 측면에서 고민을 던져주었다. 경제적 측면에서는 전쟁 특수로 경제적 이익을 보던 한국정부에게 추후에 월남에 어떤 성격의 정부가 들어설지가 중요한 문제였다. 반공을 강력한 국시로 내세우던 한국의 입장에서 친소련적 정부가 들어서게 되면 경제적 협력 관계를 유지하는 데 차질이 생길 수도 있었다. 이에 "반공을 국시로 하더라도 외교 정책에 있어서는 이른바 할슈타인 정책에 수정을 가하여 변화무쌍한 국제 정

---

37 김홍철, 「월남전후처리와 우리의 전략」, 『사상계』, 1968년 12월호, 68-72쪽.
38 성황용, 「월남협상의 이익배당」, 『사상계』, 1969년 6월호, 17-28쪽.

세에 적응할 수 있도록"[39] 하자는 의견도 나왔다. 한편, 정치적으로는 월남에 형성되었던 미·소의 전선(戰線)이 한반도로 이동하거나 혹은 영향을 미칠 것인가가 최대의 관심사였다. 이러한 상황에서 미국이 파병도 하지 않은 일본에 더 큰 경제 혜택이 가도록 하는 데 그치지 않고 일본을 중심으로 한 아시아 방위체에 대한 뜻을 내비치자 한국으로서는 달갑지 않았다. 『사상계』에서 미국이 빠진 아시아 세력 균형이란 있을 수 없다는 강력한 어조가 여러 차례 반복된 것과 1965년의 한일 국교정상화 이후에도 어느 정도 유지되었던 미국에 대한 우호적 태도가 돌아서게 된 것은 이 때문이었다.

학생운동 세력과의 연대

『사상계』는 4월혁명 이후 대학생들을 '혁명 전사' 또는 '자유민주주의의 기수'로 호명하면서 이들을 현실 정치의 영역으로 끌어들였다. 그러나 한편으로는 그들의 '참여'의 범위에 명확한 한계를 설정함으로써 혁명 직후부터 군사 쿠데타가 일어나기 전까지는 통일담론을 비롯한 몇 가지 정치적 쟁점을 두고 대립하기도 했다. 그러나 1963년 말 무렵부터 한일회담을 강행하려는 박정희 정권을 상대로 함께 투쟁을 전개하면서 『사상계』와 대학생들은 본격적으로 연대를 맺기 시작한다. 『사상계』는 각종 논설과 자료, 강연을 통해 반대

---

39 위의 글, 28쪽.

투쟁의 이론적 근거를 제공해주었고, 학생들은 거리에서 그렇게 습득한 문구들을 구호로 외치며 싸웠다. 그러나 언론과 학원에 대한 정권의 탄압과 시위를 제압하는 경찰의 폭력 속에서 한일협정 저지가 실패로 돌아가자 60년대 후반은 『사상계』와 학생 모두에게 힘든 시기가 되었다.

그런 와중에 『사상계』와 대학생이 다시 함께 정권에 대한 비판의 목소리를 내게 된 것은 삼선개헌 때문이었다. 당시 『사상계』 지식인들이 가장 갈망했던 것은 평화적 정권교체를 통한 의회민주주의로의 복귀였다. 이 때문에 1968년 4월호는 여느 4월혁명 기념호와는 다르게 혁명의 비일상성을 거부하고 경제혁명을 통해 자주자립 경제 체제를 세우고, 정치혁명을 통해서는 정권교체를 이루어냄으로써 일상을 회복하자는 데로 논조가 모아지기도 했다. 그러나 1969년 1월 공화당 의장 서리가 삼선개헌을 언급함으로써 그러한 기대는 깨어지고, 『사상계』는 삼선개헌 반대투쟁에 전력을 쏟기 시작했다.

동시에 『사상계』는 거리로 나선 대학생들에게 다시 눈길을 돌렸다. 이 당시 대학생의 정치 참여와 관련하여 『사상계』에서 가장 자주 언급된 것은 정권의 학원 난입사건들이었다. 특히 69년 8월호는 7월 2일 서울대 경찰난입사건에 자극을 받았던 것인지 「후진국 혁명 속의 학생」을 특집으로 마련했을 뿐 아니라 「데모·경찰·여당」이라는 꼭지로 몇 개의 글들을 묶어 학원난입의 상황을 생생하게 중계했다. 이 글들에서는 64~65년의 한일협정 반대투쟁 당시와 비교하여 학생운동의 달라진 양상이 몇 가지 지적되었는데 그중 하나가

'페퍼 포그'라는 신형 무기의 등장이었다. 최신 장비인 페퍼 포그를 갖추고 기동경찰이 맹훈련까지 한 것을 두고 "마치 학생 데모가 일어나기를 기다리고 있는 것 같으니 학생들의 데모는 오히려 정확히 판단되고 행동된 필연의 사태임을 그들이 먼저 인정한 셈"이라는 논평이 뒤따랐다.[40] 한편 그에 대응하는 학생들의 저항도 격렬해져 경찰과 학생의 대립이 4월혁명이나 6·3항쟁 때보다 훨씬 거칠게 진전되어 간다는 우려도 이어졌다.[41]

학생 세력을 무력화하고자 하는 정권의 경계 태세는 폭력으로만 드러나진 않았다. 극심해진 언론 탄압 속에서 학생들의 투쟁은 고립되어 갔다. 1969년 7월 2일 경찰들이 서울법대에 난입한 와중에 한 형사가 학생들에게 납치되어 일방적으로 구타당했다고 주장한 사건이 있었다. 이에 학생들은 직접 진상조사를 벌여 그 입장문을 7월 7일 「경찰관 서울법대 난입사건 백서」로 발표했고, 『사상계』는 69년 8월호에 이를 전재했다(사진 3.5). 여기에서 학생들이 "언론이여, 왜 이리 사경을 헤매는가? 난입이라는 진실을 말하지 못하고 썩은 땅에 심은

警察官 서울法大亂入事件白書

서울大法大學生三選改憲反對鬪委亂入事件特調委

사진 3.5 ‖ 「경찰관 서울법대 난입사건 백서」의 표지사진

40 김성호, 「데모·경찰·여당 : 학생 데모는 잠들 것인가」, 『사상계』, 1969년 8월호, 143쪽.
41 이재구, 「데모·경찰·여당 : 우리를 슬프게 하는 것들」, 『사상계』, 1969년 8월호, 146-148쪽.

선인장처럼 시들어 버리고 있는가?"라며 언론을 강하게 질타한 것을 찾아볼 수 있다. 또 다른 글에서는 6월 16일 서울대 법대가 발표한 '헌정수호법대학생총회'의 결의문에 언론 자유의 보장을 촉구하는 내용이 있었음을 지적하며 이것이 지난날의 학생 데모와 비교해 새롭게 등장한 내용임에 주목했다.[42]

정권의 압박 속에서 주요 일간지들은 학생 데모와 관련된 기사를 싣지 못했다. 전 경향신문 기자이자 기자협회보 편집인이었던 이상우는 학생 데모 관련 기사를 썼다가 경영진의 개입에 의해 축소되거나 아예 삭제된 사례를 증언했다. 또한, 언론의 침묵으로 인해 기자에 대한 학생들의 불신이 커져 "취재해도 보도하지도 못하는 주제에 뭣 때문에 취재하려느냐"며 취재가 거부당하거나, "옛날엔 기자들이 학생대열 뒤에서 취재했으나 지금은 경찰 뒤에 숨어서 취재"한다는 비난을 듣게 된 고충을 토로했다.[43] 기성언론들이 학생운동 취재에 소극적이었던 것은 언론계의 지형 변화와 관계있다. 1965년 삼성을 배경으로 『중앙일보』가 창간되면서 언론계의 경영 풍토가 변화했고, 그 결과 경영이 편집보다 우위에 있는 제작 관행이 성립되었다. 또한, 정권의 언론 통제 방식은 일선기자들이 아닌 경영진

---

42 앞선 6월 12일에 열린 서울대 법대의 '헌정수호법대학생총회'에 대해 대부분의 신문들이 보도하지 않았기에 이러한 내용이 포함되었다. 16일의 결의문 자체는 법대 당국이 12일의 학생총회를 이유로 학생회장 등 5명에게 근신처분을 내린 것에 대한 반발로 발표되었다. 안택수, 「데모·경찰·여당 : 학생 데모의 어제와 오늘」, 『사상계』, 1969년 8월호, 149-154쪽 참조.

43 이상우, 「언론의 눈, 붓과 얼」, 『사상계』, 1969년 8월호, 51-52쪽.

을 통하는 구조적 통제 방식으로 변모했다. 직접적 압력을 넣기보다는 신문사의 기업 활동을 지원하거나 규제했는데, 이로 인해 일선기자들의 의견이 이미 내부에서부터 검열됨으로써 정권 비판적 어조를 유지하는 것은 더욱 힘든 일이 되었다.[44]

그리하여 전반적으로 언론에 대한 학생들의 불신이 커진 상황이었지만『사상계』에 대해서는 그렇지 않았다. 월간지의 특성상 즉각적인 반응은 힘들었지만 학생들의 삼선개헌 반대투쟁에 촉각을 곤두세우고 이를 지면을 통해 알리려고 노력했기 때문이다. 모든 신문에서 외면했던 삼선개헌 반대 각 대학 선언문을 자료로 모아 게재한 것도 그런 노력의 일환이다.[45] 대학신문들은 이미 6·3항쟁 국면을 거치며 학원 내외의 탄압을 받기 시작했고, 삼선개헌 반대투쟁이 전개되면서는 급기야 대학언론이 직접 나서서 학생운동을 비방하기까지 했다.[46] 기성언론도, 대학언론도 신뢰할 수 없게 된 상황에서『사상계』의 역할은 더욱 막중해졌고, 학생들의 기대도 커졌다. 당시 서울대 사회학과에 재학하던 한 학생이 "책임 있는 언론이 모두 사라져버린 지금, 우리가 의지하고 기대할 수 있는 것은 오직 '사상계' 하나 뿐"이라며『사상계』에게서 희망을 찾은 것은 이 때문이다.[47] 그

---

44 김건우,『대한민국의 설계자들 : 학병세대와 한국 우익의 기원』, 느티나무책방, 2017, 224쪽
45 「각 대학 학생 선언문」,『사상계』, 1969년 8월호, 127-136쪽.
46 이신범,「맹아대학의 고질화 : 대학내 언론자유화의 요구」,『사상계』, 1970년 4월호, 220-227쪽.
47 이영준,「사상계에 기대하는 것 : 불의에 대해서 굽힐줄 모르는 투쟁을 국민적 저항정신으로 확산하라」,『사상계』, 1969년 12월호, 80쪽.

러나『사상계』와 대학생 세력의 연대에도 불구하고 더욱 강력해진 경찰의 진압과 정권의 언론 탄압 속에서 삼선개헌안은 통과되어 버렸고, 이후『사상계』와 대학생의 정치 활동은 깊은 침체기로 접어들 수밖에 없었다.

3. '불온시' 논쟁과 4월혁명 문학론

1968년 『사상계』와 『조선일보』의 지상(紙上)에서는 한국문학사에 길이 남을 '불온시' 논쟁이 펼쳐졌다. 이 논쟁은 60년대 초에 시작된 두 차례의 순수참여논쟁의 연장선에 있던 것으로, 논쟁을 촉발시킨 참여문학론이라는 주제를 빼놓고는 60년대 한국문학을 이야기할 수 없다. 참여문학론은 4월혁명을 기점으로 대두되었다. 현실 사회에서의 적극적 실천의 움직임이 문학으로까지 이어진 것이었다. 5·16군사 쿠데타를 겪으며 잠시 주춤했던 참여문학론은 6·3항쟁 이후로 새롭게 일어난 저항적 정신과 결합하며 다시금 범문단적 쟁점으로 부상했다. 이러한 흐름은 자연스럽게 순수문학 진영과의 논쟁으로 이어졌고, 김수영과 이어령의 '불온시' 논쟁은 그렇게 60년대 동안 이루어진 순수참여논쟁의 세 번째 국면에 자리한다.

첫 번째 순수참여논쟁은 김우종·김병걸 대 이형기의 구도로 전개되었다. 1963년 김우종이 「파산의 문학」(『동아일보』, 1963.8.7.)에서 현실을 등진 60년대의 문학상황을 비판하며 순수와의 결별을 선언하자 김병걸이 이 논의를 받아 글을 발표했다. 이에 이형기는 「문학의 기능에 대한 반성 : 순수옹호의 노트」(『현대문학』, 1964년 2월호)를 통해 참여문학은 문학을 정치적 목적 수행을 위한 도구시한다고 비판했다. 논쟁의 두 번째 라운드는 불문학자 김붕구가 1967년

10월 12일 세계문화자유회의 한국본부 주최의 토론회에서「작가와 사회」라는 주제발표를 하면서 촉발되었다. 그는 작가의 자아를 사회적 자아와 창조적 자아로 구분하여 창조적 자아야말로 생활인을 작가로 만들어주는 본질이라 주장하는 한편, 참여문학은 프롤레타리아 혁명 이데올로기로 귀착되기 쉽다고 했다. 이에 선우휘가 지지의 입장을 표명했고, 임중빈, 이호철, 이철범, 김현, 정명환, 김병걸, 임헌영, 원형갑 등 여러 비평가가 이의를 제기하고 나섰다. 요약하자면 첫 번째 순수참여논쟁은 순수와 참여의 원론적 의미를 확인한 데서, 두 번째는 순수참여논쟁에 대한 다양한 의견이 분화·전개된 데서 그 의의를 찾을 수 있다.

세 번째 순수참여논쟁은 김수영과 이어령의 일대일 논쟁으로『사상계』와『조선일보』라는 두 매체의 지면 위에서 전개되었다. 논쟁은 김수영이『사상계』에 발표한「지식인의 사회참여 : 일간신문의 최근 논설을 중심으로」(1968년 1월호)에서 이어령의「'에비'가 지배하는 문화 : 한국문화의 반문화성」(『조선일보』, 1967.12.28.)을 비판적으로 언급하면서 촉발되었다. 이렇게 시작된 논쟁은 김수영이 세 차례, 이어령이 다섯 차례 글을 발표하고 끝을 맺게 된다. 아래는 류동일이 정리한 김수영과 이어령의 불온시 논쟁 평문 일람표이다.

표 3.1 ‖ 김수영과 이어령의 불온시 논쟁 평문 일람표[48]

	저자명	글제목	발표지	발표일	비고
1	이어령	「'에비'가 지배하는 문화 : 한국문화의 반문화성」	조선일보	1967.12.28.	-
2	김수영	「지식인의 사회참여 : 일간신문의 최근 논설을 중심으로」	사상계	1968.1.	1 대한 반박
3	이어령	「누가 그 조종을 울리는가? : 오늘의 한국문화를 위협하는 것」	조선일보	1968.2.20.	2 대한 반박
4	김수영	「실험적인 문학과 정치적 자유 : 문예시평「오늘의 한국문화를 위협하는 것」을 읽고」	조선일보	1968.2.27.	3 대한 반박
5	이어령	「서랍 속에 든「불온시」를 분석한다 : 「지식인의 사회참여」를 읽고」	사상계	1968.3.	2 대한 반박
6	이어령	「문학은 권력이나 정치이념의 시녀가 아니다 : 「오늘의 한국문화를 위협하는 것」의 해명」	조선일보	1968.3.10.	4 대한 반박
7	김수영	「불온성에 대한 비과학적인 억측 : 위험세력 설정의 영향 묵과 못해」	조선일보	1968.3.26.	6 대한 반박
8	이어령	「논리의 현장검증 똑똑히 해 보자 : 불온성 여부로 문학평가는 부당」	조선일보	1968.3.26.	7 대한 반박

---

48 이어령은 김수영의 「지식인의 사회참여 : 일간신문의 최근 논설을 중심으로」에 대한 반박글을 『조선일보』와 『사상계』 각각 한 편씩 총 두 편의 글로 발표했다. 그런데 월간지의 특성상 『사상계』에 기고된 글은 3월에서야 발표되었고, 김수영은 이를 보지 못한 채 『조선일보』에 실린 글만 보고 「실험적인 문학과 정치적 자유 : 문예시평 「오늘의 한국문화를 위협하는 것」을 읽고」를 발표하여 재반박했다. 반박과 재반박의 순서가 맞지 않게 된 것은 이 때문이다. (류동일, 「불온시 논쟁에 나타난 문학의 존재론 : 이어령의 '장조력'과 김수영의 '불온성' 개념의 함의를 중심으로」, 『이문학』 제124집, 한국어문학회, 2014, 288쪽 표1과 각주5 참조.) 『사상계』의 지면에서 한 차례 글을 주고받은 이후 논쟁의 장(場)이 『조선일보』로 이동한 것은 이런 이유로 보인다. 『조선일보』는 일간지인 만큼 즉각적인 반박과 재반박을 통해 논쟁을 활성화시키기에 더 적합했기 때문이다.

이어령은 「'에비'가 지배하는 문화 : 한국문화의 반문화성」에서 "어떤 구체적인 대상을 가리키는 명사"가 아닌, "막연한 두려움이며 꼬집어 말할 수 없는 불안, 그리고 가상적인 어떤 금제의 힘을 총칭"하는 것인 '에비'라는 비유를 통해 우리나라의 문화인들이 실제 이상의 과대한 공포증에 시달리고 있고, 그로 인해 문화적 퇴영성이 나타났다고 진단했다. 그러자 김수영이 당대의 문화인들이 직면한 '에비'는 "'가상적인 어떤 금제의 힘'이 아니다. 그것은 가장 명확한 '금제의 힘'이다."라고 반박하는 한편, 문학과 창조의 자유가 억압되는 구체적인 원인을 "근대화해가는 자본주의의 고도한 위협의 복잡하고 거대하고 민첩하고 조용한 파괴 작업"과 "유상무상의 정치권력의 탄압"이라고 지적했다.

사실은 나는 이 글을 쓰면서, 최근에 써 놓기만 하고 발표를 하지 못하고 있는 작품을 생각하며 고무를 받고 있다. 또한 신문사의 '신춘문예'의 응모 작품 속에 끼어 있던 '불온한' 내용의 시도 생각이 난다. 나의 상식으로는 내 작품이나 '불온한' 그 응모 작품이 아무 거리낌 없이 발표될 수 있는 사회가 되어야만 현대사회라고 할 수 있을 것 같고, 그런 영광된 사회가 반드시 머지않아 올 거라고 굳게 믿고 있다. 그러나 나를 괴롭히는 것은 신문사의 응모에도 응해 오지 않는 보이지 않은 '불온한' 작품들이다. 이런 작품이 나의 '가상적 강박관념'에서 볼 때는 땅을 덮고 하늘을 덮을 만큼 많다. 그리고 그 안에 대문호와 대시인의 씨앗이 숨어 있다. 이렇게 생각할 때 위기는 아득한 미래의 70년대에 있는 것이 아니라, 지금 당장 이 순간에 있다.[49]

　의견의 평행선을 달리던 이어령과 김수영은 김수영이 글을 마무리하면서 사용한 '불온'이라는 단어에서 충돌하며 본격적으로 논쟁의 불꽃을 틔웠고, '불온시' 논쟁은 이렇게 시작되었다. 이후 이어령은 두 편의 글로 김수영에게 반박했는데 그중 『사상계』에 실린 「서랍 속에 든 「불온시」를 분석한다 : 「지식인의 사회참여」를 읽고」에서 그는 "참여의 본질은 기다리는 것이 아니라 개혁하자는 것"이라며 참여의 의미에 대한 자신의 생각을 밝힌다. 나아가 "책상서랍 안에서만 불온시를 쓸 수 있는 참여 시인들은 바로 해방이 되어야만 일제를 규탄하는 참여시를 쓰고 이승만 씨의 독재가 쓰러지고 난 다음에야, 독재자의 빈 의자에 돌을 던지는 자들"이자 "역사의 전리품을 가로채 가는 '동물원의 사냥꾼'"이라며 김수영을 비롯한 참여론자들을 적극적인 행동 없이 성과를 챙기려는 기회주의자로 규정했다. 김수영에게 참여가 시를 자유롭게 쓸 수 있는 사회의 제반 조건을 갖추는 것이었다면 이어령에게 참여는 적극적 실천과 의지의 문제였던 것이다.

　이어령은 '불온시' 자체에 대해서도 의문을 표하며 "불온시가 과

─────────────

49　김수영, 「지식인의 사회참여 : 일간신문의 최근 논설을 중심으로」, 『사상계』, 1968년 1월호, 94쪽.

연 좋은 시일 수 있을까?"라고 자문한다. 그는 최근 한국 문단을 "불온시=명시라는 도식적인 비평기준"이 지배하고 있으나 "어떤 정치적 목적을 위해서 시가 동원되고 있다는 면에선 어용시나 참여시는 핏줄이 같은 쌍둥"이라고 주장했다. 또한, 참여론자들이 "데모대의 플랜카드에 쓰인 구호나 격문처럼 목적이 달성되면 시의 기능도 끝나는 것이라고 생각하고 있다"고도 덧붙였다. 이어령이 생각한 '불온시'란 특정 시대나 특정 정치권력을 비판하는 도구적인 시였고, 그는 시가 그와 같이 도구로 수단시되는 것에 대해 강한 반발심을 가지고 있었다. 하지만 이러한 인식은 적어도 김수영이 말하는 '불온'의 개념은 잘못 이해한 것이었다.

김수영은 「실험적인 문학과 정치적 자유 : 문예시평 「오늘의 한국문화를 위협하는 것」을 읽고」에서 이어령이 불온성 개념을 오해하고 있음을 지적하며 "모든 실험적인 문학은 필연적으로 완전한 세계의 구현을 목표로 하는 진보의 편에 서지 않을 수" 없으며 그런 의미에서 "모든 전위문학은 불온"하다고 밝힌다. 그에게 불온성이란 이어령이 이해한 바와 같이 특정한 성격의 문학에 한정되는 것이 아니었다. 그가 파악한 불온성이란 문학은 물론 모든 종류의 문화예술에서 보편적으로 찾아볼 수 있는 것으로, 새로운 예술이 기존의 예술형식 및 질서 체계를 거부할 때 필연적으로 나타나는 것이었다. 그에게 불온성이란 새롭고 전위적인 예술이 지향해야 할 당위이자 예술의 본질이었기에 예술을 도구화한다는 이어령의 비판은 적절치 않았다. 이처럼 이어령과 김수영은 불온성의 개념 및 범주에서부터 견해를 달리했기에 둘의 논의는 좀처럼 합의점을 찾기 힘들었다.

그런데 두 사람은 문학의 위기가 촉발된 원인이나 그 위기에 대처하는 참여문학의 구체적 실천 과제에 대해서는 의견을 달리했지만, 당대가 위기 상황이고 그러한 현실을 문학이 어떻게 극복할 수 있을 것인가 하는 문제제기에서 글을 시작했다는 점에서는 근본적으로 같은 출발점을 가지고 있었다. 즉 궁극적으로는 같은 지평에 있었으나 그럼에도 입장 차를 좁히지 못한 것이다. 이로 인해 이 논쟁의 의의에 의문을 던지는 논자들도 있다. 그러나 이 논쟁을 발판으로 1970년대에 리얼리즘에 대한 더욱 발전된 논의로 나아갔음을 고려할 때 이 논쟁의 의의는 의심할 수 없다.

다만 그동안의 불온시 논쟁에 대한 연구들은 이 글들의 비평사적 가치에 주로 관심을 가졌기에, 이 논쟁의 의미를 새롭게 탐색하는 입장에서는 글이 실린 매체에 주목해보고자 한다. 김윤식은 "민족주의적 문화교양지 『사상계』가 지닌 래디컬하고도 진취적인 성격이 문학 쪽에서 튕겨 나온 것의 하나가 김수영의 불온시론"이라며 "『사상계』가 『조선일보』에 비해 비교적 자유로운 문화매체라면 이 편에 선 김수영은 문자 그대로 '자유인'"이었다고 평가한다.[50] 기존에 '불온시' 논쟁에 대한 논의가 김수영과 이어령 개인 간의 논쟁에 초점이 맞추어져 있었다면 김윤식은 이를 『사상계』와 『조선일보』라는 매체 간의 대립 구도로 확장시켜 본 것이다. 이를 뒷받침하는

---

50 김윤식, 『문학의 라이벌 의식』, 그린비, 2013, 84쪽.

근거는 실제로 김수영이 처음 『사상계』에 발표한 글에서 주요하게 공박했던 대상이 이어령이 아니었다는 사실이다.

김수영은 "요즘 각신문의 세모(歲暮)와 신춘의 특집 논설중의 몇몇 개의 비교적 씨 있는 문화시론이나 좌담 같은 것만 보드라도 여전히 할 말을 다 못하고 있는 것 같은 이(齒) 빠진 소리들"이라며 당대의 언론을 향해 비판의 화살을 겨누었다. 그중에서도 특히 C신문(『조선일보』)에 초점을 맞추어, C신문에서 마련한 대학교수들의 정담(鼎談)에서 「70년대의 위기」를 진단하면서 현재의 문제가 해소되지 않는다면 "조직되지 않은 어떤 폭발적인 요소가 70년대에 가면 표면화하지 않겠느냐…"고 방관자적 논평을 한 것, 그리고 마찬가지로 C신문 사설란의 「우리 문화의 방향」에서 동백림 사건을 언급하며 문화와 예술의 자유에 대해 안이한 태도를 드러낸 것을 지적하며 "이런 논조가 바로 보수적인 신문의 문제의 핵심을 회피하는 가장 전형적인 안이한 태도"라고 비판했다. 이에 더해 "문화의 문제는 언론의 자유의 문제와 직결되는 것이고 언론의 자유는 국가의 정치의 유무와 직통하는 문제"라며 언론이 문화의 자유에 대해 책임을 겨야 한다는 자신의 입장을 피력했다.

즉 김수영이 본래 문제 삼았던 것은 당대의 언론, 그중에서도 『조선일보』였다. 그가 이어령의 글을 거론한 것도 앞서 언급한 사설의 논조와 같은 범주에서 이어령의 글을 인식한 탓이었다.[51] 그렇기

---

51 위의 책, 81쪽.

때문에 이후에 전개된 논쟁을 개인 간의 문제로만 보는 것은 현상의 일부만을 보는 것이 된다. 또한, 두 매체는 서로에 대해 직접적으로 목소리를 내는 대신, 각자의 지면에 논쟁의 장(場)을 마련해주되 직·간접적으로 이들의 논쟁에 개입하기도 했기에 두 매체에 주목하지 않고서는 이 논쟁의 전말을 이해하기 힘들다.

『사상계』는 김수영의 글이 실린 다음 호인 68년 2월호 「편집후기」에 "지난 호에 발표된 김수영 씨의 「지식인의 사회참여」에 대한 반론이 자자하다. 3월호에 이어령 씨의 반론이 게재됨을 미리 밝힌다. 이달에도 「작가와 평론가의 대결」이라는 제(題)로 역시 지속적 문제인 사회현실참여를 취급하였다."라며 이어령의 반론을 예고했다. 그리고 이어령의 반론이 실린 68년 3월호의 「편집후기」에서는 "본지 증면복구호에 게재된 김수영 씨의 「지식인의 사회참여」를 놓고 이어령 씨와 조선일보지상을 통해 논전이 벌어졌다. 여기 다시 본지로 장을 되돌려 와서, 이어령 씨의 반론을 게재한다. 그러나 논전은 건설적인 보완으로 전개되기를 바랄 뿐이지 「논전을 위한 논전」은 원치 않는다."라고 적고 있다. 논쟁이 격화되는 것을 경계하는 듯하나 사실상은 논쟁의 장이 『사상계』로 다시 옮겨왔다는 점을 알림으로써 독자들의 관심을 요청하고 있다.

그러나 『사상계』는 '불온시' 논쟁에 집중된 세간의 관심을 단순한 화제몰이를 위한 것으로 소모하지 않았다. 오히려 '불온시' 논쟁의 토대이자 60년대 문학사의 주요 화두였던 참여문학론에 대한 담론 형성을 주도함으로써 순수참여논쟁을 또 다른 방식으로 이어가고자 했다. 그것을 가장 잘 보여주는 것이 「작가와 평론가의 대결 : 문학의 현실참여를 중심으로」라는 제목으로 68년 2월호에 마련된 백낙청과 선우휘의 대담이다. 이 대담 자체는 김수영·이어령의 지상 논쟁이 아닌 세계문화자유회의에서 발표된 김붕구의 글 「작가와 사회」로부터 촉발된 순수참여논쟁 제2기의 직접적 영향 아래 있다. 김붕구는 참여문학은 필연적으로 프롤레타리아 혁명의 이데올로기로 귀착된다고 주장하여 여러 비평가들로부터 비판을 받았는데, 이때 선우휘는 「문학은 써먹는 것이 아니다 : 사회참여문제의 재대두를 계기로」(『조선일보』, 1967.10.19.)를 발표하여 김붕구를 지지했었다. 때문에 이 대담은 백낙청이 "한국의 현 실정에서 사르트르를 추종하는 작가의 현실참여라는 것은 결국 프롤레타리아 혁명에 도달하게 된다."던 선우휘의 주장을 언급하며 사르트르의 참여문학론에 대한 논의로 시작된다.[52]

　백낙청과 선우휘가 만들고 있는 구도는 김수영과 이어령의 그것

52　사르트르의 참여문학론이 문제시된 것은 한국전쟁 이후 소개된 사르트르의 실존주의 문학론이 50년대 문학계에 많은 영향을 미친 데 이어 그의 참여론이 수용되면서 국내에서 전개된 참여문학론의 이론적 바탕이 되었던 탓이다. 때문에 참여문학론과 관련해서는 찬반을 막론하고 사르트르를 인용했기에 그 이해 수준이 떨어지거나 오독되는 경우가 적지 않았다. 그 예로 60년대에 들어 제출된 최초의 참여문학론이라고 평가되는 이어령의 「사회참여의 문학」(『새벽』, 1960.5)에서도 사르트르가 언급되었는데, 이 글에 대해 김용락은 이어령이 참여문학을 주장하면서도 그것을 "철저한 정치배격주의 내지 정치혐오주의"의 의미로 사용함으로써 사르트르의 참여문학론을 오독했다고 비판했으며(김용락, 『민족문학 논쟁사 연구』, 실천문학사, 1997, 77-78쪽.), 김윤식 역시 사르트르가 참여문학을 산문의 글쓰기로 국한시켰음에도 불구하고 이어령이 모든 저항의 문학은 시라고 주장함으로써 사르트르를 오독했다고 평가한다. (김윤식, 앞의 책, 66쪽.)

과 닮아있다. 한쪽은 문학인들이 자유롭게 말하고 쓸 수 있는 환경 자체가 부재함을 지적하는 반면, 다른 한쪽은 환경보다는 문학인들의 역량이 중요하다고 주장했다. 그리고 두 논쟁이 보여주는 또 하나의 공통점은 기본적인 개념이나 인식에 대한 합의조차 이루지 못함으로써 논의가 제대로 전개되지 못했다는 것이다. 백낙청은 대담의 말미에 "언제든 참여란 말을 들으면 나가서 데모를 한다거나 정치적인 활동에 직접 가담하는 것"을 떠올리게 하여 "이 문제에 대한 소아병적 사고를 유발"한다며 '참여'라는 말 자체가 적합지 못하다고 언급한다. 이것은 참여의 개념에 대한 일부 논자들의 협소한 이해를 비판하는 것이기도 하지만, 실제로 개념에 대한 이해 차이로 논의가 의미 있는 성과를 거두지 못했다는 뜻이기도 하다. 결국 참여의 문제는 작품으로 말해져야 한다는 데 두 사람이 의견의 일치를 보고 대담을 마무리한 것은 이 때문이다. 그러나 이 대담은 참여 문학론에 대한 논의를 더욱 풍부하게 하는 데 기여했고, 『사상계』는 그 장(場)을 제공함으로써 문학 영역에 있어서도 담론을 주도하는 역할을 이어갔다. (『사상계』톺아보기 5 참조)

한편, 『조선일보』의 개입 방식은 더 직접적이었다. 『조선일보』는 1968년 3월 26일 자 신문에 특집 「이어령 씨와 김수영 씨의 「자유」 대 「불온」의 논쟁」을 마련하여 "김수영 씨와 이어령 씨의 글을 함께 실음으로써 이 문제에 대한 일단락을 짓기로 한다."는 편집자 주와 함께 두 사람의 글을 동시에 실어 논쟁을 끝맺도록 했다. 그러나 이 자리에서도 두 사람은 견해차만 확인하여 논쟁의 종결이 가지는 의

미가 명확하지 않다. 게다가『조선일보』가 개입하는 방식도 석연치 않았다.『조선일보』는 김수영으로부터 글을 먼저 받아 이어령에게 주어 이 글에 대한 반박문으로 글을 작성할 수 있도록 했다. 그 결과 두 글은 같은 일자, 같은 지면에 실렸음에도 전체적인 논조는 이어령의 입장에서 정리되게 되었다.[53] 이에 대해 신동엽은 "미리 얻어맞게 만들어 놓은 상대편의 글과 때리고 있는 자기 쪽의 글을 나란히 실어 내보내면서, 이걸로 시합은 끝내겠다고 선언함으로써 그 일간지의 편집자는 다시 한번 비신사적인 비열성을 과시했다"[54]고 강하게 비난했다.

김윤식이 "현상유지를 원본성으로 하는 저널리즘의 대표 격인『조선일보』와 비교적 몸 가벼운『사상계』의 대립 구도를 암암리에 읽어내는 쪽은 이어령도 김수영도 아닌 독자 측이었을 터"[55]라며 당대에는 '불온시' 논쟁이 개인 간의 대립이 아닌 매체 간의 대립으로서도 화제가 되었음을 언급한 것은 이 때문이다. 이처럼 '불온시' 논쟁이 가지는 함의를 충분히 이해하기 위해서는 당대의 맥락, 그리고 그것이 실렸던 매체의 문제까지 고려하지 않으면 안 된다.

『사상계』는 종합교양지였지만 문예란에도 상당한 비중을 두며 당대의 문학담론을 형성하고 주도했다. '불온시' 논쟁 자체는 의도된 것이 아니었지만 이러한 논쟁이 촉발될 수 있는 문학담론의 큰

---

53 류동일, 앞의 글, 288쪽 각주5번.
54 신동엽, 「선우휘씨의 홍두깨」, 『월간문학』, 1969년 4월호, 269-270쪽.
55 김윤식, 앞의 책, 85쪽.

흐름을『사상계』는 줄곧 만들어오고 있었다. 특히『사상계』는 4월 혁명이 한국문학에 미친 영향에 지속적으로 관심을 가지고 있었고, 4월혁명 10주년을 기념하여 마련된「4·19와 한국문학」(1970.4)은 그 최종적 결과물이었다. 이 특집은 비평가 김윤식의 리포트와 임중빈(사회), 김현, 김윤식, 구중서가 함께 한 좌담의 두 가지 형식으로 구성되었는데 4월혁명이 한국문학에 어떤 영향을 미쳤는지를 규명하는 것이 공통의 주제였다.

김윤식은「4·19와 한국문학 : 무엇이 말해지지 않았는가?」에서 4월혁명이 문화 및 문학에 어떻게 작용했는가를 규명하고자 한다며 글을 시작한다. 하지만 실제로는 이미 '4·19의 문학적 불모성', 즉 4월혁명 문학의 실패라는 상황을 전제하고 있다. 따라서 이 글에서 그의 진짜 목표는 "과연 작가들이 4·19를 아무리 창작에 도입하려 해도, 바로 그 때문에 전혀 엉뚱한 작품을 쓰든가, 아니면 한 줄도 쓰지 못하는 이유는 무엇인가"라는 의문을 밝히는 데 있었다.

그에 따르면 4월혁명의 문학화가 힘든 이유는 그것이 역사적 사건이기 때문으로, 역사적 사건이 문학적으로 형상화되기 위해서는 "풍속과 방법을 분류할 수 없는 정신적 상태로 올려놓고 파악해야" 한다. 여기서 '풍속'과 '방법'은 각각 문학의 미학적 성질과 교훈적 성질을 가리키는 것으로 역사적 사건을 소재로 한 4월혁명 문학은 이 두 가지가 함께 고려되어야 한다는 것이 그의 주장이었다. 미학적 요소가 너무 부각되면 역사의식이 탈각될 우려가 있고, 반대로 교훈적 요소가 부각되면 이데올로기에 치우친 작품이 나올 수 있기 때문이다. 그러므로 4월혁명 문학의 실패는 이 두 가지 요소에 대한 균형 잡힌 고려가 없었던 탓이라는 것이 그의 판단이었다.

이외에 자유주의, 민주주의 등 4월혁명의 지배적 관념구조는 서구적 사회과학 용어를 빌려왔지만 언어와 장르적 차이로 인해 한국 문학이 그것을 표현하는 데 한계를 가진 점, 4월혁명이 가져온 자유의 시간이 5·16으로 인해 불과 일 년에 그친 점, 그리고 그로 인해 소위 4·19세대들의 이상주의가 철저한 환멸에 봉착한 점을 4월혁명 문학의 불모성을 설명하는 또 다른 이유로 꼽았다. 그리하여 김윤식에 따르면 4월혁명은 해방 이래 "리얼리즘이 가능한 역사적 순간"이었음에도 불구하고 "리얼리즘의 획득을 방치"하는 결과를 낳게 되었던 것이다.

좌담은 김윤식이 자신의 글의 핵심적 내용을 소개하고, 나머지 참가자들이 이에 대해 반론을 제시하거나 의견을 덧붙이는 방식으로 진행되었다. 구중서는 4월혁명이 소설에 있어 리얼리즘 자각의 계기였다는 것에 대해서는 동의했지만 4월혁명 문학이 실패했다는 평가에 대해서는 의견을 달리했다. 시에서는 김수영(「푸른 하늘을」)과 신동엽(「금강」)을, 소설에서는 최인훈(「광장」)과 김승옥(「서울, 1964년 겨울」)을 거론하며 이들의 작품이 4월혁명의 문학적 성과라고 주장했다. 서정적 경향을 탈피하여 사회 현실을 반영하거나, 분단된 민족의 비극이라는 참신한 소재를 쓰거나, 4·19세대의 시니시즘을 담아내는 것을 모두 4월혁명의 문학정신으로 본 것이다.

한편, 김현은 4월혁명의 문학적 형상화 자체보다는 리얼리즘의 정착이라는 더 큰 문학적 흐름에 주목한다. 그 역시 4월혁명이 문학적 리얼리즘 자각의 계기가 되었다는 점에는 동의하나 그것을 주도할 만한 사회계층의 부재로 인해 리얼리즘이 정착하지 못했다고 보았다. 이후 서구 문학에서의 리얼리즘의 기원에 대한 논의로까지 이야기가 다소 방만하게 흐르기도 하지만, 김현의 의견은 4월혁명의 문학적 영향력을 논하는 자리의 의의를 보다 분명히 해주었다. 4월혁명은 한국 정치사에서만이 아니라 사회 전 영역에 영향을 미친 중요한 사건이었고, 이를 계기로 대중의 의식 구조 자체가 바뀌었다고도 할 수 있었다. 때문에 그 문학사적 의의를 논함에 있어 이 사건을 리얼리즘의 새로운 기원으로 정초하고자 한 것이다.

'불온시' 논쟁, 그리고 4월혁명과 한국문학 특집은 60년대 후반 『사상계』가 지향한 문학이 어떤 것이었는지 잘 보여주는 두 가지 사례다. 둘은 표면적으로는 별개의 사건처럼 보인다. 하지만 '불온시' 논쟁의 중심 쟁점이었던 참여문학론이 4월혁명을 계기로 촉발되었다는 점, 그리고 논쟁의 계기를 제공한 이어령의 글 「'에비'가 지배하는 문화 : 한국문화의 반문화성」에서 그가 문제 삼았던 것이 4월혁명 이후 문학의 내적 빈곤이었다는 점에서 '불온시' 논쟁 역시 결국 4월혁명 문학론이었다. 그러므로 「4·19와 한국문학」 특집 역시 '불온시' 논쟁의 연장선상에서 쓰일 수밖에 없었다. 리얼리즘의 정착을 위해서는 개인의 자유가 원칙적으로 보장되는 사회가 먼저 성립해야 한다면서도, 그럼에도 작가의 의식이 취약하면 리얼리즘이 실천될 수 없다는 김윤식의 목소리에 김수영과 이어령의 입장이 절충적으로 수용되고 있었던 것은 그 때문이다.

『사상계』의 문예란에 드러나는 문학적 지향점은 논설에 드러나는 어조들과 크게 다르지 않았다. 때문에 60년대의 『사상계』를 관통했던 4월혁명에 담긴 저항정신과 비판의식을 문학과 접목시키려는 시도는 당연한 것이었다. 매체로서 『사상계』는 다양한 논자들이 의견을 개진할 수 있는 장(場)을 마련해줌으로써 그 역할을 다했다.

작가와 평론가의 대결 :
문학의 현실참여를 중심으로, 1968년 2월호

선우휘 4·19가 터졌다 하면 문학인이나 문학 활동이라는 것이 거기 무슨 기여를 할 수 있느냐, 또 6·25 같은 전쟁이 터졌다, 이때에 소설가나 시인이 거기에 직접적으로 어떤 공헌을 할 수 있느냐는 것입니다. 문학은 그런 경우에 무력합니다. 가난한 사람을 눈앞에 보고 문학이 당장에 주린 배를 채워주지 못합니다. 문학은 인간의 생존의 아주 기본적인 일면에서는 효용성이 없습니다. 한 편의 소설이 시민생활에 주는 효용성은 모기약의 설명서만 못하고 한 편의 시는 어떤 정치적인 집회에서 외치는 한마디 구호만도 못한 것이 사실입니다. 그렇게 말하는 것을 문학의 가치를 낮게 여긴다고 해서는 안 됩니다. 그렇게 생각하는 것은 오히려 문학의 진정한 가치를 찾는 데 도움이 될 겁니다. 장차 인간의 기본적인 모든 문제가 해결되었을 때 인간이 할 일이란 무엇이냐? 그것은 예술적인 일일 수밖에 없다고 봅니다. 그런 때 문학은 장난이라는 의미에서 벗어나 인간이 추구할 수 있는 가장 고상한 작업이 되지 않을까?

백낙청 물론 아주 시급한 경우, 당장 굶어 죽는 경우에는 문학이 쓸데가 없고 당장 누가 총을 들고 쏴 죽이러 오는데 셰익스피어를 가지고 막아 봤자 막아지지는 않겠지만, 그러나 우리의 삶이라는 것이 꼭 그런 위급한 순간의 연속만은 아니고 그렇다고 이런 모든 위급한 문제가 해결되었을 미래라는 것은 너무 요원한 것이 아니겠습니까. 그렇다면 극단적인 위기와 상대적인 평안이 뒤범벅이 된 지금 현실에서는 문학이 장난으로서든 아니든 어떤 기능을 가져야 된다고 할까요?

*

백낙청   그것은 이 상황에서 응당 말해져야 하고 또 실상 말해질 수 있을지도 모르는 이야기를 가진 사람으로서 현실적인 여러 제약도 없지 않고 또 오해를 받을까 봐 필요 이상의 겁도 집어먹고 있어서 말을 못하는 경우가 상당히 있을 겁니다. 지금 선우 선생님도 당국에 당부를 하시면서, 우리가 적어도 문학에 있어서만은 모든 문제를 자유롭게 얘기할 수 있어야 한다고 하셨는데, 이것이 아직은 어느 정도 하나의 이상론이요 당위론이 아니겠습니까.

선우휘   그러니까 문학인은 남의 자유를 얘기하기 이전에 자기 자율로 획득해야 될 것입니다. 생활이 어려울수록 더 용기를 가지고 발언을 하여야지 아니 그건 용기가 아니고 당연한 것이죠. 그것이 바로 참여가 아니겠습니까, 그런데 말할 수 없는 상황이니 어떻게 말할 수 있느냐 하는 따위의 뒷공론만 하는 것은 분명히 도피 경향이지요. 그러자면 아예 말을 꺼내지 말아야 합니다. (…중략…) 4·19 이후에 중공식으로 말하면 백가쟁명(百家爭鳴)이 되어서 이 소리 저 소리 못할 소리 없이 혼란만 일으켜 놓고 5·16이 나니까 자라목처럼 일제히 쑥 들어가 버렸어요. 이렇게 볼 때 참여란 말은 하기가 부끄럽다는 겁니다. 작가들이 흔히 우리가 역사적인 엄청난 경험을 했는데 왜 좋은 작품이 나오지 않느냐, 하면 누구나가 그것은 아직 작품을 쓸 만한 자유가 없어서 그런다고 합니다. 나는 그것은 99%의 변명이라고 단정합니다. 한마디로 얘기해서 역량 부족이지 자유가 없는 탓은 아니에요.

▷ 참여문학에 대한 두 사람의 입장 차는 현실 인식에 대한 차이로부터 비롯된 것이었다. 백낙청에게 군부정권으로부터 이어진 7년간은 억압과 속박의 시간이었던 반면 선우휘에게는 그렇지만은 않았다. 그는 북한의 문학상황과 비교하여 남정현의 「분지」 필화사건을 예로 들며 제약

이 있는 것은 사실이지만 "그래도 여기서는 떳떳이 재판정에 나아가서 문학인들이 변호를 할 수 있었다"고 말한다. 자유의 의미가 북한과의 비교 우위에 의해 획득될 수 있는 다소 낙관적이고 소극적인 의미일 때, 그에게 자유는 더 이상 문제가 되지 않았다. 자유가 아닌 작가들의 역량 부족이 문학의 빈곤을 낳았다는 그의 주장은 이런 맥락에서 나왔다. 그러나 백낙청이 파악한 현실은 무엇이든 자유롭게 말할 수 있는 자유가 없는 상태였고, 차라리 매카시즘의 공포에 시달리는 것이 '현실적'이었기에 그는 선우휘의 주장이 이상론이자 당위론일 뿐이지 않느냐며 의문을 표했다.

4. 김지하 「오적」과 『사상계』의 휴간, 그리고 그 이후

　독재정권의 정치적 · 경제적 탄압에도 불구하고 18년을 이어온 『사상계』의 명맥이 끊어지게 된 결정적인 계기는 70년 5월호에 김지하의 「오적」을 게재한 일이었다. 「오적」은 재벌, 국회의원, 고급 공무원, 장성, 장차관을 다섯 도둑으로 지목하며 이들을 통렬하게 비판한 풍자담시로, 애초에 이 시는 김지하가 당시 『사상계』 편집장이던 김승균에게 청탁을 받아 쓴 것이었다. 김승균의 회고에 따르면 70년 5월호를 5 · 16쿠데타 9주년 특집호로 꾸미기로 하고 4월에 기획회의를 하던 중 당시 부촌으로 유명했던 동빙고동이 세간에서는 '오적촌'으로 불린다는 사실이 화제에 올랐다고 한다.[56] 사실 『사상계』는 70년 2월호에 이미 권두언 「「오적촌」의 신악을 발본색원하라」를 통해 이 주제를 다룬 바 있었다. 이 글에서 부완혁은 동빙고동 신흥호화주택의 주인 대부분이 "5 · 16 혁명의 열매를 독점한 인사들인 데다가 이들이야말로 구악을 규탄하기에 앞장섰던 사람들"임에도 불구하고 부정축재와 부정불하로 화려한 집을 짓고, 호화로운 생활을 영위한다며 그곳이야말로 "조국근대화 구호 밑에서 권력과

56　허문영, 『김지하와 그의 시대』, 블루엘리펀트, 2013, 121-122쪽.

금력을 농단한 자들이 독버섯처럼 자라난 신악의 시범촌"이라고 강하게 비판한 바 있다.[57] 이런 문제의식의 연장선상에서 『사상계』는 김지하에게 장시를 부탁한 것으로 보인다. (『사상계』 톺아보기 6 참조)

「오적」을 실은 『사상계』 70년 5월호의 초판 3000부는 출간되자마자 순식간에 매진되고, 재판 요구가 빗발쳤다고 한다. 이후 『사상계』에 실린 시를 확인한 박정희가 크게 분노했다고 전해지지만 「오적」이 실린 호를 서점에서 수거하고 더 이상 시판하지 않는다는 조건으로 넘어갔을 뿐 별다른 문제는 생기지 않았다. 이에 대해서는 1970년 국제펜클럽 서울대회를 앞두고 준비가 한창이던 때라 문학인을 탄압하는 국가라는 오명을 피하기 위한 조치였다는 추측이 있다.[58] 그렇게 잠잠해지려던 찰나 예상치 못한 곳에서 문제가 터져 나오면서 이 사건은 정치적 사건으로 비화한다. 당시 『사상계』의 재정 후원을 맡던 신민당 김세영 재정위원장은 신민당 기관지인 『민주전선』도 관리하고 있었는데 그가 1970년 6월 1일 발행자 『민주전선』에 「오적」을 게재한 것이었다. 군부 정권으로 시작한 현 정권을 의식한 탓인지 장성에 대한 대목은 빠져있었다.

정부는 김지하와 『사상계』 사장 부완혁, 『사상계』 편집장 김승균, 그리고 신민당 출판국장 김용성까지 네 명을 반공법 4조 1항 위반 혐위로 구속했다. 남한의 현실을 비판하고 폭로함으로써 북괴 주장에 동조했다는 것이 그 이유였다. 이에 김지하는 「오적」 사건의 제2

---

57 부완혁, 「「오적촌」의 신악을 발본색원하라」, 『사상계』, 1970년 2월호, 8쪽.
58 허문영, 앞의 책, 124-125쪽.

차 공판에서 "당시「오적」으로 북괴를 이롭게 할 의도는 전혀 없었고 참다운 반공은 강한 국방력도 문제지만 우선 내적인 부정부패를 철저히 뿌리 뽑음으로써 국민을 단결시키는 데 있는 것이고 따라서 부정부패 그 자체가 이적이 될지는 몰라도 이를 비판하는 소리가 이적이 될 수는 없다"[59]고 진술했다. 변호인단은 당대 민권변호인으로 유명하던 이병린, 태륜기, 홍영기, 한승헌 등으로 꾸려졌으며, 방청석에는 함석헌, 장준하, 안병욱을 비롯하여 문인, 민주인사들이 와 있었다. 또한,『조선일보』의 편집국장이던 선우휘, 시인 박두진, 숭전대 교수 안병욱은 감정서를 통해, 고려대 교수 이항녕, 작가 김승옥은 증언을 통해 나서서「오적」의 용공 혐의를 부정했다. 당대의 문화계 인사가 총동원된「오적」재판이 국민적 관심을 끈 것은 당연한 일이었다.

100여 일간 이어진 재판 끝에 네 피고인은 모두 보석으로 풀려났다. 그러나 문공부는 1970년 9월 26일 자로『사상계』가 인쇄 시설을 갖추지 않았다는 이유를 들어『사상계』의 등록을 말소 처분한 후 '정치적 의도'가 없다[60]고 밝혔다. 하지만 정치적 보복임은 명백했다. 1972년 4월 26일 부완혁이 문공부 장관을 상대로 낸 소송에서 "문공부 장관이 70년 9월 26일 취한 사상계 등록 취소 처분을 취소하라"[61]는 원심 판결을 받아냈다. 등록 취소 처분의 취소 덕분에『사

---

59 「"부정부패가 이적이지 비판은 이적이 될 수 없다" 오적시 사건 김피고 진술」,『동아일보』, 1970.7.21, 7면.
60 「문공부 사상계 등록 말소」,『경향신문』, 1970.10.2, 1면.
61 「대법「사상계」에 승소 판결」,『동아일보』, 1972.4.26, 7면.

상계』는 폐간이 아닌 '휴간'으로 남을 수 있었지만 이미 자금은 고갈된 상태였으며 박정희 정권의 정치 탄압으로 인해 글을 써 줄 필자도, 잡지를 인쇄할 수 있는 인쇄 시설도 구하기 힘들었다. 때문에 『사상계』의 복간은 이루어지지 못했다. 그러던 중 1984년 12월 부완혁의 사망으로 장녀 부정애가 판권을 상속받게 되었고, 1996년 7월 새 정기간행물 등록법이 발효되면서 '2년 이상 발행이 중단될 경우 등록이 취소된다'는 규정이 생겼다. 이에 부정애는 1998년 6월에 통권 206호를 한정본으로 발간하고 이후 2년마다 발간 -통권 207호(2000.6), 통권 208호(2002.6)- 함으로써 판권을 유지했다. 한편, 장준하의 장남 장호권 역시 『사상계』 복간의 염원을 품고 2005년 인터넷 월간잡지 사상계를 복간하고 지면발행까지 목표로 하였지만 차일피일 미루어지다가 2014년 이후로는 소식이 없는 상태이다.

오적, 1970년 5월호

서울이라 장안 한복판에 다섯 도둑이 모여 살았겄다.
남녘은 똥덩어리 둥둥
구정물 한강가에 동빙고동 우뚝
북녘은 털빠진 닭똥구멍 민둥
벗은 산 만장아래 성북동 수유동 뾰죽
남북간에 오종종종종 판잣집 다닥다닥
게딱지 다닥 코딱지 다닥 그 위에 불쑥
장충동 약수동 솟을 대문 제멋대로 와장창
저 솟고 싶은 대로 솟구쳐 올라 삐까번쩍
으리으리 꽃궁궐에 밤낮으로 풍악이 질펀
떡치는 소리 쿵떡
예가 바로 재벌(豺閥), 국회의원(狋獪狌猿),
고급공무원(跍礫功無猿), 장성(長猩), 장차
관(瞕猠矓)이라 이름하는,
간뗑이 부어 남산하고 목질기기가 동탁
배꼽 같은
천하흉포 오적(五賊)의 소굴이렷다.
(…중략…)
또 한 놈이 나온다.
국회의원(狋獪狌猿)
나온다.
곱사같이 굽은 허리, 조조같이 가는 실눈,
가래 끓는 목소리로 응승거리며 나온다
털투성이 몽둥이에 혁명 공약 휘휘 감고

사진 3.6 ‖ 『사상계』에 실린 「오적」의 삽화. 실제 그린 사람은 오윤이나 후배를 염려하여 김지하가 자신의 서명을 넣었다고 한다.

혁명 공약 모자 쓰고 혁명 공약 배지 차고

가래를 뒈뒈, 골프채 번쩍, 깃발같이 높이 들고 대갈일성, 쪽 째진 배암

샛바닥에 구호가 와그르르

혁명이닷, 구악(舊惡)은 신악(新惡)으로! 개조(改造)닷, 부정축재는 축재부

정으로!

근대화닷, 부정선거는 선거부정으로! 중농(重農)이닷, 빈농(貧農)은 이농

(離農)으로!

건설이닷, 모든 집은 와우식(臥牛式)으로! 사회정화(社會淨化)닷, 정인숙(鄭

仁淑)을, 정인숙(鄭仁淑)을 철두철미 본받아랏!

궐기하랏, 궐기하랏! 한국은행권아, 막걸리야, 주먹들아, 빈대표야, 곰

보표야, 째보표야,

올빼미야, 쪽제비야, 사꾸라야, 유령(幽靈)들아, 표도둑질 성전(聖戰)에로

총궐기하랏!

손자(孫子)에도 병불염사(兵不厭詐), 치자즉(治者卽) 도자(盜者)요 공약 즉(公

約卽) 공약(空約)이니

우매(愚昧) 국민 그리 알고 저리 멀찍 비켜서랏, 냄새난다 뒈—

골프 좀 쳐야겠다.

▷ "시(詩)를 쓰되 좀스럽게 쓰지 말고 똑 이렇게 쓰랏다"는 시인의 각오
가 무색하지 않게 용공시비에 휘말린 끝에 시인 김지하를 법정으로까
지 이끈 이 시에는 이제 막 70년대로 접어든 한국사회의 부패상이 고스
란히 담겨있다. 시는 제벌(狤獘)〔재벌〕, 국회의원(匐獪狾猿), 고급공무원(跲
磔功無源), 장성(長猩), 장차관(瞕獟矖)을 을사조약 당시의 다섯 매국노에 빗
대어 '오적(五賊)'으로 이른다. (한자 표기가 원래와는 다른데, 공통적으로 큰
개 견(犭)이 부수로 들어있어 이들의 탐욕을 '짐승'의 그것과 동일시한 시
인의 시선을 읽을 수 있다.) 이들이 저지른 죄상을 살펴보면 부정축재와
사치는 기본이고 정치 스캔들, 부실공사, 부정선거 등 실로 다양한데 이
것들은 시인의 상상력에서 나온 것이 아니었다. 정인숙 피살사건과 와

우아파트 붕괴사건은 모두 1970년 벽두에 실제로 일어났던 사건들로 시는 이 사건들을 환기함으로써 조국근대화 추구 일로 끝에 한국사회가 다다른 현재를 적나라하게 펼쳐 보여주었다. 나아가 혁명 모자와 배지를 차고 "혁명이닷, 구악(舊惡)은 신악(新惡)으로!"라고 외치고 다니지만 정작 부정부패의 온상인 기득권의 모습을 통해 군부로부터 시작된 박정희 정권을 떠올리게 하여 문제적 현실의 원인이 어디에 있는지 지목했다. 전통적인 판소리 미학을 계승하면서도 날선 비판의식을 보여준 이 시는 70년대의 가장 중요한 필화사건 중 하나를 촉발시킴으로써 이후 전개될 민주화투쟁의 초석이 되었다.

思想界

Sasangge Monthly

韓·日会談의 諸問題

売国外交를 反対한다!

對談·交渉十年, 会談六回의 内幕

座談·国防에 異狀 있다!

韓·日会談의 係争点

論壇·『両南』漢民들의 소리

社説·왜 現韓日会談을 反対하나

資料·韓·日協商十三年의 日誌

緊急増刊号　1964

『사상계』긴급증간호

제2부

『사상계』
지식인의 냉전 근대와
참여의 논리

제4장

1950년대 『사상계』의 편집체계와 지향점

1950년대는 전쟁 후유증과 정치권의 부정부패로 인해 극심한 정신적 경제적 고통을 겪던 시기였다. 그러나 역설적이게도 이 불우한 시기는 『사상계』라는 한국사회의 지식장이 형성된 시기이기도 했다. 본격적인 냉전시대에 접어들수록 미·소의 이념 선전은 확대되었다. 이에 미국은 대외공보활동의 재원을 크게 확충하여 자신들의 이데올로기를 전파하는 데 총력을 기울이게 된다. 이 사업의 일환으로 미국은 고사 직전에 처한 잡지들을 지원했는데 이는 미국이 한국의 엘리트 계층에게 문화적 영향력을 행사하기 위한 목적으로 시행되었다.[1] 창간 때부터 잡지의 전문성을 인정받은 『사상』이 당시 미공보원의 지원을 받은 것은 이러한 맥락으로 풀이할 수 있다.[2]

『사상계』의 편집위원회는 장준하(1918~1975)를 중심으로 당대

---

1   허은, 「미국의 대한 문화 활동과 한국사회의 반응」, 고려대학교 박사논문, 2004, 3쪽.
2   1952년 9월, 국민사상연구원의 책임자였던 상준하가 『사상』 창간호 3천 부를 출간하고 일반 대중의 호응을 받지 못해 고전하고 있을 때 미공보원의 문정관 슈우바커씨 쪽에서 먼저 연락이 와서 애로를 돕겠다고 제안하였고 2호의 2천 부를 미공보원에 납품하고 3호부터는 용지 지원을 받았다(10주기추모문집간행위원회, 『장준하문집 3』, 사상, 1985, 76쪽, 106쪽).

각 분야의 전문가들로 구성되었다. 편집진 대부분은 1920년을 전후로 출생한 서북 출신의 젊은 지식인들이었다.『사상계』는 담론의 생산자인 동시에 수신자였던 그들의 권위로 만들어진 잡지였다. 현직 교수가 대다수라는 편집진의 특성상 독자층인 대학생 중심의 젊은 세대에게 큰 영향을 미쳤다. 이 글이『사상계』의 편집위원회에 주목하는 이유는 5명의 역대 주간이 매호 잡지의 성격과 내용을 좌우했고『사상계』는 편집위원회의 특성이 곧 잡지의 특성이라 해도 과언이 아닌 잡지였기 때문이다. 이 장에서는 기존 연구에서『사상계』 편집위원에 대한 혼선된 정보를 실증적으로 검토하여 수정하고『사상계』의 편집체계와 지향점에 대해 살펴본다.

1. 편집위원회 결성과「사상계헌장」

『사상계』는 창간호(1953.4)부터 합병호(1953.10~11)까지 7권은 피난지 부산에서 발간되었고 12월호부터는 서울에서 발간되었다. 발간 초기에는 잡지의 기획부터 원고청탁과 교정 등의 편집 업무와 판매 수금의 영업 업무까지 장준하가 혼자서 처리한 1인 편집체제였다. 워낙 힘들었던 시절이기도 했지만 마땅한 자본도 없이 잡지 발간에 대한 열정 하나로 시작한 때문이다.

피난지에서 발간된 1953년 7월호 社告에 응모 원고는 일체 반환하지 않는다는 안내와 함께 편집위원으로 기재되어 있는 인물이 7명 있다. 김재준(1901~1987), 김기석(1905~1974), 오영진(1916~1974), 홍이섭(1914~1974), 정태섭(1918~1988), 엄요섭(1916~1999), 김병기(1916~현존)이다. 목사이자 한신대 교수였던 김재준과 서울대 철학과 교수였던 김기석을 빼고는 다들 장준하와 비슷한 동년배였다. 『사상계』 기자였던 유경환도 말했지만 이들은 정식 편집위원이라기보다는 같은 이북출신으로 장준하의 잡지 발간을 측면 지원했던 편집 자문의 성격이 강했다.[3] 이 시기의 원본을 확인해보아도 1954년 12월까지 지면에 공식 표기된 편집인은 장준하 1인이다.

---

3 『사상계』, 1953년 7월호, 246쪽;『유경환, 「월간 사상계에 관한 연구 : 기둥잘린 나무」, 『한국언론학회 학술대회 발표논문집』, 2000. 10, 34~38쪽.

이들 중 김병기 화백은『사상계』창간호부터 상당한 기간 동안 무보수로 잡지에 많은 컷을 그려주었다. 학술성이 강해서 자칫 딱딱하고 건조한 느낌이었던『사상계』에 활기를 불어넣어 준 셈이다. 궁핍했던 시기에 조건 없던 그의 조력이 장준하에게는 유달리 고마웠던 기억으로 남게 된다.[4]

장준하의 1인 편집체제는 백낙준(당시 연세대 총장)의 도움으로 종로의 한청빌딩에 사상계사의 둥지를 틀고 나서야 마감되었다. 이때의 직원은 장준하 포함 3명이었다. 1953년 10월경에 심부름하는

사진 4.1 ‖『사상계』 1953년 4월호 김병기 화백이 그린『사상계』창간호 속표지.

여직원을 한 명 채용했고 11월경에 중학교 선배 유창균을 직원으로 채용하여 서울로 온 것이다. 한청빌딩에 곁방살이가 아닌 독방 한 칸을 다 쓰게 되었으나 직원이 세 사람뿐이라 오히려 방이 넓었는데 그것이『문학예술』을 발행하던 오영진에게 방 한쪽을 빌려준 이유였다. 그때『문학예술』쪽 식구였던 박남수가 뒤에『사상계』의 편집위원으로 참여(1958년 6월)하게 된 것은 이런 한집살이 덕분이었다.

4 10주기추모문집간행위원회, 앞의 책, 99쪽.

이 시기에는 무보수로 장준하의 업무를 도왔던 강봉식(고려대 영문과 교수)과 또 조판을 책임져 준 조영근(배화사 조판회사 사장)의 공도 컸다. 장준하와 처음부터 같은 동향인 인맥과 학맥으로 이어진 사람도 있었지만 장준하의 인품에 반해 2차적 인맥을 구성한 경우도 많았다. 강봉식이 훗날 고려대 총장이었던 30대의 김상협을 『사상계』로 이끈 것이 대표적이다. 강봉식은 1956년경 초여름 야마구치 고등학교 동창인 김상협을 찾아가서 『사상계』에 편집위원으로 참여하라고 권유했다. 강봉식이 김상협을 불러들인 것을 계기로 『사상계』는 야마구치고교 출신들의 만남의 장소가 되었다. 이렇게 『문학예술』의 오영진, 박남수, 원응서와 함께 사용한 사무실에 서서히 인재가 모여들기 시작했다.

1955년 1월 6일은 『사상계』 편집위원회의 첫 모임이 있었던 날이다. 이 자리에 모인 10명(장준하, 김성한, 엄요섭, 홍이섭, 정병욱, 정태섭, 신상초, 강봉식, 안병욱, 전택부)은 김성한을 1대 편집주간(1955.1~1958.3)으로 추대한다. 바야흐로 주간이 주재하는 편집위원회의 위용이 갖춰지는 순간이었다. 1955년 2월에는 김준엽이 귀국했고 그는 장준하의 권유로 그해 7월부터 편집위원으로 참가하게 되었다.[5]

---

5   유경환의 위의 자료에는 1958년 4월까지 김성한이 주간을 맡았다고 되어있으나 1958년 4월호에는 안병욱이 주간으로 기재되어 있다. 유경환의 자료가 잘못된 것으로 판단되어 1958년 3월까지로 수정한다. 또 김준엽의 귀국을 3월로 석고 있으나 김준엽의 회고기와 장준하 평전에서는 2월로 적고 있다. 유경환은 1960년 후반에 사상계사에 합류한 인물이라 사상계사의 초창기에 대한 기억은 김준엽 본인의 기억이 더 확실하다고 보고 2월로 정리한다. 그리고 김준엽이 6월에 합류했다고 하는데 『사상계』 편집위원 표기에 따르면 1955년 7월호에 김준엽은 한교석과 함께

편집위원회의 첫 모임에서 『사상계』의 편집 목표와 편집 방향이 구체적으로 논의되었는데 편집 목표를 구체적으로 밝힌 「사상계헌장」은 김준엽이 합류한 다음 달 8월호부터 게시되었다.

　　자유와 평등을 근본이념으로 하는 근대적 과정을 거치지 못하고 봉건사회에서 직접 제국주의 식민사회로 이행한 우리 역사는 세계사의 조류와 격리된 채 36년간 암흑 속에서 제자리걸음을 하였다. 그것은 자기말살의 역사요, 자기 모독의 역사요, 노예적 굴종의 역사였다.

　　다행히 제2차 대전의 결과로 이 참담한 이민족의 겸제(箝制)에서 해방은 되었으나 자기광정(自己匡正)의 여유를 가질 겨를도 없이 태동하는 현대의 진통을 자신의 피로써 감당하게 된 것은 진실로 슬픈 운명이 아닐 수 없다.

　　그러나 모든 자유의 적을 쳐부수고 진정한 민주주의의 사회를 이룩하기 위하여 또다시 역사를 말살하고 조상을 모독하는 어리석은 후예가 되지 않기 위하여, 자기의 무능과 태만과 비겁으로 말미암아 자손만대에 누(累)를 끼치는 못난 조상이 되지 않기 위하여, 우리는 이 역사적 사명을 깊이 통찰하고 지성일관(至誠一貫) 그 완수에 용약매진 해야 할 것이다.

　　이 민족 사생관두(民族死生關頭)에서 우리는 과연 유신 창

참여한 것으로 되어있다.

업의 기백과 실천이 있었던가? 사(私)를 위하여 공(公)을 희
생한 일은 없었던가? 정치인은 과연 구국대업에 헌신하고
발분망식하였던가? 민(民)은 과연 대(大)를 위하여 소(小)를
버릴 용의가 있었던가? 우리는 서슴지 않고 "그렇다"고 대
답할 수 없음을 지극히 유감이라 아니할 수 없다.

이 지중(至重)한 시기에 처하여 현재를 해결하고 미래
를 개척할 민족의 동량(棟樑)은 탁고기명(託孤寄命)의 청년
이요, 학생이요, 새로운 세대임을 확신하는 까닭에 본지는
순정무구한 이 대열의 등불이 되고 지표가 됨을

지상의 과업으로 삼은 동시에 종(縱)으로 5천 년의 역사
를 밝혀 우리의 전통을 바로잡고 횡(橫)으로 만방의 지적소
산(知的所産)을 매개하는 공기(公器)로서 자유·평등·번영의
민주사회건설에 미력을 바치고자 하는 바이다. 오직 강호
(江湖)의 편달을 바랄 뿐이다. 단기 4288년 8월 장준하.

― 「사상계헌장」전문, 1955년 8월호.

「『사상계』헌장」의 핵심은 크게 두 가지로 볼 수 있다. 하나는 민
족의 미래를 개척할 동량은 "청년이요, 학생이요, 새로운 세대"라는
점, 또 하나는 이 새로운 세대를 이끌어갈 등불과 지표가 되는 것이
이 잡지의 지상과업이라는 점이다. 이는 『사상계』가 '청년지식인'을
주 독자층으로 삼았으며 편집 방향이 민중의 계몽과 교육에 있었음
을 알려준다. 이 헌장은 일개 잡지의 발행 취지를 초월한 당대 지식

인의 시대정신과 사명을 밝힌 선언문이었다. 때문에 대학생과 젊은 지성인들을 매료시킬 수 있었으며 뒷날 4월혁명 당시 대학의 학생 선언문에도 영향을 미쳤다.[6] 이런 맥락에서 볼 때 부조리에 대한 비판 담론을 생산했으며 사상, 정치, 경제, 문화면에서 독자(특히 신세대)를 계몽시키고자 노력한 『사상계』 편집진은 1950, 60년대를 대표하는 '유기적 지식인'[7]이었던 셈이다.

> 『사상계』의 독자는 대학생과 30대 이하의 젊은 지성인으로 주축을 삼는다. 여기에 뿌리를 박는다. 일본 교육으로 자란 기성 지식인들은 우리말 잡지를 손에 들려고 하지 않는다. 우리글은 외면한 채 일본글만으로 읽고 쓰던 사람들이기에 일본글에 대한 매력은 알면서도 우리글의 맛은 모른다. 그러니 그들이 잡지라고 즐겨 손에 쥐는 것은 일본말 잡지 『문예춘추』나 『중앙공론』이다.
> 한편 우리 집필자들도 우리말 구사력이 심히 부족하다. 우리말로 글을 쓸 기회가 없었기 때문이다. 『사상계』 초기에 발표된 글들을 살펴보면 대부분이 일본말을 직역하여 놓은 것 같은 딱딱하고 맛없는 문장들이다. 그러니 독자는 일본 교육을 받지 않은, 일본말을 모르는 젊은 층에서 찾

---

6   김삼웅, 『장준하 평전』, 시대의 창, 2009, 347–348쪽.
7   그람시(Antonio Gramsci)의 유기적 지식인은 도덕적이고 철학적인 지도력을 갖춘 교사를 일컫는다. 로버트 보콕, 이향순 역, 『그람시 헤게모니의 사회이론』, 학문과 사상사, 1992. 21쪽.

아야 하고, 한편 필자들을 자극하여 읽을 맛이 나는 아름
다운 우리 문장을 쓰도록 성장시켜야 한다. 교육과 훈련을
시켜서 좋은 필자를 만들어야 하고 또한 교육을 시켜서 독
자를 확보해야 한다는 우리의 현실이 서글플 따름이었다.
선진 외국의 잡지인으로서는 상상도 못할 고충이다. 독자
의 확장을 위해서도 그렇고 민족문화의 장래를 위해서도
반드시 그렇다. 그러기에 우리 민족의 기대와 희망도 오직
젊은 새로운 세대에게 둘 수밖에 없다. 그러니 새 세대를
올바르게 키우자.[8]

위의 글은 『사상계』가 휴간하자 함석헌이 발행한 『씨울의 소리』
에 「사상계지 수난사」라는 제목으로 장준하가 연재하던 것인데 장
준하의 사망으로 마저 잇지 못했다. 이에 1985년 '장준하 10주기 추
모간행회'는 권두언과 각종 매체에 발표한 원고, 또 장준하의 미발
표 원고를 취합하여 『장준하문집3』을 발간하며 위의 글을 문집의
「브니엘」편에 실었다. 1950년대에 계몽에 대한 장준하와 편집진의
사명감이 얼마나 강했는지 짐작할 수 있는 자료로서 의미가 있는 글
이다. 1950년대는 식민지 기간과 전쟁으로 만신창이가 된 국가의
재건이 시작되었던 시기이다. 고등교육을 받은 삼십 대 청장년들은
윗세대에 의존하지 않고 스스로 국가 건설의 주체가 되고자 했고 이
십 대들의 많은 젊은이들도 자신의 삶과 이 나라의 새로운 건설을

---

8   10주기추모문집간행위원회, 앞의 책, 119쪽.

분리해서 생각하지 않았다.

일제에 협력하지 않은 건국의 주체를 꿈꾸었던 젊은 세대의 대표 인물들로 장준하, 김준엽, 지명관, 서영훈, 장기려, 선우휘, 김성한, 양호민이 거론되는데[9] 대부분 『사상계』의 편집위원이거나 『사상계』 지식인 담론의 생산 주체들이다. 잡지매체의 일반적인 속성은 경제적 이윤의 창출이지만 『사상계』는 교육과 계몽을 통해 민족의 힘을 기르는 것을 지향점으로 삼았다. 그것이 국가재건의 당당한 주체가 되고자 했던 『사상계』의 자존감이었고 이 낯익은 이름들이 뭉친 편집위원회가 보유한 힘이었다.

---

9   김건우, 「『사상계』그룹의 와해와 대학의 변화」, 『대한민국의 설계자들』, 느티나무책방, 2017, 13쪽.

2. 편집위원회의 추이와 공식 편집진

『사상계』 원본에 공식적으로 표기된 편집위원은 총 48명이며 이 중 1950년대 편집위원으로 활동한 인원은 34명이다. 이 글에서 는 편집위원에 대한 잘못된 정보를 최대한 수정하여 명단을 재정 리했다.[10]

표 4.1 ∥ 『사상계』 편집위원 명단(1953~1968)[11]

연월호	편집위원 명단
1953. 7	김기석, 김병기, 김재준, 오영진, 엄요섭, 정태섭, 홍이섭
1955. 1	강봉식, **김성한**, 신상초, 안병욱, 엄요섭, 장준하, 전택부, 정병욱, 정태섭, 홍이섭
1955. 6	강봉식, **김성한**, 안병욱, 엄요섭, 장준하, 전택부, 정병욱, 정태섭, 홍이섭
1955. 7	강봉식, **김성한**, 김준엽, 신상초, 안병욱, 엄요섭, 장준하, 전택부, 정병욱, 정태섭, 한교석, 홍이섭

---

10 『사상계』 편집위원 인원수에 대한 선행 연구들의 오류는 〈장준하선생 추모문집 간 행회〉에서 공식 발표한 자료를 반복 인용하는 과정에서 말미암은 것으로 짐작된다. 선행 연구의 오류를 일일이 지적하는 것은 소모적이라 의미가 없으므로 생략한다.

11 이 표는 『사상계』 원본에 편집위원으로 표시된 명단에 충실한 자료이다. 편의상 가 나다순으로 이름의 순서를 잡았으며 편집주간 표시는 글자의 포인트를 크고 진하 게 표시했다. 밑줄 표시된 사람은 해당 호에 새롭게 합류한 인원을 뜻한다. 자료에 빠진 월호는 편집위원의 변동이 없는 것으로 파악되며 편집위원이 아닌 편집관여 기타 인원(영업부장, 섭외부장 등)은 표기하지 않았다. 특히 65년 11월에는 10월에 편집위원 전원 해촉으로 편집위원의 명단 없이 주간과 기타 편집 관련인의 명단만 표기되어 있으며 부완혁 대표 취임 때까지 대표 장준하만 기재하고 있다.

연월호	편집위원 명단
1955. 10	강봉식, **김성한**, 김준엽, 성창환, 신상초, 안병욱, 엄요섭, 장준하, 정병욱, 정태섭, 한교석, 홍이섭
1958. 4	김상협, 김성한, 김준엽, 김하태, 성창환, 신상초, **안병욱**, 오 몽, 유창현, 이상구, 이종진, 장경학, 정병욱, 한우근, 현승종, 황산덕
1958. 5	김상협, 김성한, 김준엽, 김하태, 성창환, 신상초, **안병욱**, 오 몽, 이상구, 이종진, 장경학, 정병욱, 한우근, 현승종, 황산덕
1958. 6	김상협, 김준엽, 김하태, 박남수, 성창환, 신상초, **안병욱**, 오 몽, 유창현, 이상구, 이종진, 장경학, 정병욱, 한우근, 한태연, 현승종, 황산덕
1958. 9	김상협, 김준엽, 김하태, 박남수, 성창환, 신상초, **안병욱**, 오 몽, 유창현, 이상구, 이정환, 이종진, 장경학, 정병욱, 한우근, 한태연, 현승종, 황산덕
1958.10	김상협, 김준엽, 김하태, 박남수, 성창환, 신상초, **안병욱**, 오 몽, 유창현, 이상구, 이정환, 이종진, 장경학, 정병욱, 정태섭, 한우근, 한태연, 현승종, 황산덕
1959. 3	김상협, 김준엽, 김하태, 박남수, 신상초, **안병욱**, 여석기, 오 몽, 유창현, 이동욱, 이만갑, 이상구, 이정환, 이종진, 장경학, 정병욱, 정태섭, 한우근, 한태연, 현승종, 황산덕
1959. 4	김상협, 김준엽, 김하태, 박남수, 신상초, **안병욱**, 엄요섭, 여석기, 오 몽, 유창현, 이동욱, 이만갑, 이상구, 이정환, 이종진, 장경학, 정병욱, 정태섭, 한우근, 한태연, 현승종, 황산덕
1959. 7	김상협, 김준엽, 김하태, 박남수, 신상초, **안병욱**, 엄민영, 엄요섭, 여석기, 오 몽, 유창현, 이동욱, 이만갑, 이상구, 이정환, 이종진, 장경학, 정병욱, 정태섭, 한우근, 한태연, 현승종, 황산덕
1959. 8	김상협, 김준엽, 김하태, 박남수, 신상초, **안병욱**, 엄민영, 엄요섭, 여석기, 유창현, 이동욱, 이만갑, 이상구, 이정환, 이종진, 장경학, 정병욱, 정태섭, 한우근, 한태연, 현승종, 황산덕
1959. 9	김상협, 김준엽, 김하태, 박남수, 신상초, **안병욱**, 엄민영, 엄요섭, 여석기, 유창현, 이동욱, 이만갑, 이상구, 이정환, 이종진, 장경학, 정태섭, 한우근, 한태연, 현승종, 황산덕
1959. 10	김상협, 김준엽, 김하태, 박남수, 신상초, **안병욱**, 엄민영, 엄요섭, 여석기, 유창현, 이동욱, 이만갑, 이상구, 이정환, 이종진, 장경학, 정병욱, 정태섭, 한우근, 한태연, 현승종, 황산덕
1959. 11	김상협, **김준엽**, 김하태, 박남수, 신상초, 안병욱, 엄민영, 엄요섭, 여석기, 유창현, 이동욱, 이만갑, 이상구, 이정환, 이종진, 장경학, 정병욱, 정태섭, 한우근, 한태연, 현승종, 황산덕

연월호	편집위원 명단
1960. 2	김상협, **김준엽**, 김하태, 신상초, 안병욱, 엄민영, 여석기, 이동욱, 이만갑, 이정환, 이종진, 정태섭, 한태연, 현승종, 황산덕
1960. 4	김상협, **김준엽**, 김하태, 신상초, 안병욱, 엄민영, 여석기, 이동욱, <u>이봉순</u>, 이만갑, 이정환, 이종진, 정태섭, 한태연, 현승종, 황산덕
1960. 6	김상협, **김준엽**, 김하태, 신상초, 안병욱, 엄민영, 여석기, 이동욱, 이봉순, 이만갑, 이정환, 이종진, 한태연, 현승종, 황산덕
1960. 12	김상협, **김준엽**, 김하태, 신상초, <u>신응균</u>, 안병욱, 엄민영, 여석기, 이동욱, 이봉순, 이만갑, 이정환, 이종진, 한태연, 현승종, 황산덕
1961. 2	김상협, **김준엽**, <u>김성한</u>, <u>김증한</u>, 김하태, <u>성창환</u>, 신상초, 안병욱, <u>양호민</u>, 엄민영, 여석기, 오 몽, 이봉순, 이정환, 이종진, <u>이창렬</u>, 한태연, 현승종, 황산덕
1961. 3	김상협, **김준엽**, 김성한, 김증한, 김하태, 성창환, 신상초, 안병욱, 양호민, 엄민영, 여석기, 오 몽, <u>이만갑</u>, 이봉순, 이정환, 이종진, 이창렬, 한태연, 현승종, 황산덕
1961. 4	김상협, **김준엽**, 김성한, 김증한, 김하태, 성창환, 신상초, 안병욱, 양호민, 엄민영, 여석기, 오 몽, 이만갑, 이봉순, 이정환, 이종진, 이창렬, **최문환**, 한태연, 현승종, 황산덕
1961. 5	김상협, 김성한, 김증한, 김하태, 성창환, 안병욱, **양호민**, 여석기, 오 몽, 이만갑, 이봉순, 이정환, 이종진, 이창렬, 최문환, 한태연, 현승종, 황산덕
1962. 10	김성한, <u>김영록</u>, 안병욱, **양호민**, 여석기, 이만갑, 현승종
1963. 1	김성한, 김영록, 안병욱, **양호민**, 여석기, <u>이극찬</u>, 이만갑, <u>조지훈</u>, 현승종
1963. 3	김성한, 김영록, <u>신일철</u>, 안병욱, **양호민**, 여석기, 이극찬, 이만갑, 조지훈, 현승종
1964. 1	김성한, 김영록, 신일철, 안병욱, 여석기, 이극찬, 이만갑, 조지훈, 현승종
1964. 10	김성한, 김영록, 신일철, 안병욱, 여석기, 이극찬, 이만갑, **정명환**, 조지훈, **지명관**, <u>최석채</u>, 현승종
1965. 1	김영록, 신일철, 안병욱, 여석기, 이극찬, 이만갑, 정명환 조지훈, **지명관**, 최석채, 현승종
1965. 2	<u>김상협</u>, 김영록, <u>부완혁</u>, 신일철, 안병욱, 여석기, 이극찬, 이만갑, 정명환 조지훈, **지명관**, 최석채, 현승종
1965. 5	김상협, 김영록, <u>민석홍</u>, 부완혁, 신일철, 안병욱, 여석기, 이극찬, 이만갑, 정명환, 조지훈, **지명관**, 최석채, 현승종

연월호	편집위원 명단
1965.7 긴급 증간호	김상협, 김영록, 민석홍, 부완혁, 신일철, 안병욱, 여석기, 이극찬, 이만갑, 정명환, 조지훈, **지명관**, 현승종
1965.9	김상협, 김영록, 민석홍, 부완혁, 신일철, 안병욱, <u>양호민</u>, 여석기, 이극찬, 이만갑, 정명환, 조지훈, **지명관**, 현승종
1965.11	※ 교수 파동으로 10월에 편집위원 전원 해촉하여 주간 지명관과 기타 인원만 표기됨
1968.11	부완혁 대표 취임

강봉식 김기석 김병기 김상협 김성한 김증한 김영록 **김재준 김준엽 김하태**
민석홍 **박남수** 부완혁 **성창환 신상초** 신일철 **안병욱** 양호민 **엄민영 엄요섭**
여석기 오 몽 오영진 유창순 이극찬 **이동욱 이만갑** 이봉순 **이상구 이정환**
이종진 이창렬 **장경학 장준하 전택부** 정명환 **정병욱 정태섭** 조지훈 지명관
최문환 최석채 **한교석 한우근 한태연 현승종 홍이섭 황산덕**

(전체 48명 중 밑줄 그은 34명은 주로 1950년대 편집위원으로 활동한 인물임)

『사상계』 편집위원 명단은 〈장준하선생 20주기 추모문집 간행
회〉(1995)가 공식 발표했다. 이후 여러 연구자들에 의해 인용되는
과정에서 초기 자료에서 시작된 오류가 반복되는 악순환이 되풀이
되고 있다.[12] 특히 역대 주간의 재직기간이 모두 원본과 다르게 표기

---

12 〈장준하선생 20주기 추모문집 간행회〉의 자료(1995)가 나오고『사상계』관련한 박
   사논문이 1996년 발표된다. 추모문집간행 당시는『사상계』가 휴간한 지 20여 년의
   시간이 흐른 상태였다. 따라서 관계자들의 정확한 기억에 한계가 있었을 것으로 짐
   작되고 이를 바탕으로 한 연구자들의 혼선이 되풀이되었다.『사상계』의 지속적인
   연구와 정확성을 위해 원전을 바탕으로 한 편집위원회의 명단 정리는 필요한 작업
   이었다.

되고 있다. 보통은 원본과 한두 달씩의 근소한 착오만 보이고 있다. 하지만 양호민과 지명관의 경우 주간의 공석기간이 꽤 길었음에도 공석기간에 대한 표기가 없어서 양호민의 재직기간이 더 길었던 것처럼 간주될 위험이 있다.(〈표 4.1〉 참조)

고향 선배인 오영진의 소개로 장준하를 처음 만났다는 양호민은 63년 서울대학 교수가 된다. 그는 그 즈음에 이미 군정과의 관계가 험악해진『사상계』의 주간을 계속 맡는 것에 부담을 느껴 손을 뗐다고 회고한다.[13]『사상계』편집위원회가 와해된 직접적인 이유가 정치권과의 갈등이었다는 의미이다. 한편 63년까지 주간을 역임했다는 양호민 본인의 기억과『사상계』원본의 표기는 정확히 일치한다.

社告(1958.4)를 통해 확인할 수 있는 안병욱의 예처럼 잘못된 정보는 원본에 근거하여 모두 수정했다.[14] 역대 편집위원의 명단 중 원본에 편집위원으로 표기되지 않은 이가 포함된 예(송병무), 같은 사람이 두 이름을 쓴 경우(오몽=신응균), 같은 사람임에도 편집위원으로 기명된 이름과 실명이 다른 경우(유창현→유창순)도 모두 정리했다.

『사상계』편집위원회의 개편 추이는 1958년 4월호, 1960년 4월호, 1961년 2월호, 1965년 6월호, 이렇게 4번 공식적으로 확인된다.

---

13 장준하선생추모문집간행위원회,「〈주간좌담〉사상계 시절을 말한다.」,『민족혼, 민주혼, 자유혼 장준하의 생애와 사상』, 나남, 1995, 66쪽.

14 추모간행회에서 잘못 정리한 자료를 바로잡으면 김성한(1955.1-1958.4)→(1955.1-1958.3), 안병욱(1958.5-1959.9)→(1958.4-1959.10), 김준엽(1959.10-1961.1)→(1959.11-1961.4), 양호민(1961.5-1964.9)→(1961.5-1963.12), 지명관(1964.10-1967)→(1964.10-1965.12)이다.

하지만 1955년 7월(김준엽 합류 후) 원본에 기재하지 않은 개편이 한 번 더 있었다. 당시 김성한이 문학을, 안병욱이 교양을, 김준엽이 정치와 사회를 분담하면서 편집위원회가 더욱 전문성을 띤 것이다. (제1장 참고) 이 예로 미루어 보아 원본에 기재되지 않은 비공식적인 개편이 필요에 따라 이루어졌을 것으로 짐작된다.

1958년 4월호는 안병욱이 주간으로 취임한 때이다. 이때 상임위원회 신설이 명시되어 있다. 상임위원으로는 김성한이 문학예술을, 사회과학을 김준엽이, 성창환이 경제 쪽을 맡아서 전담하였고 주간 안병욱이 교양을 담당했다. 성창환의 상임위원 위촉은 『사상계』의 편집 방향이 경제 분야로 확장되었음을 뜻한다. 상임 편집위원은 편집위원의 전공에 따라 분야를 전담하여 심층적으로 다루는 특성을 가진다. 당시 이들은 주업인 강의 외에는 사상계사에 상근하면서 편집에 매진했다고 한다. 실제로 상임위원회 개편 후로 『사상계』 지면이 훨씬 활기차고 풍성해졌다. 김성한이 상임위원이던 1958년 들어 문학작품의 수가 눈에 띄게 증가한 것이 그 예이다. 성창환이 상임위원이 되고 나서 유창순, 이상구, 이정환 등의 경제전문가들이 편집위원회에 합류하게 된 것도 마찬가지이다. 상임위원회는 1960년 4월 잠시 폐지되고 운영위원회 체제로 바뀐다. 그러다가 1961년 2월호에 운영위원회가 폐지되고 다시 상임위원회가 부활되어 있다.

더 전문화된 『사상계』의 편집진은 왕성하게 담론을 생산하면서 활발히 지적 공론장을 선도했다. 편집위원회가 왕성하게 활동하던 시기에는 판매부수도 최고치를 경신했다. 하지만 1960년 4월호 9만

7천 부를 정점으로 쇠락하기 시작했다. 군부 집권 이후 한일협정 반대에 앞장섰던 『사상계』는 두 번의 세무사찰 등 지속된 정치권의 탄압으로 고전을 면치 못한다. 결국 양호민을 비롯한 『사상계』 필진 다수가 포함된 '정치교수 파동'으로 편집위원 전원을 해촉(1965년 10월)하기에 이르렀다. 이때의 주간은 지명관이었으며 이 사태로 인해 기존 필진들이 집필을 기피하기 시작했고 1965년 11월호부터 편집위원의 명단을 삭제하면서 『사상계』 편집위원회는 사실상 붕괴되었다.

3. 『사상계』 편집위원의 게재 빈도

1950년대에 활동한 편집위원 34명 중 안병욱과 신상초(1922~ 1989) 같은 이는 거의 전 기간에 걸쳐 『사상계』에 많은 글을 게재하고 담론을 생산했다. (〈표 4.2〉 참고)[15] 주요 필진의 글 게재 빈도수는 전체 기간 기준으로 안병욱(87), 신상초(81), 부완혁(75), 장준하(62), 여석기(52), 함석헌(50), 김성식(47), 김팔봉(46), 이숭녕(44), 신동헌(41), 최석채(무향산인)(41), 전준(38)의 순이다. 1950년대는 신상초(37), 김팔봉(33), 안병욱(32), 이숭녕(31), 장준하(31), 장경학(27), 성창환(25), 최재서(23), 황산덕(22), 함석헌(20), 전광용(20), 배성룡(20) 순으로 많은 글을 게재했고 김증한, 김영록, 민석홍, 부완혁, 신일철, 양호민, 이극찬, 이봉순, 이창렬, 정명환, 조지훈, 지명관, 최문환, 최석채 등의 이름은 주로 1960년대 『사상계』에서 만날 수 있다.

주간재직 기간이 가장 긴 사람은 김성한이나 가장 장수한 편집위원은 안병욱이다. 안병욱은 장수편집위원의 명성에 걸맞게 전체 필진 중 87편에 해당하는 가장 많은 글을 게재했다. 또 그는 정치교수 파동(1965.10)으로 『사상계』 편집위원이 전원 해촉될 때까지 편집위원의 자리를 지키고 있었다. 『사상계』가 계몽지로서의 이미지를

---

15 〈표 4.2〉는 김경숙의 박사논문 49쪽을 발췌함.

굳히는 데 안병욱의 역할이 컸는데 이 자료를 통해『사상계』의 주요 담론을 끌고 간 필자로 안병욱을 비롯해 신상초, 장준하, 함석헌의 비중이 컸다는 것도 확인된다.

한편 문인 편집인으로 활약한 이는 김성한과 박남수, 여석기, 오영진, 조지훈으로 이들은『사상계』문예란의 향상에 많은 역할을 했다. 특히 김성한이 주간과 문학상임위원을 맡은 것이『사상계』가 문예지에 필적할 만한 문학적 성과를 거두는데 결정적 역할을 했다. 『사상계』가 시행한 동인문학상의 심사과정도 여느 타 매체의 문학상보다 엄정하고 까다로웠다. 동인문학상의 제정으로 이 잡지에 대한 신뢰성과 공정성이 높아졌다는 것도 움직일 수 없는 사실인데 "사상계사가 동인문학상을 설치하여 빈곤한 이 나라 출판문화 육성에 이바지한 바 크며 문교당국에게 큰 자극을 주었다."라는 평가가 그것을 뒷받침한다.[16]

총 12회 시행된 동인문학상(1956~1968)은 제8회부터 독립문학상 (1963)에 포함된다. 독립문학상에 포함된 1963년에는 동인문학상이 수상작을 내지 못한다. 동인문학상의 수상기준 등에서 변화를 요구한 독립문화상 관리위원회의 외부압력에 '우수한 신인배출의 장' 으로서의 자부심을 독자적으로 고수하고자 한 심사위원들의 자존심도 한몫했기 때문이다.[17] 여하튼 신인문학상의 심사를 맡았던 조지훈, 상임위원이었던 박남수, 주간 여석기가 당시 문학장에 미친

---

16 변우경,「정유문화계총평 출판계(하)」,《경향신문》, 1957.12.17.
17 김경숙, 앞의 논문 84쪽.

영향력이 결과적으로는 『사상계』 전체의 위상을 높이는 데 일조를
했다는 점에서 문인 편집위원의 의미를 찾을 수 있다.

표 4.2 ‖ 『사상계』 편집위원 글 게재 수

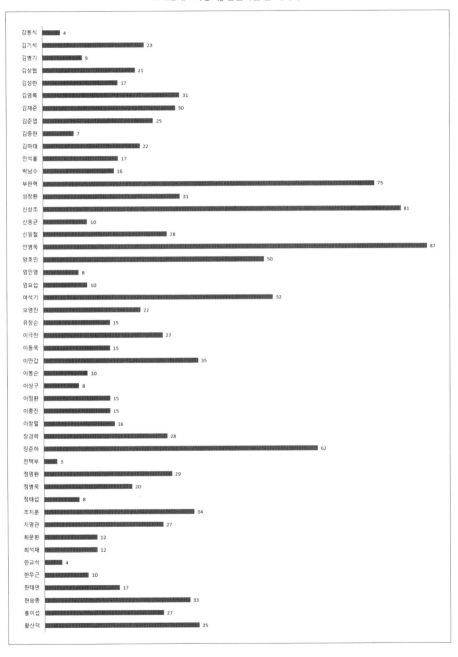

강봉식	4
김기석	23
김병기	9
김상협	21
김성한	17
김영록	31
김재준	30
김준엽	25
김증한	7
김하태	22
민석홍	17
박남수	16
부완혁	75
성창환	31
신상초	81
신응균	10
신일철	28
안병욱	87
양호민	50
염민영	8
염요섭	10
여석기	52
오영진	22
유장순	15
이극찬	27
이동욱	15
이만갑	35
이봉순	10
이상구	8
이정환	15
이종진	15
이창렬	16
장경학	28
장준하	62
전택부	3
정명환	29
정병욱	20
정태섭	8
조지훈	34
지명관	27
최문환	12
최석채	12
한교석	4
한우근	10
한태연	17
현승종	33
홍이섭	27
황산덕	35

4. 중점주의 편집체계와 『사상계』의 지향점

　『사상계』의 중점주의 편집체계는 사상계사의 편집 방향을 수용하기에 매우 합리적인 방법이었다. 특집으로 대표되는 중점주의 편집체계는 편집진이 각자의 전문 분야를 집중적으로 다루는 데 유용했다. 『사상계』의 편집회의는 매호 발간 때마다 편집 방향, 내용뿐 아니라 독자의 주의 환기를 위한 목차항목의 배치 순서까지도 논의할 정도로 치밀했다고 한다. 시사성 강한 화보를 목차 이전의 전면에 배치하고 사상계 제호 밑에 편집 방향을 제시한 사상계헌장 혹은 5·16혁명공약을 공지한 것 등이 시각적 효과를 노린 대표 예라 하겠다.[18] 당시 편집에 관여했던 많은 이들은 이렇게 입을 모은다.

> "『사상계』가 여론을 형성하고 이끄는 의견잡지로서의
> 역할을 당당히 수행할 수 있었던 힘의 원천은 장준하 특유
> 의 편집위원회 운영방식이었다."

　편집부장으로 활동했던 유경환의 상세한 회고를 참고하면 10명

18　61년 6월호(96호)에 〈혁명 새벽에 오다〉 화보 특집을 게재한 것과 혁명공약(61년 7월호-63년 1월호까지)을 게시했다. 김삼웅은 개인적으로 1961년 6월호에서 5·16을 지지하는 논조였던 권두언을 두고 『사상계』 정신을 훼손한 혼란의 호였다고 논평한다. 김상웅, 앞의 책, 425쪽.

에서 15명 안팎의 고급두뇌로 구성된 편집위원회가 가장 공을 들인 작업은 특집란에서 다룰 주제를 정하는 것이었다. 3개월 후를 투시 예측하여 기획, 제작, 발간하는 이 회의 과정은 대단히 치밀하고 엄격했는데 매달 편집 계획안을 등사기로 프린트하여, 정치·경제·사회·문화 분야별로 장시간의 공개토론을 거치는 것을 반복했다.[19]

또한 편집회의가 주력했던 특집의 기획은 『사상계』의 중점주의 편집체계를 잘 보여주는 예이기도 하다. 이 중점주의 편집체계는 『사상계』를 동시대 타 잡지매체와 뚜렷하게 변별하게 하는 요소였다. 『사상계』의 중점주의 편집체계는 총 목차를 통해서도 쉽게 확인할 수 있는데 교양, 사회과학, 문학·예술 등으로 크게 분류하여 항목별로 별도의 묶음 표시를 했다.

목차의 차례는 1)권두언 2)특집, 일반 논문, 좌담회, 대담 3)국내외 동정, 사회시평 4)해외 문예정보나 문예 관련 논문 5)문학작품(시, 소설, 수필)의 틀을 전체 기간에 걸쳐 대부분 유지했는데 시대 사안의 중요도에 따라 순서를 달리하기도 하고 문학작품 같은 경우에는 잡지 후반부에 몰아서 편집하다가 시사성과 정론성이 강해 다소 딱딱한 부분 다음에 (休止의 기능으로) 교차 편집하는 양태로 바뀌기도 했다.

권두언과 특집의 내용이 어떤 부분을 중점적으로 다루었나를 통해 1950년대 『사상계』 지식인의 관심 담론을 확인할 수 있다.

---

19   장준하선생추모문집간행위원회, 앞의 책 274-275쪽.

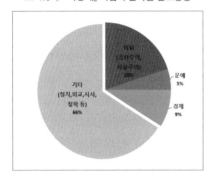

표 4.3 ‖ 『사상계』 특집의 분야별 분포양상

『사상계』 전 기간에 특집이라는 타이틀을 달고 게재된 횟수는 총 151회인데 이 중 철학을 포함한 교양 부문이 전체의 약 42%(63)이고 국내 외 정치 관련 25%(37), 공산권 소식 관련 및 공산주의 대 자유주의 이념 비교 20%(30), 문학 및 문예 관련 5%(8), 경제 9%(13)로 분류된다.

특집란은 1950년대보다 1960년대에 더욱 중점적으로 기획된다. (151회의 특집 중 4·19 직전까지는 26개로 거의 대부분의 특집이 1960년 대에 몰려있다.) 1950년대 특집의 약 70%(19/26)는 교양과 시사 관련 내용으로 1950년대에 이 잡지가 계몽성에 집중했던 모습을 단적으로 나타낸다. 1960년대에 이르면 경제부분의 특집이 자주 편성되면서 관심분야가 변화했음을 보이고 있다(표 4.3).[20] 또 1960년대에 들어서는 3년에 걸쳐 문예특집호를 발간할 정도로 『사상계』 문학의 중요성도 더욱 커진다.

그리고 『사상계』의 권두언은 1953년 4월 창간호부터 지면의 제일 앞부분에 고정되는데 이 잡지의 논조를 한눈에 짐작하게 하는 기능을 했다. 이 면은 사상계사의 발행 의도와 편집 방향을 매년 창간

---

20   김경숙, 박사논문 27쪽 인용.

일에 맞춰 반복해서 밝혔다. 또 해당호의 기사 내용에 일치하는 내용으로 가장 이슈화된 담론에 대해 기명과 무기명의 방법으로 집필했다.

때때로 정치권에 대한 강력한 저항의 의미로 백지 권두언을 게재하는 등의 파격적 기획을 통해 당시 독자들에게 강한 영향력을 발휘했다. 1959년 2월호 백지 권두언은 1958년 12월 24일에 자행된 이승만 정권의 보안법 파동을 비판한 백지 권두언이다. 「무엇을 말하랴 : 민권을 짓밟는 횡포를 보고」라는 제목만 기재하여 그 어떤 글보다도 강한 울림을 주었다.

백지 권두언이 다시 게재된 것은 1966년 11월호이다. 「이 난을 메꿀 수 있는 자유를 못 가져서 미안합니다 : 서울교도소에서」라는 제목의 이 권두언은 박정희를 "밀수왕초"로 표현하여 구속된 장준하가 옥중에서 발표한 것이다.

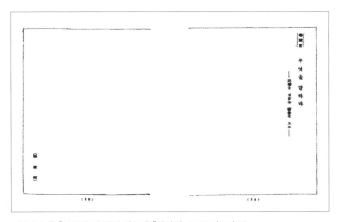

사진 4.2 ‖ 『사상계』의 백지 권두언(『사상계』 1959년 2월호)

『사상계』의 권두언의 기조는 1950년대와 1960년대로 극명하게 나뉘는데 창간호부터 4·19혁명 직전까지의 권두언을 확인해 보면 교양(사회, 문화, 시사)에 관한 내용이 64편으로 84%에 해당한다. 1950년대 말까지는 권두언을 장준하가 거의 직접 기명으로 집필했다. 때문에 장준하를 중심으로 한 1950년대 『사상계』의 편집진들의 관심 담론은 단연 교양과 계몽이었다. 반면 1960년대 『사상계』의 주요 담론은 장준하의 국회의원 출마에 따른 정치적 행보와 함께 정치적 성향이 강해지면서 정치 관련 권두언이 전체의 45%(1960.5~1965.12)에서 80%(1966~1970.5)로 증가했다. 4월혁명 이후 국민의 민주의식은 높아졌고 군정의 민간이양 약속 불이행, 한일회담 졸속 시행 등에 따른 지식인 집단의 반발과 장준하의 정치권 투신으로 『사상계』의 논조는 반정부적인 색채가 점차 강해져갔다.

(김경숙)

제5장

『사상계』 지식인의 한일협정 반대운동

군사 쿠데타 일주일 후인 1961년 5월 22일, 박정희 정권은 내외신 기자회견 석상에서 외교방침을 발표하면서 자유우방과의 친선강화와 더불어 한일회담의 조속한 재개와 일본과의 국교정상화에 대한 의지를 표명했다.[1] 이후 박 정권은 '비정상적인 국교정상화'에 대한 국민적인 반발에도 불구하고 미국의 압력과 그와 연동된 경제개발 비용 확보를 위해 한일회담을 강행했고 1965년 6월 22일 일본 수상 관저에서 한일기본조약에 조인했다. 당시 두 국가는 냉전 정치와 경제논리에 의해 국교를 수립했으나 청산되지 못한 과거사 문제로 오늘날까지 대립을 지속해오고 있다. 한일 간 역사전쟁의 원점으로서 그동안 한일협정에 대한 많은 연구들이 발표되었고 동북아시아 신냉전 구도로 인해 앞으로도 다양한 문제제기가 예상된다. 이 글은 한일협정의 전개 과정과 쟁점에 대해 분석하기보다는 1960년대 한국인들이 왜 한일협정을 전면적으로 반대하지 않을 수 없었는지, 반대운동을 이끌었던 한국 지식인들의 논리는 무엇이었는지를 『사

---

1   「자유우방과 친선강화」, 『동아일보』, 1961.5.23, 조간 1면.

상계』를 통해 살펴보고자 한다. 한일협정 반대운동 국면에서『사상계』에는 각 분야 지식인들의 다종다양한 견해가 발표되었는데 이 장에서는 한일회담 반대운동의 경과에 따라『사상계』필진의 논조에 어떤 변화가 초래되었는지 살펴보고 그 맥락과 의미를 고찰한다.

1. 한일협정 반대운동의 거점으로서
   『사상계』

1950년대 『사상계』의 편집위원과 필진은 장준하를 비롯하여 함석헌, 김준엽, 안병욱, 김형석, 양호민, 신상초, 황산덕, 선우휘, 이범선, 김성한 등 해방 후 월남한 이들이 압도적으로 많았다. 그들은 지역성, 계급성뿐만 아니라 종교(개신교)와 이념(반공주의)에 있어서도 강한 결집력을 갖춘 여론형성층(opinion leader)이었다. 『사상계』의 편집 방향과 필진의 구성도 1950년대에는 친미·반공 기조를 벗어나지 못했는데[2] 그 때문인지 한국전쟁 이후 다양한 미디어를 통해 대민 공보활동을 펼쳤던 미국공보원(USIS)은 용지 제공 및 무상배포 등으로 이 잡지를 지원했다.[3]

그때까지 친미 지식인 잡지였던 『사상계』가 1950년대 말 자유당 독재에 대한 비판으로 돌아서면서 냉전 근대 한국의 지식장에도 변화가 시작되었다. 여전히 계몽적인 성격을 탈각하지는 못했지만 여론을 집결시키고 민주주의의 실현에 대한 대중의 열망을 끌어안으면서 이 잡지는 지적 공론장으로 거듭나 4월혁명을 예비해 나아갔다. 결과직으로 4월혁명 이후 출범한 장면 정부에 상준하를 비롯한

---

2   『사상계』필진 중 월남 개신교 지식인 인맥에 대해서는 이 책의 제2부 제4장 참조.
3   김삼웅, 『장준하 평전』, 시대의창, 2009, 315쪽 및 328쪽.

『사상계』 인맥이 투입되고 편집위원의 일부가 정당 활동을 시작함으로써 이 잡지는 지식인 정치의 실험장이 되었다.[4] 그러나 장면 정부는 '경제제일주의'를 내세웠음에도 무능했고 자유당 정권을 청산하여 4월혁명을 완수하는 데 소극적이었기 때문에 국민의 기대에 비해 성과는 미흡했다. 혁명 이후의 반동적 현상에 대해『사상계』 지식인들의 위기의식은 고조되었는데, 이 잡지의 정신적 대부였던 함석헌(1901~1989)은 혁명 완수를 위해서는 사회의 중진인 지식인들의 새 혁명이 필요하다고 역설했다.[5] 그러나 결국 새 혁명은 '군사혁명'이라는 이름을 내건 군인들에 의해 절취(竊取)되고 말았다.

"국민이 겁이 나게 하여가지고는, 비겁한 민중 가지고는, 다스리기는 쉬울지 몰라도 혁명은 못한다."[6]고 일침을 놓은 함석헌이 필화를 겪었을 뿐『사상계』 지식인들은 5·16은 4·19의 계승이라는 군인들의 주장에 대해 대체로 관망적 포즈를 취했다. 필진 중에는 군사정권의 브레인이 된 이들도 있었던 만큼 1962년 한 해 동안『사상계』의 논조는 필자별로 차이가 있었다. 함석헌의「5·16을 어떻게 볼까?」를 실은 1961년 7월호부터 속표지에 군사정권의 '혁명공약'을 실은 것은 대외적으로 잡지의 포지션이 중립적이라는 점을 알

---

4   장준하와 신응균, 이만갑, 최경열, 유익형, 박경수 등『사상계』인맥은 국무총리를 본부장으로 한 국토건설본부에 투입되어 국책사업을 담당했다. 편집위원 양호민은 사회대중당 후보로 총선에 출마했고 신상초는 4월혁명 직후 민주당 소속으로 국회위원이 되었다. 위의 책, 415-419쪽; 강준만,『한국현대사산책 1960년대편 1권 : 4·19혁명에서 3선 개헌까지』, 인물과사상사, 2004, 181-182쪽.
5   함석헌,「국민감정과 혁명완수」,『사상계』, 1961년 1월호, 30쪽.
6   함석헌,「5·16을 어떻게 볼까?」,『사상계』, 1961년 7월호, 37쪽.

리기 위해서였던 것 같다. 군사정권은 쿠데타 2개월 만에 혁명공약의 6항 "이 와 같은 우리의 과업이 성 취되면 참신하고도 양심 적인 정치인들에게 언제 든지 정권을 이양하고 우 리들 본연의 임무에 복귀

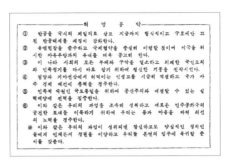

사진 5.1 ∥ 『사상계』 속표지에 병기된 원래의 혁명공약 마지막 항(※로 표시된 부분)

할 준비를 갖춘다."를 "이와 같은 우리의 과업을 조속히 성취하고 새 로운 민주공화국의 굳건한 토대를 이룩하기 위하여 우리는 몸과 마 음을 바쳐 최선의 노력을 경주한다."로 바꾸었다. 『사상계』는 바뀐 6항과 민정이양을 명시한 원래의 6항을 굳이 병기하는 방식으로 에 둘러 민정이양 공약을 상기시키고 '조건부 지지'의 입장을 표명했다 (사진 5.1).

1962년 12월 27일 박정희가 군복을 벗고 출마하겠다고 선언하여 민정이양의 약속을 저버리자 『사상계』는 1963년 2월호부터 「혁명 공약」을 삭제하는 것으로 대응했다. 그리고 같은 호에 「국민의 '침 묵의 소리'에 귀를 기울이라」는 권두언을 필두로, 초대 대법원장을 역임한 야당 인사 김병로와 이 잡지의 편집위원인 서울대 법대 교수 양호민(1919~2010)의 대담 「민정은 민간인에게 맡기라」와 새 정당 법이 헌법의 정당 설립 자유에 위배된다는 것을 비판한 서울대 법대 강사 김철수(1933~)의 「새 정당법은 위헌이 아닌가?」 등을 실어 독

재 비판의 포문을 열었다.

　그렇다고 『사상계』의 독재 비판이 곧장 민중 일반으로 파급되어 국가의 폭력과 압제에 대항할 동력을 쉽사리 확보한 것은 아니었다. '국가와 혁명과 그 자신'(박정희의 『국가와 혁명과 나』참조)을 동일시한 독재자가 번의에 번의를 거듭하며 민주주의를 유린했음에도, 그는 1963년 10월 근소한 차이로 정적을 누르고 대통령으로 당선되었다. 1964년 초까지도 『사상계』의 독재 비판은 대중적 기반을 확보하지 못했으나 박 정권의 한일회담 재개로 일시에 분위기가 변화했다. 정부의 굴욕 외교를 비판하며 4월혁명 때처럼 학생과 지식인이 결집하여 가두에 섰고 한일협정 반대시위는 연쇄폭발처럼 번져나갔다.

　군사정권은 한일회담을 당면과제로 삼고 회담 타결이야말로 민족주의의 발로이며 경제개발의 기회인 것처럼 선전했다. 그러나 정부의 외교 인사를 태우고 일본으로 떠나는 전용기조차 굽실거린다는 안의섭의 시사만화가 풍자했듯(사진 5.2) 한일회담은 시작부터 저자세라는 비판에 직면했다. 1964년 3월에 한일회담이 재개되자 『사상계』 필진은 야당지도부, 종교단체, 교수단과 연합하여 3월 9일에 '대일굴욕외교반대 범국민투쟁위원회'를 결성해 지면(誌面) 위의 투쟁과 강단 위의 투

사진 5.2 ‖ 군사정권의 굴욕외교를 비판한 시사만화(『사상계』 1964년 4월호, 86쪽)

쟁을 전개했다. 이미 「편집실 앞」이라는 독자란을 두어 여론을 수렴해왔던 『사상계』는 1963년 1월호부터는 「캠퍼스 동정」란을 신설하여 대학생층과 연대의 장을 마련했다. 여기에는 대학신문이나 학보가 전재되거나 그에 대한 편집자의 논평이 실렸는데 대학생의 일상생활뿐만 아니라 정치적 발언도 점차 비중 있게 다루어졌다. 4월혁명 이후 새로운 정치세력으로서 비약적인 성장세를 보였던 대학생층은 독자에서 동지가 되어 이후 『사상계』 지식인들과 함께 한일협정 반대투쟁을 주도해 나갔다.[7] 예를 들어 4월 초에 외상회담을 거쳐 5월 초에 협정을 조인하기로 김종필과 오오히라(大平)가 합의했다는 뉴스가 보도된 다음 날인 1964년 3월 24일, 서울대, 연세대, 고려대 학생 4천여 명이 시위를 벌였는데[8] 연세대의 경우 그날 오후 함석헌과 장준하의 강연을 들은 2천여 명의 학생 중 3백여 명이 시위에 합류했다.[9]

3·24 시위가 전국으로 확산되어 가는 가운데 4월 1일에 발간된 긴급증간호 『한일회담의 제문제』(사진 5.3)는 한일협정 반대운동의 지침서와 같은 역할을 했다. 당시 정부는 국민을 설득하기 위해 신문광고, 영화, 책 등 갖은 미디어를 동원했다. 이에 대항하여 『사상계』는 각 분야 최고 전문가 및 학자의 논설과 논문을 실어 정확하고

---

7 한일협정 반대운동을 계기로 한 지식인과 대학생층의 실천적 상호연대와 훈육자에서 동지로의 『사상계』 지식인의 성격 변화에 대해서는 장세진, 앞의 논문, 51-59쪽 참조.
8 「4월초에 외상회담 5월초에 조인」, 『경향신문』, 1964.3.23, 1면.
9 「서울대, 고대, 연대학생들 한·일회담반대 데모」, 『경향신문』, 1964.3.24, 1면.

사진 5.3 ‖ 『사상계』 긴급증간호(1964)

시의성 있는 투쟁 텍스트를 제공하는 한편, 선언문, 좌담회, 대담, 르포, 앙케트 등 다양한 방식의 글쓰기와 대중강연을 병행했다.

예를 들어 청구권 문제와 더불어 한일협정의 핵심 논제 중 하나였던 평화선과 한일어업협정 문제에 대한 대응을 살펴보자. 정부는 현지 어민 시찰, 수산업계 간부들과의 간담회, 기자회견, 광고, 뉴스영화 등을 통해 짐짓 어민의 요구를 수렴하는 척하면서 실제로는 어업협력 차관을 받고 평화선을 양보하려고 했다. 이에 『사상계』 긴급증간호는 어업 분야의 전문가를 결집하여 좌담회를 열거나 논설을 실었다. 고대 총장이자 5차 한일회담 수석대표였던 유진오(1906~1987)와 청구권 분과위원회의 위원장이었던 류창순의 대담을 통해 평화선 문제의 역사적 맥락을 되짚고, 어류학자이자 이승만 정권 때 한일회담 전문위원이었던 정문기(1898~1995) 박사의 논설을 실어 한일어업협정의 진행상황과 평화선 양보가 가져올 수 있는 폐해를 알렸으며, 예비역 장성 좌담회를 통해 평화선의 군사적 중요성 또한 부각했다. 뿐만 아니라『사상계』는 평화선과 어업협정이 민생문제로 직결된다는 점을 알리고자 했다. 기자 2명이 영남과 호남 일대의 주요 어항과 어촌에 파견되었고

그들은 어민의 여론을 취재한 르포기사를 실어 현지의 절박한 목소리를 전했다.[10]

한일기본조약이 조인되기 직전에 발행된『사상계』1965년 6월호는 '한일회담의 파멸적 타결' 특집을 편성해 기본조약, 어업협정, 재일교포의 법적 지위 문제, 청구권 문제, 무역협정의 불합리성에 대해 조목조목 분석하고 비판했다. 이어서 7월 13일에 긴급증간호『신(新)을사조약의 해부』를 발간하여 6월 22일 체결된 한일조약·협정 전문과 함께 그것을 철저히 분석하고 비판한 각 분야 전문가들의 글을 실어 조약 내용의 진상을 독자대중에게 알렸다. 더불어 이 증간호에는 사회 각 분야의 중견 지식인들의 견해를 수렴한다는 취지 아래 종교인, 예술가, 학자, 언론인, 법조인, 교육자 등을 설문조사한「백십오인의 발언」과 기독교목사교역자, 재경(在京)문인, 재경대학 교수 등 각 단체의 비준반대성명서를 묶어낸「지성인의 함성」도 실렸다.

비준반대성명서 중에는 당시 단식투쟁 중이었던 이화여대생들의 항의문도 포함되었다. 수신인은『워싱턴 데일리』편집국장이었다. 이 신문을 비롯한 일부 미국 언론은 한국학생들의 데모는 일본의 전제통치를 겪지 않은 20세 전후의 학생들이 일부 야당의 조종에 의하여 벌인 일이라 보도했다. 이대생들은 항의문에서 "이것이 사실이라면 지난 오월초 귀국의 워싱톤 지성들이 월남정책을 둘러싸고 밤

10　유진오·류창순,「대담 : 교섭 십년, 회담 육회의 내막」, 35-37쪽;「예비역 장성 좌담회 : 국방에 이상있다!」, 62-64쪽; 정문기,「어업과 평화선 문제 : 평화선의 생활사」, 108-111쪽; 황천영·정진오,「현지르뽀 : 양남(兩南) 어민들의 소리」, 118-129쪽,『사상계』, 1964년 4월호.

새운 입의 공방전, 마라톤 토론 대회도 공산통치를 전혀 받아 본 일이 없는 미국학생 및 교수들이 야당인 공화당의 사주에 의한 것입니까?"[11]라고 반박했다. 이처럼 비준 반대운동은 반체제, 반미시위로 확대되고 있었다. 68혁명과 69년 우드스톡 페스티벌의 청년들처럼 한국의 6·3세대는 국내의 사회, 정치 현안뿐만 아니라 국제 정세에도 민감한 '운동권'으로 성장해가고 있었던 것이다.

---

11   이화여대학생일동, 「항의문」, 『사상계』 긴급증간호, 1965년 7월 13일, 160쪽.

2. 『사상계』의 한일협정 반대운동의 경과

일본에 대한 재인식과 피식민의 트라우마

일본 통치하의 식민지 교육과 단절하고 자유민주주의의 틀 안에서 새로운 지식장을 구성하고자 했던 『사상계』는 1950년대에는 일본과 한일회담에 관련된 글을 거의 싣지 않았다. 이승만 정권의 반일정책 기조에서 벗어난, 일종의 해금 상태였던 4월혁명 이후부터 국내에 일본서적이 다시 번역, 출판되었고 그런 흐름 속에서 『사상계』도 비로소 한일회담에 대한 문제제기를 시작했다.[12] 청구권 문제, 문화재 반환, 재일한국인 문제, 평화선 문제 등 이승만 정권 때 해결되지 못한 난제를 점검하는 동시에 케네디 정권의 원조 정책의 변화로 미국의 무상 원조가 삭감된 상황에서 현실적으로 일본과의 경제

---

12 1960년 5월호부터 한·미·일 관계의 변화와 대일통상의 양상이 보도되었고 6월호에 '한일문제의 기반', 7월호에 '다시 대일 교섭론'이라는 주제 아래 외교, 문화, 통상, 정치 전문가들의 논문이 실렸다. 10월호에 일본 『국제타임즈』 논설위원 전정(田靜)의 「한일회담에 제의한다」를 게재한 이래 『사상계』는 주일특파원 전준(田駿)을 통해 한일회담과 관련된 일본의 동향을 전하고 한일회담의 주요 의제의 하나였던 재일교포 문제를 집중 조명했다. 전준의 글로는 「일본사회당의 내한정책 : 한·일회담과 관련지위」(1962년 5월호), 「한일국교에 대한 일본여론」(1963년 1월호), 「한국군사정부와 일본」(1963년 6월호), 「건망증에 걸린 일본인들」(1964년 5월호), 「잃어버린 동족을 찾아서 : 재일교포론」(1965년 4월호), 「일본교과서에 나타난 한국관」(1965년 5월호) 등이 있다.

협력이 필요하다는 인식도 나타났다. 1960년 10월, 5차 한일회담이 개시된 직후 편집위원 이동욱은 『사상계』 11월호에 실린 「한일 악수의 필요성」에서 앞으로 양국의 경제성장은 경제제휴 여하에 달려 있다고 주장했다. 그러면서 한국의 반일감정을 고려한다면 악수의 방식은 자본도입이 아니라 차관이어야 한다는 의견을 제시했다.[13] 이동욱의 주장대로 과거사 청산 문제는 국민 일반의 인식으로는 한일회담의 선결조건으로서 경제협력의 형태마저 결정지을 중요한 요소였다. 그럼에도 불구하고 군사정권은 이 문제를 과소평가했다.

5차 한일회담은 5·16 쿠데타로 중단되었으나 군사정권은 1961년 10월 6차 회담을 속개했다. 이 시기 군사정권은 선결과제 해결 후 국교수립이 기본방침이라고 선전했기 때문에 『사상계』는 이에 지지를 표명하고 1961년 12월호의 특집을 '일본의 재인식'으로 꾸렸다. 당대 일본사회의 동태를 파악하자는 의도로 기획된 이 특집에는 전후 일본의 민주화 문제, 놀라운 경제성장 원인에 대한 분석, 원폭반대운동의 분열상과 일본공산당에 대한 일본국민의 인식 등에 관한 글들이 실렸다. 그런데 한편으로 이 특집을 통해 피식민의 트라우마가 여전히 한국 사회를 지배하고 있었다는 점과 지식인들은 그 경험칙 속에서 전후 일본을 사유하는 경향을 벗어나지 못했다는 점이 드러났다. 예를 들어 경성제국대학 조선어학과 출신의 국어학자 이희승(1896~1989)은 "반생의 대부분을 일본 통치 밑에서 살

---

13 이동욱, 「한일 악수의 필요성」, 『사상계』, 1960년 11월호, 127쪽.

았고 또 교육도 일본인에게서 더 많이 받았기 때문에, 일본이 우리를 이해하는 것보다 몇 갑절이나 우리는 일본인을 잘 알고 있다."[14]라고 단언했다. 더구나 한일회담을 둘러싼 국제 정세와 군사정권의 경솔한 대응은 그 트라우마를 강화하는 방향으로 흘러갔다. 서울대 정치학과 교수였다가 1961년 민의원으로 당선돼 정치에 입문한 박준규(1925~2014)가 "역사는 반복하는 것이다. 미국은 한국을 또다시 일본에 붙이고자 한다."[15]고 한일협정을 가쓰라-태프트 밀약에 비유한 것처럼, 미국의 개입과 집요한 압력으로 주선된 한일회담은 구한말 굴욕외교의 재현이 될 것이라는 우려를 샀고 군사정권의 비밀주의 외교는 그런 우려를 의혹으로 바꾸어 놓았다.

해가 바뀌자 『사상계』는 1962년 1월호 권두언에서부터 군사정부는 경제개발을 위한 외자도입에 있어서 일본정부의 원조를 기대하지 말아야 한다고 역설하기 시작했다. 반대 여론이 거셀수록 정부는 서두르지 않고 반공안보와 경제논리보다는 과거사 청산을 대전제로 접근하여 국민적 합의를 도출해야 마땅했다. 그러나 조기 타결을 목표로 명분과 실리를 챙기지도 못하고 졸속적으로 한일회담을 진행하여 공분을 샀고 국민을 기만한 비밀주의는 반대시위를 초래했다.

14　이희승, 「일본문화인에게 보내는 공개서한」, 『사상계』, 1961년 12월호, 48쪽.
15　박준규, 「한국·미국·일본」, 『사상계』, 1961년 12월호, 92쪽.

한일협정 반대에서 반정부 운동으로

한일협정에 대한 반대 여론은 1962년 11월 12일에 있었던 김종 필-오히라(大平) 회담의 내역이 소상히 공개되지 않은 채 무상공여 3억 달러로 청구권과 평화선을 일본에 양보하기로 했다는 내용이 국 내에 알려지면서 고조되었다. 공화당 의장 김종필은 1963년 2월 제 2의 이완용이 되더라도 혁명정부의 손으로 회담을 타결하겠다는 발 언을 했고 국민감정은 그를 진짜 역적으로 간주했다. 1964년 3월 24 일, 서울에서 4·19 때와 비등한 규모의 학생 시위가 발생했다. 이날 대학생들은 김종필의 즉시 귀국을 요구하며 일본 수상 이케다와 이 완용의 마네킹을 태운 '제국주의자 및 만족반역자 화형식'을 거행했 다. 이 사건 직후 4월 1일 자로 긴급증간호를 발간한 『사상계』는 원 칙적으로는 한일 국교정상화에 찬성하나 정당치 못한 방식과 굴욕 적인 자세에는 항의한다는 입장을 천명했다. 한일회담에 국운을 걸 겠다는 대통령의 결의를 "미숙한 소영웅주의"로 비판하고 "우리는 한·일 국교정상화에 반대할 의사는 조금도 없다. 다만 현(現) 이케 다(池田) 수상 정부–자민당정권의 불투명한 노선에 동조할 의사가 없으며 그들과 '친자관계'를 맺는 굴욕을 결코 용서할 수 없다."[16]고 일본 정치인들의 고자세와 실언을 문제 삼았다.[17]

---

16 「권두언 : 우상을 박멸하라」, 『사상계』 긴급증간호, 1964년 4월 1일, 8-9쪽.

17 1963년 12월 대통령취임식에 초대된 오노(大野) 자민당 부총재는 박대통령과 부 자지간과 같은 사이이고 아들의 자랑스러운 날을 봐서 기쁘다고 말했고 야당은 그 발언이 박대통령의 저자세 외교의 증거라며 공세를 취했다. 이에 오노는 기자단에 "내외지간 같은 사이라고 할 걸 그랬나?"라고 경솔히 대답해 파문을 더 키웠다. 「부

그런데 3·24 시위에서 드러난 학생들의 급진성과 정권교체를 통한 사태 수습에 우선순위를 두었던 야당의 대응 방식에는 상당한 낙차가 있었다. 『사상계』 내부에서도 한일협정은 찬성하되 잘못된 방식에 반대한다는 원칙은 있었지만 세대에 따라 어조에 차이가 있었다. 40대의 양호민은 3·24 당일에 쓴 글에서 "일본국민 일반과 정부를 구별하여 생각해야 하며, 일본국민을 전부 적으로 모는 일이 있어서는 안 된다. 무엇보다도 우월감과 민족적 편견에서 벗어난 새 일본의 젊은 세대들의 성장을 크게 주목하고 이들에게 선의의 희망을 부쳐봐야 옳을 것이"[18]라며 과격한 대응을 경계했다. 이에 비해 이희승과 마찬가지로 반평생을 일제치하에서 보낸 60대의 함석헌은 한일회담의 양상을 '구한말의 재연'이라며 다음과 같이 격렬하게 비판했다. "요새 나라꼴 그 때와 꼭 같습니다. 한일회담, 그 때의 오조약, 칠조약, 맺으려는 꼴과 꼭 같고, 창가학회(創價學會)니 뭐니, 그 때의 흑룡회(黑龍會), 일진회(一進會)와 터럭도 다를 것이 없습니다. 그 때에도 美, 露, 中이 뒤에서 어물어물하다 우리를 팔아넘기더니 오늘도 또 셋이 관계하고 있습니다. (…중략…) 미리 깨고 미리 정신 못

자지간이냐 부부지간이냐」, 『경향신문』, 1964.1.7, 3면. 이 해프닝에 대해 『사상계』는 "제이의 이완용을 자처하려는 사람이 있는가 하면 이번에는 한 나라의 국가원수에 대하여 부사시간 운운하는 말까지 들린다. 우리는 일찍이 침략의 원흉 이등빅문으로부터조차도, 그러한 모욕을 받아본 일이 없다."고 비판했다. 「권두언 : 삼·일 정신과 한·일문제의 해결」, 『사상계』 1964년 3월호, 27쪽.

18 양호민, 「교섭에 임하는 정부와 국민의 자세」, 『사상계』 긴급증간호, 1964년 4월 1일, 29쪽.

차리면 1910년의 부끄럼과 욕을 되풀이하게 될 것입니다."[19]

그러나 양호민과 같이 비판적 거리를 확보하고자 하는 태도는 드문 편이었고 냉전 구도 속에서 재편된 한미일 간의 새로운 종속적 질서를 을사늑약에 비유하는 함석헌의 주장이 논리에 앞서 정서적인 공감을 불러일으켰다. 그는 3월 15일에 쓴 글에서 정부의 대일 외교를 매국외교로 규탄하고 "그들이 제국주의를 버렸느냐? (…중략…) 다만 옛날에는 무기로써 했는데 지금은 돈으로써 하려는 것이 다를 뿐이다 (…중략…) 제이의 이완용을 자처하면서 하겠다는 너, 말마다 방정맞게 국운을 걸고라도 하겠다는 너는 정말 이 나라의 정부(政府)? 일본의 정부(情婦)냐?"[20] 라고 격렬하게 비판하며 '삼천만 씨올'에게 다시 한번 구국 운동을 호소했다. 그렇다면 어떤 방식으로 구국 운동을 전개할 것인가를 제시해야 했지만 그는 "너는 총소리를 듣고야 깨려나? 피를 보고야 노하려느냐?"[21] 라고 민중의 각성과 저항을 독려할 뿐 구체적인 저항 방식과 전략을 보여주지는 못했다. 그럼에도 감정에 호소하는 함석헌의 격정적인 텍스트는 독재에 대한 비판과 저항적 민족주의에 연료를 제공했다는 점에서 중요했다.

3월 26일 대통령 특별담화로 김종필 소환 조치가 취해짐으로써 한일회담은 일시 중단되었다. 그러나 반대시위는 4·19 4주기를 전후로 다시 불붙었다. 지속되는 시위는 3·24의 본질이 단순한 반일

---

19 함석헌, 「양한재조재차일념(兩韓再造在此一念)」, 『사상계』, 1964년 3월호, 39쪽.
20 함석헌, 「매국외교를 반대한다!」, 『사상계』(긴급증간호), 1964년 4월 1일, 16쪽.
21 위의 글, 17쪽.

시위가 아니라 지난 3년간 군홧발 밑에서 억눌린 민심이 찾은 정당한 분출구였다는 방증이었다. 연세대 강사 윤형섭은 3·24 시위 때 나온 대학생층의 구호 100개를 목적별로 분석하여 (1)한일회담 반대, (2)김종필 소환 요구, (3)일본 매판자본 축출 및 일본제국주의 말살, (4)정부불신과 민생문제, (5)경찰규탄으로 분류했다. 그는 네 번째 구호가 수적으로는 10% 내외였지만 3·24를 도발케 한 중요 요인이라고 지적했고 "그들은 사대 의혹과 삼분 폭리를 잊지 않고 있다. 박 정권의 민족적 민주주의마저 믿지 않으려 한다."고 분석했다.[22]

민족적 민주주의는 5·16 군사정권이 쿠데타를 합리화하기 위해 내세운 대의명분이자 통치이념이다. 박정희는 집권 초기부터 한국에 수입된 서구의 민주주의가 뿌리를 내리지 못하고 실패한 원인을 주체성 없는 과거의 지도세력에서 찾고 한국 사상사와 접목하여 근대화를 담당할 새로운 지도세력을 육성하는 프로젝트로서 "민주주의의 한국화"를 주장했다.[23] 『사상계』 지식인들은 박정희가 군정연장을 선언한 1963년 3·16번의(翻意) 파동 이후 본격적으로 민족적 민주주의를 비판하기 시작했다. 그들은 인도네시아의 교도 민주주의, 파키스탄의 기본적 민주주의와 같은 제3세계 민주주의론과의 비교를 통해 민족적 민주주의 역시 민주주의라는 수사를 동원한 독재정권의 정치이념에 불과하다는 점을 이론적으로 규명하고자 했다.

같은 맥락에서 함석헌은 '씨올' 사상을 발전시켜 나갔다. 그는 군

---

22 윤형섭, 「구호로 본 '3·24」, 『사상계』, 1964년 5월호, 49쪽.
23 박정희, 『우리민족의 나갈 길 : 사회재건의 이념』, 동아출판사, 1962, 130쪽.

사정권이 호명한 조국근대화의 주체로서 '민족' 개념에 대항하여 근대문명의 불합리와 지배 권력의 탄압에 저항하는 주체로서 '민중' 개념을 발견했다. 그의 씨올 사상은 70년대 민중론으로 이어져 독재와 맞서 싸우는 지식인들의 이념적 무기가 되었다.[24] 4월혁명 이후 학생층에서도 민족주의의 문제는 정치인식과 밀접한 관계를 내포한 것으로 받아들여졌다. 이를 반영하듯 1963년 9월에 서울대 문리대 학생들을 중심으로 민족주의비교연구회가 조직되었다. 같은 해 11월 5일 고려대 총학생회의 주최로 장준하가 김종필과 민족주의 논쟁을 벌인 것에서 알 수 있듯, 이 시기『사상계』지식인들과 군사정권은 민족주의 이론 경쟁의 주도권을 놓고 경합을 벌였다. 그러나 불공정한 한일회담은 대학생층에게 정권이 표방한 민족적 민주주의의 매판성을 깨닫는 계기를 제공했고 학생들은 그 깨달음을 곧바로 시위에 반영했다.

1964년 5월 20일 서울대 문리대 교정에서는 '한일굴욕외교반대 학생총연합회' 명의로 민족주의비교연구회가 주최한 '민족적 민주주의 장례식'이 거행되었다(사진 5.4). 이를 체제 전복 기도로 간주한 정부는 무장경찰을 동원해 강경 진압하고 학생들을 대거 연행했다. 이 사건 직후『사상계』1964년 6월호 권두언에서 장준하는 학생층에 대한 지지를 표명했고[25] 필자들도 일제히 정권퇴진론을 전개했

---

24 그는 4월혁명 10주년을 맞이한 1970년 4월에『씨올의 소리』를 창간했고『사상계』가 무기한 휴간에 들어간 1970년대 그 잡지는 유신독재의 탄압 속에서 언론의 기능이 마비되었을 때도 독재 비판을 계속했다.

25 「권두언 : 또다시『사상계』의 발간정신을 더듬으며」,『사상계』, 1964년 6월호, 33쪽.

사진 5.4 ‖ 민족적 민주주의 장례식 ⓒ한국사데이터베이스

다. 예를 들어 고려대 교수로 4월혁명 당시 교수단 시위에서 시국선
언문을 낭독한 이항녕(1915~2008)은 「신악론」에서 그때까지 혁명으
로 명명되던 5·16을 쿠데타로 불렀다. 그는 구악을 일소하겠다던 쿠
데타 세력이 오히려 구악보다 더 부정부패를 저지르고 민생고를 가
중시켰다고 비판하면서, 정치적인 신악인 민족적 민주주의를 필두
로 지난 3년간 군사정부가 저지른 법률적인 신악, 경제적인 신악, 문
화적인 신악, 도의적인 신악을 열거한 뒤 사죄와 민정이양을 통해 신
악론에 종지부를 찍도록 촉구했다. 6월 3일 아침 서울의 학생 2천여
명이 국회의사당에 모여 박 정권 하야를 외쳤고 그날 전국적으로 10
만의 시민과 학생들이 시위에 참여하여 정권퇴진운동은 전면화되었
다. 그러나 4·19 이후 최대 규모였던 6·3시위는 이날 밤 박대통령이
미국의 지지를 얻어 계엄령을 선포함으로써 폭력 진압되었다.

계엄령은 7월 29일 해제되었다. 그 사이에 발행된 『사상계』 7, 8월호는 6·3에 대해 전혀 언급하지 못했다. 속표지 하단에 박힌 "全卷 374面 軍檢閱畢"이라는 큰 활자가 그 이유를 대변해 준다. 필자들 중 일부는 계엄령이 내려지자 피신생활을 해야 했고 학생층에 영향을 준 교수와 사태 수습에 비협조적이라 간주된 교수는 징계를 받거나 파면당했다.[26]『사상계』는 혁명공약을 삭제하고 박정희의 번의를 비판한 1963년 봄부터 이미 판매 방해, 세무사찰, 필자 구속 등 정권의 조직적인 탄압을 받아왔다. 그럼에도 3·24와 6·3 학생 시위의 모든 구호는『사상계』에서 나왔다고 할 정도로[27] 탄압에 굴하지 않고 한일회담 반대투쟁에 엄청난 영향력을 발휘하자 정부는 표면적인 규제와 더불어 이면적으로 제작 방해, 판매망 교란, 제작 유관처에 대한 압력 등 지능화된 탄압으로 고사 작전을 펼쳤다.[28]

근대 이후 모든 독재정권이 그러했듯 박 정권도 언론 탄압과 분서갱유를 획책했고 그에 앞서 법적 근거를 마련했다. 6·3 계엄이 해제된 직후 국회에 상정되어 8월 10일에 공포, 시행된 이른바 언론윤리위원회법이다. 언론계는 즉각 이 법안에 결사반대했고 일간지들은 항의를 표하기 위해 8.15 해방기념식 때 대통령의 치사를 일제히 보이콧했다. 그러자 대통령은 학생 시위의 책임이 무책임한 언론에 있다며 이 법을 즉각 적용하고 학원보호법을 단행하겠다고 위협하며 4대 신문에 보복조치를 취했다. 이 일련의 사태에 대해『사상계』는

26 김성식,「6·3 계엄하에 있었던 일」,『사상계』, 1965년 6월호, 49쪽 및 52쪽.
27 김영철,「발굴 한국 현대사 인물 37 : 장준하」,『한겨레신문』, 1990.8.17, 7면.
28 장준하,「권두언 : 우리는 또다시 우리의 할 일을 밝힌다」,『사상계』, 1966년 10월호, 14쪽.

1965년 벽두부터 악법 철폐의 기치를 올리며 언론 탄압에 맞섰다. 권두언에서 편집위원 및 필진 열네 명은 "현 집권자들은 과감하게 이 같은 구국의 방향으로 국민과 더불어 행진할 결의와 능력과 실천이 없이는 집권을 유지할 수 없으며, 또한 유지하여서도 안 된다는 사실을 명심하기 바란다."[29]며 연서했다. 같은 호에서 5·16 당시 재외 공관장 중 유일하게 반대성명을 내고 사임했던 전 주미대사 장리욱(1895~1983)은 「박대통령에게 부치는 공개장」을 통해 대통령을 각하가 아닌 "귀하"로 부르며 그의 인격과 가치판단에 대한 불신을 표했다.

군사정권의 사상 탄압은 학생들과 직접 소통하는 교단에 대해서도 극심했다. 정부는 1965년 9월 4일 전국 12개 대학교수 21명을 정치교수로 지목해 대학 측에 징계를 요구했는데 당연히 『사상계』 편집위원과 필진 중에서도 징계당하거나 파면당하는 상당수 나왔다.[30] 이에 사상계사는 필자 보호 차원에서 1965년 10월호에 대학교수직을 가진 편집위원은 전원 해임한다는 사고(社告)를 내고 편집위원 13명 중 11명을 해임했고 11월호부터는 아예 편집위원의 이름을 밝히지 않았다.

---

29 「권두언 : 우리의 제언」, 『사상계』, 1965년 1월호, 29쪽.
30 서울대 교수 양호민, 황산덕, 김기선, 고려대 교수 김성식, 이항녕, 연세대 교수 정석해, 이극찬, 이화여대 이헌구, 김성준 등이 이때 정치교수로 몰려 파면당하거나 자퇴했다.

비준 반대운동에서 반미시위로

거국적인 반대운동에도 불구하고 3월 일괄타결, 4월 조인, 5월 비준이라는 대통령의 강력한 의지에 따라 1965년 1월 18일 한일회담이 속개되었고 시이나(椎名悦三郎) 외상이 내한하여 2월 19일 한일협정 기본조약이 가조인되었다. 이날도 대규모 시위가 발생했고 3, 4월에 걸쳐 학생과 시민들의 크고 작은 시위가 이어졌다. 정부가 공권력을 동원해 탄압의 수위를 높여감에 따라 『사상계』 지식인들의 비판도 거세졌다. 5월호 『사상계』의 특집은 아예 '5·16의 반시대성'이었다. 서울대 교수이자 편집위원 민석홍(1925~2001)은 이 특집에서 5·16에 대해 "4·19로 지나칠 정도로 부풀어 올랐던 민주주의와 근대화에 대한 희망에 끼얹어진 차가운 냉수"라는 표현을 서슴지 않았다.[31] 언론의 엄정한 비판을 수렴하지 않고 언론사들의 과당 경쟁에서 비롯된 선정 보도라고 호도하며 격렬한 분노를 표시해왔던 박대통령은 5월 2일 진해비료공장 기공식에서 예정에 없었던 즉석 연설로 학생 시위는 애국이 아니며 언론은 무책임하고 지식인은 용기가 없고 옹졸하다며 학생 "데모라는 철없는 짓"은 "정치인의 앞잡이 밖에 안 된다. 무엇을 알고 떠들어라."며 원색적인 비난을 던지기에 이른다.[32] 사흘 뒤, 시인이자 고려대 교수로 『사상계』 편집위원이던 조지훈(1920~1968)은 주요 일간지의 1면 칼럼을 빌려 지도자가

---

31 민석홍, 「5·16의 역사적 의미」, 『사상계』, 1965년 5월호, 100쪽.
32 「학생 데모 애국 아니다」, 『동아일보』, 1965.5.3, 1면.

민중을 적으로 돌리는 것은 결코 득책이 아니고 학생, 언론, 지식인이야말로 국민여론의 정수라며 대통령의 진해발언을 비판했다.[33]

그런데 비준 반대투쟁이 6·3 때와 다른 점은 이 시기부터 지식인들이 미국의 개입을 한일협정의 본질적 계기로서 비판하기 시작했다는 것이다. 예를 들어 한일 국교정상화의 실질적 교섭대상은 일본이 아니라 미국이며 한일교섭의 합리적 타결은 한미관계의 기축을 통해서만 가능하다고 거듭 주장해온 박준규는 "미국이 한국에 대해서 지고 있는 책임과 부담을 손쉽게 남(일본-인용자)에게 전가시킬 수 있는 것이 아니라는 것을 우리는 미국 사람들에게 되새겨주어야 한다."며 한일협정을 미국이 한국 문제에 대해 발뺌할 수 있는 계기와 구실로 만들어서는 안 된다고 경고했다.[34] 더불어 베트남 파병에 대한 비판적인 시각도 수면 위로 떠올랐다. 『사상계』는 3월호 권두언 「월남파병에 관한 우리의 견해」[35]에서 공화당의 날치기로 통과된 베트남 파병 결정을 문제 삼고 미국으로부터 확고한 보장을 받을 때까지 출병을 보류해야 한다고 주장하여 5월 중순 파병 결정의 굿 뉴스를 안고 방미할 예정이었던 대통령의 심기를 거슬렀다. 방미한 박 대통령과 린든 존슨 미대통령이 5월 19일 가조인된 한일협정을 환영한다는 공동성명을 발표하자 6월부터 학생 시위에는 "한미행정협정 체결에 있어서 호혜평등을 관철하라", "Yankee Keep Silent" 등

---

33 조지훈, 「박대통령의 '진해발언'과 데모 : 학생·언론·지식인 그들은 과연 비애국적이며 무책임하고 옹졸한가」, 『조선일보』, 1965.5.5, 1면.
34 박준규, 「굴종의 외교를 이어가려는가?」, 『사상계』, 1965년 4월호, 52-56쪽.
35 「권두언 : 월남파병에 관한 우리의 견해」, 『사상계』, 1965년 3월호, 22-23쪽.

미국을 규탄하는 구호가 추가되었다.[36] 시의적절하게도 『사상계』는 7월호에 연세대 법학과 교수 박관숙(1921~1978)의 「한미행정협정의 문제점」을 실었다. 그는 주둔군의 범죄행위를 비판하고 일본을 비롯한 여타 국가들과 미국의 행정협정을 살핀 뒤 한미행정협정의 조속한 체결을 촉구했다. 또한 7월 13일에 발간된 긴급증간호 『신을사조약의 해부』의 권두언에서 사상계 편집동인 일동은 6월 22일 한일협정이 조인되던 날 미국정부가 보낸 축전과 비준 반대시위에 대한 미국 언론의 부정적 보도 행태에 문제를 제기하고 미국정부의 대한정책을 성토했다. 그리고 1905년 가쓰라-태프트 비밀협정과 유사한 과오를 범한 미국정부가 대한정책을 일대 전환하지 않는다면 베트남 사태를 방불케 하는 위기가 올 것이라고 경고했다.[37]

한일협정은 조인되었지만 국회 비준 절차가 남아 있었기 때문에 시위는 비준 반대투쟁으로 전환하여 계속되었다. 1965년은 해방 20주년이었고 공교롭게도 을사조약(1905) 체결 60주년, 즉 되돌아온 을사년이었다. 양식이 있는 위정자라면 여론을 의식하여 타이밍은 조절했을 터이지만 한일협정 비준동의안은 하필 광복절을 하루 앞둔 8월 14일 오전에 여야 간의 몸싸움 끝에 여당의 날치기로 통과되었다. 그날 오후부터 '신(新)을사조약' 비준 무효를 선언한 시민과 학생들의 시위가 시작되었다. 정부는 강경 진압을 공언하며 시위

---

36 6·3동지회, 『6·3 학생운동사』, 역사비평사, 2001, 136-139쪽.
37 사상계편집동인일동, 「권두언 : 한·일협정조인을 파기하라」, 『사상계』 긴급증간호, 1965년 7월 13일, 9쪽.

학생을 구속하고 대학 총장과 교수
를 면직하고 폐교하겠다고 위협했
다. 그럼에도 시위는 전국으로 퍼져
나갔다. 김성환의 시사만화「몽둥이
남용시대」(사진 5.5)가 풍자했듯 훈
련받은 무장경찰은 시위 군중의 머
리를 노려 가격했다. 지식인의 펜을
꺾고 몽둥이를 들이댔지만 "치면 칠
수록 튀어나오는" 군중을 막아내지
못했고 경찰력의 남용은 정부에 대
한 불신이라는 부메랑으로 돌아갔

사진 5.5 ‖ 무장경찰의 폭력 진압을 풍자한
시사만화 (『사상계』, 1965년
8월호, 57쪽)

다. 정부는 최후의 수단으로 8월 26일 법적 근거가 없는 위수령(衛戍
令)을 발동해 무장군인을 서울에 진주시키고 9월 4일 연세대와 고려
대에 무기휴업령을 내렸다. 9월 6일 서울대 시위를 마지막으로 학생
시위는 사위어갔고 약 2년에 걸친 한일협정 반대운동은 결과적으로
비준 철회라는 성과를 내지 못하고 끝났다.

　법적 근거도 없이 위수령이 발동된 동안 『사상계』 9월호는 특집
으로 '미국의 대한정책비판'을 편성했다. 1882년 조미수호통상조
약부터 한일협정 비준까지 미국의 대한정책의 공과를 검토하고 한
일협정에 대한 미국의 책임을 물은 것이다. 그러나 이런 대응 방식
은 사실 만시지탄에 가까웠다. 한일협정은 처음부터 양자관계가 아
니라 삼각관계였고 『사상계』 지식인들도 그 점을 인식하고는 있었

으나 '가장 가까운 우방' 미국을 전면적으로 비판한 적은 없었다. 분단 이후 한국 지성계는 친미적이었고 민족, 자주, 민주 담론을 선도적으로 생산해왔던 『사상계』조차 그 점에서 예외는 아니었다. 1964년 10월에 일본을 방문한 미국 외교평론가 조지 캐넌(George Frost Kennan)은 "만일 한국이 미국의 대일정책을 방해하는 존재로 된다면 결국 미국의 대한정책은 재고를 면치 못할 것이다. 왜냐하면 한국은 중요하다. 그러나 日本은 그보다 더 중요하기 때문이다."[38] 라고 발언하여 상당한 파문을 불러일으켰다. 미국이 한일협정의 배후로 드러난 데 대해 "여태까지의 미국에 대한 순진한 의뢰심은 산산조각이 나고 있다."[39]고 토로한 성균관대 교수 차기벽(1924~2018)처럼 지식인층의 충격은 컸지만 국민 일반의 친미유대감에는 큰 손상을 주지 못했다. 최루탄 사용이나 위수령 발동 등 한국정부의 강경진압이 주한미군 사령관의 관여 없이는 불가능하다는 것은 분명했다. 그러나 지식인들은 미국의 반성을 촉구하는 일 외에는 대한정책 재고를 관철시킬만한 현실적 방안을 제시하지 못했다.

---

38   차기벽, 「미국의 국가이익과 한국과 일본」, 『사상계』, 1965년 9월호, 28쪽.
39   위의 글, 34쪽.

3. 지식인 운동의 좌절과 한계

1963년 6월호 특집 '한·일관계의 저류'에서 처음으로 한일 국교 정상화를 비판적으로 검토한 이래 1965년 12월 18일 비준서가 교환되어 협정이 공식 발효될 때까지 『사상계』는 약 2년에 걸친 한일협정 반대운동의 지적 구심점 역할을 도맡아 했다. 4월혁명에 비한다면 학생층과 재야의 지식인, 문학인, 퇴역장성들까지 총 연대하여 조직적인 투쟁을 이어나갔고 정권에 대한 철저한 비판과 분석이 있었음에도 불구하고 이 운동은 비준 저지에 실패함으로써 혁명이라는 이름으로 불리지 못했다. 『사상계』는 1965년 12월호의 특집을 '1965년의 평가'로 잡고 자기반성과 더불어 운동 실패의 원인을 자체 분석했다.

한국신학대(현 한신대)의 총장을 역임한 김재준(1901~1987) 목사는 운동자에게 가해진 물리적인 폭력과 불법적이며 조직적인 탄압에서 일차적인 원인을 찾았다. 실제로 한일협정 반대운동의 규모나 애국열은 해방 직후의 반탁운동이나 4월혁명에 못지않았지만 정부는 이를 철저히 무력으로 탄압했고 정보기관 강화와 사립학교법 개정을 통해 학원의 자유를 박탈하고 교수들의 애국적 발언을 봉쇄하는 '발본색원' 정책을 폈다. 두 번째 원인은 야당의 약체에서 찾았다. 최악의 경우를 각오하고 소신을 밝힌 지식인들이 많았음에도 야당이 반대운동의 구심점 역할을 제대로 하지 못하고 분열함으로써 국민을 실망시키는 결과를 초래했다는 것이다. 민주주의에 역행한 일련의 사태를 목도하며 김재준은 사회인사의 자발적인 애국·애족정신에 의한 "범국민적 정신운동"[40]을 주장했다. 이런 주장은 종교인인 함석헌의 '비폭력혁명론'과도 상통하는 바가 있다.

대중강연과 단식투쟁 등 지식인들 중 그 누구보다 솔선하여 운동에 가담했던 함석헌은 이례적으로 한일협정 반대시위의 방식에 문제를 제기했다. 함석헌은 학생 시위가 진정으로 평화적, 비폭력이되지 못했다는 점을 실패의 정신적인 원인으로 파악했고 새 싸움을위해서는 비폭력투쟁만이 가장 유효한 투쟁 방법이라고 역설했다. 비폭력혁명론은 간디의 사티아그라하 운동을 참조한 것이다. 6·3의 저항 기운이 소강상태에 이른 시점에 「비폭력혁명론」을 발표한 함석헌은 인도에 대한 한국 정치인들의 무관심을 질타하고 일본과 국교를 맺는 것보다 인도와 국교를 맺는 것이 더 많은 이익을 얻을 수 있으므로 인도를 연구해야 한다고 주장했다.[41] 그 주장의 배경

사진 5.6 ‖ 비준동의안이 날치기 통과되자 단식
투쟁을 끝내고 비준 무효 시위에 가
담한 함석헌

---

40 김재준, 「민주에 역행한 을사년사」, 『사상계』, 1965년 12월호, 33쪽.
41 함석헌, 「비폭력혁명」, 『사상계』, 1965년 1월호, 41-54쪽.

에는 국제정치의 역학에 대한 비판적인 인식이 작용했다. "싸우다 보니 앞에 서는 것이 단순한 국내의 독재세력만이 아닌 것이 알려졌다. (…중략…) 박 정권 뒤에는 일본의 제국주의자들이 서 있고 일본의 뒤에는 또 미국 달러의 힘이 강하게 버티어주고 있는 것이 분명해졌다."[42]는 발언대로 한일협정의 배후로 미국이 지목되었다. 즉, 한일협정은 한국 지식인에게 식민지를 필요로 하지 않는 새로운 식민의 형태, 또는 반영구적인 종속이 가시화되는 계기로 작용한 것이다. "링컨의 미국, 윌슨의 미국이 어찌 그럴 수 있을까? (…중략…) 미국의 독립선언문조차 의심하지 않을 수 없었다."[43]는 토로대로 반공주의자였던 함석헌은 미국식 민주주의에도 회의를 품기 시작했다. 따라서 인도의 비동맹 중립노선을 '친공'으로 간주하여 수교도 맺지 않았던 당시의 맥락에서 인도를 귀감으로 삼아 정신운동을 전개하자는 비폭력혁명론은 친미·반공 노선에서 벗어나 주체성을 확보해야 비로소 민주주의가 가능하다는 의미를 내포했다고 평가할 수 있다.

미국에 대한 회의에서 한발 더 나아가 건국대 교수 이방석(1922~2001)은 한일협정 문제뿐만 아니라 베트남 파병이 한국 정치사와 한국 민족주의 운동의 전환점이 될 것이라고 진단했다. 그는 이 두 사건이 한국 민주주의와 민족주의의 진로에 좌절감을 초래했고 대미 일변도 외교로의 후퇴를 의미했으나 역설적으로 한국인의 자각과

---

42 함석헌, 「싸움은 이제부터」, 『사상계』, 1965년 10월호, 34쪽.
43 위의 글, 34-35쪽.

주체성을 고양시키는 결정적인 계기가 되었다고 평가했다.[44] 앞서 살펴본 바와 같이 『사상계』는 베트남 파병 반대를 한일협정 비준 반대운동의 국면에 접목시키려는 시도를 했었다. 그러나 파병 반대는 비준 반대운동에서 거론된 이슈 중 하나이기는 했으나 운동의 차원으로 상승되지는 못했다. 지식인들은 파병의 경제적 이익을 앞세운 정부에 맞서 국민을 설득할 논리를 만들어내지 못했고 대체로 소극적인 비판에 머물렀다. 더구나 '월남특수'가 가시화되자 언론은 한일협정과 베트남 파병 반대를 "오늘의 현실과는 맞지 않는 오진 내지는 과장진단"이자 "지극히 비생산적인 혼란"이었던 것으로 역비판했다.[45] 그러나 이방석의 진단이 완전히 오산이었던 것은 아니다. 이미 반세기가 지났지만 베트남 파병은 여전히 한국현대사의 블랙박스로 남아 있고, 아시아의 이웃 국가에 대한 침략전쟁에 참전했던 한국은 언젠가는 진실을 대면하고 그 대가를 치러야 하기 때문이다.

마지막으로, 『중앙일보』 논설위원 김승한은 사회·문화적인 면에서 '1965년의 비극'은 지식인들이 자초한 것으로 단언하고 지식인 계층의 각성을 촉구했다. 그는 비준 반대운동 이후 시위 학생과 이른바 정치교수에 대한 정권의 가혹한 탄압에 대해 동료 지식인들이 침묵한 것은 5·16 이후 군사정권이 사회 각 계층에 퍼뜨린 불신의

---

44 이방석, 「퇴색한 민주주의와 민족주의」, 『사상계』, 1965년 12월호, 42-44쪽.
45 「아시아 시대와 한국의 진로」, 『경향신문』, 1967.3.11, 3면. 한일회담 반대운동의 선봉에 섰던 일간지 중 하나였던 『경향신문』은 1967년 대통령 선거를 앞두고 사주가 구속된 상태에서 강제로 경매 처분되었고 이 기사가 나올 무렵에는 여당지로 변모했다.

싹이 지식인층에도 만연한 까닭이라고 규탄했다. 특히 정권의 학원 유린에 침묵했던 학교 당국과 교수 층을 신랄하게 비판하며 오늘날 한국 지성계가 직면하고 있는 정신적 위기를 극복하기 위해서는 먼저 저항의 교두보가 될 지성인 조직을 마련해야 한다고 주장했다.[46] 이런 주장은 학생운동의 역동성에 오히려 지식인들이 상당한 자극을 받았다는 점을 보여준다. 젊은 피에 대한 부채의식과 현실에 침묵한 채 학문의 가치와 자유를 논한다는 모순에서 오는 자괴감은 4월혁명 이후 한국 지식인의 앙가주망에 원천을 제공했던 바, 지식인 정론지로서 『사상계』는 앙가주망의 실천 장소로 기능했다고 평가할 수 있겠다.

---

46 김승한, 「위기에 선 한국지성의 정신상황」, 『사상계』, 1965년 12월호, 58쪽.

4. 포스트냉전시대 지식인의 몫

이 장에서는 『사상계』를 중심으로 한일협정에 대한 1960년대 지식인의 인식과 반대운동의 논리를 살펴보았다. 그들은 한일 국교정상화에 대해서 원칙적으로 찬성하되, 한국정부의 저자세 외교와 졸속 강행 처리를 비판했다. 『사상계』의 한일협정 반대운동 논리의 궤적을 살펴본 결과, 이 운동이 전 사회적으로 확대될 수 있었던 것은 과거사 청산뿐만 아니라 군사정권의 민주주의 탄압과 미국의 압력에 저항한 지식인·학생 연대에 대해 국민적인 공감대가 형성되었기 때문이라는 점을 알 수 있었다. 군사정권과의 이념 투쟁 속에서 『사상계』 지식인들은 민족주의 담론을 재검토하고 냉전 체제하의 신식민주의를 비판했다. 그럼에도 베트남 파병에 대한 문제제기를 반대운동에 통합시키지 못한 점에서 드러나듯 그들은 냉전적 금지를 해체하고 평화운동의 방법론을 모색하는 데까지는 나아가지 못했다. 그리하여 과거 청산 문제는 미해결인 채로 남아 오늘날까지도 한·미·일의 삼각구도 속에서 반복·변주되고 있다. 그러나 한일협정 반대운동의 실패가 우리에게 해결 못할 난제만을 남긴 것은 아니라고 본다. 비록 운동은 실패했지만 그 이후에도 지식인들은 다른 형태와 다른 방식의 운동을 통해 그들 세대의 몫을 짊어지고 나아갔기 때문이다.

예컨대 최인훈은 문학을 통해 다음 세대에 교훈과 경고를 남겼다. 1967년 5월 3일에 실시된 제6대 대통령 선거에서 박정희가 재선에 성공하고 6월 8일에 3·15 이후 최악의 부정선거로 기록된 제7대 국회의원 선거가 치러진 직후, 최인훈은 단편소설「총독의 소리」를 발표했다. 미국정부의 국제방송 '미국의 소리'(Voice of America)와 1962년부터 한국정부가 시작한 대북 심리전 방송 '자유의 소리'(Voice of Freedom)를 패러디한 제목이다. 작가는 '총독의 소리'를 재한 지하 비밀 단체인 '조선총독부 지하부(地下部)'의 유령방송으로 설정했다. "충용한 제국신민 여러분"을 향해 소설-방송을 시작하는 총독은 '귀축영미'의 원자탄의 위협으로 패전한 뒤 철수하는 '내지인'에 대해 어떤 피해도 입히지 않았던 '반도 백성'의 공손한 송별태도에서 오랜 통치의 산 결실을 확인하고 휘하 막료들과 함께 "제국(帝國)이 재기하여 반도(半島)에서 다시 영광을 누릴 그날을 기다리면서 은인자중 맡은 바 고난의 항쟁을 이어 가고 있"음을 밝힌다.[47]

라디오를 통해 전달되는 총독의 담화라는 장치는 조선총독이 한반도를 재식민화하기 위해 한국에 남아 지하공작을 펼친다는 문학적 허구에 실감을 부여하는 동시에 당대 현실에 대한 강력한 풍자를 가능케 한다. 제6대 대통령 선거 및 제7대 국회의원 선거를 논평하면서 총독은 "막걸리는 흘러서 강을 이루고 부스럭 돈은 흩어져 낙엽을 이룬" 부정선거에 회회낙락 축배를 제안하고 "민주주의라는

---

47 최인훈,「총독의 소리」,『신동아』, 1967년 8월호, 472쪽.

힘겨운 제사에 지"치고 "자기들의 손으로 얻은 것이 아닌 자유의 무거운 멍에 아래 비틀거리고 있"는 한국인들이 자신이 다스리던 일제시대를 그리워한다며 "제국의 반도 만세"를 외친다.[48]

그런데 최인훈이 통상적인 소설의 형식을 취하지 않고 "적의 입을 빌려 우리를 깨우치는 형식", 즉 "빙적이아(憑敵利我)"[49]의 장치를 고안한 이유는 무엇일까? 1960년대의 순수참여논쟁에 직접 가담하지는 않았지만 문학이 현실에 참여할 것인가 말 것인가가 아니라 우리 사회에 과연 참여의 자유가 있느냐 없느냐가 더욱 핵심적인 문제라고 말했던[50] 이 작가에게는 소설의 형식을 파괴하더라도 밀고 나가야 했던 문제의식이 있었다. "한일협정이라는 해방 후 정치사회사의 새 장을 여는 사건에 대한 한 지식인의 충격과 혼란과 위기의식을 폭발적으로 내놓기 위해서"[51] 그는 「총독의 소리」를 썼고, 연작의 형태로 그와 같은 문제의식을 1970년대 중반까지 집요하게 밀고 나갔다.[52]

최인훈과 같은 해(1936년)에 태어난 비평가 김윤식은 이 작가가 일제 말기의 전쟁 슬로건을 그대로 노출시킨 것에 대해 "일본 제국

---

48 위의 글, 481-483쪽.
49 최인훈, 「원시인이 되기 위한 문명한 의식」, 『길에 관한 명상』, 청하, 1989, 39쪽.
50 최인훈, 「문학활동은 현실비판이다」, 『사상계』, 1965년 10월호, 282쪽.
51 최인훈, 「나의 문학, 나의 소설작법」, 『현대문학』, 1983년 5월호, 298쪽.
52 북한 무장공비의 청와대 습격과 푸에블로호 사건에 대한 총독의 담화를 다룬 「총독의 소리2」는 1967년에, 가와바타 야스나리의 노벨문학상 수상을 국체보존의 논지에서 논평한 「총독의 소리3」은 1968년에, 미소 데탕트와 7·4 남북 공동 성명에 대한 특별담화를 다룬 「총독의 소리4」는 1976년에 발표되었다.

주의의 이데올로기의 어처구니없는 허위의식(대동아 공영권이라든가 팔굉일우〔八紘一宇〕라든가 만세일계 등)을 거점으로 하여, 그것을 거꾸로 비판할 뿐 아니라 그 칼로써 서구 제국주의도 함께 비판하는 것"[53]이 자기세대(일제 말기 '국민학교' 교육을 받은 세대)의 문학적 몫이었다는 소회를 밝힌 바 있다. 그는 과거의 식민주의가 냉전 체제하의 신식민주의와 중첩되어 있다는 것을 비판할 수 있는 마지막 세대로서, 이중언어의 질곡 속에 놓였던 선배들과 한글교육을 받은 4·19세대 사이에 자기세대를 위치시킨다. 그가 보기에 영어를 통해 한반도를 이해하는 세대가 등장한 이후 알아듣는 청중이 없었기 때문에「총독의 소리」는 더 이상 씌지 않았다.

필자는 민주화 이후의 세대이지만 그럼에도 '총독의 소리'가 포스트냉전시대로 일컬어지는 오늘날에조차 주파수를 바꾸어 어디선가 울려 퍼지고 있다고 느낄 때가 있다. 아마도 분단의 종식과 과거사 청산이 없는 한 그 소리는 계속 우리 곁을 맴돌 것이다. 일본에서 '평화헌법 개헌'이나 '고노담화 검증' 등의 주장이 들려오자 한국에서는 '1965년 체제'는 한계에 다다랐으니 새로운 협정을 체결해야 된다는 목소리가 힘을 얻고 있다. 또한 중국과 일본의 조어도-센카쿠 분쟁은 '1972년 체제'를 뒤흔들고 있고 지정학적으로 그 사이에 위치한 한국은 필연적으로 영향을 받을 수밖에 없는 상황이다. 시야를 확대해 보면 최근의 국제 분쟁과 고조되는 한반도 위기는 신냉전 체

---

53 김윤식, 「'우리' 세대의 작가 최인훈 : 어떤 세대의 자화상」, 『최인훈 전집 9 : 총독의 소리』, 문학과 지성사, 1980, 536쪽.

제의 서막으로 비춰지기도 한다. 역사는 형태를 달리하여 다시 한번 반복될 것인가? 그렇다면 오늘날 어떤 방식의 운동이 가능할 것이며 우리 시대 지식인의 몫은 무엇인가? 이 질문에 답하기 위해 "눈구멍에 최루탄이 박힌 아이의 신음 소리. 유세장으로 실려가다가 객사(客死)한 늙은 아이들의 허기진 울음"[54], 그리고 그것들에 공명하며 터져 나왔던 그들 지식인의 목소리를 기억해야 할 것이다.

(김려실)

54　최인훈, 앞의 글, 「총독의 소리」, 483쪽.

제6장

1960년대『사상계』의 대학생 담론

1.『사상계』의 대학생 담론과 학생 주체의 형성

『사상계』는 1950~60년대의 지식인 담론장을 이끌었던 대표적인 잡지다. 교수와 언론인, 그리고 각계의 지식인들이 글을 썼고, 그 독자층은 대부분 식자층이었다. 당대의 엘리트 계층에 속하던 대학생 역시 주요 독자였는데 이들은 1960년 4월혁명을 경과하며『사상계』가 발굴해낸 하나의 청년 표상이었다는 점에서 더욱 중요한 독자였다. 50년대까지만 해도 향락과 퇴폐에 빠져있던, 신세대라는 집단으로 포괄적으로 묶이던 이들이 '대학생'이라는 구체적인 집단 표상으로 자리매김하게 되는 데에는 당대의 언론 매체들의 역할이 지대했고, 특히나『사상계』는 가장 앞장서서 대학생을 새로운 세대의 주도적 집단으로 호명했다.

4월혁명 직후『사상계』를 비롯한 당대 매체들이 대학생 담론을 어떻게 구성했나갔는지 그 과정을 살펴본 연구들이 여럿 있는데, 기존 논의들은『사상계』와 대학생 세력의 관계를 담론 생산 주체와 그 대상으로 파악하여『사상계』가 대학생 세력에 미친 영향관계를 위주로 살펴는 경향이 있었다.[1] 특히『사상계』의 대학생 담론에 논의를 집중시킨 유창민의 논문은 당시 대학생을 상대로 기성세대가 동원한 다양한 호명의 전략을 분석·분류하고 있어 흥미롭지만 일방적인 호명에 의해 대학생이 타자화된 것으로 결론내리고 있어 1960년대 중반 이후 대학생 세력의 성장을 설명하기 힘들게 한다.

이 시기 대학생은 지식인 주도의 '옆에서의 혁명'을 함께 수행할 새로운 정치적 주체로서 호명된 것이라는 점에서 그 중요성을 간과할 수 없는 집단이었다. 대학생 담론은 '정치적 역할'이 기대되는 '미래 세대'라는 점에서 당대의 청년담론이나 지식인 담론과 겹쳐지면서도 조금씩 차이를 가지며 구성되었고,『사상계』의 대학생 담론에는 한국 사회의 나아갈 방향에 대한 기성 지식인들의 기대감이 반영되어 있었다. 그러나 대학생 담론임에도 그 언설의 주체가 대학생이 아니었기에 대학생의 실제적인 요구와 목표가 제대로 반영되지 못했고, 그리하여 막상 실질적인 힘을 갖춘 정치적 주체로 등장한 대학생들이 자주 기성세대가 마련한 윤리적·정치적 기준을 넘어섬으

1 　권보드래, 「4·19와 5·16, 자유와 빵의 토포스」,『상허학보』제30집, 상허학회, 2010; 김미란, 「'청년 세대'의 4월혁명과 저항 의례의 문화정치학」,『사이』제9권, 국제한국문학문화학회, 2010; 김미란, 「'순수'한 청년들의 '평화' 시위와 오염된 정치 공간의 정화 : 4월혁명기에 선호된 어휘에 대한 개념사적 접근을 중심으로」,『상허학보』제31집, 상허학회, 2011; 유창민, 「1960년대 잡지에 나타난 대학생 표상 :『사상계』의 대학생 담론을 중심으로」,『겨레어문학』제47호, 겨레어문학회, 2011 등이 있다.

로써 세대 갈등이 불거지기도 했다.

그러나『사상계』는 이러한 갈등을 단순한 알력 다툼으로 소비하는 대신 지면 위로 끌고 들어와 학생운동 세력과 각축을 벌이기도 하고, 또 연대하기도 하며 60년대 담론장을 구성해나갔다. 그리고 그 과정에서 담론을 만드는 위치에 있던『사상계』는 그것을 실천으로 옮기는 위치에 있었던 대학생들에게 도리어 영향을 받기도 했고, 대학생이 직접 언설의 주체로 등장하여 자신들의 목소리를 내기도 했다. 이처럼『사상계』와 대학생 세력은 일방적인 영향관계가 아닌 상호교섭 속에서 서로의 정체성을 구축해나갔고, 이 과정에서『사상계』는 기존의 입장이나 의견으로부터 변화된 모습을 보인다. 그 담론 지형의 변화 양상 자체는『사상계』에 대한 기존의 논의들에서도 지적되었지만[2] 이 글에서는 그러한 기존 논의들을 정리·보완하는 한편, 실천과 운동의 측면에서 앞서 있던 대학생 세력과의 길항 관계에 집중하여 그 변화 양상을 살폈다. 이를 통해 1960년대에『사상계』가 실천적·저항적 정치 영역과 접목하게 되면서 어떠한 담론 지형의 변화를 보였는지를 중점적으로 보고자 한다.

---

2   장세진,「'시민'의 텔로스(telos)와 1960년대 중반『사상계』의 변전 : 6·3 운동 국면을 중심으로」,『서강인문논총』제38호, 서강대학교 인문과학연구소, 2013; 김려실,「『사상계』지식인의 한일협정 인식과 반대운동의 논리」,『한국민족문화』제54권, 부산대학교 한국민족문화연구소, 2015 참고.

2. 낭만적 혁명의 상상력과 대학생 표상

1950년대에『사상계』에서 '신세대'를 요청했을 때 그것은 청년세대를 광범위하게 가리키는 것이었지 대학생을 가리키는 것이 아니었다. 오히려 이 당시 대학생 표상은 부정적이었다. 그들은 건방지고 책임감 없는, 향락과 퇴폐에 빠진 존재로 묘사되었고,『사상계』는 이들을 전쟁의 어두운 그림자에 물든 세대로 규정했다. 50년대에 전인적 지도자 양성이라는 목적 아래 대학의 양적 팽창이 이루어졌지만 대학이 징병기피를 위한 용도로 악용되면서 병역기피자의 소굴이라는 악명을 얻기도 했다. 또한, 이승만 정권에 의해 각종 관제 행사에 동원되는 일이 많아 대학생은 주체적인 의사를 지닌 집단으로 여겨지지 않았다. 그러므로『사상계』는 이들이 스스로 자신들의 상황을 타개할 수 있으리라 기대하지 않았고, 이들을 바른길로 이끌고 계도할 책임이 기성세대에 있음을 재확인하며 글을 마무리하곤 했다.

이러한 평가가 완전히 역전된 것은 4월혁명 이후이다. 혁명 후 처음 발행된 60년 6월 '민중의 승리 기념호'에서는 대학생들을 '혁명전사' 또는 '노한 사자'로 지칭하며 기성세대가 아닌 이들에게서 미래를 선도해나갈 가능성을 찾는다. 대학생들도 자신들에게 붙여진 새로운 이름을 기꺼이 받아들였다. 「노한 사자들의 증언」이라는 제목으로 마련된 좌담회에는 4월혁명의 주역인 대학생과 고등학생들이 한자리에 모여 직접 혁명의 동기를 설명하기도 했다. 그들은 혁명이 단순히 3·15부정선거에서 촉발된 것이 아니라 12년간 축적된 이승만 정권의 부정부패와 무능에 대한 항거였다며 해방 후 실시된 자유민주주의적 교육에서 자신들의 혁명정신의 원천을 찾았다.[3] 4월혁명이 우발적으로 터져 나왔기에 학생들의 행동이 "'사상' 이전의 거의 본능적인 반항"[4]으로 평가되기도 하였으나 그 바탕에 자유민주주의적 의제가 있었음은 누구도 부인하지 않았다. 때문에 『사상계』 역시 이들을 주저 않고 "자유와 민주주의의 용감한 기수"[5]로 호명했다.

그런데 '전사'라든가, '사자'라는 명명에서도 느껴지듯이 이 당시 『사상계』 지면에서 대학생을 재현하는 방식은 다소 감상적이었다. 이념적·역사적 평가를 위한 시도가 없었던 것은 아니지만 "4·19는 마치 기적과도 같이 터져 나온 초유의 자발성이었고, 어떤 환멸도 겪지 않은 순결한 젊은이들의 사건이었으며, 한 점 균열 없이 황홀할 만큼 일체화된 공동의 경험"이었던 만큼 "시성(詩性)의 궤도"를 벗어나기란 어려웠다.[6] 때문에 4월혁명 직후에는 시가 유독 많이 발표되기도 했지만, 시라는 장르에 한정하지 않더라도 대학생 주체를 형상화하는 방식 자체가 시적인 감상성에서 크게 벗어나지 않았다.

3   김승태 외 13인, 「노한 사자들의 증언」, 『사상계』, 1960년 6월호, 54쪽.
4   고병익, 「'혁명'에서 '운동'으로」, 『사상계』, 1960년 6월호, 118쪽.
5   안병욱, 「'이'의 세대 '의'의 세대」, 『사상계』, 1960년 6월호, 105쪽.
6   권보드래, 앞의 논문, 2010, 87쪽.

특히나 죽음과 희생이라는 주제와 결부될 때 그러한 감상성은 극대화되었다.

대학생의 죽음과 희생을 부각시키기 위해 선택된 것 중 하나는 '피'의 표상이었다. 4월혁명 직후 발표된 「사월혁명에 붙이는 시집」[7]의 시편들에서는 '붉은 선혈', '피불', '피외침', '피꽃잎' 등 '피'라는 시어가 반복·변주되는 것을 볼 수 있다. 피의 표상은 이처럼 시에서 가장 흔히 발견되었지만 학생 수기와 신문기사, 논설도 예외가 아니어서 "불의의 아성에 대하여 피와 죽음으로써 결정적 일격"을 가했다든가, "자유와 민주주의의 제단 앞에 뿌려진 젊은 생명의 많은 고귀한 피의 대가"로 민주주의를 얻었다는 등 시적인 어휘와 표현들로 대학생을 상찬하는 것을 어렵지 않게 볼 수 있었다.[8] 소설도 예외가 아니었다. 당시 4월혁명 서사들은 기성세대와 대학생의 세대 갈등을 소설적으로 형상화하는 경우가 많았는데, 이러한 작품들에서도 피의 표상이 주요하게 활용되었다.

「대열속에서」의 '명서'는 부정한 방법으로 치부를 이룬 아버지에 대한 반감으로 혁명에 참가한다. 그에게 그 행위는 타성에 물든 자기극복을 뜻한다. 그러나 대열 속에서 아버지로 인해 가족을 잃은 '창수'를 발견한 그는 기득권에 속한 자신의 위치를 깨닫고 대열로부터 이탈할 위기에 처한다. 갈등하던 그가 혁명의 대열 속에 완전히 편입된 것은 경찰의 총탄에 맞은 창수를 감싸며 함께 죽음에 이

---

7   「사월혁명에 붙이는 시집」, 『사상계』, 1960년 6월호, 344-357쪽.
8   안병욱, 앞의 글, 99쪽.

르게 되었을 때다. "두 젊은이의 몸에서 흘러나온 피는 마치 한 사람의 몸에서 흘러나온 것이나처럼 한데 엉켜 흐르고 있었다"[9]고 묘사되는 이 장면에서 명서는 목숨을 내건 희생을 통해 자기 한계를 극복하였을 뿐 아니라, '한데 엉켜 흐르는' 피를 통해 세대와 계급까지 아우르는 민족적 통합을 이루어낸다.

피의 표상은 "부패와 오염을 정화한다는 혁명에 대한 상상력이 피의 정화 능력을 통해 구체화"됨으로써 등장한 것인 만큼 그 자체가 '정화'를 의미했다. 나아가 '피'는 민족의 표상이기도 한 만큼 세대와 계급을 뛰어넘어 전 국민을 일체감으로 묶고 "국가의 구성원 모두를 재생케 하는" 것으로까지 그 의미가 확대되기도 했다.[10] 이처럼 피의 표상은 정화라는 혁명의 본질에 맞닿아있는 한편, 민족 전체의 재생이라는 혁명의 목적과도 쉽게 결부될 수 있는 것이었기에 널리 활용되었다.

또한, 피의 표상은 죽음의 이미지와 결부되어 '학생-희생양 표상'으로 전환되었다. 학생-희생양 표상은 그 자체로 혁명과 저항정신의 상징이 되어 혁명을 위해 희생한 어린 학생들에 대한 부채감을 불러일으킴으로써 60년대 반독재 운동의 원동력이 되었고, "미완의 혁명이 완성될 가능성을 끊임없이 독자대중에게 환기"시키는 역할을 했다.[11] 시간이 흐르며 변화된 정치 환경 속에서 혁명에 대한 낭

9　한무숙, 「대열속에서」, 『사상계』, 1961년 11월 특별증간호, 119쪽.
10　김미란, 앞의 논문, 2011, 199쪽.
11　김려실, 「화보로 읽는/보는 『사상계』 : 1960년대 『사상계』와 혁명의 망탈리테」, 『상허학보』 제57권, 상허학회, 2019, 42쪽.

만적 수사가 힘을 잃어갔지만, 그와 비례하여 혁명을 기억하고자 하는 의지는 강해졌기에 학생-희생양 표상의 역할은 커져 갔다. 『사상계』 역시 매년 4월 학생들이 흘린 '피에 대한 보답'을 지식인의 책무로 상기시키곤 했다.

이처럼 당시 대학생은 혁명 주체로 명명되며 혁명 담론의 중심에 위치해 있었다. 그러나 대학생은 희생자가 가장 많이 나온 집단도 아니었고,[12] 혁명 초기 주도 세력도 아니었다.[13] 혁명 주체로서의 대학생 표상은 담론적 차원에서 사후적으로 '재구성'된 것이었다. 즉 혁명 직후 『사상계』에 드러난 대학생 표상은 실제를 객관적으로 반영하기보다는 4월혁명이라는 사건이 만들어낸 상상력을 공유하는 방식으로 만들어진 것으로, 그 과정에서 하층민과 여성, 그리고 어린 소년들은 혁명 담론으로부터 배제되었다.

『사상계』가 혁명에 참여했던 여러 주체들 중 유독 대학생에 집중했던 이유는 자유민주주의와 근대화에 대한 『사상계』의 열망과 관련 있다. 『사상계』는 창간 이후부터 탈냉전 독자 노선과 극우 반공주의 모두를 경계하며 미국 중심의 자유주의를 지향했고, 자유민주주의 정치체제의 수립을 통한 근대화가 그 길이라 확신했다. 그러나

---

12 4월혁명 당시 희생자의 직업 분포를 따졌을 때 대학생 희생자 수는 22명으로 하층노동자(61명)나 고교생(36명), 무직자(33명)보다 적다. 서중석, 『사진과 그림으로 보는 한국 현대사』, 웅진지식하우스, 2014, 247쪽 참조.
13 4월혁명을 초기부터 주도한 것은 중고등학생으로 오히려 대학생은 "4·19 마지막 국면에야 등장했고, 4월 26일 이후에는 오히려 4·19가 계속 사건화될 수 있는 여지를 차단했다."라고 평가되기도 한다. 권보드래, 앞의 논문, 2010, 98쪽 참조.

겉으로만 자유민주주의를 내세울 뿐 오히려 극우 반공주의로 향해가는 이승만 정권 아래에서는 그 지향이 충족될 수 없었다. 그런 와중에 일어난 4월혁명은 한국 사회가 진정한 자유민주주의로 나아갈 수 있음을 보여주는 사건이었다.

혁명 이후 『사상계』는 이 사건을 '시민혁명'으로 명명하곤 했다. 서구 사회에서 자유민주주의로의 발전도상에서 필수적으로 등장하는 시민혁명의 한국적 기원을 4월혁명에서 찾고자 한 것이다. 그리고 이후로 혁명을 발전, 확대시켜 나갈 책무가 지식인에게 있음을 강조했다. 시민혁명이란 사회의 중간계층을 구성하는 시민에 의해 주도되어야 하는 것이었지만 그러한 밑으로부터의 주체 세력도, 유능하고 성실한 정부도 부재한 후진국 사회에서 개혁의 추진 세력으로 기대되는 것은 지식인 계층일 수밖에 없다. 지식인에 의해 주도되는 '옆에서의 혁명'은 『사상계』에 있어 서구와 같은 방식으로는 근대화를 이룰 수 없다는 콤플렉스를 우회적으로 해소할 수 있는 한 방법이었다.

이 시기 대학생은 그 같은 지식인 주도의 혁명을 함께 수행할 신진 세대로 호명되었고, 그렇게 만들어진 대학생 표상은 『사상계』 지식인들이 청년세대에게 기대하는 바가 무엇이었는지를 반영하고 있다. 그러나 표상은 어디까지나 표상으로 이것은 실제 대학생의 모습과는 거리가 있었다. 혁명 주체로서의 대학생 표상에서 부각되는 것은 불의에 대한 항거로 죽음까지 불사하는 희생정신, 그리고 어떠한 정치적 이해관계나 이데올로기에도 물들지 않은 정치적 순수성이었다. 그러나 대학생 역시 사회에 대한 불만이나 요구를 지닌 집단이었고, 이로 인해 혁명 직후부터 기성 지식인과 대학생은 충돌하기 시작한다.

3. '정치'의 외연을 둘러싼 각축

혁명 직후 학생들은 빠르게 학원으로 돌아가 질서를 되찾으려 했지만 완전히 이전으로 돌아갈 수는 없었다. 그들은 각종 학내외의 계몽운동에 참여했고, 일부는 쌓여있던 불만을 표출하기도 했다. 그러자 기성세대는 학생들의 활동이 사회적 무질서를 불러일으킨다고 불쾌감을 드러내며 "일부 학생들의 망동에 대해서 사회인들은 환멸을 금치 못하고 있다"고 비판을 가하기 시작했다. 여기에서 학생들의 '망동'으로 가장 경계된 것은 "정치적 색채를 농후히 가지고 있는 데모"를 하는 것,[14] 즉 현실 정치와 연결되거나 특정한 이데올로기에 정향되는 것이었다. 정권교체 이후에도 혁명이 지속되어야 한다는 데에는 『사상계』 지식인들도 동의했으나 그들이 지향한 변혁은 법과 제도의 합법적인 방식 안에서 이루어지는 것이었다. 때문에 그들은 학생들이 비상시적 방법인 데모를 동원하거나, 제도 정치권 밖에서 영향력을 구축하려는 움직임을 경계했다.

이것은 대학생들을 혁명 주체로 명명하며 찬사를 보냈던 태도와는 모순되는데, 대학생의 정치 활동에 대해 이 같은 양가적 반응이 나온 것은 새롭게 등장한 학생 세력의 구체적인 사회적 역할과 활동

---

14 「국내의 움직임」, 『사상계』, 1960년 7월호, 119-122쪽.

방향에 대한 사회적 이해와 합의가 형성되어 있지 않았던 탓이다. 『사상계』에서도 글마다 '정치' 참여, '사회' 참여, '현실' 참여 등으로 학생들의 정치 활동을 다르게 지칭했는데, 이것은 대학생의 정치 참여에 있어 '정치'의 외연에 대해 정확한 합의가 없었음을 보여준다. 그런 와중에 대학생의 정치 활동을 평가하는 유일한 준거는 4월혁명 이후 만들어진 대학생 표상으로, 희생과 순수를 중심으로 구성된 대학생 표상을 통해 기성세대가 상상한 대학생의 사회정치적 책무는 매우 제한된 인식에 기반을 둔 것일 수밖에 없었다.[15]

신생활운동과 농촌계몽운동에 대한 반응이 그나마 긍정적이었던 것은 이러한 계몽운동들이 기본적으로 '제도로서의 민주주의'에 기여하는 것이었기 때문이다, 특히 『사상계』 지식인들은 공명선거의 보장을 통한 대의제 민주주의 확립이라는 과제만큼이나 그 제도를 수행할 투표 참여자로서의 대중의 역량 증진에도 관심을 가지고 있었기에,[16] 선거계몽이 주된 내용이었던 농촌계몽운동에의 참여는 적극 권장되었다. 학생들도 계몽운동을 한국 사회의 후진성을 타파하는 동시에 도시와 농촌의 민중들에게 혁명정신을 확산시킬 수 있는 기회로 여기고 열의를 가지고 참여했다.

혁명정신의 확산은 『사상계』 지식인과 학생의 공통의 관심사였다. 그러나 시간이 갈수록 그 지향과 방식에 있어 차이가 생기기 시

---

15 김미란, 앞의 논문, 2011, 190쪽.
16 이상록, 「『사상계』에 나타난 자유민주주의론 연구」, 한양대학교 박사학위논문, 2010, 79쪽.

작했다. 『사상계』 지식인들은 대의제 민주주의의 확립과 경제개발을 통한 근대화를 추구했는데 그것은 상대적으로 4월혁명이 열어준 담론적 광장의 지평을 협소화하는 길이었다. 반면, 학생들의 계몽운동은 전혀 새로운 국면으로 나아가고 있었다. 그들은 한국 사회의 후진성의 근본 원인이 분단에 있다는 사실과 그것을 해결하기 위해서는 계몽운동보다 더 근본적인 해결책이 필요하다는 사실을 깨닫게 되었다. 그 해결책은 통일, 그것도 자주적인 통일이었다. 이렇게 "한국에서 '냉전' 너머의 모색이 가장 활발했던 시기"가 도래하게 되었다.[17]

그 이전까지 통일담론은 자유당 정권에 의해 독점되었고 북진통일이 아닌 모든 통일담론은 용공시되었다. 그러나 4월혁명은 통일문제가 논의될 수 있는 담론적 장을 열어주었으며, 그렇게 열린 것은 이전보다 훨씬 개방된 광장이었다. 그러한 토대 위에서 분단의 원인이 외세에 있음을 자각한 학생들은 외세 배격과 자주 통일이라는 기치 아래 미국과 소련 모두에게 남북 분단의 책임을 묻는 비미비소(非美非蘇)의 탈냉전적 인식에 기반한 중립화통일론과 남북협상론과 같은 통일담론을 수용하게 되었다.

학생들의 적극적인 태도는 운동조직의 결성으로 이어졌다. 1960년 11월 18일 결성된 서울대의 '민족통일연맹'(약칭 민통련)은 첫 학생 통일운동조직이었다. 이들은 조직을 확대했고, 전국적 조직을 갖

---

17 권보드래, 「중립의 꿈 1945-1968 : 냉전 너머의 아시아, 혹은 최인훈론을 위한 시론」, 『상허학보』 제34집, 상허학회, 2012, 288쪽.

춘 민통련은 1961년 5월 3일 드디어 대의원대회에서 남북학생회담을 제안하고, 5일에는 이를 추진할 18개 대학 민통련의 연합인 '민족통일전국학생연맹'(약칭 민통전학련)을 결성했다. 이러한 움직임은 큰 사회적 파장을 불러일으켰는데, 새로운 통일담론을 적극적으로 수용하던 일부 혁신계는 환영하며 연대를 추진했지만 대부분의 기성 정치인들은 강하게 반발하며 거부감을 드러냈다. 대표적으로 장면 총리는 다음날인 6일에 "먼저 반공정신무장을 갖추자"는 제목의 반대성명서를 발표했다.[18]

이 당시 민주당 정권과 밀접한 관계에 있었던 『사상계』의 반응도 크게 다르지 않았다. 『사상계』는 4월혁명 이후 재무장관으로 민주당 정권에 참여하게 된 김영선의 주재로 정책 수립에 직접적인 영향을 미치고 있었고,[19] 장준하는 장면 정부가 가장 열의를 쏟았던 국토건설단 사업의 실질적 책임자를 맡을 정도로 정권과 긴밀한 관계에 있었다.[20] 이로 인해 이 당시의 『사상계』는 "잡지사라기보다는 오히려 나라 정책 산실" 같았다는 평가가 나올 정도였으니[21] 『사상계』가 정권과 비슷한 반응을 보인 것은 당연한 일이었다.

무엇보다 애초부터 『사상계』가 가지고 있던 냉전적 자유세계론은 탈냉전적 모색이나 중립론을 용인하지 않았다. 『사상계』 편집위

18 「일련의 대책검토」, 『경향신문』, 1961.5.7, 1면.
19 김삼웅, 『장준하 평전』, 시대의 창, 2009, 412쪽.
20 김건우, 『대한민국의 설계자들 : 학병세대와 한국 우익의 기원』, 느티나무책방, 2017, 80쪽.
21 장준하, 『사상계지 수난사(장준하문집3)』, 사상, 1985, 32-33쪽.

원이었던 신상초가 A·A블럭이 태동하던 54년에 이미 아시아 제3세력론을 스탈린의 평화공세에 영합하는 이론에 불과하다고 공박했던 것은 이 때문이다.[22] 『사상계』에 있어서는 민족적 주체성보다는 자유민주주의 체제의 수립이 더 우선하는 과제였고, 그러므로 『사상계』의 통일담론이 경제 발전을 통해 자유의 물질적 기반을 마련한 후 자립 경제를 이루어내겠다는 민주당 정권의 '선건설 후통일'론과 궤를 같이한 것은 자연스러운 일이었다.

따라서 냉전적 자유세계론에 균열을 내는 통일담론을 추구하는 학생들에 대한 『사상계』 지식인들의 평가는 부정적일 수밖에 없었다. 대부분이 중립화통일론과 학생들의 통일운동을 강하게 비판했고 "구정권에 반대하는 자는 모두 좌익시되었던 까닭에 이제 정권의 몰락과 더불어 일시에 「금제」가 풀리자 일부 학생들은 간편한 논리적 추리로서 「해금」된 모든 것은 선이라고 믿는" 것이라며 중립화통일론을 "육·이오의 쓰라린 경험을 모르고 자란 세대의 몰현실성"으로 치부하거나,[23] 국토개발계획이나 신생활운동으로 돌아가 경제건설에 힘쓰는 한편 자유민주주의에 대한 확고한 신념을 다지라고 훈계하기도 했다.[24] 급기야 "지금의 현실에 비추어 보면 학생운동의 행동적인 방향은 있어서 아니된다"며 학생들의 정치적 활동 자체를

22 신상초, 「'아시아적 제3세력론' 비판」, 『사상계』, 1954년 2월호, 43–52쪽.
23 조가경, 「혁명주체의 정신적 혼미 : 주체성확립의 목표는 적극적자유와 경제부강」, 『사상계』, 1961년 4월호, 75쪽.
24 현승종, 「새로운 학생운동의 방향」, 『사상계』, 1961년 4월호, 125–131쪽.

부정하는 목소리도 나왔다.[25]

유창민은 이 시기 『사상계』에 드러났던 대학생들에 대한 부정적 언설을 포착하여 그것이 대학생들을 대상으로 선포된 일종의 '헤게모니 투쟁'이었다고 분석한 바 있다.[26] 그런데 이 당시 『사상계』 지식인과 대학생의 투쟁이 단순한 알력으로 치부되거나 혹은 기성세대가 대학생을 일방적으로 이용했다고 여겨질 위험성을 피하기 위해서는 세대 간의 투쟁이 일어난 사회적·정치적 상황에 대한 보다 면밀한 파악이 요구된다.

이 투쟁은 통일운동과 민족주의 담론이라는 구체적인 지반 위에서 이루어진 것이었다. 또한, 제도 정치권에 영향력을 행사하던 『사상계』와 운동의 차원에서 통일담론을 추진해가던 대학생 사이의 갈등은 담론적 차원에만 머무르지 않는, 정치적 외연을 둘러싼 실제적 각축이기도 했다.

이 각축은 쿠데타로 인해 결말이 명확하지 않은 채로 끝나버렸기에 지금에 와서 그 우열을 판가름할 수는 없다. 그러나 하나의 담론이 한 사회에 미치는 파급력을 통해 헤게모니를 획득하는 것이라면 적어도 이 점에서는 학생들 쪽이 우세했던 것으로 보인다.

당시 기성 정치인이나 『사상계』 지식인들은 대중을 매료할만한 새로운 통일담론을 내놓지 못했다. 4월혁명 이후 통일운동이 전개되는 와중에도 냉전적 자유세계론과 반공통일론에 대한 기존의 입

---

25 김성식, 「최근 학생운동의 성격과 방향」, 『사상계』, 1961년 1월호, 239쪽.
26 유창민, 앞의 논문, 165쪽.

장은 크게 바뀌지 않았다. 이승만 정권의 북진통일론과 거리를 두며 평화적 방법에 의한 통일을 강조한 정도의 변화가 있었지만 여전히 중립주의를 자유와 민권 수호의 위험 요소로 여겼던 『사상계』 지식인들은 학생들의 통일운동을 반공을 국시로 해 온 자유민주주의 국가의 이념적 토대 자체에 의문을 품는 것으로 판단하고 수세적으로 대응했다.

물론 그들의 판단대로 중립화통일론은 실현가능성이 거의 없는 주장이었다. 하지만 냉전 이데올로기에 침윤되지 않은 통일담론과 민주주의·민족주의에 대한 새로운 수용은 혁명 이후의 사회가 요청하던 변혁에 대한 갈증을 충족시켜주었다. 학생운동세력은 통일을 주요한 화두로 만듦으로써 담론형성 주체로서의 역량을 보여준 것이다. 더욱이 통일운동은 기성세대가 허용한 범위 안에서 이루어졌던 계몽운동들과는 달리 한국 사회에서 시도될 수 있는 정치적 외연의 최대치에 근접한 것이었다는 점에서 그 의의가 더 컸다. 중립화통일론에 대한 논리적 반박을 넘어 논의 자체를 학생들의 무지의 소산 혹은 소영웅심의 발로로 폄하했던 일부 기성세대의 태도는 학생들의 통일운동이 가진 파급력에 대해 그들이 느낀 위기감을 보여주는 것이기도 했다.

혁명 이후 약 1년의 시간, 한국 사회는 빠르게 변화하고 있었다. 학생들은 기성세대가 마련한 표상에 갇히지 않는, 실천력을 갖춘 정치세력으로 빠르게 성장했다. 『사상계』는 혁명 당시 찬사를 보냈던 이들에게 이제는 날선 비판을 가하며 그들과 정치적 외연을 둘러싼 각축을 벌이게 되었다. 이 과정에서『사상계』는 기존에 가져왔던 담론적 태도를 유지하는 듯 보였다. 하지만 이 시기는 이후 다가올 본격적인 담론 지형의 변동을 예비하고 있던 시기로,『사상계』는 학생 운동 세력과의 쟁투를 통해 변화의 계기를 마련하고 있었다.

4. 투쟁적 주체로의 변모와 좌절

　군사정권의 등장은 담론 지형도의 변화를 예고하는 것이었으나 초기에는 변화가 두드러지지 않았다. 『사상계』는 민정이양의 약속을 믿고 쿠데타를 환영했는데, 당시 지식인들이 경도되어 있던 제3세계 근대화론은 군정과 쉽게 결합할 수 있는 기반이 되었다. 대표적인 미국의 근대화론자 로스토우는 제3세계의 경제개발을 위해서는 군부와 지식인의 결합이 필수적이라고 주장했는데, 덕분에 지식인들은 자립 경제와 균형성장을 통해 한국 사회의 후진성을 극복하고자 했던 초기 군사정권의 경제개발계획에 어렵지 않게 동의할 수 있었다.[27] 더불어 당시 후진국 담론의 주류는 선진국의 방식이 아닌 한국적 해결방안을 찾자는 데로 기울어 있었고, 『사상계』 지식인들에게도 민족주의는 민주주의나 산업화의 요구를 상회하거나 동시적으로 추구되어야 할 정도로 중요한 것이었기에 군정의 민족주의 강조 자체는 문제가 되지 않았다.[28]

　학생들의 경우 주도적으로 전개해 온 계몽운동이 재건국민운동으로 대체되면서 주체적 의지가 소멸되었고, 또 통일운동은 좌절

27　오제연, 「1960년대 전반 지식인들의 민족주의 모색 : '민족혁명론'과 '민족적 민주주의' 사이에서」, 『역사문제연구』 제15권 제1호, 역사문제연구소, 2011, 49쪽.

28　이상록, 앞의 논문, 236쪽.

되었지만 타율에 의해서라도 학업에 열중할 수 있는 분위기가 형성되자 안정감을 느꼈다.[29] 한편 이미 4월혁명과 통일운동을 통해 민족주의를 학습했던 학생들은 63년 선거를 앞두고 박정희 정권이 내세운 '민족적 민주주의'라는 구호에 호응을 보내기도 했다. 통일운동 당시에도 대중화되지 않았던 민족주의를 전면화시킨 민족적 민주주의라는 용어가 젊은 세대에게는 새롭고 참신하게 느껴졌던 것이다.[30]

그러나 박정희 정권이 굴욕적인 한일회담을 강행하게 되면서 군사정권과 『사상계』 지식인, 그리고 학생들의 민족주의는 분화하기 시작한다. 경제개발의 자금이 필요했던 박정희 정권은 한일회담을 조속히 타결하고자 했으나 『사상계』 지식인들은 일본의 경제적 침략을 우려했다. 우려는 경제 영역을 넘어 한일 국교정상화 이후 밀려 들어올 왜색 문화에 대한 것으로까지 번져 갔고, 이것은 '신식민지' 한국에 대한 상상을 불러일으켰다. 그리하여 신식민지화의 위기감은 반제 민족주의를 다시 전면으로 불러냈고, "『사상계』 지식인들의 민족주의 담론은 경제적 영역에서 정치적 영역으로, 저항적 차원으로 중심을 이동"하게 되었다.[31] 통일운동 때부터 반봉건, 반외

---

29 박대현, 「청년문화론에서의 '문화/정치'의 경계 문제」, 『한국문학이론과 비평』 제56권, 한국문학이론과비평학회, 2012, 426-428쪽.

30 오제연, 「1960년대 초 박정희 정권과 학생들의 민족주의 분화 : "민족적 민주주의"를 중심으로」, 『기억과 전망』 제16권, 민주화운동기념사업회, 2007, 303쪽.

31 장규식, 「1950-1970년대 '사상계' 지식인의 분단인식과 민족주의론의 궤적」, 『한국사연구』 제167호, 한국사연구회, 2014, 315쪽.

세, 반매판의 민족주의 노선을 고수했던 학생들 역시 마찬가지였다.

장준하는 63년 8월호에 「치욕의 거사를 또 다시 반복하지 말라」는 권두언을 통해 민족적 민주주의를 비판하며 정권을 향해 본격적으로 목소리를 내기 시작했다. 『사상계』는 이 시기를 기점으로 '공론장'에서 '대항공론장'으로 그 역할의 질적인 전환을 꾀하게 된다.[32] 그리고 이때 『사상계』가 택한 대항의 방식은 보다 실천적인 것이었다. 『사상계』 편집위원을 지냈던 노종호가 63년을 기점으로 『사상계』가 정치평론적 성격으로부터 정치투쟁적 성격으로 이행하였다고 평가한 것도 이 때문이다.[33] 11월 5일 장준하가 고려대에서 민족주의 논쟁을 벌이며 처음으로 대중 앞에 공식적으로 나선 것도, 64년 3월 24일 함석헌과 함께 연세대에서 대일외교 반대강연을 함으로써 학생들을 한일회담 반대투쟁의 기폭제가 된 3·24로 이끌었던 것도 그러한 전략 변화의 일환이었다.

『사상계』의 지면 위에서도 투쟁은 이어졌다. 4월 1일 발행된 긴급 증간호 「한일회담의 제문제」에는 각 분야 전문가의 논설과 논문뿐만 아니라 선언문, 좌담회, 대담, 르포, 앙케트 등 다양한 자료가 실려 반대운동의 이론적 지침서로 역할 했다.[34] 실제로 당시 학생 시위의 많은 구호가 『사상계』로부터 나왔다고 한다. 이 시기 『사상계』 지식인들과 학생운동 세력은 "이념적 공조관계"를 형성함으로써 학

---

32 장세진, 앞의 논문, 49쪽.

33 노종호, 「나에게 사상계가 의미하는 것」, 장준하선생20주기추모문집간행위원회 편, 『장준하와 광복 50주년』, 장준하선생20주기추모사업회, 1995, 212-213쪽.

34 김려실, 앞의 논문, 2015, 183쪽.

생들은『사상계』를 통해 한일회담 반대의 명분을 체계화하는 한편,
『사상계』는 학생들의 반정부 투쟁에 자극받고 있었다.[35] 이러한 관
계 변화는『사상계』지식인들이 학생들을 훈육과 지도의 대상으로
바라보았던 기존의 태도를 버리고 그들을 함께 운동을 실천하는 동
지로 바라보게 됨으로써 가능한 것이었다.

사실 이 당시『사상계』와 학생운동 세력은 외부적 압력 때문에라
도 공조하지 않을 수 없는 입장이었다. 박정희 정권은 한일회담 반
대투쟁을 억압할 목적으로 언론윤리위원회법과 학원보호법이라는
두 가지 방안을 내놓았다. 두 법안은 공통적으로 언론과 학원에 대
한 감시와 사찰, 검열을 제도
화·합법화하는 내용으로 이루
어져 있었다. 학생운동의 배후
로 언론을 지목한 정권은 양쪽
모두를 고립시켜 압박하기 위
해 이 같은 법안들을 고안한 것
이었겠지만 역설적으로 이것
은 두 집단 사이의 연대감을 높
이는 결과를 낳았다.[36] 이러한

사진 6.1 ∥ 학생들은 군의 학원분쇄에 대응하기
위해 학생방위군을 결성했다. (「위수
령전후」,『사상계』, 1965년 10월호)

---

35 이상록, 앞의 논문, 108쪽.
36 「학원의 보호냐, 학원의 위기냐?」; 「위기·위기의 연속 : 장차 어쩌자는 건가?」
    (『사상계』, 1964년 10월호)와 「박정희 대통령에게 부치는 공개장」(장이욱, 『사상계』,
    1965년 1월호)은 모두 두 법을 함께 묶어 이야기하며 민주주의 사회의 중대한 위기
    로 판단했다.

상황은 1965년 10월 정치교수 파동 때 다시 한번 반복되었고, 이 일로 편집위원을 해체한『사상계』와 의식 있는 스승을 잃은 학생들은 모두 큰 피해를 입었다.

해를 넘겨 65년 한일협정 비준 반대운동의 단계로 접어든『사상계』의 지면에서는 이전과 비교해 몇 가지 언설의 변화가 눈에 띈다. 우선 4월혁명 이후의 정치적·사회적 상황에 대한 재평가가 이루어졌다. 과거 제2공화국 당시 민주당 정권에 대해서는 주도력 있게 정치를 이끌고 가지 못한다는 비판이 많았고, 그들에게 붙은 '무능함'이라는 딱지는 5·16 세력에게 정변의 정당성이 되기까지 했다. 하지만 돌이켜보았을 때 변혁을 이루기에는 집권 기간이 너무 짧았다는 회오와 함께 과단성 없는 태도는 국민이 스스로 자유에 대해 고민해 볼 수 있도록 기다려준 진정한 민주적 자세로 재평가되었다. 또한, "독재정권에게나 다름없는 매서운 규탄과 고발"을 일삼고, "그나마도 가져보려고 했던 민주적인 정치운용에 대한 한 가닥의 성의에 대해서마저 가차 없는 매질"을 가했다는 반성의 목소리도 나왔다.[37]

4월혁명 직후 학생들이 제안했던 중립화통일론에 대해서도 재평가가 이루어졌다. 실현 가능성에 대해서는 여전히 회의적이었으나 "지식인들의 사회의식에서 갖가지 '타부'가 제거됨으로써 현존하는 권력이나 질서(또는 질서의 결여)를 넘어서 나라와 겨레의 문제를

---

37 길현모, 「사월과 오월과 육월 : 지성이 혼선되어 있는 오늘을 분석한다」,『사상계』, 1965년 6월호, 30-31쪽.

보다 근본적으로 모색해보려는 마음의 표현"[38]이었다며 그 의의 자체는 긍정적으로 평가했다. 또, 7·29 총선에서 혁신계가 전멸한 것을 보면 국민들의 판단이 얼마나 현실적이었는지 알 수 있다며 "주권자의 자각이 그만큼 높다면 한편에 자유를 구가하다가 탈선하는 자가 있어도 반드시 국가의 운명을 위험시까지 할 필요는"[39] 없었다며 당시 통일담론에 대한 과잉 대응을 반성하는 듯한 목소리도 나온다. 4월혁명 직후의 무질서에 대한 불관용과 조급한 판단에서 나온 '4·19 좌절론'이 결과적으로 5·16을 낳았다는 성찰이 이러한 변화를 이끌어낸 것이다.[40]

과거에 대한 재평가와 동시에 현재에 대한 재인식도 이루어졌다. 태생부터 미군정과 가까웠던 『사상계』는 미국에 대한 우호적 태도 속에서 냉전적 자유세계론을 고수해왔다. 그러나 한일회담의 실질적 배후는 일본이 아닌 미국이라는 점, 따라서 한일교섭의 합리적 타결을 위해서는 한미관계가 중요하다는 점, 그러나 미국의 동아시아 정책은 언제나 일본을 중심으로 세워졌다는 점을 자각한 이후 『사상계』는 미국을 비판적으로 바라보기 시작한다. 65년 9월호에 「미국의 대한정책 비판」 특집을 마련한 이유도 여기에 있다. 그리고

---

38 김진만 「해방이십년기념씨리즈 ⑤·지식인의 사회의식 : 금제에서 사회개혁으로 성장하는 지성」, 『사상계』, 1965년 5월호, 81쪽.

39 박운대, 「민주당정권의 공과 : 그 집권 구개월을 어떻게 볼 것인가?」, 『사상계』, 1965년 5월호, 73쪽.

40 60년대 중반 중립화통일론이 다시 논의된 데에는 프랑스 드골 대통령의 중공 승인 및 인도차이나의 중립화 제안도 영향을 미친 것으로 보인다. 권보드래, 앞의 논문, 2012, 289-290쪽 참조.

미국이 한일협정을 서두르는 목적이 한국의 주권과 경제자립을 희생시켜서라도 자유세계의 안정을 꾀하려는 데 있음을 알게 되자 자유세계론 자체에 거리를 두는 한편, 서구 지향의 예속적 근대화로부터 저항적 민족주의를 토대로 한 자주적 근대화로 방향을 바꾸게 된다.

학생들 역시 같은 생각을 가지고 있었다. 65년 5월 19일 방미 중인 박정희와 린든 존슨 미대통령이 2차 회담을 갖고 난 후 미국이 가조인된 한열협정을 환영한다는 요지의 공동성명을 발표하자 곧 학생 시위에 "한미행정협정 체결에 있어서 호혜평등 관철하라", "Yankee keep silent" 등의 구호가 추가되었다.[41] 『사상계』에 실린 워싱턴 데일리지와 타임지에 대한 이화여대생들의 항의문에서도 이러한 태도 변화를 볼 수 있다. 美언론이 한국의 학생 데모가 좌익에 선동된 것이라 주장하자 이에 단식 중에 있던 이화여대생들이 직접 반박했는데, 그 내용 중 특히 눈에 띄는 것은 미국이 이미 가쓰라-태프트 밀약과 포츠머스 조약을 통해 한국을 이용해 이권을 챙긴 일이 있음을 상기시키며 "역사의 오점을 다시는 반복하지 않도록" 하라고 경고하는 부분이다.[42] 일찍이 자주 통일을 목표로 한 통일운동을 전개한 바 있던 대학생들의 미국에 대한 비판적 인식은 한일협정이라는 사안에만 한정되지 않았던 것이다.

60년대 중반 『사상계』와 대학생은 이처럼 연대적 관계를 형성해

41   6·3동지회, 『6·3학생운동사』, 역사비평사, 2001, 136쪽.
42   이화여자대학교 학생일동, 「지식인의 함성 : 종교인·문학인·교수의 비준반대성명」, 『사상계』, 1965년 7월 긴급증간호, 161쪽.

가고 있었고, 이에 따라 『사상계』는 대학생의 모습을 재현·표상하는 데 그치지 않고 「캠퍼스 동정」 같은 코너를 통해 실제 그들의 생활을 들여다보고, 직접 목소리를 듣고자 했다. 『사상계』의 대학생에 대한 그런 관심은 한일협정 비준동의안이 국회를 통과하여 더 이상 운동이 지속될 수 없게 된 순간까지도 이어졌다. 그러나 『사상계』가 조명한 이 시기 학원가의 풍경에는 청춘의 낭만도 열정도 온데간데없고, 대신 학원 밖의 시위가 끝났음에도 학원 당국에 의해 자행되는 학원 내 탄압에 대한 고발이 이어졌다. 이에 한 학생은 "너무도 큰 기대가 무참히 좌절된 후에 오는 자조와 영탄의 회오리가 대학가를 휩쓸고 있다"고 토로했고,[43] 또 다른 학생은 감방에서 돌아온 후 목격한 너무나 변함없는 교정의 모습에 조용한 분노를 터트렸지만 곧이어 체념을 배웠다고 고백했다. 그리고 또 다른 누군가는 "악을 향해 내던지던 돌덩이와 함께 용기까지 던져버린 것만 같다"며 스스로를 '늙은 젊은이'로 지칭했다.[44]

사진 6.2 ‖ 김승옥의 동인문학상 수상이 발표된 지면. 다른 해와 달리 심사평은 실리지 않았다. (『사상계』, 1966년 1월호)

43 송재소 외, 「대학의 캠퍼스는 『유리동물원』인가?」, 『사상계』, 1966년 8월호, 268쪽.
44 고경숙 외, 「학생의 달·대학생수필·지성의 광장에 낙엽지다」, 『사상계』, 1966년

이것은 김승옥이 「서울, 1964년 겨울」에서 그려낸 '안'과 '김'의 고백과 무척 닮아있다. 한 차례의 계엄령이 지나가고 얼어붙은 서울의 거리에서 '꿈틀거림'의 진의에 가닿지 못한 채 무의미한 것들을 나열하며 시간을 보내던 이제 겨우 스물다섯의 젊은이들은 헤어지며 "우리가 너무 늙어버린 것 같지 않습니까?"[45]라고 자문한다. 김승옥은 이 작품으로 사상계사(社) 주관의 동인문학상을 수상한 뒤 "우리 시대에서 가장 필요한 것은 타인의 언어, 어떤 포즈를 그대로 받아들여서 거기에 내가 반응한다는 방정식이라고 생각하고 있읍니다. (…중략…) 타인의 죽음까지도 우리는 하나의 언어라고 생각해 주어야 합니다."[46]라고 수상소감을 밝혔다. 4월혁명 이전 대학생들의 좌절과 방황을 비판했던 『사상계』는 함께 싸우고, 그 패배의 대가까지 함께 짊어지게 된 이들을 더 이상 질책하지 않았다. 대신 그들의 좌절까지도 하나의 언어로 받아들이고자 했다.

11월호, 148쪽.

45 김승옥, 「서울, 1964년 겨울」, 『사상계』, 1966년 1월호, 427쪽.

46 김승옥, 『뜬세상에 살기에』, 지식산업사, 1977, 152쪽.

5. 『사상계』, 그 너머의 미래

4월혁명 10주년 기념호에 실린 신상웅의 「불타는 도시」에서 그리는 대학생들의 모습은 60년대 초반에 나온 작품들의 그것과는 여실히 달라져 있다. 거리를 노도와 같이 휩쓸던 학생들은 사라지고 그들은 쫓기고 몰려 산으로 올라간다. 천에 달하던 일행들은 흩어지고 흩어져 수십에 불과하게 되었고, 추위와 배고픔에 고통받던 그들은 산속에서 발견한 작은 건물에 의탁하여 하루를 지내게 되는데 다음 날 눈을 떠 보니 그곳은 수도경비대의 초소였다. 기성세대를 호령했던 혁명 전사는 사라지고, 그곳에 남은 것은 한 치 앞도 예측하지 못하는 어리고 미숙한 대학생들이었다.

대표적인 4·19 세대의 작가의 냉혹한 자기 인식에 의해 재현된 그날은 사실 10년 전이 아니라 그가 살고 있던 현재로 보인다. 정권의 반민주성에 항의하기 위한 수차례의 저항이 있었지만 그때마다 정권의 탄압은 더 폭압적으로 변해 갔고, 총에 맞서는 학생 전사라는 말은 이제 수사로서도 불가능한 것이 되었다. 그러한 현실은 『사상계』역시 피해갈 수 없는 것이었다. 박정희의 번의를 비판하며 군정종식을 촉구하는 글들을 게재한 63년 4월부터 세무사찰과 반품공작 등 정권의 방해공작으로 고통받던 『사상계』는 66년에 이르러 '빈사상태'에 빠져들었다. 독재정권의 탄압이 전방위적으로 가해졌고, 정치교수 파동 이후 지식인들은 『사상계』에 글쓰기를 주저했다. 66년 정월부터 67년 12월까지 만 2년 동안은 50쪽 안팎으로 줄어든 분량의 잡지를 납본용과 정기구독자에게 보낼 것만 겨우 찍어냈다. 『사상계』의 '사실상의 종말'이 1966년이었다는 진단은 이런 상황으로부터 나온 것이다.[47]

1968년 판권을 넘겨받은 부완혁은 새로운 의지를 다지며 난관을 헤쳐 가고자 했고 잡지도 증면복구되었다. 여전히 4월혁명을 기렸고, 69년 정부여당의 삼선개헌 시도에도 강하게 맞섰다. 학생들과의 연대도 계속되었다. 『사상계』는 기본적으로 의회민주주의로의 복귀를 강력히 희망했고 시위와 데모 같은 비상시적 방법이 상시화되는 것에 대해서는 6·3항쟁 때까지만 해도 저어하는 입장이 없지 않았다. 그러나 삼선개헌 반대투쟁 때는 정권의 반민주성이 극에 달해 학생 시위를 저지할 정당성이 없다고 판단했기 때문인지 학생들의 데모와 시위를 더욱 적극적으로 지지했다.[48] 그리하여 다른 매체들이 학생운동 관련 기사를 은폐했던 반면, 사상계는 적극적인 지지를 표하며 그들의 목소리를 전달하는 데 앞장섰다.[49] 그러나 더욱 강력해진 경찰의 무기, 그리고 정권의 언론 탄압 속에서 맺어진 『사상

---

47 김건우, 앞의 책, 89-90쪽.
48 모든 『사상계』 지식인들이 학생 시위에 동의했던 것은 아니다. 함석헌의 경우 6·3 항쟁이 전국민적 운동이 되지 못하고 실패한 이유로 학생 시위가 평화적·비폭력적이지 못했음을 지적했다. 김려실, 앞의 논문, 2015, 19쪽 참조.
49 『사상계』는 모든 신문에서 외면했던 삼선개헌 반대 각 대학 선언문을 자료로 모아 게재하기도 했다. 「각대학 학생 선언문」, 『사상계』, 사상계사, 1969년 8월호, 139-158쪽 참조.

계』와 대학생의 연대는 고독한 것일 수밖에 없었다.

그런데 『사상계』와 대학생이 긴밀한 관계에 있었던 것은 맞지만, 『사상계』를 통해서만 당시 대학생의 학생운동을 모두 파악하기에는 한계가 있다. 특히 한일회담 반대투쟁을 전개하며 학생운동은 이론적으로도, 방법적으로도 변화·발전을 이루어냈지만 『사상계』에는 그러한 모습이 잘 담기지 않았다. 『사상계』를 통해 재현되는 학생들의 시위·데모 현장은 학교를 뛰쳐나온 학생들이 거리를 점령하여 행진을 하고, 경찰과 대치하는 모습으로 이것은 4월혁명 당시의 이미지를 반복 재현하는 것이었다. 그러나 당시 학생들은 단식을 하거나 장례식·화형식·가장행렬·모의재판과 같은 퍼포먼스를 벌이는 등 운동의 방법을 다양화하고 있었다. 특히나 정치풍자적 연행들은 60년대에 보편화된 대학축제에서 온 것[50]으로 과거 학도호국단 활동이나 관제데모 경험으로부터 운동의 방식을 학습했다는 한계[51]를 극복할 수 있는 그들만의 문화였다.

또 한 가지 『사상계』가 주목하지 않았던 것은 4월혁명 이후 통일운동, 6·3항쟁 등을 거치며 학생운동세력이 종적·횡적으로 분화하고 있었다는 점이다. 여러 사건을 거치며 학생들은 각각의 이론적 토대에 따라 다른 주장을 가지기 시작했고, 나아가 4월혁명과 6·3항쟁의 짧은 시차에도 불구하고 새로운 세대의식이 등장하기도 했

---

50 오제연, 「1960년대 한국 대학축제의 정치풍자와 학생운동」, 『사림』 제55집, 수선사학회, 2016, 377-378쪽.
51 김미란, 앞의 논문, 2010, 28-29쪽.

다. 6·3항쟁 당시의 학생들은 4월혁명 정신의 계승을 표방하면서도 자신들을 선배들과 구분했는데,[52] 김국태의 「물 머금은 별」에는 6·3세대인 아우가 4·19세대인 형에게 "형들이 열정적이었고 어쩌면 이상주의적이었다면 우리는 이지적이고 현실적"[53]이라고 말하는 장면은 두 세대의 차이를 잘 보여준다. 우발적으로 터져 나온 4월혁명만큼이나 그 주도 학생들도 자유민주주의에 대한 갈망 이외에는 구체적인 이념적 지향이 없었던 반면, 6·3혁명의 주도 세력은 60년대 중반에 이르러 성숙기에 접어든 대학의 이념써클들을 통해 이론적·이념적 토대를 단단히 할 수 있었다.[54] 이들이 '6·3세대'로 명명되는 것은 훨씬 이후의 일이었지만, 사상적 토대나 행위 양식에 있어서 이들은 4·19세대와는 또 다른 방식으로 정체성을 구성해가며 1970~80년대로 이어질 저항적 운동 세력의 원형을 이루게 된다.

학생운동은 70년대 이후까지도 이어지며 계속해서 새로운 발전과 변화, 그리고 분화를 이룬다. 그러나 『사상계』는 그렇지 못했다. 정치적·경제적 문제로 힘들어하다 「오적」 필화사건으로 갑작스러운 정간을 맞은 사상계의 마지막은 「불타는 도시」에서의 한 학생의 죽음과 겹쳐진다. 등록금을 내지 못해 2년간 청강을 하며 대학생 행

---

52 오제연, 「6·3항쟁의 전개과정」, 『한국민주주의연구소 연구보고서』, 민주화운동기념사업회, 2007, 386쪽.

53 김국태, 「물 머금은 별」, 『현대문학』, 1970년 7월호, 163쪽.

54 이들은 생활상의 내핍을 강조하는 데 그친 선배들과 달리 세계적 스펙트럼에서 아시아·아프리카의 민족주의를 사유할 수 있는 이론적 근거와 지향을 지닌 존재로 성장하였다. 장세진, 앞의 논문, 60쪽 참조.

세를 해온 그는 택시 기사의 도움으로 도망치다가 군인의 총에 맞아 조수석에 꼬꾸라져 죽은 채로 발견된다. 그의 죽음에서 과거 혁명 전사의 희생 위에 드리워지던 영웅적 휘광은 사라진 지 오래다. 하지만 떠오르는 햇살이 따스하게 그의 얼굴을 어루만지며 허황된 희망 대신 그럼에도 어제가 오늘로, 그리고 내일로 이어질 것임을 약속한다.

　창간에서 정간까지 18년의 세월 동안『사상계』는 다양한 방식의 변화를 모색해왔다. 그것은 담론적 차원에서의 변모이기도 했고, 실천적 투쟁 주체로의 변신이기도 했다. 그리고 그 시간은 대학생이 일방적인 호명의 대상에서 정치적 주체로 성장하는 과정과도 겹쳐진다. 그런 시간이 축적되어 혁명 직후 "학생은 혁명의 주체 세력이 아니다"는 말로 쉽게 배제되었던 이들은 자신의 목소리로 기저집단 세력으로 준비의 시간을 가졌다고 말할 수 있게 되었고,[55] '낮은 목소리'이긴 하나 자신의 경험을 서사화함으로써 새로운 자유주의적 지식인이 등장했음을 알릴 수 있게 되었다.[56]『사상계』가 강박적으로 4월을 소환하고, 대학생과 연대했던 시간들은 이러한 1970년대

55　1960년 4월의 그날을 회상하는 이 글의 필자 이돈녕은 혁명에 주도적으로 참여했던 대학생 중 한 명(당시 서울대 문리대 재학)으로 자신을 소개하고 있다. 이돈녕,「사월혁명 그날을 회고함」,『사상계』, 1970년 4월호, 25쪽 참조.

56　김건우는 김승옥, 이청준, 김현, 김병익과 같이 10대 후반 실존주의의 세례를 받았고, 자유주의를 정치적 저항의 거점으로 여기며 성장한 문학인들을 근대화 인텔리겐차와 구별되는 새로운 자유주의적 지식인으로 평가했다. 김건우,「1964년의 담론 지형 : 반공주의, 민족주의, 민주주의, 자유주의, 성장주의」,『대중서사연구』제 22호, 대중서사학회, 2009, 85쪽 참조.

를 준비하기 위함이었다. 비록 당대에는 실현되지 못했지만 오늘날에도 새로운 혁명은 도래하고 있고, 그것을 추동할 미래 세대 역시 계속해서 등장하고 있기에 『사상계』가 준비했던 미래는 여전히 이어지고 있다.

(이시성)

思想界

Sasangge Monthly

新乙巳條約의 解剖

檀紀 一九三二年 一月五日 第三種郵便物認可

導言 · 우리는 또다시 奴隷일수 없다!
韓国近代化와 日本侵略
韓国은 어디로 가는가?
이제는 더 沈黙할수 없다!
韓日協定文의 分析
鼎談 · 開門納賊의 韓日協定
資料 · 韓日條約協定全文
115人의 発言

1965

緊急增刊號

『사상계』 긴급증간호

제3부

『사상계』의
냉전 근대 표상

제7장

화보로 읽는/보는 『사상계』

"그 전쟁의 쓴 바다가 누구의 짓이 아닌 것 같이 그 생각도 누구의 생각이 아니다. 전쟁도 민중 자체의 몸부림이요, 그 아우성도 민중 자체의 고민이요, 그 얼음보다 더 찬 더 날카로운 냉철한 "생각해보자!" 하는 소리도 민중 자신의 소리다 (…중략…) 민중이 『사상계』를 낳았는지 『사상계』가 민중을 깨웠는지도 알 사람이 없다. 『사상계』를 도둑해 뉘거라 마라!"[1]

---

1   함석헌, 「생각하는 갈대 : 『사상계』 100호에 부쳐서」, 『사상계』, 1961년 11월호, 39쪽.

1. 『사상계』 담론의 비언어적 토대

1950년대 중반에서 1960년대 중반은 잡지의 시대였다. 전쟁과 빈곤으로 억눌려 있던 지적, 문화적 욕구가 분출됨으로써 특정 독자층을 겨냥한 세분화가 일어났고 전문지나 교양지도 대중오락지 못지않은 독자층을 확보했다. 특히 4월혁명을 전후하여 정치 참여와 민주화에 대한 관심이 고조되며 나날의 사건 보도에 치우칠 수밖에 없는 일간지에 비해 국내외 현황을 면밀히 분석한 종합지의 인기가 높았다.

학술과 번역 위주의 교양지로 출발한 『사상계』는 1950년대 중반 자유당 독재를 정면으로 비판하며 정론 종합지로 독자층을 넓혀갔다. 1955년 1월호부터 교수, 학자, 언론인, 문인 등을 영입해 전문 편집인 체제를 구성한 이 잡지는 "대학생과 30대 이하의 젊은 지성인"[2]을 목표 독자층으로 삼았고 같은 해 6월호를 '학생에게 보내는 특집'으로 꾸렸으며 8월호에 「사상계헌장」을 실어 "순정무구한 이 대열의 등불이 되고 지표가 됨을 지상의 과업으로 삼"는다는 방향성을 뚜렷이 했다.[3] 따라서 학생 데모에서 교수단데모로 이어진 4월

---

2 장준하, 「브니엘」, 10주기추모문집간행위원회 편, 『장준하문집 3 : 사상계지 수난사』, 사상, 1985, 118쪽.
3 「사상계헌장」, 『사상계』, 1955년 8월호, 3쪽.

혁명은 '『사상계』 지식인'[4]에게 일본어로 교육받은 기성세대 지식인과 한글세대 학생이 연대하여 한국정치를 바꾼 사건으로 인식되었고 향후 잡지의 노선에 지대한 영향을 미쳤다.

『사상계』는 1960년 5월 20일에 발행된 '민중의 승리 기념호'를 통해 '지식인-언론-학생의 삼위일체가 만들어낸 민중혁명'을 자축했다.[5] 종합지『세계』,『신인간』,『지성』,『새가정』, 부인지『여원』, 전문지『고시계』,『해군』 등이 관련 논고를 싣고 흥사단 기관지『새벽』이 '4·19 민권혁명 특집'을 편성했지만 한 호를 전적으로 4월혁명에 헌정한 잡지는 『사상계』가 유일했다. 발매 일주일 만에 매진된 '민중의 승리 기념호'는 재판 1만 부를 찍었고 최종적으로는 10만 부가 넘게 팔렸다. 이는 그때까지 한국 잡지 사상 최고의 발행 부수였을 뿐만 아니라『동아일보』,『조선일보』 등 주요 일간지의 발행 부수를 크게 상회하는 것이었다.[6]

'민중의 승리 기념호'는 '4월혁명의 성격', '제2공화국의 방향', '제1과 제1장'이라는 특집을 구성해 정치, 경제, 사회, 교육, 사법, 외교, 종교, 노동, 문화 등을 망라해 민중혁명의 기원을 조명하고 혁명 이

---

4   김건우의 선행 연구는 '『사상계』 지식인 집단'을 지연, 인맥, 학맥, 이념으로 강하게 결합된『사상계』 편집위원과 필진으로 한정한다. 김건우,『사상계와 1950년대 문학』, 소명출판, 2003, 11쪽. 그러나 이 논문에서 '『사상계』 지식인'이라는 용어는 발행인 장준하를 위시한『사상계』 편집위원과 필진뿐만 아니라『사상계』의 노선에 지지를 보낸 학생 및 지식인 독자층까지도 포함한다.

5   장준하,「권두언 : 또다시 우리의 방향을 천명하면서」,『사상계』, 1960년 6월호, 36쪽 참조.

6   「편집후기」,『사상계』, 1960년 7월호, 420쪽; 김삼웅,『장준하 평전』, 시대의 창, 2009, 404쪽.

후를 전망했다. 또한 학생좌담회 「노한 사자들의 증언」, 혁명을 예찬한 「4월혁명에 부치는 시집」, 대학생, 강사, 의사 등의 체험을 담은 「4·19의 수기」 등도 편성했다. 그런데 어떤 글보다 독자를 단숨에 사로잡은 것은 권두언보다 앞에 배치된 화보 「피의 화요일 : 자유의 여신은 이렇게 부활하였다」였다. 이 화보는 3·15 마산의거에서부터 4월 28일 경무대를 떠나는 이승만까지, 혁명의 현장을 기록한 16면에 걸친 32컷의 다큐멘터리사진[7]으로 구성되었다. 포토저널리즘이 발달한 외국이라면 모를까, 미술 서적에나 쓰는 고급용지인 아트지를 사용한 화보는 당시 국내에서는 어떤 매체도 시도하지 못한 대담한 기획이었다. 아직 식지 않은 혁명의 열기 속에서 치열했던 그날의 투쟁을 생생하게 상기시킨 화보에 독자들은 열광했다.

한국현대사의 증언호

온통 불바다가 되었던 그날의 민주 행군을 초점하여 준 16면(頁)에 달하는 생생한 화보와 획기적인 제(諸)특집은 최대의 보답이며 기념비적인 업적이라 하겠다.

---

7   다큐멘터리사진(documentary photography)은 현실을 핍진하게 기록한 사진, 역사적 사건의 증거로서의 사진을 의미한다. 그 개념과 쓰임이 보도사진(news photography)과 명확히 구분되지는 않지만, 신문 및 잡지 기사의 보조물로서 뉴스를 알리는 데 중점을 둔 보도사진에 비해 다큐멘터리사진은 이미지가 곧 주제이며 보는 이에게 사진이 포착한 현실에 대한 적극적인 해석과 참여를 요구한다.

「화보 : 피의 화요일」에 갈채를 보낸다

선명한 인쇄로 수 페이지에 걸쳐 실린 화보는 민권투쟁 승리의 생생한 기록이었다. 잡지를 받아보며 기쁘기 한이 없었다. 아마도 앞으로 계속하여 화보가 있을 것으로 믿는다. 특히 이 점은 귀지(貴誌)가 독자삼배가운동 공약에도 명시한 바 있으니 우리의 믿는 바 적지 아니 든든하다.

화보에 기대가 크다

6월호의 권두를 장식한 화보「피의 화요일」은 '민중의 승리 4월혁명의 기념호'로서 마땅히 의의 있는 편집계획이라 할 것이며 타지(他誌)가 추종 못 하는 쾌거라 할 것이다. 아트지 8면, 모조지 8면에 도합 50여 점[8]의 사진편집은 그 묘미 있는 설명문과 아울러 기발한 앵글로서 생동하는 4월혁명 화첩의 실효를 거두었다고 본다. 계속하여 다음 호에 훌륭한 화보편집을 실어주기 바라며 크게 기대하는 바이다.[9]

독자들의 반응에서 확인할 수 있듯「피의 화요일」은『사상계』가 포토저널리즘에 눈을 뜬 계기이자 사진의 언어로 웅변을 시작한 시발점이었다. '기념호'의 논고가 혁명을 독자의 머리에 각인시켰다면

8　「피의 화요일」은 실제로 32컷으로 구성되어 있으나 독자가 50여 컷으로 착각할 만큼 풍성한 느낌을 주도록 편집되어 있다.

9　「편집실 앞」,『사상계』, 1960년 7월호, 25~27쪽.

「피의 화요일」은 그것을 독자의 가슴에 각인시켰다. 독재정권의 지속적인 탄압에도 1968년까지 이어진 『사상계』 화보는 독자의 시선을 경제개발로부터 소외된 농민과 도시 빈민, 국가폭력의 희생자들에게로 향하게 했고 현실의 대응물로서 즉각적인 반응을 끌어냈다.

그동안 『사상계』 연구는 문학과 논설을 중심으로 한 담론 분석에 집중되었다.[10] 지식인 담론과 공론장으로서의 역할에 대해서는 활발한 논의가 이루어졌으나 이 잡지를 매개로 '지식인을 포함한 독자대중'이 공유했던 가치관, 감수성, 태도 등은 미답의 영역으로 남아 있다. 예컨대 미국식 자유민주주의가 4·19의 담론적 토대였다는 점에 대해서는 부인할 수 없으나 4·19의 감정적 토대가 무엇이었는지에 대해서는 연구가 일천하다. 그러다 보니 담론 분석만으로는 『사

---

10 김건우의 연구 이후 『사상계』 문학 연구는 관심 영역과 분석 대상의 차이는 있을지라도 비슷한 시기에 수행되었고 다음과 같이 서로의 내적 연계성도 높다. 고지혜, 「『사상계』 신인문학상과 1960년대 소설의 형성」, 『우리문학연구』 제49집, 2016; 정혜경, 「4·19의 장(場)과 『사상계』 신인작가들의 소설」, 『현대소설연구』 제62호, 2016; 최애순, 「1950년대 『사상계』와 전후 신세대 오상원의 휴머니즘」, 『우리문학연구』 제57집, 2018; 김경숙, 「한국연극사에서 〈사상계〉의 위치연구 : 연극전문지 공백기(1950-60년대)의 〈사상계〉 극문학 수록양상 중심으로」, 『한국문학논총』 제79집, 2018. 한편, 이상록의 「『사상계』에 나타난 자유민주주의론 연구」(한양대 사학과 박사논문, 2010) 이래 담론 분석은 자유민주주의에 관한 것이 가장 많았고 경제, 농촌, 대중문화, 동양, 번역, 젠더 등 미세 담론을 읽어내려는 시도가 이어지고 있다. 사상계연구팀, 『냉전과 혁명의 시대 그리고 사상계』, 소명출판, 2012; 임지연, 「1960년대 『사상계』의 "세계" 이해와 세계문학 담론」, 『겨레어문학』 52권, 2014; 윤상현, 「1960년대 사상계의 경제 담론과 주체 형성 기획」, 『동국사학』 57권, 2014; 한영현, 「『사상계』의 시민사회론을 통해 본 젠더인식」, 『한국민족문화』 50, 2014; 박지영, 「냉전(冷戰) 지(知)의 균열과 저항 담론의 재구축 : 1950년대 후반~1960년대 전반 『사상계』 번역 담론을 통해 본 지식 장(場)의 변동」, 『반교어문연구』 41권, 2015; 윤영현, 「1950년대 사상계의 '중국' 표상 및 담론 연구」, 『동방학지』 제182집, 2018 등.

상계』가 4월혁명을 기획했다는 식의 귀납적 오류가 도출되기도 한다.[11] 주지하다시피 4·19의 급속한 확산에는 담론뿐만 아니라 감정이나 표상의 영향도 지대했다. 따라서 담론이 사건의 토대를 구성한 것이 아니라 역으로 대중의 생각과 감정이 담론의 토대가 되었을 가능성 또한 검토되어야 한다. 가령 4·19 희생자 통계나 국립 4·19 묘지 안장자 명단에 따르면 하층노동자와 무직자의 희생이 가장 컸지만[12] 4·19의 주체는 (대)학생으로 '인지'되었고 '(대)학생-희생양'이라는 집단표상은 그들이 흘린 피에 대한 보답이자 '기성세대-지식인'의 책무로서 이후 민주화 담론의 생성 조건이 되었다. 또한 거의 해마다 거듭된 『사상계』의 4·19 특집은 이 잡지가 학생-희생양 표상을 1960년대 반독재 운동의 원동력으로 삼고 미완의 혁명이 완성될 가능성을 끊임없이 독자대중에게 환기했음을 보여준다.

지식이 개입하기 전에 '이미 거기 있었던' 감정적 토대가 담론을 구성했을 가능성, 혹은 담론의 비언어적 토대를 고찰하기 위해서 아날학파의 방법론을 참조할 수 있다. 지배계급이 생산한 문헌을 중심으로 이루어진 기존의 연대기적 역사서술에 문제를 제기한 프랑스의 아날학파는 인류학의 망탈리테(mentalité) 개념을 수용하여 민중

---

11   예를 들면 시모카와 아야나, 「4·19 해석의 재해석 : 『사상계』 지식인이 만들어낸 4·19 민주혁명」, 서울대학교 정치외교학부 석사논문, 2014.

12   4월혁명 사망자의 직업 분포를 보면 초중학생이 19명, 고교생이 36명, 대학생이 22명, 회사원 및 교원이 10명, 하층노동자가 61명, 무직자가 33명, 미상이 5명이다. 한국역사연구회 현대사연구반, 『한국현대사 2 : 1950년대 한국사회와 4월민주항쟁』, 풀빛, 1991, 213쪽. 국립 4·19 묘지 안장자 358명의 직업과 내력은 〈4·19민주혁명회〉 참조. http://www.419revolution.org/revolution/revolution_04.asp.

과 그들의 삶을 역사의 무대에 올렸다. 이 개념은 한 세기에 걸쳐 다양하게 변주되어 오늘날에는 대체로 역사의 특정한 시기에 지식인을 포함한 대중이 지속적으로 공유했던 집단심성과 집단 표상을 의미하게 되었다. 문화사의 재구축을 통해 기존 역사학의 작업가설에 문제를 제기한 4세대 아날사학자들의 대립가설을 수용한다면[13] 한 사건에 대한 담론과 망탈리테가 고정불변의 것이기보다는 유동적이며 명확히 구분되기보다는 서로를 구성한다고 전제해야 한다. 따라서 이 장에서는 사진언어만이 아니라 1960년대의 집단 표상과 독자의 기대지평을 염두에 두고『사상계』화보를 분석할 것이다.

---

13 1990년대 말에서 2000년대 중반에 걸쳐 아날사학자들의 주요 저작이 국내에 번역되었으나 데리다, 브루디외, 푸코 등 포스트구조주의적인 역사 인식을 보여주는 저작과 비슷한 시기에 번역됨으로써 아날학파 고유의 문제의식이 상대적으로 회석되었던 것 같다. 이 글은 방법론상 주로 페로와 샤르티에의 대안적인 역사 인식에 기대고 있다.『역사와 영화』에서 페로는 그동안 문헌이 아니라는 이유로 '방치되어 왔던 사료'인 영화를 통해 문헌 부재로 인해 '기술되지 못한-말하지 못한' 자들의 역사를 기술하고자 했다. 샤르티에는『프랑스혁명의 문화적 기원』에서 지식인이 대중의 생각을 변형시킴으로써 프랑스혁명이 일어났다는 지성사의 작업가설을 부정하고 지식으로 얻을 수 없는 감정과 사상이 혁명을 배양했을 가능성을 검증했다. 또한『읽는다는 것의 역사』에서는 텍스트가 독립적으로 존재하는 것이 아니라 텍스트의 의미는 독자에 의해 구성된다는 포스트구조주의의 가설을 수용하여 고대에서 현재까지의 독서관행과 독서실행의 다양한 양태를 기술했다. 마르크 페로, 주경철 옮김,『역사와 영화』, 까치글방, 1999; 로제 샤르티에, 백인호 옮김,『프랑스혁명의 문화적 기원』, 일월서각, 1998; 로제 샤르티에 · 굴리엘모 카발로 편, 이종삼 옮김,『읽는다는 것의 역사』, 한국출판마케팅연구소, 2006.

2. 『사상계』에 화보가 편성된 배경

『사상계』의 화보 편성 추이

『사상계』는 1952년 9월에 창간된 『사상』에서 출발하여 1970년 5월호를 끝으로 휴간될 때까지 19년간 발행되었다. 선행 연구는 대상 시기를 10년 단위로 끊어서 1950년대와 1960년대로 나누기도 하고 편집진 구성과 지향점 변화에 따라 좀 더 세분화하기도 했다. 그런데 제7장의 〈부록〉(『사상계』 화보 총목록)처럼 화보 편성으로 시기를 구분하면 (1)4월혁명 이전(1952년 9월호~1960년 5월호), (2)4월혁명 이후부터 판권양도까지(1960년 6월호~1967년 12월호), (3)부완혁 체제에서 휴간까지(1968년 1월호~1970년 5월호)로 나눌 수 있다.

(1)의 시기에는 8년간 단 두 번 화보가 편성되었다. 1957년 1월호 화보는 미국 원조나 차관으로 건설된 산업체, 발전소, 교량 등의 사진을 극히 간단한 캡션과 함께 실었다. 1957년 4월호 화보는 시애틀 미술관이 주최하고 미국공보원(USIS Korea)이 주관한 '현대미국미술전람회'로 내한한 미술가들의 작품이 포함된 도판이다. 같은 호에 화보 속 작품을 해설한 존슨(L. E. Johnson)의 「현대미국화단」이 실렸다. 과거 USIS가 『사상계』를 지원했고 발행인 장준하가 미국대사와 친분이 있었던 만큼 이 시기 화보는 미국의 공보선전(public information) 활동의 일환으로 편성된 것 같다.

(2)의 시기에 『사상계』는 사진기자를 채용하고 화보를 고정란으로 편성해 거의 매호 실었다.[14] 표지에 화보 제목을 노출한 경우가 많았고 표지 바로 다음에 배치하여 독자의 시선을 끌도록 했다. 시사성과 사회적 메시지가 강했던 이 시기 화보는 직설적이며 대중적인 함석헌의 논설처럼 생생한 이미지로 독재정권의 비위를 고발하여 저항의식을 고취했으며, 소외된 지역과 계층에 조점을 맞추었다. 그러나 정권의 탄압으로 인해 사세가 기울자 화보도 위축되었다. 신민당 소속이었던 장준하가 유세 도중 "박정희라는 사람은 우리나라 밀수의 왕초이다."[15]라고 한 발언 때문에 1966년 10월 26일에 명예훼손으로 구속되자 460면이 넘었던 『사상계』 지면은 1966년 11월호부터 212면으로 급감했고 화보도 중단되었다. 보석으로 석방된 그는 이듬해 5월 7일 대통령선거법 위반(허위사실 공표)으로 다시 구속되었다. 그사이 집필을 기피하는 필자가 늘어났고 편집부 직원들도 상당수 사직했다. 1967년 2월호부터 지면은 106면으로 감소했을 뿐만 아니라 시판이 중지되고 정기구독자에게만 우송되었다. 편집후기가 암시했듯 그 배후에는 정권의 보복이 있었다.[16] 장준하는 저항의 길이 정치에 있다고 믿었지만 그가 1967년 6월 옥중 당선되

---

14   (2)에서 화보가 편성되지 못한 호는 1962년 8월호, 1963년 8, 9월호, 1965년 3월, 5월호, 1966년 6, 7월호로, 7년간 단 일곱 차례뿐이다.
15   「장준하 피고에 징역 2년 구형」, 『동아일보』, 1967.2.20, 3면.
16   "『사상계』 십오 년에 이처럼 여윈 호를 낸 적도 없다. 오로지 애독자 제위에게 죄송할 따름이다. 그러나 오늘의 우리 처지를 이 한 권 초라한 지량(誌量)이 모든 것을 증언하리라 믿는다." 「편집후기」, 『사상계』, 1967년 2월호, 106쪽.

어 의정활동을 시작하자 『사상계』의 몰락은 가속화되었다. 정기간행물 등록 유지를 위해 납본용으로 구색만 갖춘 8월호부터 지면은 52면으로 줄었고 편집후기도 사라졌다. 화보 역시 장준하가 구속된 1966년 11월호부터 1967년 내내 편성되지 못했다.

(3)은 『사상계』가 부활을 모색한 시기이다. 장준하는 국회의원에서 물러날 때 돌려받는다는 조건으로 『사상계』 편집위원이자 『조선일보』 주필 부완혁에게 판권을 무상 양도했다. 312면의 증면복구호로 출발한 1968년 1월호는 이미지 쇄신을 위해 디자인을 변경했다. 제호와 주요 기사 제목만 노출된 2도 인쇄의 기존 표지는 사진작가 이동모(李垌謨)가 촬영한 전통문양을 그래픽화한 장식적인 표지로 교체되었다. 목차 양 끝에는 변종하(卞鍾夏) 화백이 선정한 동서양 명화를 배치했고 화보도 재개되었다. 그러나 "화보만으로도 충분한 현시대의 반항적인 『사상계』 본연의 임무를 완수했다."[17]는 호평에도 불구하고 그해 12월호를 끝으로 화보는 다시 중단되었다.

이처럼 화보가 편성되느냐, 마느냐는 재정 상태가 절대적 변수였기에 『사상계』 화보 분석도 이 잡지의 전성기였던 1960년대 초중반에 집중될 수밖에 없다. 해방 이후부터 1950년대까지 『국제보도』, 『서울 그래프』 등의 시사 화보지, 『사진문화』 등의 사진전문지가 발행되었으나 용지나 인쇄 문제로 이미지의 전달력이 좋지 못했고 발행도 자주 중단되었다. 사진의 생산 환경 자체가 열악했던 시

---

17 「편집자에게 온 편지」, 『사상계』, 1968년 6월호, 201쪽.

기에 사진전문지가 아닌 종합지가 고화질 화보를 전면에 내세운 것은 『사상계』가 처음이었다. 물론 『사상계』 화보의 강조점은 예술성보다는 시사성에 있었지만 1960년대 후반 『카메라예술』, 『포토그라피』 등 사진전문지가 창간되기까지 사진에 할애된 지면이 절대적으로 부족한 상황에서 사진을 매개하는 미디어로서 나름의 역할을 담당했다는 의의가 있다.

(2)의 시기 『사상계』는 전문편집위원 체계를 갖추어 내실을 다졌고 광고, 전단, 증면, 부록, 전국 순회 문화강연, 정기구독 할인, 경품 등 각종 판촉 활동을 통해 판로를 확장했다. 특히 화보와 관련해서는 일종의 마케팅 커뮤니케이션이었던 '독자삼배가운동'에 주목해야 한다. 1950년대 초반 6, 7천 부였던 발행 부수는 1956년의 제1차 독자삼배가운동을 통해 정기구독 3만 부를 돌파했고 1960년 초 5만 부를 돌파했다. 창간 7주년 기념호(1960년 4월호)에 공지한 제2차 독자삼배가운동의 최종목표는 정기구독 15만 부였다. 이때 『사상계』는 '공약 3장 9항'을 내걸었는데 공약의 1단계는 운동 개시 삼 개월 후 목표의 30퍼센트를 달성할 경우 다음을 실천한다는 것이었다. "①전국 각 지방의 농어촌, 공장, 탄광에 특파기자를 보내어 사회 조사의 실시와 르포르타주 기사를 취재케 하고 모조지 오프세트로 사진보도를 동시에 게재한다, ②아트지 원색 그라비아로 세계 대박물관과 고적 및 해외풍물을 지상(紙上) 순회한다, ③수시로 부록을 발행하여 필요한 제반 자료를 제공한다."[18] '기념호'로 목표를 조기 달

---

18 「편집후기」, 『사상계』, 1960년 4월호, 412쪽 및 「독자삼배가운동 추진 호소문」, 『사

성한『사상계』는 12개 지국을 추가 개설했고 1960년 7월호부터 화보를 고정적으로 편성하고 르포르타주 기사와 연동하여 ①을 실천했다.[19]

『사상계』의 사진작가들

「피의 화요일」에는『한국일보』사진기자 백형인(白炯寅)의 다큐멘터리사진이 포함되어 있다. 4·19 당일 촬영한 30여 컷이 계엄으로 인한 보도관제와 신문사 방침으로 실리지 못하자 그는 미국의 사진잡지 *LIFE*에 필름을 넘겼고 그중 4컷이 5월 2일 자에 게재되었다.[20] 경무대 앞 시위에서 경찰의 총탄에 머리를 다친 강문고 3학년생 이영민과 그를 부축한 동국대 4학년생 현태길의 사진은 *LIFE*를 통해 전 세계에 알려졌는데(사진 7.2) 지금도 4월혁명의 '결정적인 순간'으로 기억되고 있다.[21] 이후 백형인은『사상계』1962년 7월호까지

상계』, 1960년 4월호 광고.

19 ②는 실천되지 못했고 ③은 실천되었다. 제2차 독자삼배가운동의 2단계는 6개월 경과 후 목표의 50퍼센트 달성이었으나 실패했다. 이에『사상계』는 창간 8주년의 1961년 4월호에서 다시금 '독자배가운동'을 선언하고 공약을 재확인했다. 공약 실천을 위해『사상계』는 지방순회강연회를 늘이고(2단계 공약 중 하나), 미국, 영국, 프랑스, 서독, 이탈리아, 스위스, 일본에 특파원을 두는(3단계 공약 중 하나) 등 노력을 기울였지만 실천된 공약은 전체 9항 중 4항이었다. 공약 3장 9항목의 전문과 실천 정도에 대해서는 「제삼차 독지배기운동 추진 호소문」,『사상계』, 1961년 4월호 광고 및 「사고」,『사상계』, 1961년 5월호, 427쪽 참조.

20 백형인, 「4·19 사태『라이프』지 게재 경위」,『한국사진기자단보』, 1970.10.20, 3면.

21 KBS는 1995년 4월 19일 〈사람과 사람들〉에서 4·19로 의형제의 인연을 맺은 백형인의 사진 속 두 청년의 근황을 취재했다. 2010년 4월 19일 SBS 〈8시 뉴스〉도 백형

사진 7.1 ‖ 백형인의 원본(좌)
사진 7.2 ‖ "Korean Rioting"에서(중)
사진 7.3 ‖ 「피의 화요일」에서(우)

기명으로 화보를 실었다. 당시 『사상계』가 *LIFE*의 총판이었고, 백형인이 평북 신의주 출신으로 반공시위였던 신의주학생의거에 연루되어 구속된 경력이 있는 데다 한국전쟁 때 월남했다는 점을 상기하면 그가 『사상계』 지식인 대열에 합류한 것은 자연스러운 일이다.

사진전문지가 없었던 시절 『사상계』는 백형인에게 일간지가 다루지 않는 각종 사회 문제나 이슈를 다룰 장기적인 지면을 제공했다. 혁명 이후 민주선거를 통해 새 정부가 들어섰어도 절대빈민의 비참한 생활에는 어떤 변화도 없음을 적나라하게 보여준 「서울의 빈민지대」(사진 7.4, 『사상계』 1960년 8월호), 이태원에 설립된 유엔군 혼혈아 학교를 취재하여 전쟁이 남긴 또 다른 비극을 조명한 「아버

인의 사진이 *LIFE*에 게재된 경위와 두 청년의 후일담을 다루었다. 두 경우 모두 원본이 아니라 제3의 인물이 트리밍된 〈사진 7.2〉를 모티프로 취재했다.

지는 저어기 : UN 성자학원의 어느
날」(『사상계』 1961년 3월호), 피를 팔아
야만 하루를 연명할 수 있는 남루한
매혈자 군상을 프레이밍한 「고갈된
인정과 혈원」(『사상계』 1962년 4월호)
등, 백형인은 『사상계』를 통해서 비로
소 사진이 할 수 있는 일을 했다.

사진 7.4 ‖ 「서울의 빈민지대」에서

백형인의 뒤를 이어 4·19 당시 서
울대 미대 조각과 학생이었던 임범택
(林範澤)이 졸업 후 『사상계』에 입사해
1963년부터 1966년까지 화보를 담당했다. 임범택의 부친은 *LIFE*
사진기자와 함께 인천상륙작전에 투입된 리얼리즘 사진의 선구자
임응식(林應植)이다. 부친의 영향으로 조각에서 사진으로 전향한 임
범택은 서울대 재학 중 예술사진 작가로서 첫 경력을 시작했다. 그
가 활동했던 시기 『사상계』는 독재정권과의 극한 대립 속에서 대항
언론의 역할을 했다. 특히 한일협정 반대운동 국면에서 『사상계』 지
식인들은 비판여론을 형성하고 범야권 연대투쟁을 조직하는 데 앞
장섰고 임범택도 동참했다. 그는 함석헌, 부완혁 등 『사상계』 주요
필진이 참여한 연대투쟁 조직 '조국수호국민협의회'의 팸플릿 「위
헌·매국의 한일협정 왜 파기되어야 하나」[22]에 사진 17컷을 실었고

22 조국수호국민협의회는 이 팸플릿을 『사상계』 1965년 9월호에 끼워 배부하려 했으
    나 정부는 공보부에 등록되어 있던 이 협의회를 불법단체로 규정하는 불법을 저지

『사상계』 1965년 10월호에는 화보 「위수령 전후」를 실었다.

날치기로 통과된 한일협정 비준동의안에 반대하는 시위가 개학을 맞은 대학가로 확산되자 1965년 8월 25일 방독면을 쓴 무장군인들이 고려대와 서울대에 난입하여 최루탄을 쏘고 학생들을 무차별 난타하여 연행했다. 대학사에서 유례를 볼 수 없고 일제 때도 없던 폭거라는 사회 각계의 비판에도 불구하고 8월 26일 위수령을 발동한 정부는 서울 각 대학에 무장군인들을 진주시켰고 9월 4일 문교부는 연세대와 고려대에 무기휴업령을 내렸다. 「위수령 전후」에 실린 22컷의 사진들은 경찰의 무자비한 폭력진압을 고발한다. 취재하는 도중 임범택도 왼쪽 갈비뼈에 부상을 입었는데[23] 초점이 맞지 않는 몇몇 사진들이 그날의 급박했던 현장 분위기를 증언한다. 〈사진 7.5〉도 그중 하나로 헌병의 지프차에 치여 중태에 빠진 고려대 학생 김득길을 동료 학생들이 병원으로 옮기는 모습을 포착한 것이다.

당시 주요 일간지들도 무장군인들의 학원난입과 무력진압을 연일 사진으로 보도했다. 그런데 임범택은 시위 현장의 핵심적인 순간이나 전형적인 상황만을 다루기보다는 〈사진 7.6〉와 같이 사건과 얽힌 시민들의 표

사진 7.5 ‖ 「위수령 전후」 중에서

르고 '출판사 및 인쇄소의 등록에 관한 법률' 위반 혐의로 전량 압수했다. 「팸플릿 4만2천매 압수」, 『경향신문』, 1965.8.21, 7면.

23　임범택, 「그때 찍었던 사진 속의 사건들」, 장준하선생추모문집간행위원회 편, 『민족혼·민주혼·자유혼 : 장준하의 생애와 사상』, 나남출판, 1995, 222쪽.

정을 포착함으로써 국가폭력의 일상
화를 함축적으로 전달했다. 그의 화
보에는 사건의 현장을 민첩하게 포착
한 보도사진과 인물이나 풍경의 일상
적 세부를 통해 현실 세계의 거시적
문제를 드러내는 피처 사진이 함께
나타난다. 임범택이 예술사진과 다큐
멘터리사진을 겸한 작가였다는 점에
서 그 이유를 찾을 수 있을 것 같다. 미
군 기지촌의 일상을 취재한 「이방지

사진 7.6 ‖ 「위수령 전후」 중에서

대 : 의정부, 파주, 동두천, 부평 기타 점묘」(『사상계』 1965년 9월호),
위수령 해제 이후에도 통행금지가 지속된 서울의 야경을 담은 「잃
어버린 네 시간」(『사상계』 1966년 1월호)에도 이 작가의 특성이 잘 나
타나 있다.

『사상계』는 이슈에 따라 『조선일보』, 『한국일보』나 AP 등으로부
터 사진을 제공받았고 무기명 화보도 있었으나, 이 논문에서는 백형
인과 임범택이라는 대표 작가를 통해 1960년대 『사상계』 화보의 성
격을 조명해보았다. 4월혁명 이후 『사상계』는 정론지적 성격을 강
화해갔는데 이는 『사상계』의 편집 방향인 동시에 독자의 기대지평
에 대한 반영이기도 했다.[24] '민중의 승리 기념호'를 장식하며 출발

24 예를 들어 다음과 같은 독자 투고 참조. "위대한 시민혁명이 성취됨에 있어 귀지(貴
誌)가 담당해온 정신적 역할을 찬양함과 동시에 (…중략…) 다음 몇 가지 사실이 기

한 화보는 철저한 현장주의를 바탕으로『사상계』담론의 시각적 근거가 되었고 때로는 언어의 무기력함을 뛰어넘어 독자의 마음을 뒤흔들고 참여와 연대를 촉구했다.

<hr />

대되는 바입니다. ①집권층의 독재를 위한 반민주 과정의 폭로, ②집권당의 부정으로 인한 국민경제의 파탄과 그 이면 해부, ③어용단체의 해체와 그 구성원의 해부." 「편집실 앞」,『사상계』, 1960년 6월호, 30쪽.

3. 1960년대『사상계』의 포토저널리즘

『사상계』 화보편집의 지향점

크기 조절, 트리밍, 배치, 표제, 캡션 등의 편집은 보는 이에게 이미지를 어떻게 읽을 것이냐는 맥락을 제공하여 사진의 의미를 구성하는 데 기여한다. 예를 들어 *LIFE*의 4·19 보도에서 "한국의 폭동으로부터, 개혁의 희망들"이라는 표제 아래 배치된 16컷의 시퀀스 중 핵심 이미지로 선택된 사진은 머리에 총을 맞은 학생보다는 자식을 잃은 어머니였다. 임시 시체안치소에서 자식의 변고를 듣고 무너진 어머니를 포착한, 이 기사의 마지막 페이지 전면으로 확대된 〈사

사진 7.7 ‖ "Korean Rioting"에서(좌)
사진 7.8 ‖ "Korean Rioting"에서(우)

진 7.8〉은 표제 바로 위에 배치된 가족사진(사진 7.7)과 대조를 이룬다. 〈사진 7.7〉에서 이승만 부처(좌)와 이기붕 부처(우) 사이의 청년은 이기붕의 장남 이강석이다. 이승만은 82세 생일축하연에서 그의 양자 입적을 공포했는데 이 사진은 바로 그 축하연에서 촬영된 것이다. 즉, 두 사진은 병치에 의해 자식을 얻은 독재자와 그 독재자로 인해 자식을 잃은 어머니라는 제3의 의미를 함축하게 되었다.

〈사진 7.2〉로 돌아가 보면 *LIFE*는 〈사진 7.1〉에서 제3의 인물을 삭제했고「피의 화요일」도 그 구도를 따랐다. 사진 편집이 의도의 시각화라 할 때 이와 같은 트리밍은 4·19가 학생 시위라는 점을 강조하려는 의도로 읽힌다. *LIFE*의 캡션은 "대통령 관저 근처에서 총에 맞은 한 학생을 동료가 데려가고 있다."[25]는 사건의 정황만을 설명했으나『사상계』는 "민주주의의 탈환을 위하여 얼마나 많은 젊은 이들이 피를 흘렸는지 모른다. 피로 찾은 우리의 권리를 다시는 빼앗기지 않아야 한다."는 캡션으로 학생의 희생을 기릴 뿐만 아니라 시민의 정치 참여를 촉구하는 것으로 사진의 의미를 확장했다. 단, 〈사진 7.3〉은 같은 화보의 다른 사진들에 비해 크기가 작고 두 페이지로 분할된 배치로 보아 핵심 이미지로 선택되지는 않았다는 것을 알 수 있다.

『사상계』가 선택한 핵심 이미지는 이승만의 하야 선언 직전인 4월 26일 오전, 계엄군의 탱크를 뒤덮은 시민들을 촬영한 〈사진 7.9〉

---

25 "Seoul : The Angry Students and The Clatter of Carbines," *LIFE*, 2 May 1960, p.32.

사진 7.9 ‖「피의 화요일」의 핵심 이미지

였다. 양면 전체로 확대된 이 사진의 블리딩(bleeding) 편집은 지면 밖으로 이미지가 연장되는 감각을 느끼게 하며 사진 하단의 군인들이 끝없는 인파에 압도당한 듯한 인상을 준다. 더불어 아래와 같이 이례적으로 긴 캡션도 이 사진이 '민중의 승리 기념호'라는 제호에 걸맞은 핵심 이미지로 선택되었음을 보여준다. "26일 이른 아침부터 비상계엄령하의 서울 거리는 또다시 인파로 휘덮였다. 서대문에서는 이기붕의 집이 수라장이 되었고 세종로와 태평로에서는 군인들의 탱크에 뛰어오른 학생들을 선두로 데모대는 "대한민국만세"를 부르며 경무대를 향하여 달려갔다. 포문은 한동안 송림에 휩싸인 경무대를 향했던 것이다. 정오에 이르러 신문사의 호외가 돌았다. "나 이승만은 대통령직에서 물러나겠으며…" 독재의 아성이 무너졌다.

속보는 전파를 타고 멀리 해외에까지 즉시 전해졌다."[26]

사진 미디어가 막 대중화되었을 때 이미 "표제(inscription) 없이는 모든 사진적 구성은 어림짐작으로 남을 뿐이다."[27]라고 예견했던 벤야민의 통찰대로 무엇을 어떻게 포착할 것인가는 사진작가의 몫이지만 무엇을 어떻게 전달할 것인가는 표제, 즉 텍스트의 몫이다. 사진의 힘이 이미지만이 아니라 그것의 해석을 좌우하는 문자에 의해서 결정된다고 할 때 〈사진 7.9〉의 캡션은 4·19를 민주혁명으로 자리매김하려는 『사상계』의 의지, "피로 찾은 민권, 눈물로 얻은 자유"[28]를 지키기 위해 민중의 편에 서서 민중과 더불어 싸우겠노라는 다짐의 표명이었다. 즉, 1960년대 『사상계』 화보는 현실의 핍진한 기록인 동시에 독자대중을 향해 잡지 이념을 표명하고 여론을 환기할 강력한 수단이었다.

「피의 화요일」로부터 석 달 뒤, 새 정권의 출범을 조명한 1960년 9월호 화보 「제2공화국의 탄생」은 대통령 윤보선과 국무총리 장면의 초상사진에 뒤에 마지막 컷으로 〈사진 7.3〉을 한 면 가득 확장해서 다시 실었다. 이미지는 전과 같았지만 새로운 캡션으로 그 사진에는 새로운 의미가 부여되었다. "직시하라 국민의 원망을/기억하라 국민의 흘린 피를-민족의 피가 마르지 않는 한 너희들의 행적은

26 『사상계』, 1960년 6월호, 18-19쪽.

27 Michael W. Jennings, Howard Eiland, and Gary Smith eds., Rodney Livingstone and others Trans., *Walter Benjamin, Selected Writings: Vol.2, 1927-1934*, Cambridge : Belknap Press of Harvard University Press, 1999. p.527.

28 장준하, 「권두언 : 또다시 우리의 방향을 천명하면서」, 『사상계』, 1960년 6월호, 37쪽.

감시받으리라."[29] 이 캡션에서 학생층이 4월혁명 이후 빠르게 정치적 주체로 부상했다는 점을 읽어낼 수 있다. 어린 희생자였던 그들은 이제 국민-민족의 이름으로 새 정권의 존립 근거가 되었다. 4·19 부상 학생들이 환자복 차림으로 부정선거 관련자 및 4·19 발포자에 대한 가벼운 처벌에 항의하며 의회를 점거한, 1960년 10월 11일의 '4·19 부상 학생 의사당 난입사건'이 보여주었듯이 학생층은 현실정치에 직접적인 영향력을 행사하기 시작했다.

비단 학생운동뿐만 아니라 4·19 이후 정치투쟁과 노동쟁의도 급증했고 "4월혁명은 지금 바야흐로 데모로 멸망해갈 위기"[30]라고 할 만큼 온갖 집단이 데모를 통해 억눌려왔던 욕구를 관철하려 했다. 독재정권을 무너뜨리고 처음으로 정치적 권능을 맛본 1960년대 대중의 '심성적 우주'[31]를 구성한 것은 혁명이었다. 4·19를 낳은 이 거대한 심적 구조는 사적, 공적 경계를 가로질러 상상적 세계에서도 작동했고, 대중과 지식인뿐만 아니라 군인들조차 혁명을 빙자하여 쿠데타를 하고 관제데모를 꾸며댈 정도로 사회 전반에 퍼져있었다. 그러나 1960년대의 그들은 모두 급진적이었다. 단기간에 근본적인 변화를 요구하는 국민을 수용할 능력이 없던 정부는 변화를 약속한

---

29 「제2공화국의 탄생」,『사상계』, 1960년 9월호, 19쪽.

30 정비석,「혁명정신의 상실」,『경향신문』, 1961.4.18, 1면.

31 아날사학의 창시자 뤼시엥 페브르는 "각각의 시대는 심성적으로(mentalement) 자신의 우주를 만든다."는 말로 인간이 자기 시대 특유의 망탈리테 속에서 사고하고 감각한다는 점을 지적했다. 뤼시엥 페브르, 김웅종 역,『16세기의 무신앙 문제 : 라블레의 종교』, 문학과지성, 1995, 6쪽.

군인들에 의해 쉽게 무너졌고, 구악을 능가한 집권 군인들의 신악은 '혁명-희생'이라는 도덕적 감정을 다시 작동하게 했다. 즉, 4·19를 이뤄낸 국민과 5·16을 묵인한 국민은 같은 사람들이었고 6·3 역시 그들에 의한 봉기였으며, 이 세 국면은 각기 단절된 것이 아니라 연속적인 과정이었다.[32]

　『사상계』 지식인 중 가장 대중적인 필치로 독자의 심정을 대변하며 세 국면 모두에서 미완의 혁명이 나아갈 방향을 제시했던 함석헌을 인용하면 1960년대의 "삶은 폭발하는 것이요, 일어서는 것이요, 대드는 것이요, 삼키는 것"[33]이었다. 삶의 조건에 대한 이 같은 인식은 필연적으로 '집단적 저항'의 주체로서 '민중의 발견'으로 이어졌다. 혁명을 인간의 본성으로 보았던 시대의 민중에게는 그 이전의 민중과 달리 부조리한 현실에 대한 자각과 전체를 위한 희생이 요구되었다. 이제 지식인의 책무는 계몽이 아니라 스스로 과거의 주체에서 새로운 주체로 거듭나는 '인간혁명'이 되었다. "꿈틀거려라, 씨알아! 행동해라 지식인아! 민중 속에 들어가자. 민중과 하나가 되자. 민중을 움직이라."[34] 이와 같은 심성적 토대가 바로 『사상계』 화보가 서민, 농민, 도시빈민, 따라지, 고아, 양공주, 매혈자, 수탈당한 모든 사람들에게서 '민중의 표상'을 찾고자 했던 이유였다.

32　4·19, 5·16, 6·3의 연속성과 각 국면에서 『사상계』의 변화에 주목한 연구로는 장세진, 「"우리는 시민이다", 한일협정 반대운동과 〈〈사상계〉〉의 마니페스토」, 『숨겨진 미래』, 푸른역사, 2018.
33　함석헌, 「싸움은 이제부터다」, 『사상계』, 1965년 10월호, 31쪽.
34　함석헌, 「꿈틀거리는 백성이야 산다」, 『사상계』, 1963년 8월호, 28쪽.

식량난과 '농민-민중'의 집단 표상

농지개혁 시행 10년만인 1960년 벽두, 『사상계』는 1월호 특집 '흙에 사는 사람들'을 편성하여 한국 농촌의 현실을 조명했다. 농촌인구가 압도적 다수였던 1950년대의 인구 구조로는 농촌경제의 몰락은 곧 국가경제의 파탄을 의미했다. 그럼에도 농지개혁 실패와 미국의 잉여농산물 도입으로 인한 저곡가정책으로 농촌 부채는 누적되어 갔고 한국전쟁 이후의 급격한 인구 증가도 농촌문제의 한 부분을 이루고 있었다. "우리의 향리는 진정으로 향토를 사랑하는 젊은 지식인의 손으로 일으킬 수밖에 없다."[35]는 입장에서 감지되듯 『사상계』는 1950년대 내내 계몽과 교육에 의한 농촌문제 해결을 견지했다. 1961년 장면 정부가 장준하, 이만갑, 신응균 등 『사상계』 지식인들을 등용해 국토건설사업을 실시함으로써 그동안 『사상계』가 펼쳐온 이론이 실현될 토대가 마련되었다. 그들이 교육한 '학사 출신'의 국토개발요원들이 농어촌에 파견되어 『사상계』의 농촌 담론을 전파하게 된 것이다.

그런데 혁명 이후 『사상계』의 농촌 담론에서는 1950년대와는 질적으로 다른 변화가 포착된다. 1960년 여름은 30년래 최악의 한발로 경북지역의 경우 추수 없는 가을을 맞이하는 등 미증유의 흉작이 예상되었으나 권력 투쟁에 몰두한 정치권은 거의 대책을 내놓지 못했다. 이 시기 『사상계』가 농촌문제 해결을 위해 가장 먼저 해결해

---

35 장준하, 「권두언 : 향촌의 재건을 위하여」, 『사상계』, 1960년 1월호, 16-17쪽.

야 할 과제로 꼽은 것은 농민 계몽이 아니라 오히려 "농촌 및 농민의 희생을 강요하는 도시 제일주의"[36]였다. 1950년대 내내 『사상계』 경제팀은 공업화가 최우선의 목표이며 따라서 농촌과 도시의 불균형성장은 불가피하다는 입장을 보였다. 그런데 4월혁명 직후 『사상계』는 농촌문제를 농민폭동을 걱정해야 할 정도로 시급한 문제로 진단했다. 그와 같은 변화는 화보에서도 포착되었다. 1960년 10월호에 실린 백형인의 화보 「흙의 사람들 : 경북·충북의 농촌에서」는 한발로 인한 피해 상황과 전근대적인 농법을 벗어날 수 없는 빈농의 현실을 포착하여 혁명이 만든 정부조차 이 문제에 있어서는 무능하고 무위하다는 사실을 담담히 보여주었다.

10월호 화보에 부친다

농촌 실정을 화보로 보았다고 해서 이제 새삼스러워지는 것도 물론 아닐 것이다. 그보다도 여러 가지 농촌풍경을 한 데 묶을 수 있고 이 속에 농민들의 실생활을 실감 있게 조화시켜 소개할 수 있었다는 데서 몇 배 이상의 풍부하고 강력한 효과를 나타낼 수 있는 화보편집이 되었다고 본다.

— 서울시 동대문구 숭인동 79 이도선.

---

36 장준하, 「권두언 : 농촌과 농민을 보라」, 『사상계』, 1960년 10월호, 29쪽.

농민 먼저 살려야지

10월호 귀지(貴誌)의 화보「흙의 사람들」을 보고서 가슴이 뭉클함을 느꼈다. 또한 권두언의 피나는 호소는 눈물 없이는 도저히 볼 수 없는 글이었다. "쌀을 어떤 나무에서 따느냐"고 묻던 서울 사람이 있었다고 한다. 하루도 안 먹어서는 못사는 쌀을 나는 곳조차 모르는 사람이 그래도 농업국이라는 우리나라에 살고 있으니 이 역시 눈물겨운 일이다. 과거 이승만 정권이 그들의 부패상을 캄푸라치하기 위하여 도시 중심의 '사탕발림' 정책만 써왔던 부작용이 아닐까?

— 충북 중원군 엄정면 논강리 612 이준남.

괭이를 메고

경제적 민주주의가 가져다준 선물이 바로 이것인가? 정부는 정쟁의 피비린내 나는 역사를 창조하기 전에 국민의 외침이 무엇이고 국민의 소망이 무엇인가를 알아야 할 것이다. 오늘날 우리 농민에 있어서 정부와 국회의 존재가치가 뭐란 말인가. 농민의 어린 자식들로 하여금 스스로 학원의 문으로부터 외면을 하게 하고 저들의 기갈을 해결하여 주지 못하는 정부를 우리는 진정으로 바랐던가? 자, 흙의 천사여, 굶주린 백성이여, 우리도 이제 더 이상 침묵을 지킬 필요가 없다. 괭이를 메고 의사당 광장으로 모이자.

우리 농민을 위해 목숨을 바치겠노라.

— 중앙대학교 상과 3년 정정호.

농촌의 현실에 새삼 눈뜬 서울 주민, 화보가 조명한 충북 지역의 주민, 그리고 농민봉기를 주장한 서울의 대학생까지 「흙의 사람들」이 일으킨 반향은 컸다. "화학비료를 모를 리 없건만 사자니 힘에 겨운 일이기에 인분이나 퇴비를 아껴 쓰는" 똥지게 맨 농군, "타버린 벼이삭에서건만 씨나락이라도 구해야" 하지만 양수기가 없어 두레박으로 물을 대는 농부들(사진 7.10), "손톱이 갈라지고 뼈마디가 쑤시도록 삼베 가락을 훑어내"는 노파, "헐벗고 가난에 지친 대한의 한 소년이 헐어진 학교 모퉁이에 외롭게 서있"[37]는 모습에서 독자가 발견한 것은 혁명 이후에도 변함없는, 누적된 부패와 가혹한 수탈에 시달리는 민중이었다. 농촌경제의 파탄과 농민 수탈은 일제강점기 혹은 그 이전부터 뿌리 깊은, 새삼스럽지도 않은 일이었지만 혁명은 그것을 더 이상 참을 수 없는 일로 만들었던 것이다. 민중과 농민을 동일시하고 농민의 삶을 우리의 삶으로 여긴 이와 같은 감정적 토대는 1970년대 초 고도 경제성장기에 태동한 민중론을 예비하고 있었다고 보아야 할 것이다.

1년 뒤 1961년 11월호로 통권 100호를 맞이한 『사상계』는 '보다 나은 농가·농촌을 찾아서'라는 르포를 기획하여 농촌문제를 재조

---

37 백형인, 「흙의 사람들 : 경북·충북의 농촌에서」, 『사상계』, 1960년 10월호, 13-22쪽.

사진 7.10 ‖「흙의 사람들」에서(좌)
사진 7.11 ‖「노력하는 마을들」에서(우)

명했다.[38] 세 팀으로 나뉜 사상계 기자들이 경기도, 강원도, 전남, 충북의 모범농가나 지역사회개발사업[39] 시범부락을 취재했다. 협동조합 결성, 농촌문고와 야학 설립, 개간사업 등 농민운동의 성과를 조명한 르포는 "읽다가는 책을 버리고 당장에 농촌으로 달려가고 싶은 충동을 느꼈다."[40]는 서울 주민의 감상처럼 농촌개발에 대한 희망적인 인상을 주었다. 같은 호에 실린 백형인의 화보「노력하는 마을들」도 르포에 등장한 마을들의 정경과 개발 성공담(사진 7.11)을

---

38 이문휘,「빈농의 협동과 무지의 개발」; 안병섭,「계획과 참여 : 지역사회개발시범
    부락 탐방기」,「두 독농가의 경우」,『사상계』, 1961년 11월호.
39 미국의 제3세계 개발원조의 일환으로 한국에서는 1958년부터 미국의 원조기관과
    한국정부의 협조로 추진되었다. 미국정부는 이 사업을 대한(對韓)원조와 농촌개발
    의 성공적인 사례로 선전했다.
40 「편집실 앞」,『사상계』, 1961년 12월호, 31쪽.

조명하여 농촌계몽 의지를 고취했다.

　불과 1년 사이, 〈사진 7.10〉(1960년 10월호)에서 〈사진 7.11〉(1961년 11월호)로의 극적인 변화에는 5·16이라는 사건이 가로놓여 있다. "혁명은 민중의 것이다. 민중만이 혁명을 할 수 있다. 군인은 혁명 못한다."[41]고 했던 함석헌을 예외로 하고 『사상계』 지식인들은 처음에는 대부분 쿠데타를 묵인했다. 장준하조차도 "한국의 군사혁명은 압정과 부패와 빈곤에 시달리는 많은 후진국 국민들의 길잡이요, 모범으로 될 것이"[42]라고 긍정했다. 쿠데타 직후 군인들은 언론을 장악하고 '군사혁명'에 긍정적인 이미지를 배포했는데 6월호 화보 「혁명 새벽에 오다」 역시 당시의 일간지나 〈대한뉴스〉와 대동소이한 이미지로 채워졌다. 이 6월호부터 1963년 1월호까지 『사상계』는 속표지에 군사정권의 「혁명공약」을 게재했다.

　『사상계』 지식인들이 쿠데타를 묵인한 이유는 총칼의 억압 때문이기도 했지만 군인들의 반공 개발주의에 공감했기 때문이기도 했다.[43] 5·16 1주년 즈음 『사상계』가 편성한 '5·16 이후의 한국 농촌' 특집과 「농촌지도원의 리포트」에서도 그 점이 확인된다. 제1차 경제개발5개년계획에서 농촌개발은 후순위였고 그것도 농촌경제의

41　함석헌, 「5·16을 어떻게 볼까?」, 『사상계』, 1961년 7월호, 47쪽.

42　장준하, 「권두언 : 5·16 혁명과 민족의 진로」, 『사상계』, 1961년 6월호, 35쪽.

43　예를 들어 고려대 경제학과 교수이자 『사상계』 편집위원이었던 이창렬, 『사상계』 주요 필진들이었던 한국농업문제연구회 회장 주석균, 서울대 상과 교수 박희범과 박동묘는 쿠데타 직후 군사정권의 경제고문으로 활약했다. 이들은 정부 주도에 따른 경제성장을 지지했고 박정희 정권의 개발 드라이브에 이론적 배경을 제공했다.

안정보다는 증산과 상품화에 초점이 맞춰져 있었다. 그럼에도 이 특집에 기고한 경제학과 교수, 국립도서관장, 농업문제연구소장 등의 전문가들은 단편적이며 근시안적이기는 하나 '혁명정부'의 농업정책이 희망적이라고 보았다. 그들은 "소농경제의 협동화에 의한 자본제적 경영"과 "반(半)봉건적 농촌의 체제 개선"을 정부가 주도해야 한다는 명제에 대체로 동의했다.[44]

같은 호에 실린 지역사회개발 지도원들의 수기 모음 「농촌지도원의 리포트」에도 농민의 '전통적인-비합리적인' 생활방식을 개선해야 비로소 농촌문제 해결이 가능하다는 계몽적 관점이 두드러졌다. 즉, 제2공화국 시기 짧게나마 『사상계』가 추진했던 젊고 열정적인 지도자에 의한 농민 계몽이라는 전략은 촌락공동체에 속해 있던 농민을 국민화하고 정부 주도의 농촌개발을 통해 자본주의적 농민을 양성하고자 했던 군사정권의 농업정책으로 빠르게 흡수되어 갔던 것이다. 우수한 농촌지도자의 헌신과 정부의 강력한 농촌개발을 결합한 이 방식은 장차 새농민운동(1965~1971), 새마을운동(1970~)과 같은 농민의 국민화 및 인적자본화와 불가분의 관계였던 정치적인 농촌진흥운동으로 이어질 터였다.

장면 정권의 핵심 국책사업이었던 국토건설사업도 군사정권에 의해 전유되었다. 1961년 12월 2일 정부는 만28세 이상의 병역미필자와 징집연령의 면제자를 강제적으로 국책사업에 동원하기 위해

---

44   박근창, 「혁명정부 일 년간의 농업정책 : 과감성보다 일관성 있는 시책을」, 『사상계』, 1962년 6월호, 39쪽.

「국토건설단 설치법」(법률 제779호)을 제정했다. 국토건설단은 예비역 장교들의 감독 아래 병영 형태로 운영되었고 건설원은 이등병 신분으로 군사훈련도 병행했고 군형법의 적용을 받았다. 그러나 충분한 장비와 시설을 갖추지 못한 상태에서 시행됨으로써 각종 문제가 발생했고 성과도 부진하여 결국 그 법은 1963년 1월 1일에 폐지되었다. 『사상계』 1962년 7월호 르포 「유곡의 건설군 : 국토건설대를 가 보다」와 화보 「보람찬 건설의 행군 : 산새 우는 심곡에 스며드는 땀방울」은 서울에서 가장 가까운, 춘천댐 및 소양댐 건설에 투입된 국토건설단 제2지단을 조명했다. 르포는 열악한 환경과 의료시설의 부재를 지적하면서도 "국가와 민족 전체의 번영을 위해 거창한 건설은 젊은이들의 땀과 힘으로 착착 진행되고 있다."[45]며 이 사업의 취지를 긍정했다. 그러나 "국민들이 우리를 볼 때 '기피자'라고 하지 않았으면 좋겠어요. 좀 더 국민들이 재생한 우리들을 이해하여 주시기를 부탁합니다.", "완전한 국민이 되어 가족들과 기쁨으로 만날 날을 기다립니다."[46]와 같은 건설원의 발화는 군사정권이 이 사업을 국토개발뿐만 아니라 국민화의 도장(道場)으로 활용했다는 점을 짐작게 한다.

『사상계』가 군사정권의 '경제혁명'[47]을 정면으로 비판하기 시작한

---

45   전영창, 「유곡의 건설군 : 국토건설대를 가 보다」, 『사상계』, 1962년 7월호, 159쪽.
46   위의 글, 163-164쪽.
47   1963년 가을 선거를 앞두고 발간한 책자에서 박정희는 경제혁명을 가장 강조했다. "5·16 혁명의 본령이 민족국가의 중흥 창업에 있는 이상, 여기에는 정치혁명, 사회혁명, 문화혁명 등 각 분야에 대한 개혁이 포함되어 있지 않았던 것은 아니나, 그

것은 민정이양이 위태로워진 1963년 초부터였다. 특히 이 해는 지난 해의 흉작으로 인해 연초부터 쌀값이 가파르게 올랐는데 곡가안정을 위해 방출했던 정부보유미가 바닥나자 군정은 경제개발에 써야 할 미국의 잉여농산물 원조를 쌀 수입에 쓰겠다고 발표해 자가당착과 무능을 노출했다. 『사상계』 경제 분야 편집위원 김영록은 곡가파동이 정책상의 실패였다고 주장하며 "협잡꾼이 아니고서 남에게서 꾼 돈으로 호의호식하면서 가난한 살림을 바로 잡는 가정을 보지 못하는 것 같이 외상으로 들여다가 미식(美食)하면서 영원한 빈곤을 구축하는 한강변의 기적을 보기란 불가능할 것"[48]이라며 박정희가 라인강의 기적에 빗대어 즐겨 비유했던 '한강변의 기적'을 냉소했다.

천재지변과 맞물린 실정은 위기의식을 심화했다. 1963년 6월 하순 곡창지대인 남부지방을 덮친 태풍으로 2천여 명의 수재민이 발생했고 쌀값은 해방 이후 최고치를 경신했다. 1963년 7월호 『사상계』는 '군정의 영원한 종말을 위하여'라는 특집을 편성하여 "우리는 지금 국난에 처하여 있다. 이것은 천재로 인한 당연한 결과 이상으로 현명한 정책하에 국내의 총력을 집결하는 데 실패함으로써 더욱 확대된 것이다."[49]라고 식량문제의 책임을 추궁했다. 물에 잠겨 초가지붕과 나무만 보이는 마을(사진 7.12)을 표제 사진으로 삼은 화보 「수재(水災), 쌀, 민심」은 "하늘은 이다지도 천재(天災)만 주는가. 천

중에서도 본인은 경제혁명에 중점을 두었다." 박정희, 『국가와 혁명과 나』, 향문사, 1963, 259쪽.
48 김영록, 「쌀의 위기냐? 쌀 정책의 위기냐?」, 『사상계』, 1963년 6월호, 70쪽.
49 장준하, 「권두언 : 파탄 직전에 서서」, 『사상계』, 1963년 7월호, 27쪽.

사진 7.12 ‖ 「수재, 쌀, 민심」에서

명을 거역한 것이 무엇이기에. 민심은 천심이다. 흩어진 백성의 마음을 먼저 거두자."[50]며 경제개발보다는 경제안정이 민심임을 역설했다. "나는 여름내 깎지 않고 닳아버리는 손톱과 찢겨지는 발바닥을 학생 땐 미처 몰랐다. 농민 앞에서 계몽하겠다고 입을 나불거리던 학생 때가 얼마나 어리석고 시대착오였던가를 이제 알았다."[51]는 농촌지도원의 고백에 함축되었듯 식량난은 경제혁명에 대한 국민의 기대가 실망으로 변한 결정적인 요인이었다. 통치의 가장 근본적인 요소인 곡물내치[52]의 실패는 곧 군정 통치의 합리성에 대한 부정으로 이어졌다.

금권을 휘두르고 선거법을 개정하여 근소한 표차로 박정희가 대통령에 당선되었지만 "절망과 기아선상에서 허덕이는 민생고"(「혁명공약」 4항)를 해결하지 못한 정권에 대한 불만은 쌓여갔다. 1964년

---

50 사진 조선일보·한국일보 제공, 「수재, 쌀, 민심」, 『사상계』, 1963년 7월호, 19쪽.
51 「편집실 앞」, 『사상계』, 1963년 9월호 423쪽.
52 18세기에 탄생한 새로운 통치성을 설명하기 위해 곡물과 식량난에 대한 문헌을 검토한 푸코는 18세기 초 경제학이 농업 자체를 재도입함으로써 도시의 특권에 고착된 한계가 열리고 농업이 통치성의 근본요소로 새롭게 도입되었음을 밝혀내었다. 미셸 푸코, 오트르망 옮김, 『안전, 영토, 인구 : 콜레주드프랑스 강의 1977-78년』, 난장, 2011, 462-464쪽 참조.

1월 14일 국회 연두교서에서 대통령은 민생문제 해결을 위해 조국 근대화를 위한 전국민적인 '대혁신운동'을 제시했다. 그러나 자가용 대신 택시나 자전거를 타고 걸어 다니라는 계획을 듣고서 야당은 또 다른 내핍구호에 불과하다고 비판했다. 같은 자리에서 제1야당 당수로서 기조연설을 했던 윤보선은 이렇게 물었다. "반공을 위해, 부패일소를 위해, 부정선거 근절을 위해, 민생고 해결을 위해, 박 정권을 타도할 혁명을 정당화할 사태인가? 아닌가?"[53] 바야흐로 민심과 야권은 새로운 혁명을 준비하고 있었다.

---

53 주돈식,『우리도 좋은 대통령을 갖고 싶다 : 8명의 역대 대통령과 외국 대통령의 비교평가』, 사람과책, 2004, 141쪽.

4. 극한상황, 그리고 비폭력혁명의 가능성

1964년 3월 초 박정희 정권이 한일회담을 재개하며 시작된 한일 협정 반대운동에서 『사상계』 지식인들은 저항 담론의 생산과 전파에 주도적인 역할을 했다. 장준하, 함석헌은 3월 9일 결성된 '대일굴욕외교반대범국민투쟁위원회'의 연사로 윤보선, 조재천, 이상철 등 야당 정치인들과 함께 3월 15일부터 22일까지 전국순회강연회를 돌며 반대 여론을 고조시켰다. 수십만의 청중이 보여준 열기는 4월 혁명 이후 최대의 학생 시위였던 3·24로 이어졌다.

4월 1일에 발행된 『사상계』 긴급증간호 '한일회담의 제문제'는 매국외교 규탄에만 그치지 않았고 한일관계의 역사, 정치, 경제적 문제점을 점검함으로써 반대운동의 이론적 근거를 마련하고 향후의 투쟁 방향을 모색했다. 긴급증간호는 3월 20일에 이미 편집이 끝나 있었는데 사측은 3·24를 반영하여 다음과 같이 특기했다. "이 책을 발간하는 데 우리는 여하한 정치적 의도도 전무하다는 것을 밝힌다 (…중략…) 3·24의 함성은 현하의 한일회담에 대한 주권자 국민의 외침이라고 믿으며 우리가 기획한 이 책의 외침도 역시 글로 표현한 주권자의 외침이라고 서슴지 않고 말하리라."[54] 자유당 독재와 싸우

---

54 「편집후기」, 『사상계』, 1964년 4월 긴급증간호, 150쪽.

기 위해 민중을 계몽하고자 했던『사상계』지식인들은 이제 민중의 외침에 자신의 목소리를 겹쳐 놓음으로써 여론의 함성을 확대하고 독재자의 담화에 맞섰다.[55] 3·24를 폭력으로 진압한 뒤에 "오직 국가와 민족을 위해 한일회담에 응할 뿐 추호의 사심도 없"[56]다며 위법 시위에 강경히 대처하겠다고 한 대통령 특별담화에 대해『사상계』화보는 과연 무엇이 위법인지를 물었다.

1964년 5월호 화보「주권의 항의」는 3·24에 대한 경찰의 위법 진압을 포착한 사진들로 구성되었다. 머리를 다친 학생을 무장경찰이 강제 연행하는 표제 사진(사진 7.13)과 경찰봉에 머리를 맞고 쓰러진 학생을 포착한 1965년 8월호 화보「우국과 폭력」의 표제 사진(사진

사진 7.13 ‖「주권의 항의」에서(좌)
사진 7.14 ‖「우국과 폭력」에서(우)

---

55 이와 관련하여『사상계』의 독자란을 검토할 필요가 있다.『사상계』는 1959년 4월 호부터 독자란「편집실 앞」을 편성하여 1966년 8월까지 지속했고 독자의 투고를 통해 잡지에 대한 반응을 확인하고, 여론을 가늠했으며, 다음 호 기획에 반영했다.
56 「한일회담 기정방침대로 강행」,『동아일보』, 1964.3.26, 1면.

7.14)은 다른 이미지이지만 같은 메시지를 전한다. 폭력의 주체는 학생이 아니라 국가라는 것이다. 경찰봉으로 머리나 얼굴을 때리는 것은 금지되어 있었지만 폭동진압 훈련을 받은 경찰들은 시위 학생들의 머리를 노려 가격했다. 시위 현장이나 신문 보도에서 머리를 다친 학생들을 본 시민들은 경찰봉으로 통치하려는 정권에 분노했고 언론은 정치깡패들의 학생 구타가 4·19로 이어졌다는 사실을 상기시켰다.[57]

군사정권은 3·24 시위를 국가전복 기도로 간주하고 주동 학생들을 내란죄로 구속했다. 이에 학생들은 새로운 시위방식을 모색하게

사진 7.15 ‖ 김중배 사건에 항의하며
단식투쟁 중인 학생들.
「민의와 관의」(『사상계』
1965년 6월호)에서

되었는데 그 하나는 퍼포먼스의 현장성과 화제성으로 언론을 이용하는 방식이었다. 5월 20일 서울대 문리대 교정에서 열린 '민족적 민주주의 장례식'을 시작으로 '일장기 화형식', '한일협정 조인서 소각식', '밀수범 및 친일어용 자본가 처형식', '군화·경찰봉·최루탄 화형식' 등 대학가의 퍼포먼스 시위는 해를 넘겨 계속되었다. 또 다른 방식은 기성세대의 양심에 호소하는 단식투쟁이었다.

<hr>

57 「왜 머리를 때리는가?」, 『동아일보』, 1964.3.25, 2면; 「왜 '머리'를 때리는가?」, 『동아일보』, 1964.3.27, 3면; 「데모 왜 때리나」, 『경향신문』, 1964.3.28, 7면.

1964년 5월 30일 서울대 문리대생들이 정부의 학교탄압을 규탄하며 시작한 '자유쟁취단식투쟁'은 서울 시내 28개 대학으로 파급되어 6·3의 기폭제가 되었다. 이어서 1965년 4월 15일 경찰봉에 머리를 구타당해 사망한 동국대생 김중배 사건을 계기로 시작된 단식투쟁(사진 7.15)은 전국의 대학가로 확산되었다. 6월 22일 한일협정이 조인되자 조인 무효를 선언하며 야당 의원들, 교수들, 재야인사들도 학생들의 단식투쟁에 가담했다. 꿈틀거리는 백성이라야 산다고 했던 함석헌은 이제 "죽을 줄 아는 백성이라야 산다."[58]는 말로 스스로를 죽이는 단식만이 피억압자의 유일한 저항 수단으로 남게 된 극한 상황(Grenzsituation)을 표현했다.

『사상계』는 6·3을 계기로 비폭력 저항운동의 역량에 주목했다. 그러나 정국불안의 요인은 언론의 선동이라는 대통령 담화 이후 『사상계』 7월호, 8월호는 군 검열을 거쳐 발행되었으므로 직접적인 언급은 피했다. 다만 네루 서거(1964년 5월 27일) 소식에 맞춰 7월호에 화보 「인도의 교훈」(사진 7.16)을 편성함으로써 간디의 비폭력 저항운동과 단식투쟁, 스와라지 운동을 조명하고 간디의 계승자 네루의 반독재 운동을 소개했다. "스와라지 운

사진 7.16 ‖ 「인도의 교훈」에서

---

[58] 「파국의 돌파구를 찾아 5분간 인터뷰 ④ : 함석헌, 죽을 줄 아는 백성이라야 산다」, 『동아일보』, 1965.8.28, 4면.

동은 최대다수 국민의 신임을 받는 인도의 정부를 수립하자는 것이다. 이 때문에 그는 비폭력 범국민저항운동을 벌여 옥고와 단식의 고통을 거듭하는 속에 인도는 다시 태어난 것이다."[59] 라는 캡션으로 작은 암시를 주었을 뿐이지만 '군검열필'이라고 찍힌 『사상계』를 받아든 애독자들은 그것을 현실에 대한 알레고리로 읽어냈다.

'간디의 유산'이 주는 교훈

비폭력 저항의 방법인 단식으로 인도를 구출한 이 서민적 간디 앞에 또다시 머리를 숙여 경의를 표해야겠다. 우리는 언제부터 누구의 입에서 어떻게 나왔는지 모를 후진국, 약소국이라는 자조 속에서 탈피하려 몸부림치던 끝에 지금은 내핍생활이니 몇 개년 계획이니 하여 입버릇이 되어 오르내린다. (…중략…) 간디옹이 '스와라지' 운동을 호소하며 물레질을 하던 것도 정치적 제스처였을까? 이 한 벌의 수저와 식기와 책 한 권의 유산이 우리나라 위정자들에게 교훈이 될 수 없는지.

반성할 사람은 지도층이다

화보 「인도의 교훈」을 보고 우리의 과거 현재를 반성하고 희망이 있다면 말하자. 내 역시 경제적이란 이유 아래 수입품인 데드론 샤츠를 입고 있어 할 말은 없지만 이것은

---

59 「인도의 교훈 : 간디와 네루는 갔어도…」, 『사상계』, 1964년 7월호, 11쪽.

누구의 정책인가?

화보·인도의 교훈을 보고

「인도의 교훈」이라는 화보를 보고 절실하게 느껴진 것
은 우리나라에도 이런 지도자가 계셨더라면 하고……. 더
욱 놀라운 것은 그의 유산 '청빈의 영원한 기념물'은 가슴
이 뭉클할 정도로 감격스러웠습니다. (…중략…) 귀지의
「인도의 교훈」을 모든 위정자에게 보여주고 싶습니다.[60]

독자의 반응을 확인한 『사상계』는 1964년 10월호에 "화보「인
도의 교훈」에서 뜻한 바를 설명하고 보다 충분한 이해를 돕고자"[61]
인도 네루대학에서 유학하고 동국대 인도철학과 강사로 활동하던
서경수의 글로 간디의 '적극적인' 비폭력운동을 조명했다. 그리고
1965년 1월 신년특대호에 함석헌의 「비폭력혁명」을 실었다. 이 글
에서 민중이 감격하지 않은 '자칭 5·16 혁명'은 실패할 수밖에 없다

---

60 인용 순서대로 「편집실 앞」, 『사상계』, 1964년 8월호, 372쪽, 「편집실 앞」, 『사상
계』, 1964년 9월호, 370쪽 및 372쪽. 「인도의 교훈」이 독자에게 불러일으킨 감정의
여운은 오래갔다. 가령 "아, 이 땅엔 진정한 네루가 없을까," 「편집실 앞」, 『사상계』,
1966년 1월호, 428쪽 참조. 비폭력운동을 조명한 글로는 다음을 참조. 안병욱 역,
「사랑에 의한 혁명 : 낡은 부정의 질서에 도전하는 비폭력의 철학」, 『사상계』, 1965
년 6월호; 최명관, 「마틴 부터 킹의 삶과 죽음의 의미 : 비폭력주의자가 폭력에 넘
어진 희생」, 『사상계』, 1968년 6월호; 안병욱, 「진실과 비폭력의 성웅 : 간디의 탄생
백주년을 기념하는 글」, 『사상계』, 1969년 10월호.
61 서경수, 「아집 없는 비폭력 : '아힝사아'와 '아가페'의 의미」, 『사상계』, 1964년 10
월호, 194쪽.

고 일갈한 함석헌은 근본적으로 나라를 되살리기 위한 오직 한 길은 정신의 혁명, "비폭력혁명의 길"[62]이라고 호소했다. 그리고 그해 6월 22일 조인된 한일협정을 무효화하라며 시작된 학생들의 단식투쟁에 동조하여 7월 1일부터 무기한 단식에 들어갔다. 한일협정 비준안이 국회에서 통과된 8월 14일 단식을 끝낸 함석헌은 이제는 국민이 총궐기할 때라고 선언했다. 다음날 재야세력 총궐기 선언이 있었고 4월혁명 때 교수단데모를 주도했던 정석해 교수단 대표는 총궐기의 방법으로 비폭력 저항을 천명했다. "이 시점에서 투쟁 방법은 혁명과 비폭력 저항운동인데 우리는 후자를 택했다. 이는 지속성이 있고 범국민적으로 영향을 미칠 수 있고 인도의 '간디'의 예에서처럼 마침내는 성공할 것이다."[63]

4월혁명보다 더 큰 규모로, 학생뿐만 아니라 지식인, 야당 정치인, 재야인사, 퇴역장성들까지 연대했던 한일협정 반대운동에서 지식인들은 왜 비폭력 저항을 선택했을까? 군사정권의 폭력이 물리적 폭력을 넘어 구조적, 제도적 폭력으로 확대되었다는 점에서 그 이유를 찾을 수 있을 것이다. 9월 4일 연세대, 고려대 무기휴업령, 9월 6일 문교부의 데모 주동 학생 처벌과 '정치교수' 징계 명단 발표로 지식인들은 자신의 존재를 한계지어야 하는 극한상황에 처했다. 명단에는 정석해 교수만이 아니라 『사상계』 편집위원 양호민, 조지훈을 비롯해 이 잡지의 주요 필자가 다수 포함되었다. 징계는 대학의 자

62　함석헌, 「비폭력혁명」, 『사상계』 1965년 1월호, 41쪽.
63　「재야세력 총궐기 선언」, 『동아일보』, 1965.8.15, 1면.

율이라고 언론에 발표했던 문교부는 이면에서는 각 대학에 속히 징계하라고 집요하게 지시했고 심지어 명단에도 없던 서울대 황산덕, 김기선 교수를 국가공무원법과 교육공무원법을 응용해(!) 파면했다. 『사상계』는 필진 보호를 위해 10월호에 세정을 고려해 대학교수직을 가진 편집위원을 전원 해촉한다는 사고(社告)를 냈다.

6·3에서 대학생과 지식인의 연대가 굴욕외교 반대에서 재벌 규탄, 민생고 즉시 해결, 반미자주, 박정희 하야 구호로 이어졌던 것을 보았던 정부는 몇 차례 고등교육법을 고치고 교육재정을 무기로 대학을 철저히 길들였다. 총장·학장 선출제를 임명제로 바꾸었으며 직급별 정원제로 교수 승진을 제한했고, 학생 처벌이 쉽도록 절차를 간소화하고 틈틈이 대학행정에 간섭했다. 문교부는 대학 휴업령 발동권 및 해제권, 학위등록과 박사학위 승인권, 교수 승진심사권까지 가지게 되었다. 나날이 촘촘해져 가는, 꿈틀거릴수록 조여드는 제도적 폭력의 거미줄에 걸린 지식인들에게 비폭력 저항운동은 현실적 대안이었으며 유일한 대안일 수밖에 없었다. 원리도, 방식도 달라진 폭력으로 인해 싸움도 새로워질 수밖에 없었다. 마침내 완성될 비폭력혁명을 위해 60년대의 그들은 혁명으로 이루어진 심성적 우주의 정언명령, "지배는 한때의 지배뿐이고, 반항은 영원한 반항이다."[64]에 따라 민중 속으로 들어가 민중이 되어 함께 싸워나갔다.

(김려실)

---

64 함석헌, 「싸움은 이제부터」, 『사상계』, 1965년 10월호, 31쪽.

〈부록〉『사상계』 화보 총목록

연월	호	제목 또는 표제	사진 / 글	면	표지*
1957년 1월	42	고지에서(근하신년), 청평수력발전소, 화천수력발전소, 당인리화력발전소, 삼척화력발전소, 마산화력발전소, 대한중공업공사, 제일모직공업공사, 경성방적공장, 문경시멘트공장, 충주비료공장, 재건 중인 서울중앙우체국, 부흥주택, 장생광업소, 인천판초자공장, 도입되는 차량, 준공된 금강교, 대한중석상동광산, 장항제철소, 도입된 산양		15~34	×
4월	45	형극(피터디), 해빈조(캡판), 동지(립튼), 조물주(마아티넬리), 가정용품(쉴러), 해상운(슈래그), 교량(스타인버그), 산맥(캘러핸), 동물(그레이브즈), 남상(그린), 기타 켜는 여자(코오너), 마상의 여인(마아쉬), 푸로미나아드(토베이), 나부(마아티넬리), 2/29/53(스미쓰), 초상(엘버트), 장님 식물학자(좌안), 시인의 머리(바스킨), 걸식하는 여인(불룸)		15~24	○
1960년 6월	83	피의 화요일 : 자유의 여신은 이렇게 부활하였다		13~28	○
7월	84	한국의 10인 : 김팔봉, 백낙준, 서상일, 유진오, 이범석, 장리욱, 장면, 최두선, 함석헌, 허정	백형인 신태국	11~20	○
		웰컴 아이크		78~78 사이 6면	
8월	85	서울의 빈민지대	백형인	19~28	×
		칠월 재판의 법정		236~237 사이 6면	
9월	86	제2공화국의 탄생	백형인	15~20	×
		미국대통령후보지명대회		171~175	
		격동하는 콩고 대지		176~178	
10월	87	흙의 사람들 : 경북 · 충북의 농촌에서	백형인	13~22	×
		미의 제전 : 제17회 국제올림픽경기대회		173~178	
11월	88	제15차UN총회 : 일급거두들의 운집		23~28	×
12월	89	일하는 흑향지대	백형인 안병섭	19~28	×
1961년 1월	90	백령의 휴전선 : 동부전선에서	백형인 김동준	15~22	×
		세계의 요동		173~178	

연월	호	제목 또는 표제	사진 / 글	면	표지*
2월	91	육십년대의 프론티어 : 신인 케네디 등극	Wide World Photo	197~198	×
		일진일퇴하는 라오스 정정(政情) : 제2의 한국전쟁인가?		185~190	
		판정승한 드골 : 알제리아는 프랑스가 아니다		191~192	
3월	92	아버지는 저어기 : UN 성자학원의 어느 날	백형인 한남철	19~29	×
4월	93	제주도의 눈물과 꿈		19~28	×
5월	94	한국의 전위미술 : 제5회현대작가미전 및 60년전에서		19~28	×
6월	95	혁명 새벽에 오다		19~28	×
8월	97	태양이 다시 뜨던 날 : 1945년 8월 15일		9~14	○
9월	98	울릉도의 표정	백형인 안병섭	19~28	○
11월	100	노력하는 마을들	백형인	19~28	○
	101	(특별증간호)사진작가초대작품집		19~28	○
12월	102	빛을 남기고 가다 : 1961년에 사라진 별들		23~28	○
1962년 1월	103	자활하는 소년촌 : 난지도에서	백형인 박동규	19~28	○
2월	104	휴전선 서단 백령도	백형인 안병섭	19~28	○
3월	105	빠리의 점묘	윤응렬	269~278	×
4월	106	고갈된 인정과 혈원	백형인 전영창	17~26	○
5월	107	재출발의 자세 : 우리 예술은 소생할 것인가?	백형인 안병섭	17~26	○
6월	108	은린의 연평바다 : 휴전선해역 130리의 어장	백형인 이문휘	17~26	○
7월	109	보람찬 건설의 행군 : 산새 우는 심곡에 스며드는 땀방울	백형인 전영창	17~26	○
9월	111	오늘의 미술 : 제1회 앵포르멜(비정형)의 전위들		13~16	×
10월	112	오늘의 미술(2) : 서적회화(Caligraphic Painting)	김병기 선(選)	13~16	○

연월	호	제목 또는 표제		사진 / 글	면	표지*
11월	113	국전 선외선 : 내가 좋아하는 작품들		성낙인	13~18	×
		오늘의 미술(3) : 비 구상회화		김병기 선	19~22	
	114	(문예특별증간특대호) 1962년도 해외사진 걸작선		성낙인 선 성낙인	19~28	×
12월	115	오늘의 미술(4) : 구상회화		김병기 선	11~14	×
1963년 1월	116	이민·제일진		임범택 전영창	11~20	○
2월	117	대관령의 겨울		임범택 김동준	11~20	○
3월	118	비경의『다울라기리』를 가다		박철암 박철암	11~20	○
		이십대의 과잉정열 : 한국의 제삼세대는 무엇을 하고 있는가?		임범택 임범택	191~196	×
	119	사진작품으로 본 전후세계		성낙인 선	11~20	
4월	120	창간10주년기념특별증간호	본지를 빛내준 고인들		11~20	○
			번의! 번의! 번의?	한국일보 조선일보	175~180	○
5월	121	동심의 오월 : 헌장은 녹쓸어도		임범택 조광해	11~20	○
6월	122	기적을 잉태한 백운산 : 공동영농과 산지개간		임범택 조광해	11~20	○
7월	123	수재, 쌀, 민심		한국일보 조선일보	11~20	○
10월	126	국민은 속았다! : 식언한 공약 6항 버림받은 여망		조선일보 전영창	15~20	○
11월	127	국전 선외선 1963 : 내가 좋아하는 작품		성낙인 김병기	15~20	○
12월	129	구미에 비친 한국의 첫인상 : 외국인사들이 소개한「은자의 나라」		편집자	11~20	○
1964년 1월	130	『코리아』사진의 영광, 해외로! : 1963년도 국제싸롱입선 및 콘테스트입상작품 중에서		한국사진 가협회	10~19	○
3월	131	1963년에 햇빛을 본 우리 문화재		최순우 선	11~20	○
4월	132	4·19 그 함성 아직 아련한데!			11~20	○

연월	호	제목 또는 표제	사진 / 글	면	표지*
5월	134	주권의 항의 : 3·24데모 이후	한국일보사, A·P	11~20	○
6월	135	6·25동란특집 : 격전과 승리의 기록	육군본부 보도부	13~26	○
7월	136	인도의 교훈 : 깐디와 네루는 갔어도…		11~20	○
8월	137	석굴암·민족예술의 정화 : 복원 중수된 국보 24호	정영호 최순우	11~20	○
9월	138	베일 벗는 달의 신비	A·P 이종수	15~24	○
10월	139	고민하는 월남 : 전진과 후퇴의 기로에서		115~124	○
11월	140	낙동강 천삼백리	김행오	15~24	○
		해설화보·미국의 대통령선거 : 미국의 대통령은 이렇게 선출된다		175~180	×
12월	141	우울한 민정 제1년 : 갑진년 10대뉴스	조선일보	13~24	○
		국전 선외선 1964	성낙인 이경성	225~230	○
1965년 1월	142	기념화보·해방이십년사 : 상처받은 민족의 소망을 되살리기 위하여!		225~234	○
		독립자강의 상징 : 군인정신의 재발견을 위하여	육·해·공군 및 해병대 보도부	13~24	×
2월	143	해설화보·독립문화상		19~24	×
		패배와 빈곤에서 자립과 번영으로 : 오늘의 이스라엘·스칸디나비아·자유중국의 모습		175~184	×
4월	145	남아있는 4·19	본사 취재부	11~16	×
		또 하나의『민족의 과제』	전준	171~174	×
6월	147	민의와 관의	본사 취재부	15~24	×
7월	148	다도해	본사 취재부	13~22	×
8월	150	우국과 폭력	본사 취재부	11~20	×

연월	호	제목 또는 표제	사진 / 글	면	표지*
9월	151	허식 열사 유영		10	×
		비원(悲願)	본사 취재부	11~14	
		이방지대 : 의정부, 파주, 동두천, 부평 등지 점묘	임범택 임범택	19~23	
10월	152	위수령전후	임범택 임범택	11~19	○
11월	153	자유수호의 결의 : 파월 우리 국군의 모습		11~19	×
12월	154	65년에 간 얼굴들		13~22	○
		제14회 국전 선외선 1965	임범택	44~45 사이 6면	
1966년 1월	155	초대작가작품선		13~22	○
		잃어버린 네 시간	임범택	225~229	×
2월	156	65년도 특종 보도 사진선		13~22	×
3월	157	그 함성 메아리도 없는 47년만의 파고다 공원	임범택	15~24	×
4월	158	서울 성북구 수유리 4 · 19 희생용사의 묘지		16	×
5월	159	움직이는 세계(존슨, 윌슨, 소련지도자들 월남)		215~220	×
8월	160	움직이는 세계(수카르노 독재, 사이공, 존슨 고뇌)		163~172	×
9월	161	월남전과 휴머니즘		162~163 사이 10면	×
10월	162	중공「홍위병」의 난동		7~12	○
1968년 1월	177	꿩 대신 닭!, 합의의정서가 남긴 활극, 따뜻한 독립문화상 수상식, 민주주의의 재검, 산업전사의 변모, 돌아가는 삼각지, KS마크의 마력, 무죄언도의 합법단체		5~12	×
2월	178	G. Rouault, 〈여 회계사〉, 〈병사와 여인〉		361~362 사이 2면	×
3월	179	변칙의 통칙화, 한일독립투사 도산선생, 선렬 앞에서 골프를 해야 근대화냐?, 한국인은 '조선인' 칭호를 왜 싫어하여야 하나?, 부시고 또 부셔야 건설인가?, 관광붐과 외자도입붐이 외국인에게 범죄자유를 주었나?, 미군주둔의 부작용, 메사돈과 세대교체한 가짜 항생제		5~12	×

연월	호	제목 또는 표제	사진 / 글	면	표지*
4월	180	망각된 4·19 묘지, 겉치레공사의 비극, 구청장에 쫓기는 사법부의 권위, 가짜 시대에 가짜 졸업장 등장, (무제) 갓 쓰고 자전거 타는 격인 광화문 복원		7~12	×
		남관, 〈Rythme oriental (2)〉, 1965, 설원식 소장		311~312 사이 1면	
5월	181	무제(5.16 비판, 노동쟁의 민생고, 소월 난파 동상)		표지~6 사이 14면	×
6월	182	향토예비군 개정법안통과, 육십년래의 한발, 양성화공약이 빚어낸 철거반대 데모가 유행, 애국 선렬의 동상들, 데모 아닌 꽃놀이 소동, 불교의 근대화냐, 제2의 크리스마스냐?		3~8	×
		국군 이십년의 발자취(광고)	국방부	78~79 사이 20면	
7월	183	국군장비의 현대화, 상탁하부정을 반성하라!, 명분 없는 퇴진의 휘날레!, 요란했던 야당 단일지도체제의 산고, 아호! 지훈은 가다, 주체의식 상실의 산 증거?, 반세기만에 햇빛 본 한일합병조약 관계문서 원본, 정찰 아닌 홍정으로 이루어진 국정감사, 승소한 홍일점 선량에게 선고후락의 마음씨를!		표지~7 사이 9면	×
		충북시멘트공업주식회사 제천공장, 현대건설주식회사 단양공장, 한일세멘트공업주식회사 단양공장, 쌍용양회공업주식회사 단양공장, 대한양회공업주식회사 문경공장, 동양세멘트공업주식회사 삼척공장(광고)		240~241 사이 6면	×
8월	184	비인공업단지(충남), 금강대교(전북), 어승생 땜 공사(제주도), 종합어시장(부산), 제주-부산, 부산-목포간 연락선, 낙동대교(경남), 낙단교와 일선교(경북), 동해북부선(강원도), 주택건설의 공약, 경부고속도로의 고속추진		3~12	×
9월	185	무제(멕시코 올림픽 출전 선수들의 훈련상)		3~12	×
10월	186	근대화의 양면소묘		5~12	×
11월	187	농민생활향상의 기점		3~12	×
12월	189	범람과 부족		3~12	×

*는 표지에 화보 제목 노출 여부

제8장

『사상계』와 냉전기 극예술

"1950년대 중반에 미 국무성 초청으로 처음 구미연극
계 시찰에 나섰던 유치진이 견문한 전환기 세계연극의 현
실은 그에게 경이이자 동시에 새로움에의 피치 못할 유혹
이 되었음이 틀림없다. 그것이 유치진으로 하여금 한국 연
극을 위한 그의 그랜드 디자인을 만드는 원동력이자 시발
점이 되었음은 누구나 잘 아는 사실이다. 미국 대형 문화
재단(록펠러재단)의 수혜자가 되었고 그 때문에 소승적인
한국 연극계 일부의 시샘을 견뎌야 하기도 했다."[1]

---

1   여석기, 『나의 삶, 나의 학문, 나의 연극』, 연극과 인간, 2012, 356쪽.

1. 연극전문지 공백기의 『사상계』

사진 8.1 ‖ 『극예술』 창간호

해방 전만 해도 30여 권의 연극·영화 관련 전문지가 존재했었다. 하지만 전쟁 기간은 감안하더라도 1950년 후반부터 1960년대까지 유독 연극전문지는 찾아보기가 힘들다.

『극예술』(1934)에서 시작한 연극전문지의 맥은 『희곡문학』(1949)이후 1950년대에 와서는 끊어진다. 1960년대도 재정난으로 2회 만에 종간한 『연극』이 있었을 뿐이다. 1950년대에서 1960년대에 이르는 연극전문지 공백기는 자칫 한국 연극계의 침체기[2]로만 규정될 위험성이 다분하다. 그러나

---

2   여석기, 「현대연극」, 『한국현대문화사대계1』, 고대민족문화연구소, 1978, 471-472쪽.
    여석기는 위의 책에서 1950년대 연극의 침체원인을 전란으로 인한 인적자원의 분산과 이탈, 공연장소의 제약, 미국 중심 외화의 성행으로 요약한다. 하지만 이 원인의 발화지점은 미군정 때부터로 보는 것이 바람직하다. 미군정은 '극장 및 흥행 취체령'을 제정하여 영화를 대상으로 한 본격적인 사전 검열제를 실시하는데 이후 연극계까지 확산된 검열로 조선 연극동맹의 '좌익극'은 급격한 쇠퇴의 운명을 맞게 된다. 또 미군정의 '좌익 연극 금지'조치로 주요 연극인들이 대거 월북하였고 설상가상으로 개관하자마자 국립극장의 기능이 마비되는 최악의 사태가 초래된다.

이 시기는 '현대극의 출발기'[3]인 1960년대를 준비했던 때이다. 실제로 1950년대 연극계는 전쟁 후유증을 겪으면서도 120여 편에 달하는 희곡과 공모전을 통한 신진작가의 배출로 기성작가들과의 차별을 꾀하며 꾸준히 발전하는 양상을 보인다.[4]

그렇다면 전후의 불황에도 불구하고 1960년대를 현대연극의 출발기로 꽃피게 한 에너지는 과연 무엇인가? 이 글이 1950~1960년대에 연극전문지의 역할을 대체했던 매체의 탐사를 시작한 이유이다. 이 시기에 연극에 지면을 제공한 매체는 『현대문학』, 『문학예술』, 『자유문학』과 종합지인 『사상계』 그리고 주요 일간지였다. 이 중에서도 특히 『사상계』는 게재한 연극이론의 전문성이 뛰어나고 희곡 텍스트의 양과 수준 또한 순문예지에 뒤지지 않아 그 존재가 상당히 주목할 만하다.

『사상계』에는 간단한 연극 관람 후기 등을 제외한 연극 관련 이론과 논문, 기사, 창작 희곡, 번역 희곡 등의 기본 텍스트가 총 126편이다. 평론과 논문이 대부분이며 이 중 순수 희곡작품은 총 21편이다. 『사상계』는 신인문학상에 희곡부문을 배정했고 한국 현대연극의 첫 시작으로 꼽히는 「원고지」가 발표된 장이었다. 제1세대 연극비평가로 평가받는 오화섭과 여석기, 또 셰익스피어에 정통했던 최재서가 활발히 집필한 장이기도 하다. 현대연극에 끼친 『사상계』의 중요도를 제대로 평가해야 하는 이유가 여기에 있다.

---

3   서연호, 『한국연극사』, 연극과 인간, 2005. 31쪽.
4   오영미, 「1950년대 한국희곡연구」, 경희대학교 박사논문, 1996.

2. 『사상계』의 문학관과 문예 전략

전후 한국 연극계가 불황을 헤쳐 나올 수 있었던 동력 중 하나로 『사상계』의 역할을 입증하려면 『사상계』의 문학관과 문예 전략을 살펴보는 것이 우선일 것이다. 당시는 모든 영역이 불황과 결핍의 빈곤 상태였으므로 문화계 또한 예외일 수 없었다. 따라서 각자의 방법으로 불황을 극복하기 위한 몸부림을 쳤다. 1950년대의 잡지 중 상당수가 문학 중심의 편집전략으로 판매부수 확대를 노렸다. 이 편집전략에 있어서 종합지 『사상계』는 거의 선도적이었다.[5]

또 그 당시의 문학은 지식인들의 지적, 예술적 욕구를 해소해 줄 수 있는 중요한 수단이었다. 따라서 『사상계』가 문학면을 강화한 전략은 대학인구의 팽창과 지식인의 양산이라는 사회적 변화와 맞물려 많은 지식인 독자를 끌어모으는 흡인력으로 작용했다.[6] 『사상계』는 1955년 1월 소설가 김성한 주간을 중심으로 편집위원회가 강화되면서 기존의 철학, 사상 중심에서 문학면을 대폭 보강하는 문예전략을 세운다. 결과적으로 『사상계』 발행 부수의 신장은 이 잡지가

---

5   종합잡지 형식이었던 『학원』의 '학원문학상'과 종합지 『새벽』의 '이상신인상' 또 『사상계』의 '동인문학상'과 '신인문학상'을 통한 우수한 문학작품과 작가들의 대거 배출은 잡지의 세력 확장에 결정적 기여를 한다.
6   최강민, 「『사상계』의 동인문학상과 전후문단재편」, 『한국문학권력의 계보』, 한국출판마케팅연구소, 2004, 222쪽.

지식인 사회에서 가지는 영향력의 증대를 의미했다.[7] 이것은 문학적 영향력에서 동시대 순문예지『현대문학』과 대등하거나 차라리 더 우월했다는 주장이 설득력을 가지는 근거이다.[8]

전후 우리나라 엘리트 문인들의 총 집결지였던『사상계』가 그 당시 일반 문학지 이상의 역할을 했음은『사상계』의 문예 전략 곳곳에서 찾아볼 수 있다. 우선 동인문학상과 신인문학상을 제정하여 문단 내에서의 위치를 공고히 했다. 또 세 번의 문예특별증간호(1961, 62, 63년)를 발간하였으며 문학 특집을 기획하고 좌담회를 개최하여 문학의 현주소를 짚었다. 게다가 발행인 장준하는 권두언을 통해 수시로 문학의 기능에 대해 역설했다.

『사상계』는 새롭게 형성되는 지식인, 학생층과 대중을 계몽함으로써 민족의 근대화를 이끌겠다는 생각이 중심이었다. 다음의 권두언을 통해 대중을 계몽하고 이끌어야 한다는 기본 편집 방향과『사상계』의 문학관이 궤를 같이함을 확인할 수 있다.

> 문학작품에서는 인간감정, 정신, 그리고 그 논리와 기반이 되어있는 〈사상〉이 작가의 참신하고 예리한 추리와 감각으로 분석되고 이해되고 비판되어야 할 것입니다. (…중략…) 그러므로 우리에게 문학이 필요한 것은 우리민족

---

7   김건우,『사상계와 1950년대 문학』, 소명출판, 2003, 47쪽.
8   최강민, 앞의 논문, 223쪽.

이 더욱 발전하고 향상하여 그 아름다운 향기를 만방에 떨치기 위함이라 하겠습니다. (…중략…) 사이비 문학에 사로잡힌 노예 (…중략…) 우리는 이러한 문학에서 해방되어야 하겠습니다. (…중략…) 진실한 작품이 나와야 하겠습니다. 이러한 작품이야말로 민족을 복되게 하고 인류의 문제를 풀어 줄 것입니다.[9]

사진 8.2 ‖ 1959년 동인문학상 시상식 후 좌측부터 장준하(1), 황순원(6), 김동리(7)를 볼 수 있다.

　장준하의 문학관이 최초로 노출된 이 글은 장준하의 문학관을 넘어서 김성한을 위시한 월남 문인들의 한 축이 어떠한 문학관을 가지고 있었는지를 시사한다.[10] 장준하는 1950년대 중반 '실존주의'의 퇴폐적이고 허무적인 문학풍을 비판했고 민족을 복되게 하는 문학을 강조하며 철저히 공리주의에 바탕을 둔 문학관을 전개했다. 그의 문학관은 다음과 같이 권두언을 통해 여러 차례 강조되었다.

9　『사상계』, 1955년 2월호 권두언.
10　김건우, 앞의 책, 98쪽.

문학인은 사회에 미치는 영향력이 크므로 절실한 책임이 따른다.[11]

문학은 진실을 왜곡하거나 통속과 타협을 해서도, 사이비 상아탑에 스스로 유폐되어서도 안 된다.[12]

작품 창조의 기본자세는 현실을 정확히 투시하고 지조를 세우는 것이다.[13]

위대한 문학은 자체의 철학과 모랄이 있어야한다.[14]

작가는 진지성과 야합하지 않는 지조가 있어야한다.[15]

그러나 여기서 『사상계』 편집부장을 지낸 유경환의 회고를 짚고 가야 한다. 『사상계』 권두언은 1950년대 말까지는 장준하가 거의 직접 기명으로 집필하였으나 60년대 들어서는 편집위원 중에 대리 집필하는 경우가 많았고 이때는 무기명으로 했다.[16] 이것은 권두언을 통해 밝힌 『사상계』의 문학관이 장준하를 포함한 『사상계』 전체의 공통된 문학관임을 방증하는 것이다. 또 반복되는 문학인의 자세에 대한 경고는 『사상계』 필진들 스스로가 계몽의 주체임을 자각한 데서 나온 자기다짐의 의미일 것이다.

---

11 『사상계』, 1955년 7월호 권두언/무기명.
12 『사상계』, 1961년 11월 통권 100호 기념 특별증간호 권두언/무기명.
13 『사상계』, 1962년 11월 문예특별증간호 권두언-보다 나은 문학을 위해/무기명.
14 『시상계』, 1963년 11월 문예특별증간호 권두언-현실을 투시하는 내면적 경험의 눈이 아쉽다-다시 문예증간호를 내면서/무기명.
15 위의 글.
16 유경환, 「기둥 잘린 나무」, 『민족혼, 민주혼, 자유혼-장준하의 생애와 사상』, 나남출판, 1995, 268쪽.

3. 서구 연극의 수용

공리주의 문학관과 아카데미즘

『사상계』의 매체적 특성은 명백한 아카데미즘과 저널리즘의 결합형태이다. 이것은 편집 목표(교육과 계몽), 편집진 특성(교수), 주독자층(대학생과 젊은 지식인)에 처음부터 내재해 있었다. 1960년대 이후 현대문학에 아카데미즘이 확고하게 자리 잡도록 『사상계』의 문학관이 영향을 미쳤다는 근거는 이 특성에서 기인한다.[17]

또한 『사상계』 문학 전반에 흐르는 공리주의는 극문학 장르에서 특히 선명하다. 그만큼 극문학의 편집전략은 계몽에 초점이 맞춰져 있다. 이것은 작품의 분석 없이도 수록 경향을 정리한 도표(연극 관련 텍스트 경향)만으로도 확인이 가능할 만큼 노골적이다.

---

17 손세일 외, 「한국문단에 새 바람 일으킨 사상계」, 『민족혼, 민주혼, 자유혼』, 나남출판, 1995, 245쪽.
이 좌담회에 모인 여석기, 서기원, 이청준, 손세일, 박경수는 『사상계』가 우리 문학의 질을 높이는 일종의 아카데미즘을 문학 현실에다 접목시킴으로써 우리나라 문학의 질을 향상시키고 폭을 넓혔다고 입을 모은다.

표 8.1 ‖ 희곡작품 21편, 연극이론 및 논문 등 기타자료 105편

사상계 극문학 관련자료 게재 수

	1953년	1954년	1955년	1956년	1957년	1958년	1959년	1960년	1961년	1962년	1963년	1964년	1965년	1966년	1967년	1968년	1969년	1970년
희곡작품	2	0	0	0	0	3	2	4	3	3	0	0	0	1	0	2	0	1
기타	1	2	1	3	2	5	14	23	10	10	10	6	10	1	0	7	0	0

위의 그림은 『사상계』에 수록된 총 126편의 연극 관련 자료 중 순수 희곡작품을 제외한 논문이나, 기사, 좌담회자료가 105편으로 83.3%임을 말한다. 『사상계』의 편집 방향이 순수 희곡의 창작보다는 연극 관련 정보의 제공에 더 많은 무게를 두고 있다는 뜻이다.

『사상계』는 연극 관람 후기와 같은 간단한 글에서부터 고난도의 연극이론 소개까지 다양한 연극 관련 글들을 수록했다. 이것은 전문가는 물론 대중들의 연극에 대한 지적 호기심을 해소해주려는 편집 의도이다. 『사상계』를 통해 선진 연극이론을 소개한 필진은 1950년대는 오영진, 유치진, 최재서, 김성한, 양기철, 최일수, 김붕구, 오화섭이 있다. 또 1960년대는 강두식, 김정옥, 김진만, 박용구, 곽복록, 이동승, 노희엽, 박승희, 이경식, 이두현, 이철주, 최일수, 여석기, 이근삼을 들 수 있다.

당시의 연극계는 밀려 들어오는 서구 연극(특히 미국)에 대한 정보와 기법의 습득이 절실한 상황이었다. 또 지적 갈증이 심했던 독

자의 요구에 신속한 대처가 필요했다. 이때『사상계』는 그 어떤 매체보다 기민함이 독보적이었다.[18] 『사상계』의 진가는 극문학 편집전략을 통해서 유감없이 발휘된다. 주로 서구 연극이론과 세계 연극계의 소식 제공에 중점을 두었다. 가령 미국 및 유럽 연극의 희곡, 세계 공연 정보, 셰익스피어 특별연재를 주도한 것이다.

한편『사상계』가 희곡보다 연극이론 제공에 더 많은 무게를 두었음은 문학 관련 논문과 비평의 게재 비율을 통해서도 알 수 있다.[19]

표 8.2 ‖『사상계』 수록 문학작품 수

장르	국내작가	작품	외국작가	작품	총인원	총 작품 수
시	241명	832편	19명	19편	260명	851편
소설	115명	432편	68명	83편	183명	515편
희곡	8명	16편	5명	5편	13명	21편

『사상계』의 비평 목록을 참고해보면 문학 관련 좌담을 포함한 비평문 총 게재 수가 688편이다.[20] 이 중에 철학 혹은 문예 전반이 혼효된 성격의 것을 제외하고 장르가 뚜렷한 비평은 101편(시), 136편(소설), 54편(극문학)으로 파악된다. 즉 평론의 비율은 시(34.7) : 소설(46.7) : 희곡(18.6)%이다.[21] 그러나 〈표 8.2〉를 참고하여 대상

---

18   여석기, 「신선감을 주었던『사상계』문단」, 『민족혼, 민주혼, 자유혼』, 나남출판, 1995, 133쪽.
19   객관성을 위해 기준을 달리하여 비교해 보았다.
20   김건우, 앞의 책, 271-298쪽에서『사상계』의 비평 목록을 참조함.
21   평론의 비율 계산은 장르 구분이 애매한 텍스트는 제외하고 시, 소설, 희곡평론만

을 바꾸고(문학작품으로) 또 게재된 지면 수를 고려하지 않고(시는 편수가 많아도 지면 비중이 작음) 계산하면 시(62.0) : 소설(36.4) : 희곡(1.6)%의 비율을 보인다. 여기서 주목할 부분은 희곡은 전체 문학에서의 비중이 1.6%에 그치나 희곡평론의 비율은 18.6%인 점이다. 이것은『사상계』의 희곡평론의 비중이 희곡문학이 차지하는 비중보다 훨씬 높다는 의미이다. 타 장르(시와 소설)는 창작과 비평의 비율에 있어서 별 차이가 없었다. 즉 시는 창작이 좀 더 우세하고 소설은 창작과 비평이 비슷한 수준이다. 반면 1.6%대에 불과했던 희곡문학에 비해 상대적으로 더 많은 18.6%라는 극비평의 수치가 의미하는 바가 있다. 그것은『사상계』극문학의 문예 전략이 창작보다는 (선진)연극의 이론을 제공하여 독자를 계몽하는 것에 더 주안점을 둔 것이다.

이 특성은『사상계』내의 장르 간의 비교보다도 타 매체와의 비교를 통해 볼 때 더욱 선명해지므로 당시 최고 문예지『현대문학』과도 대조하여 보았다.

대상으로 했다.

표 8.3 ‖ 희곡작품 31편, 기타자료(논문보다 거의 대부분 희곡 선후평임) 32편

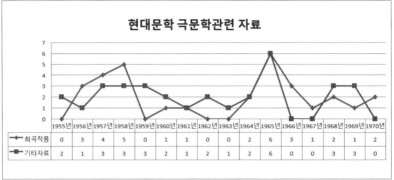

〈표 8.1〉과 〈표 8.3〉을 동시에 확인해보자. 두 그림의 비교 기준은 『사상계』 창간부터 폐간까지로 정했다. 이 기간의 『사상계』와 『현대문학』의 극문학 관련 자료의 수록 경향을 조사한 결과 총 자료 수에서 126 : 63으로 『사상계』가 『현대문학』에 비해 정확히 배가 더 많다.[22] 또 종합지와 순문예지라는 차이에도 불구하고 희곡작품의 게재 수에 있어서도 21 : 31로 『사상계』가 크게 뒤지지 않음을 확인할 수 있다.

이 수치는 극문학에 대한 관심도에 있어서 『사상계』가 문학전문지(『현대문학』)를 능가했음을 말한다. 또한 1960년 판매부수에 있어서 『사상계』는 판매부수와 극문학 관련 글이 확연히 증가한 반면 『현대문학』은 다른 연도에 비하여 오히려 감소 현상을 보인다. 이것

---

22 『현대문학』(1955.1-)은 1955년에 창간된 최장수 문학잡지이므로 『사상계』(1953.4-1970.5)와 『현대문학』(1955.1-)의 자료 비교를 위해서 『사상계』가 존재하던 같은 시기의 『현대문학』 자료만 활용했다.

을 극문학 필진의 신분과 연관 짓지 않을 수 없다. (여석기, 오화섭, 이근삼, 최재서 등 극문학 기고자들 대부분이 교수임) 즉 4월혁명을 앞두고 뜨거운 현장 강의의 열기가 지면으로 옮겨온 것이라 추측한다. 또 희곡 21편 중 절반이 넘는 15편이 58년부터 62년까지 집중적으로 게재되고 연극이론과 비평 역시 이 기간의 게재 편수가 3분의 2를 차지한다. 이것은 문예증간호를 3년 연속 기획하며 공격적인 문학 중점 전략을 펼쳤던 기간이다. 이런 편집전략에『사상계』극문학도 적극 동참했다는 의미이다.

구·미 극문학의 수용 : 여석기, 오화섭, 유치진, 이근삼

미국정부의 대외문화정책 입안자들은 이데올로기의 직접적인 선전보다는 대중문화 확산이 더욱 효과적이라 판단했다. 따라서 미국식 대중문화 전파에 효과적인 예술계와 매체, 출판, 번역에 대한 지원을 아끼지 않았다. 그러나 문화정책에 있어서는 상업영화 유포에 사실상 더욱 중점을 두었기 때문에 연극계는 상대적으로 위축되었다고 볼 수 있다. 이 같은 점을 고려해볼 때 한국 연극사에 있어서『사상계』의 가치는 더욱더 중요하게 평가되어야 한다.『사상계』의 적극적인 극문학 전략(서구연극의 수용)이 당시 침체된 한국 연극을 활성화시킨 중심 에너지였기 때문이다.

한편 타 매체에 비해 편집자의 개입이 절대적인 잡지매체의 특성을 고려할 때『사상계』로 각 분야 연극 관련 필진들을 적극 견인했

사진 8.3 ‖ 여석기

던 여석기의 공을 빠뜨릴 수 없다. 우리는 1970년 『연극평론』[23]을 발간하여 한국 연극비평의 새 지평을 열었던 여석기의 10년 전의 행보가 『사상계』의 편집위원이었다는 사실을 눈여겨볼 필요가 있다.[24] 그는 『사상계』 편집위원으로 활동하던 당시에 드라마센터 개관 공연작 「햄릿」의 번역에 관여한 인연으로 연극계와 빠르게 친분을 맺게 되었고 연극 관련 비평문도 쓰게 되었다.[25] 여석기와 『사상계』 극문학의 상관관계를 짐작해 볼 수 있는 자료로써 다음을 살펴보자.

    1959년께라고 기억한다. 『사상계』 장준하 사장이 나를
    만나자고 했을 때 그분과는 초면이었다. 당시 사옥이 있었

---

23 서연호, 이상우, 『우리 연극 100년』, 현암사, 2000, 299-230쪽.
    여석기가 사재를 털어 1970년 봄부터 10년 동안 발행한 『연극평론』은 연극비평의
    전문화와 연극의 학문적 발전에 크게 기여한 독보적인 연극전문지였다.

24 여석기가 사상계사 편집위원으로 위촉된 것은 59년 3월인데 65년 11월 교수 파동
    으로 사상계사의 편집위원회 전체가 붕괴되던 마지막까지 그의 이름은 『사상계』
    에 편집위원으로 기재된다.

25 이혜경, 「비평의 명제는 진부로부터의 탈피-여석기 교수와의 대화」, 공연과 이론
    2000 봄, 서울 : 공연과 이론을 위한 모임, 2000, 12쪽.
    여석기는 대학에서 드라마를 가르치다가 연극과 관계를 맺게 된 계기를 드라마센
    터 개관(1962.4)과 관련하여 유치진과 인연을 맺은 데서 회고한다. 젊은 피를 수혈
    하고자 했던 유치진이 기존의 연극인이 아닌 이근삼, 김정옥, 여석기 세 사람을 드
    라마센터 개관을 도와달라고 개인적으로 불렀다고 한다.

던 종각 근처의 불고기집에서 점심을 대접받으면서 나는 장 사장이 부탁한 편집위원 일을 맡게 되었다. (…중략…) 당시『사상계』는 우리나라 지성인들에게 절대적인 권위를 누리던 월간지였다. 고려대 학생 총수가 5천명이 되지 못하던 때 조그만 구내서점에서만 5백부를 넘게 판다고 했다. 조금 과장해서 말하자면 당시의『사상계』는 신화적인 존재였던 것이다. 거기다 그때의 편집위원들은 인문·사회·자연과학의 쟁쟁한 교수들이었기 때문에 말석에 끼어든 나로서는 영광이 아닐 수 없었다. (…중략…) 당시 편집위원 가운데 문학예술 분야와 관련된 분이 따로 없었기 때문에 나는 그쪽에 많이 관계하였다. 종합지이기 때문에 문학예술 관련기사 특히 작품 게재 지면은 필연적으로 제한될 수밖에 없었으나 당시는 물론 지금 돌이켜 보아도『사상계』는 채택 또는 위촉의 수준이 높았던 것 같다.[26]

  유치진 선생을 통해 연극에 참여하게 되었고 연극계 사람들을 알게 되는 속도가 굉장히 빠르게 진행되었어요. 그렇게 연극에 관련하게 되면서 비평문이나 리뷰를 쓰게 되었어요. 지금 신문 같은 데서는 외부자의 평을 거의 신지 않는다고 하는데 그 때도 현실적으로 극평을 할 수 있는 지면이 없었어요. 신문 같은 경우 당시는 8면이 나올 때

---

26 여석기,『나의 삶, 나의 학문, 나의 연극』, 153-154쪽.

였는데 문화면이라는 것이 일주일에 딱 한번 나오는데 매
일 바뀐단 말예요. 요즘 신문이 40면, 48면이 되어도 마찬
가지이지만 당시는 지면이 더 귀할 때거든요. 연극평론이
1주일에 한 번 나오면 다행이지. 거기서 극평을 쓴다 합시
다. 200자 원고지로 5매가 최대로 얻을 수 있는 분량이에
요. 물론 좋은 점도 있어요. 간결하게 핵심만 쓰는 연습을
하게 되거든. 그 당시에는 길게 쓸 지면 주는데도 없고 『사
상계』같은 데야 내가 연고가 있으니까 실을 수가 있지만.[27]
(…후략…)

(밑줄 부분은 인용자의 강조)

『사상계』 편집위원으로 위촉되어 장준하를 처음 만났던 상황과
연극계와 인연을 맺게 된 이 회고담을 통해서 문학(극문학 관련 텍
스트)의 게재에 있어 여석기의 입김이 작용했으리라는 짐작이 충
분히 가능하다. 그는 고려대 영문과 교수이자 국립극장 운영위원
(1962.11~1981.4), 한국 셰익스피어협회 상임이사(1963.9~1982.5) 시
절 10년이 넘는 세월 동안 『사상계』 편집위원을 겸임했다.[28] 따라서

---

27 이혜경, 앞의 자료, 13쪽.
28 여석기의 사상계사 편집위원 위촉 시기에 대해서는 선행 연구에서 잘못된 정보가
    제공되고 있었기에 이 논문에서 바로 잡는다. 공식적으로 사상계텍스트 공식 표기
    는 1959년 3월–1965년 10월까지로 되어있다. 65년 11월은 교수 파동에 의해 전체
    편집인의 공식 해촉이 있었기 때문에 그 시기 이후로는 편집위원 표기가 없어졌다.
    또 여석기 자신이 밝히기를 부완혁 취임 이후에도 잠시 머물렀다 하니 여석기가 사
    상계사를 떠난 것은 1968년 11월 이후라 보는 것이 맞다.

셰익스피어 특집이 기획되고 번역 희곡과 브레히트 등의 선진 연극이론이 수시로 게재되었던 『사상계』의 극문학 편집 전략은 여석기의 이력을 통해 상당 부분 설명이 가능하다. 이 같은 연극 정보의 제공은 이 시기의 학생극과 번역극의 활성을 주도했다.

演劇評論

1

創刊号 (1970年 봄)

사진 8.4 ‖ 「연극평론」 창간호

한편 『한국현대희곡선집』에 정전으로 선정된 희곡은 55년부터 60년까지의 기간에는 5편이 선정되었는데 『사상계』 출신 작품이 2편이다.[29] 한 편은 현대연극의 기준이 되는 이근삼의 「원고지」이고 또 한 편은 유치진의 마지막 희곡작품인 「한강은 흐른다」이다. 이근삼은 「원고지」를 『사상계』에 발표하게 된 이유가 당시 사상계지의 문학 담당이 여석기였기 때문이라고 했다.[30] 또 「원고지」 이후 연이어 「동쪽을 갈망하는 족속들」 역시 『사상계』에 실었다고 회고한다. 이근삼이 『사상계』 지면을 각별하게 생각했음이다.

유치진도 미국의 연극계 시찰을 마치고 온 후 첫 야심작(「한강은 흐른다」)의 발표지면으로 『사상계』(1958.9)를 선택했다. 당시 언론은 이 작품에 대해 종전의 고루한 틀을 벗어나 변화된 연극 문법을

---

29 김윤정, 「1950-70년대의 문학전집과 한국 근대 희곡의 정전 형성 과정」, 한국극예술연구 제57집, 2017. 101쪽.

30 서연호, 「극작가 이근삼의 창작활동과 작품세계」, 언론문화연구 11권, 서강대학교 언론문화연구소, 1993년 12월, 69-86쪽.

구사할 수 있게 되었음을 지적하면서 공연의 성과와 유치진의 문단의 위치를 따져 58년을 대표하는 희곡으로 상당히 호평했다.[31]

　연극과 무관했던 여석기(영문학자)가 당대 최고가는 연극인 유치진을 통해 연극계로 인맥을 넓히고 연극비평을 쓰게 된 것이다. 이일은 한국 연극사에서 볼 때 참으로 다행한 일이었다. 간단한 연극평론을 위한 짧은 지면도 겨우 허락되던 시절이었다. 따라서 시대를 대표하는 창작 희곡과 번역 희곡 또 대학 강의 수준의 연극이론 등을 수시로 게재한다는 것은 쉬운 일이 아니었다. 이런 시기에 아낌없이 지면을 제공한 『사상계』였다. 때문에 『사상계』가 당시 연극계에 미친 영향력은 동시대 타 매체와는 비교가 안 될 만큼 컸다 하겠다.

　예를 든 두 작품뿐 아니라 『사상계』에 게재된 희곡은 창작 희곡(시나리오 포함) 16편과[32] 번역 희곡 5편인데 다른 희곡 역시 당대를

31　조연현, 「戊戌年의 문단 총결산」, 《조선일보》, 1958.12.26.
　　유치진의 〈한강은 흐른다〉는 양에 있어서나 공연의 성과에 있어서나 이 작자의 문단적 위치에 있어서나 금년도(1958년)의 대표적인 작품으로 볼 것이었다. 이 작자가 지니고 있는 종전의 고루하게 고정된 생활감정이나 무대적 양식이 현대적 감각과 양식으로 전환되어 있다는 변화의 면모를 보여주었다. 이 작품은 구성의 여러 가지 장점에 비해 주제의 심도가 얕은 것이 하나의 결함이 되긴 했으나 이와 같은 그 변화는 우리의 희곡 문학이 총체적으로 전환되어 가고 있는 사실의 일면을 반영해주는 것으로 볼 수 있는 것이 되었다.
　　「하기 힘들다는 연극 해도 안 봐주는 연극」, 《동아일보》, 1958.10.05.
　　유치진이 오랜만에 희곡을 쓰고 연극무대를 떠나 영화로 진출했던 〈신협〉 멤버 전원이 참가한 작품. 《경향신문》, 1958.09.21.
　　무대를 잃고 영화의 길로 들어섰던 그들이 오랜만에 유씨의 역작을 얻어 보여 줄 이번 무대야말로 꺼져가는 한국극계를 되살리는 힘이 될 것.
32　오영진의 「정직한 사기한」(1953.9), 「종이 울리는 새벽」(1958.12), 「하늘은 나의 지붕」(1959.5-6), 「심청」(1961.12), 「아빠빠를 입었어요」(1970.3), 차범석의 「성난기계」(1959.2), 「분수」(1960.5), 「공중비행」(1962.12), 유치진의 「한강은 흐른다」(1958.9),

대표하는 문제작들로 연구 가치가 높다. 특히 오영진, 유치진, 차범석, 이근삼과 같은 당대 대표 극작가 겸 연출자들의 대표작이 『사상계』 지면을 통해 발표된 것은 1950, 60년대의 현대연극사에서 『사상계』가 차지하는 무게를 다시 가늠하게 한다.

『사상계』에 전문적인 연극이론을 게재한 인물은 오화섭과 여석기이다. 두 사람은 '한국연극평론의 1세대'[33], '해방 1세대 학자'[34]라는 평을 듣는 영미 연극번역가이자 이론가이다. 또 대학극의 활성화를 꾀한 실무가로서 1950년대부터 1960년대에 걸쳐 현대연극비평사에서 양대 산맥을 이루었다. 이들의 비평 활동은 주로 《동아일보》, 《조선일보》 그리고 『사상계』를 통해 이루어졌다. 김옥란은 오화섭과 여석기의 연구에서 1950 · 1960년대 이 두 사람의 비평은 《동아일보》, 《조선일보》를 중심으로 한 거대언론과 밀착된 상태로 이루어졌기 때문에 저널리즘 비평의 속성상 비평의 자발성과 독립성을 유지하기 힘들었고 지배담론의 이데올로기적 측면에서도 자유롭지 않았다[35]고 평가한다. 하지만 《동아일보》와 《조선일보》 중심의 오화섭과 여석기의 비평 활동에만 국한하지 않고 『사상계』에 발

이근삼의 「원고지」(1960.1), 「동쪽을 갈망하는 족속들」(1961.5), 하유상의 「선의의 사람」(1962.12), 이용찬 「표리」(1962.12), 한로단의 「교류」(1966.3-5), 「가족」(1968.6-8), 유순하의 「인간이라면 누구나(제10회 『사상계』 신인문학상 희곡부문 가작 입선작품)」(1968.11)

33 김미혜, 「두디운 인문학직 토양위에 한국연극의 초석 다진 기촌 여석기」, 『문화예술』, 2004, 143-145쪽.

34 유민영, 『한국 인물연극사2』, 태학사, 2006, 746-753쪽.

35 김옥란, 「한국현대연극비평의 기원으로서의 오화섭과 여석기 : 1950, 1960년대 신문비평을 중심으로」, 민족문학사 연구, 2010, 342쪽.

표된 글들을 살펴보았을 때 이 주장은 보완이 필요하다. 즉 일간지에 발표된 글과 다르게 객관적이고 전문성을 갖춘 성향이 두드러지게 나타나기 때문이다.

오화섭은 「연극의 르네상스」를 시작으로 《동아일보》에 공연평을 주로 발표했다.[36] 또 1960년대에 들어 신춘문예 심사소감을 포함한 30여 편의 공연평을 《동아일보》에 발표한다. 하지만 가벼운 연극평과 심사소감에 그칠 수밖에 없는 한계가 있었다. 반면 「연극론 : 원리에 관한 몇 가지 정리」(1957.12), 「독백론 : 방백」(1958.6), 「오페라이야기① : 가극 작곡가와 작품」(1958.8), 「오페라이야기② : 名歌手들의 발자취」(1958.9), 「오페라이야기(完) : 가극과 가극감상」(1959.10)을 『사상계』에 발표한다. 이 글들은 서양 연극이론이 주를 이루는데 그 형식과 내용면에서 소논문에 버금가는 전문성을 갖춘 것이 특성이다.

여석기의 경우도 오화섭과 비슷한 양상을 보이는데 신문지면을 통해서는 간단한 공연평이나 연극대회와 희곡수상작의 심사평을 주로 발표한다. 여석기가 『사상계』를 통해 발표한 논문은 「르네상스가 가까웠다 : 번역문학 붐이 의미하는 것」(1959.9), 「현대연극의 조류①~完 : 리얼리즘의 확립」(1960.9~12), 「문화계 1년의 반성/1961년의 연극 : 아쉬운 전진에의 자세」(1961.12), 「「고독」의 변주곡⟨미⟩/윌리엄즈의 신작극」(1962.4), 「영국극단의 새 물결」

---

36 오화섭, 「연극의 르네상스」, 《동아일보》, 1954.05.09. 이 글에서 연극계의 질식 상태를 타개하는 데 ⟨신협⟩이 솔선수범할 것을 촉구한다.

(1963.2), 「비인간화와 추상에의 모험/현대예술의 경우」(1963.3), 「한국무대예술의 전망」(1963.5월, 「공연예술 : 정책의 빈곤·대중문화의 타락」(1968.5), 「《특집》「5.16」이후의 한국문화‒공연예술·정책의 빈곤·대중문화의 타락」(1968.5) 등이다.

이 중 「현대연극의 조류」는 리얼리즘의 확립, 예술극장운동의 대두, 외면에서 내부로, 다채로운 전개라는 부제를 달고 서구 연극이론과 현대 공연의 흐름에 대한 심층 분석을 4개월에 걸쳐 연재한 것이다. 이러한 논문들은 평범한 대중으로서는 가독성이 떨어질 만큼의 전문성을 갖추고 있다. 이는 『사상계』가 연극 전공자를 비롯한 전문 독자층을 염두에 두고 연극란을 기획했다는 의미이기도 하다.

4. 대학극과 번역극의 선도

오화섭과 여석기의 예를 통해서도『사상계』가 195, 60년대 연극계의 활성화에 미친 영향은 충분히 짐작하고도 남음이 있다. 그런데『사상계』의 아카데미즘이 극문학을 통해 활발하게 전개되었던 이 시기는 한국 연극계 역시 전후 아픔을 딛고 여러 가지 새로운 시도를 거듭하던 때이기도 하다.

1953년에는 연극학회 주최로 전국남녀 중고등학교 연극경연대회를 개최하였고 1954년에는 국방부 주최의 6·25 기념공연과 문교부 주최의 제2회 연극경연대회, 한국 연극학회 주최인 대학극 경연대회를 개최하여 연극계에 활력을 불어넣고자 했다. 또 대학연극 경연대회 출신 신인들로 구성된 [제작극회]는 성명서에 '사실적이건 상징적이건 간에' '현대극 양식'을 표방하며, 차범석 번역, 연출로 1956년 7월 〈사형인〉을 창립공연으로 올린다. 이때 등단한 극작가 차범석과 연극학자 이두현은 곧『사상계』극문학을 이끌어가는 핵심 멤버로 활동하게 된다.

1958년에는 ITI(국제연극협회)의 한국본부가 창립되어 국제적인 연극 교류의 길도 트이게 된다. 또한 이 시기는 ITI의 창립 멤버였던 유치진(위원장), 오영진(부위원장), 오화섭, 이두현, 차범석 (상임위원) 등이『사상계』에 활발히 연극 관련 글들을 발표하던 때와 겹치는 시기이다. 이것은 『사상계』와 연극계와의 영향 관계를 따지는 데 있어 상당한 근거를 제공하는 부분이다.

한편 1950년대 연극계에서 가장 주목할 만한 일은 연극교육기관의 등장이었다. 1953년 10월 최초로 서라벌예술학교가 연극 강의를 시작하였으며, 잇따라 중앙대학교(1959), 동국대학교(1960)에 연극영화과가 생긴다. 이 사실은 연극계에 전문 연극인 양성의 길이 확보되었다는 의미이며 아울러 대학극 활성화의 계기가 마련됐다는 의미이기도 하다. 또 대학 내 연극학과가 개설되면서 대다수가 교수이던 『사상계』의 연극 전공자들은 당시의 연극계에 상당한 영향력을 미치게 되었다. 1960년대 초의 『사상계』는 정기구독자만 1만 6,000명이었다. 게다가 『사상계』와 대학생의 관계는 상당히 밀접했다. 『사상계』를 읽지 않는 대학생은 대학생이 아니라는 말이 생겨났을 정도였다고 한다. 또 참고서 얻기도 어려웠던 시절이라 학생들은 자기가 청강하는 교수들의 논설을 대단히 귀중하게 여겼다. 따라서 『사상계』에 게재된 최재서, 여석기, 오화섭, 이근삼 등의 글이 극문학 전공자에게는 단순한 읽을거리 이상의 정전의 의미였음을 충분히 유추해 볼 수 있다.

또한 『사상계』는 국내의 학술 연구논문 외에도 번역논문과 번역문예물의 현상모집을 하였으며 학술논문 발표와 학문적 논쟁의 장을 수시로 마련했다. 해외 문학 수용과 문학이론 소개 등의 활발한 기획을 통해 지식인 독자들이 문학에 보다 쉽게 접근할 수 있도록 그들을 선도하였던 것이다. 이 잡지는 동시대 타 매체보다 실험 정신이 뛰어났으며 밀려오던 해외 문학의 새로운 조류를 별다른 저항 없이 가장 앞장서서 받아들인 특성이 있다. 예를 들면 솔제니친의 초기작품 〈이반 데니소비치의 하루〉와 같은 작품을 나오자마자 소개할 정도로 해외 문학 수용에 민첩했다.[37]

이렇게 독자들의 지적 갈구에 기민하게 대처하거나 더 나아가 선도할 수 있었던 이유는 말할 것도 없이 『사상계』 편집위원회의 특성에서 찾을 수 있다. 서구 유학을 경험한 편집위원 자체가 서구문화 수용에 있어 가장 선봉에 있었기 때문이다. 미국 국무부는 문화공보 정책의 일환으로 한국 엘리트를 대상으로 교육지원을 했고 한국 연극계를 대표하는 오영진, 유치진, 이해랑 등을 미국에 초빙하거나 미국 희곡들의 한국에서의 공연을 지원했고 한국어 번역 사업을 지원했다. 미국 연극인들과 학자들을 한국에 파견하여 미국 연극의 직접적인 소개 사업도 추진했다. 미국정부가 펼친 여러 가지 연극 정책의 결과 50년대에는 브로드웨이 작가들의 작품들이 국내에 소개되기 시작했는데 유진 오닐, 아서 밀러, 테네시 윌리엄스, 플체데릭 노트 등의 작품이 주로 공연되었다. 이렇게 브로드웨이류의 현대극이 우리 연극계에 본격적으로 등장한 과정은 당시 우리 연극이 미국 연극의 영향 아래 있었음을 의미하는 것이기도 하다.

번역극 공연이 활발해진 50년대에 한국에 도입된 서양 연극들은 한편으로는 한국의 시대상황을 반영하여 사회적, 정치적, 현실을 비

---

37 손세일 외, 앞의 좌담, 237-239쪽.

판할 수 있는 대안으로서의 현실적 요청에 부응한 한편, 한국 근대극의 극작술과 공연술에 직접, 간접으로 혹은 긍정적, 부정적으로 상당한 영향을 끼치게 된다.[38] 이 시기 『사상계』 역시 선진 연극이론과 번역극의 소개에 적극적이었는데 특히 셰익스피어 관련 연극이론의 게재가 두드러진다. 특히 1950년대에는 「햄릿」, 「맥베드」, 「오셀로」, 「줄리어스 시저」 등 셰익스피어 작품의 공연이 왕성했다. 미군정 시기부터 1969년[39]까지 공연된 서양 연극작품은 총 450여 편, 이 중에서 영미 작품이 280여 편으로 전체의 절반 이상을 차지하고 특히 가장 많은 작품이 공연된 작가는 단연 셰익스피어인데 무려 70여 편에 달하는 그의 작품이 이 기간 동안 한국 연극 무대에 올랐다.[40] 또한 1950년대에 들어와 각 대학의 셰익스피어 강의가 보편화되면서 학문적인 연구와 연극공연이 더욱 활발해졌는데 거기에는 연출가 이해랑과 극단 신협(新協)의 활약이 컸다. 그리고 1964년 셰익스피어 탄생 400주년 기념행사를 정점으로 셰익스피어 공연과 연구는 더욱 활발해진다.

　『사상계』 극문학 관련 자료들 중 가장 많은 분량을 차지하는 것은 번역 희곡작품에 관한 자료인데 이 중에서도 셰익스피어 관련 자

38　신현숙, 「우리나라 번역극의 역사 : 서양연극을 중심으로」, 연극의 이론과 비평, 2002, 22쪽.

39　시기를 이렇게 정한 이유는 이 연구의 주목적이 한국 현대연극사에서의 『사상계』 의 의미를 고찰해보는 것이라서 이 부분만 미군정이 시작되어 연극계에 미국의 영향력이 강해지던 시기부터 『사상계』가 폐간되기 직전까지로 정하고 서지사항을 정리했기 때문이다.

40　신정옥 외, 「서양연극 공연 연표」, 『한국에서의 서양연극』, 천화, 1999, 514-543쪽.

료가 역시 가장 많은 비중을 차지한다. 강단에서 셰익스피어의 붐을 일으킨 것은 「셰익스피어 연구」로 우리나라 최초 영문학 박사학위를 받은 최재서의 업적이 크다.[41] 최재서는 강단의 강의를 『사상계』 지면으로 그대로 옮겨왔는데 셰익스피어에 대한 이론을 시리즈로 연재하여 『사상계』 독자들의 지적 갈증을 풀어주는 역할에 탁월했다. 『사상계』에 게재된 첫 연극이론인 최재서의 「지성의 비극」은 이화여대 영문학회 주관 「영문학의 밤」에서 발표한 강의를 수정한 것으로 사상계사에서 강연을 녹음했기 때문에 글로써 남을 수 있었다.[42] 이 자료는 셰익스피어의 대표작 '햄릿'에 대한 현대적 해석을 시도한 강연록으로 연극의 중심인물로서의 햄릿뿐 아니라 지성인으로서의 햄릿의 성격 분석에 관한 내용으로 구성되어 있다. 이렇듯 셰익스피어 연구시리즈를 통해서도 『사상계』 극문학의 아카데미즘적인 특성을 한눈에 확인할 수 있다.[43]

『사상계』에 수록된 대부분의 극문학이론과 논문은 마치 대학 강의를 그대로 옮겨놓은 것처럼 전문성을 갖추고 있는데 이것은 당시

---

41 〈최재서 교수 영문학 박사수여〉, 《동아일보》, 1961.06.19.

42 최재서, 「지성의 비극」, 『사상계』 1955년 12월호, 287~308쪽.

43 다음은 『사상계』에 수록된 최재서의 셰익스피어 논문 목록이다.
「지성의 비극」, (1955, 12), 「셰익스피어 연구초① : 셰익스피어 비극의 개념」(1959, 1), 「셰익스피어 연구초② : 에이븐강의 백조」(1959, 2), 「셰익스피어 연구초③ : 시성의 수업시대」(1953, 3), 「셰익스피어 연구초④ : 셰익스피어 史劇 싸이클」(1959, 6), 「셰익스피어 연구초⑤ : 셰익스피어 史劇 싸이클의 제14부작」(1959, 7), 「셰익스피어 연구초⑥ : 정치는 음악처럼 – 헨리5세의 주제와 상징」(1959, 8), 「셰익스피어 연구초⑦ : 호랑의세계 – 헨리6세 3부작」(1959, 10), 「셰익스피어 연구초(完) : 인간혼돈 – 리쳐드3세가 의미하는 바」(1959, 11), 「續 셰익스피어 연구초① : 희극에서 비극으로-셰익스피어 예술의 실험」(1960, 5), 「셰익스피어의 휴머니즘」(1964, 3),

『사상계』가 다른 매체와 확연히 다른 변별점을 보이는 지점이다. 하지만 이 변별점을 동시대 타 매체에서는 전혀 찾아볼 수 없는『사상계』만의 고유 활동이었다는 뜻으로 오해하면 곤란하다. 이 특성은 제도 아카데미즘에서 간행되는 학술지와 대중매체인『사상계』의 학술적 성격이 거의 구분되지 않았고 다른 무엇보다도 지식을 분류하여 특정 분야의 학문을 학적 거점으로 삼으면서 학문의 위계화를 도모하는 것에『사상계』가 거의 독보적 위치를 점[44]하고 있었다는 의미로 해석되어야 할 것이다.

(김경숙)

---

44 김미란, 「『사상계』와 아카데미즘, 그리고 '학술적인 것'에 대한 대중적 인식의 형성방식-1953-1960년까지를 중심으로」, 대중서사연구 18권, 대중서사학회, 2012, 194쪽.

제9장

『사상계』의 냉전 서사와 SF적 상상력

1. 『사상계』판 걸리버 여행기,
  「아이스만 견문기」

1960년 4월혁명의 여파가 채 가시지 않은 8월 하반기, 『사상계』 9월호[1]에 당대 한국 소설계에 희유한 성격의 작품 한 편이 실린다.

김광식의 「아이스만 見聞 記」가 그것이다. 이 소설은 당시에 보기 힘든 SF 소설 로서[2], 외계인에 납치되었 다가 3년 만에 돌아온 '손

사진 9.1 ‖ 「아이스만 견문기」에 수록된 삽화

---

1 『사상계』 1960년 9월호는 단기 4293년(서기 1960년) 8월 20일에 발행되었다.

2 물론 1950년대 말 한낙원이 『새벗』에 「화성에 사는 사람들」을 연재하는 등 SF 소설 이 없었던 것은 아니다.(모희준, 「한낙원의 과학소실에 나타나는 냉전 세세하 국가 간 갈 등 양상」, 『우리어문연구』 제50집, 우리어문학회, 2014.09, 224쪽) 다만 아동·청소년을 주 독자층으로 한정하고 있는 당대의 작품들과 다르게 이 작품은 철저하게 성인의 시각에서, 성인을 독자층으로 삼고 있다는 점에서 본격 SF 창작 소설이라고 할 수 있다.

용성'이라는 인물의 외계 경험담이 서사의 주를 이루는 작품이다.

1960년 4월부터 8월까지 한국은 4월혁명으로 이승만 정권이 붕괴되고 장면 과도정부가 선거를 통해 집권하여 내각책임제가 실시되는 일련의 과정이 숨 가쁘게 진행되고 있던 시기였다. 따라서 지식인 그룹을 비롯한 시민사회는 온통 당대 정치 현실의 변화에 촉각을 곤두세울 수밖에 없었던 상황이었다. 더욱이『사상계』는 1960년 6월호를 4월혁명을 기념하는 '민중의 승리' 특집호로 꾸릴 만큼 당대의 정치 현실에 매우 민감하게 대응하고 있었다. 이러한 추이 속에서 현실의 문제와 아무런 관련이 없어 보이는 SF 소설이『사상계』의 귀한 지면에 게재되었던 것이다.

그렇다면 이 작품은 어떻게 게재될 수 있었던 것일까? 게재 배경을 살피기 위해서는 먼저 작가 김광식과『사상계』의 관계부터 확인해 볼 필요가 있다.

소설가 김광식은 1921년 평북 용천 출생으로, 단편「환상곡」을『사상계』1954년 10월호에 실으면서 문단에 데뷔했다. 이로 미루어 보면,『사상계』에 첫 작품을 발표할 수 있었던 데에는,『사상계』장준하와의 개인적인 인연, 다시 말해 같은 평북 출신 월남인이라는 지연의 공통성[3]이 작용했다고 쉽사리 추측할 수 있다. 그러나 장준하가

---

3   장준하는 평북 삭주, 김광식은 평북 용천 출생이다. 김건우는『사상계』필진들이 지역적 연고의 공통성을 가짐으로써 이념 성향에서도 공통성을 지니며 강한 결속력을 보일 수 있었다고 말한다.(김건우,『사상계와 1950년대 문학』, 소명출판, 2003, 11쪽) 장규식, 김상태의 연구도 이와 궤를 같이한다. (장규식,「1950~1970년대 '사상계' 지식인의 분단인식과 민족주의론의 궤적」,『한국사연구』제167집, 한국사연구회, 2014.12, 290

「환상곡」에 대해 주변 문인들에게 평을 받고 난 뒤에 실었다는 김광식의 말을 바탕으로 추측해보자면 작품 자체의 가치나 『사상계』 자체의 필요 때문에 게재되었다고 보는 것이 더 합리적일 것이다.[4]

왜냐하면 김광식과 같은 새로운 작가의 배출과 작품의 게재는 『사상계』의 입장에서도 득이 되는 일이었기 때문이다. 『사상계』는 1955년 2월호를 문예특집호로 삼으면서 이후부터 문예란을 신설하게 되는데, 문예란의 효과적인 운용을 위해서는 기존 작가들의 새로운 작품뿐 아니라 신선한 감각을 가진 신인 작가의 작품을 꾸준히 게재할 필요가 있었다.[5] 비록 김광식의 첫 작품 발표는 문예란 신설

쪽; 김상태, 「1950년대~1960년대 초반 평안도 출신 『사상계』 지식인층의 사상」, 『한국사상과 문화』 제45집, 한국사상문화학회, 2008.12, 205~207쪽) 장준하 또한 특정 지역 출신이 주를 이루고 있는 『사상계』의 상황을 모르지 않았다는 것이 지명관의 전언이기도 하다.(「사상계 시절을 말한다」, 『광복 50년과 장준하』, 장준하선생 20주기 추모사업회, 1995, 35쪽)

4 김광식이 『사상계』에 작품을 싣게 된 경위는 김광식, 「『사상계』와 나」(『사상계』 1967년 3월호)에 자세히 실려 있다. 이때 김광식의 작품 원고를 직접 받은 장준하는 작품 게재 여부를 혼자 판단하기보다 주변 문인들에게 보여주어 판단하게 했는데 이때 김광식의 원고를 본 작가로 시인 박남수와 번역가 원웅서가 있다.(같은 글, 79쪽) 당시 박남수와 원웅서는 『문학예술』을 만들고 있었는데, 사상계사와 같은 사무실을 쓰고 있었기 때문에 김광식의 작품을 보는 일이 가능했을 것이다.(장준하, 『사상계지 수난사』, 사상, 1985, 103쪽) 장준하의 단독에 의한 작품 게재 여부 결정 방식은 1955년 편집위원회가 구성되면서 사라진다.(장준하, 같은 책, 112쪽)

5 김경숙에 따르면, 『사상계』가 문예란을 신설하게 된 계기 중 하나는 오영진이 주간으로 발행하던 『문학예술』이 중단되었기 때문이라 밝히고 있다.(김경숙, 「『사상계』의 문예 전략 연구」, 부산대학교 박사논문, 2019, 58쪽) 당시 사상계사와 『문학예술』(이후 『문학과예술』로 제호 변경)이 같은 사무실에 있었음을 고려하면, 장준하는 이들을 통해 문학의 대중적 파급력을 짐작할 수 있었을 것이다. 더욱이 1955년 1월 소설가 김성한을 주간으로 삼아 정식으로 편집위원회가 구성되면서 『사상계』의 문학작품 게재의 필요성은 재론의 여지가 없게 되었을 것이다.

시기보다 조금 이르지만, 작가군의 일정한 확보는 매체의 지속적인 발간을 위해서는 필수적인 요청 사항이다.

김광식은 데뷔작 「환상곡」 외에도 『사상계』에 「표랑」(1955년 8월호), 「원심구심」(1958년 8월호), 「고목의 유령」(1959년 12월호), 「아이스만 견문기」(1960년 9월호), 「탁류에 흐르다」(1961년 11월호), 「깨어진 거울」(1963년 12월호) 등을 싣게 된다. 비록 그는 등단이나 추천 제도를 거치지는 않았지만, 『사상계』에 게재될 수 있을 만큼의 충분한 문학적 수준을 확보하고 있기 때문에 발표할 수 있었을 것이다. 그의 소설이 지닌 문학적 가치는 신구문화사에서 발간한 『한국전후문제작품집』(신구문화사, 1960)에 「213호 주택」(『문학예술』 1956년 6월호에 게재)이 실리면서 전후의 대표적인 작가로 손에 꼽히기도 했던 것에서 다시 한번 확인된다.

그의 초기 대표작이라 할 수 있는 「213호 주택」에서 볼 수 있는 것처럼, 김광식은 기계와 인간의 관계, 그리고 그로부터 소외당하는 인간의 실존적 문제에 천착하는 경향[6]을 보여주기는 했지만, 「아이스만 견문기」 전에도 그러하고, 이후에도 마찬가지로 SF 소설로 불릴만한 작품을 생산하지는 않았다. 그는 대체로 '인간의 소외 문제'를 중심 화두로 작품 활동을 한 작가[7]였다. 그러니까 「아이스만 견

---

6   정한숙, 『현대한국소설론』, 고대출판부, 1983, 44쪽.

7   방금단, 「현대사회의 소외의식을 형상화한 김광식」, 방금단 편, 『김광식 선집』, 현대문학, 2013, 426쪽; 김명석, 「1950년대 소설에 나타난 근대성의 경험 : 추식·김광식·김동립의 소설을 중심으로」, 한국문학연구학회 편, 『1950년대 남북한 시인 연구』, 국학자료원, 1996, 524쪽.

문기」는 『사상계』 게재 작품군 중에서도 예외적일 뿐 아니라[8] 작가의 창작 방향에서의 장르 선택 기준에서도 예외적인 것이다. 이는 김광식의 이 소설이 당대 주류 문학계의 반동적 성격을 띠고 있었음을 시사한다. 즉 이 작품은 당대의 청소년 아동 SF 소설에 대한 반동이자 번역 위주의 SF 소설에 대한 반동이며, 『사상계』 게재 주류 소설에 대한 반동이었다. 또한 김광식 스스로의 작품 경향에 대한 반동적 의미도 포함할 수 있다. 그러하기에 SF라는 당시 일반 독자층에게는 비주류인 장르를 선택하고 외계인에 의한 지구인 납치 모티프라는 '황당무계한' 내용을 중심 제재로 삼아 서사를 구성할 수 있었던 이유는 무엇인가, 또 SF 장르를 선택하여 구성된 서사를 『사상계』가 '과감히' 게재할 수 있었던 배경은 무엇인지 따져 묻지 않을 수 없게 되는 것이다.

이를 파악하기 위해서는 우선, 「아이스만 견문기」에 대한 연구 성과를 살펴보아야 한다. 그러나 김광식의 기존 연구에서 이 작품은 제목과 간단한 평 정도만 언급되어 있는 실정[9]이고, 1950~60년대 한국의 SF 소설을 다루는 연구물에서는 아예 「아이스만 견문기」

---

8   물론 『사상계』는 "편집위원회에서는 통속소설을 다량으로 쓰는 작가의 작품은 할애하자는 건설적 의견도 있어서 앞으로는 더 많은 신인에게 지면을 주어 우리 문학에 신국면을 열도록 노력하겠습니다"(「편집후기」, 『사상계』 1959년 1월호, 444쪽)라고 하여 '통속소설'을 싣겠다는 다짐을 한 바 있다. 그렇다면 「아이스만 견문기」가 실리게 된 배경 중 하나는 SF와 같은 '통속소설'을 싣고자 한 편집위원회의 의지를 실현한 것과 관련지을 수 있을 것이다. 그러나 『사상계』 게재 소설 중 이러한 경향의 작품을 보기란 사실상 쉽지가 않다.

9   김낙준 편, 『죽음에의 훈련 외』, 금성출판사, 1996, 563~564쪽.

에 대한 언급을 찾아볼 수가 없다. 또한『사상계』게재 소설을 다루는 연구에서도 이 작품, 나아가 SF 문학에 대한 조명은 확인되지 않는다. 한국 SF 소설사를 살피는 연구에서 번역·번안이 아닌, 창작 SF 작품으로 가치를 평가받는 것은 김윤주의「재앙부조」(1960.11, 『자유문학』게재)[10]나 문윤성(본명 金鐘安)이 1965년에 발표한「완전 사회」[11] 정도다. 김광식 작가론에서도,『사상계』연구에서도, 심지어 한국 SF 소설사 어디에서도 김광식의「아이스만 견문기」는 존재하지 않는 것이다. 사실상, 한국의 성인 독자를 대상으로 한 '본격' SF 창작 소설은『사상계』에 게재된「아이스만 견문기」임에도 말이다.[12]

---

10 임태훈,「1960년대 남한 사회의 SF적 상상력」,『우애의 미디올로지』, 갈무리, 2012, 239~240쪽.

11 조성면은「완전사회」를 한국 최초의 본격 창작 SF라 했고(조성면,「SF와 한국문학」, 『대중문학과 정전에 대한 반역』, 소명, 2002, 195쪽) 이지용 역시「완전사회」를 한국의 창작 SF에서 명확하게 그 가치를 인정받고 있는 작품으로 본다.(이지용,『한국 SF장르의 형성』, 커뮤니케이션북스, 2016, 34쪽) 임지연 또한「완전사회」를 성인 대상 본격 과학소설로 지목한다.(임지연,「초기 한낙원의 과학소설에 나타난 '소년'의 의미」,『한국 언어문화』제65집, 한국언어문화학회, 2018.04, 284쪽) 복도훈도 한국소설사에서 본격적인 과학소설의 출발을 알리는 최초의 작품으로「완전사회」를 언급한다.(복도훈, 『SF는 공상하지 않는다』, 은행나무, 2019, 139쪽)

12 각주 10, 11에 언급한 것처럼, 연구자들은 한결같이 '본격' 창작 SF로〈재앙부조〉나 〈완전사회〉를 제시한다. 이때 '본격'이라는 말은 선행 연구에서 세밀하게 언급되고 있지는 않지만, 대체로 아동·청소년 독자를 대상으로 한 SF 소설을 대타항으로 삼는 한편, 현실의 문제를 SF적 상상력으로 형상화하는 작품을 일컫는 것으로 짐작된다. 나아가 '본격 창작' SF는 이러한 내포독자군과 주제의식을 번역이나 번안 등을 통한 상호텍스트적 관계 설정 없이, 특정 작가에 의해 창작된 작품을 뜻하는 것으로 보인다. 따라서 '본격 창작' SF는 1920-30년대 번역·번안 작품이나 1950년대 한낙원 등의 아동·청소년 SF 창작 소설과 구별된다.〈완전사회〉나〈재앙부조〉는 그와 같은 맥락에서 '본격 창작 SF'라는 수사를 얻은 것이다. 그러나 본고는〈완전사회〉와〈재앙부조〉이전에 김광식의〈아이스만 견문기〉가 먼저 발표되었기에 최초의 본격 창작 SF는〈아이스만 견문기〉로 본다.

이 글은 김광식의 「아이스만 견문기」가 1960년 하반기에 게재되어야 할 만한 중요한 이유가 내재되어 있다고 전제하는 데서 출발한다. 그리고 이 작품이 실리게 된 내외적 배경과 아울러, 『사상계』의 편집 방향이나 당대 지식인들의 지적 지형도와 관련지어 그 이유와 작품 게재 목적을 확인하고자 한다. 그리하여 이 작품을 통해 당대인에게 전하고자 했던 김광식의 메시지는 무엇이었는지 밝히는 것을 목적으로 한다.

2. 냉전 과학에 대한 양가감정

「아이스만 견문기」에 대한 기존 선행 연구가 존재하지 않으므로, 우선 이 소설의 줄거리부터 정리하면서 논의를 진행하도록 하겠다.

해방 후 목장을 경영하던 친구 '손용성'이 염소를 몰고 나갔다가 행방불명이 되었다. 그로부터 3년이 지난 어느 날, 그는 멀쩡히 살아 돌아와 내게 그간의 경험담을 들려 주었다. 그 내용은 다음과 같다.

나(손용성)는 산양을 몰고 갔다가 외계인에게 납치되어 '아이스만'이라는 다른 행성에 도착한다. 그곳의 어느 숙소로 가게 되어 이들의 말과 글을 배우게 된다. 아이스만은 '안센스다'국, '가야그마'국, '소렐파도'국이라 불리는 세 개의 큰 연방국가가 있는데 냉전이 계속되고 있었다. 이곳 사람들의 삶은 대체로 인간세계와 비슷했다. 그러나 살인을 아무런 죄의식 없이 저지르는 은행강도 사건이나 누구나 볼 수 있는 텔레비전으로 사형 장면을 방영하는 것, 부모 자식 간의 유대를 느낄 수 없는 사회제도 등을 보면서, 점차 이곳이 문명국이 맞는지 의심스러워진다. 지구로 귀환하기 1년 전, 안센스다국과 소렐파도국은 기어이

전쟁을 벌인다. 전쟁이 벌어지는 작전실로 끌려 간 나는 그곳에서 전쟁 상황을 실시간으로 보게 된다. 그런데 이들의 전쟁 방식은 그저 빨간 단추를 눌러 유도탄으로 상대 국가의 도시를 파괴하거나 대응 유도탄을 요격하는 것일 뿐이다. 나를 납치해 온 공군장교는 지구인에게 경고하는 의미로 내게 이 장면을 보여주며, 유도탄을 발사하는 빨간 단추를 한 번 눌러 보라고 한다. 나는 이를 거부하지만, 납치될 때 휴대했던 카메라로 유도탄에 의해 파괴되는 도시를 찍는다. 그리하여 그들에게 문명인으로 인정받으며, 나는 다시 지구로 돌아올 수 있게 된다.

UFO에 의한 지구인 납치 서사는 지금에 와서는 그다지 새로운 모티프라 보기 어렵다. 1950년대 한국의 대중들 또한 UFO, 또는 비행접시에 대해서는 이미 그 개념을 파악하고 있는 상황이었고[13] 미국과 소련 간의 '우주 전쟁'이 거의 실시간으로 전해지고 있었던 시기이기도 했다. 외계인 침공 이야기들이 번성했던 1950년대 미국의 SF 서사물 또한 심심찮게 한국에 소개되었다. 대중적 파급력이 큰 영화를 예로 들면, 1955년 6월 〈우주전쟁(The War of The Worlds)〉이 단성사에서 개봉되었고 1959년 9월 〈인공위성X호(Satellite in

---

13 1950년대 후반의 매체(김순철, 「[오분간 과학 지식] 비행접시로 유명한 화성의 정체」, 『새가정』 1957년 2월호, 58-59쪽)나 기사(「우주시대의신화〈속〉비행접시」, 『동아일보』, 1959.09.03., 4면)에서 이미 익숙하게 소개될 정도였다.

the Sky)〉가 을지극장에서 상영되었으며 쥘 베른 원작의 〈지저탐험 (Journey to the Center of the Earth)〉이 1960년에 수입되어 관객들을 만났다.[14] 이밖에도 우주와 외계, 음모론 등을 쉽사리 환상 가능하게 하는 작품들이 잇따라 한국 대중 관객과 독자층에 소개되면서 UFO 나 비행접시를 탄 외계인에 의한 지구인 납치는 그리 낯설지 않은 서사 모티프가 되었다. 「아이스만 견문기」는 다분히 이러한 대중문화의 배경 요소들의 영향 아래 창작되었다고 할 수 있다.

한편, 4월혁명 이후 두드러지는 '환상'이 "이율배반의 고통을 드러내는 유용한 장치"[15]이자 "단순히 신기하거나 낯선 소재적 층위의 요소가 아니라, 정치적 무의식의 표출 기제이자 지배적 리얼리티에

사진 9.2 ‖ 왼쪽부터 〈우주전쟁〉, 〈인공위성X호〉 〈지저탐험〉 포스터

---

14   영화진흥공사 편, 『한국영화자료편람(초창기-1976년)』, 영화진흥공사, 1977, 82–105쪽.

15   서은주, 「소환되는 역사와 혁명의 기억 : 최인훈과 이병주의 소설을 중심으로」, 『상허학보』 제30집, 상허학회, 2010.10, 156쪽.

대한 인식론적 회의의 방법론으로 기능"[16] 했음을 상기한다면, '환상'을 본격적인 자양분으로 삼는 SF 소설의 등장은 필연적이었다고까지 할 수 있다.

소설의 줄거리에서도 드러나듯이 이 작품은 대체로 과학문명에 대한 비판적 입장을 개진하는 데 초점을 맞추고 있다. 당대에는 아직 카리스마를 갖춘 지도자에 의해 '과학입국'과 같은 명료한 표어는 제창되지 않았지만, 과학기술의 발전을 근대화와 동격으로 보는 태도는 일반적으로 긍정될 만한 시각이었다.[17] 작품 속 '아이스만' 행성의 '안센스다'국이 지닌 우주과학기술력은 지구인을 납치하여 자국으로 데려갈 정도로 발전해 있을 뿐 아니라, 같은 행성 안에서도 기술력의 우위를 점하고 있다.[18] 말하자면, '안센스다'는 과학기술력

---

16 장성규, 「좌절된 혁명의 기억」, 『한민족문화연구』 제54집, 한민족문화학회, 2016.06, 289쪽. 이 논문은 4·19 이후의 최인훈, 이제하, 오탁번, 이어령, 남정현 작품 속 판타지적 요소를 분석하면서, 그 속에 담긴 4·19의 호명 방식을 읽어내고 있다.

17 다음과 같은 이종진의 기대가 그 예가 될 것이다. "과학이 뒤떨어진 우리나라에서 좀 더 이 방면에 관심을 가지고 과학기술진흥이 민족을 살리는 길이라는 신념 아래 적절한 시책이 있기를 바라마지않는다." 이종진, 「행복과 번영의 과학」, 『사상계』 1959년 1월호, 49쪽. 장준하 또한 『사상계』 1959년 3월호 권두언에서 "민족정기를 세우고 흐트러진 사회기준을 바로잡는데 거족적인 노력을 기울이는 일이다. 여기에서 먼저 요청되는 것은 개척정신이요, 과학적 방법이다. 먼저 나서고 과학적으로 움직여야 한다. 연후라야 우리가 바라는 이념의 태동을 볼 수 있고 나라 살림의 올바른 설계도 기대할 수 있으며 참다운 재건과 부흥도 이루어질 것"(15쪽)이라고 말한 바 있다.

18 "후에 안 일이지만 지구까지 날아가서 나와 신양을 납치해 온 「안센스다」국이 「가야그마」나 「소렐파도」국보다 다소 과학문명이 발달되어 주도권을 잡으려 하고 있는 것 같았다. 나의 소견으로는 이 아이스만 세계의 과학은 인간세계의 과학보다 수십 년 앞서 있는 것 같았다."(김광식, 「아이스만 견문기」, 『사상계』 1960년 9월호, 355쪽. 이하 이 작품을 인용할 때에는 제목과 인용 쪽수만 밝힌다)

이 고도로 발전한, 과학기술력의 후진성을 면하지 못하고 있는 한국의 입장에서는 일종의 이상국가로 보아도 무방하다. 그럼에도 '나'의 입장에서 그들의 발전된 과학기술문명은 역설적으로 인간성을 상실한, 비문명적인 것으로밖에 보이지 않는다. 고도로 발달한 과학문명에 의해 개인의 욕망조차 국가에 의해 통제되고 전쟁이 한낱 유희 거리로 전락하는 상황을 제3자의 입장에서 목도하면서, '나'는 문명과 야만의 기준이 무엇인지 큰 혼란을 느낀다. 과학기술력은 인간세계보다 훨씬 앞서 있지만, 인간적인 유대나 감정을 느끼기는 어려운 사회구조를 체험하면서 역설적으로 '나'는 문명의 '아이스만'이 아닌, 지구의 한국 농촌으로 귀환하기를 손꼽아 기다리는 것이다.

이러한 '나'의 문명 비판적 태도는 외계인에 납치되어 '안센스다'에 도착했을 때, 외계인들에게 했던 발언과 정확히 배치된다.

> 우리 인간세계에서도 당신네만치 과학이 발달되어 우리도 머지않아 이 세계에 올 것입니다. 나는 인간세계의 한 조그마한 목장의 경영자에 지나지 않아 과학에 대해서는 잘 모릅니다마는 우리와 당신네는 서로 과학과 문화를 교류하여 우주 세계의 문화의 창조에 협력하기를 진심으로 바랍니다. 나는 하루 속히 당신들의 말을 배우고 우리의 말도 알리고 싶습니다. 또 당신들의 생활양식과 풍습과 모든 사회제도를 배우고 인간 세계로 돌아가고 싶습니다.[19]

---

19 「아이스만 견문기」, 354쪽.

느닷없이 외계인들에 의해 강제적으로 끌려온 것이기는 하지만, 머나먼 지구까지 왕복할 수 있는 수준 높은 과학력을 지닌 이 세계의 문명을 '나'는 하루속히 배우기를 바란다. 이러한 '나'의 열망은 강제적인 것이 아니라 어디까지나 자발적인 것이었다. 이와 같은 과학문명에 대한 무비판적인 매혹은 '선진 미국'을 동경하는 '후진 한국'의 일반적인 입장이자 당대 한국민의 보편적인 정동으로 보아도 큰 무리가 없다.

그러나 '아이스만'에서 '나'는 과학이 문명을 일으킬만한 매혹적인 것이면서 동시에 그렇게 쌓아올린 문명을 한순간에 무너뜨리게 할 공포스러운 것이기도 하다는 사실을 점차 깨닫게 된다. 과학문명의 발달이 인간성의 상실을 가져올 뿐 아니라 문명을 파괴하는 무기가 될 수 있음을 직간접적으로 체험했기 때문이다. 그런데 이와 같은 과학에의 인식은 『사상계』의 과학 담론에서도 손쉽게 발견된다.

공교롭게도 「아이스만 견문기」가 실린 같은 호에는 '20세기 과학과 인간'이라는 표제 아래 권영대의 「현대물리학과 인간사고능력」, 이종진의 「원자력시대의 인간상」, 강영선의 「동서진영의 유전학」세 편의 논문이 게재되었다. 지금까지 『사상계』가 깊이 있게 톺아보지 못했던 '과학' 관련 기획물을 전면에 내세웠던 것이다.[20] 이는 『사상계』 1960년 9월호가 과학 담론과 창작물이 서로 의도적으로 일관

20 이 기획물은 즉각적인 반응을 가져왔다. 1960년 10월호 「편집실 앞」에는 독자 '윤현'의 글이 소개되어 있는데, 그는 "확실히 귀지가 이번에 취급한 과학논문은 그것이 단순히 과학논문만이 아니고 보다도 폭넓은 사회과학적범위에까지 넓혀서 다루게 해주어서 그 편집의 의도가 충분히 살아날 수 있었다"(24쪽)고 칭찬한다.

성을 갖도록 편집되었음을 알려주는 한편, 「아이스만 견문기」가 이러한 편집 의도에 따라 게재되었음을 추측할 수 있게 한다.

그런데 이러한 편집의 일관성은 단순히 과학에 대한 논문과 창작물이 함께 실린 것에서 끝나지 않는다. 전달하고자 하는 메시지에서도 일맥상통하기 때문이다. 특히 『사상계』 과학 관련 지면에서 자주 이름이 보이는 이종진의 「원자력시대의 인간상」은 김광식의 작품에서 '나'가 드러내는 과학에 대한 매혹과 거리 두기의 아이러니를 거의 비슷한 시각으로 반복하고 있다. 이종진은 이 글에서 자연을 제1자연, 제2자연, 제3자연으로 나눈다. 그는 제1자연은 신이 인간에게 안겨준 원초적인 자연이고 제2자연은 제1자연을 이용하여 만들어낸 초자연, 즉 인공물이며 제3자연은 핵폭탄이나 수소폭탄 등으로 인해 문명이 멸절된 상태의 자연이라 설명한다. 그러면서 제3자연의 도래를 막기 위해서는 원자력을 평화적으로 이용하는 방편을 강구해야 하고 더 이상 전쟁에 이용해서는 안 되며, 원자력의 평화적 이용을 위해 인문과학적 지식이 동원되어야 한다고 주장한다.[21] 과학은 문명을 일으키고 발전시키는 것이지만, 동시에 파멸에 이르게 하는 것이라는 이중적인 태도가 「아이스만 견문기」와 마찬가지로 그대로 드러나고 있다. 과학에 대한 불안을 휴머니즘의 논리로 극복하려 했던 이종진의 태도[22]는 현대문명의 발전으로 상실되

---

21 이종진, 「원자력시대의 인간상」, 『사상계』 1960년 9월호, 273-278쪽.
22 이종진은 당시 『사상계』 편집위원으로 과학의 대중화를 위해 노력하는 한편, 한국 휴머니스트회 부회장으로도 활동했다. 손진원, 『1960년대 과학소설 연구』, 고려대학교 석사논문, 2016, 19쪽.

어 가는 인간성을 회복하고자 했던 김광식의 작품 경향[23]과 크게 다르지 않다.

문제는 이러한 과학, 더 정확히 말해 원자력에 대한 이중적 태도가 『사상계』 지식인들이 일관하던 시각은 아니었다는 점이다. 같은 해 『사상계』 3월호에 실린 서울대 지리학과 교수 육지수의 「원자력과 호황의 십년」은 원자력의 긍정적 측면을 강조한 대표적인 예가 된다. 그는 원자력이 "금후 10년 이내에 병기로서의 역할을 떠나 문명의 이기로서 이용될 가능성이 충분"하다면서 "1960년대 경기의 경이적인 상승을 가져 올 수 있을 것"(118쪽)으로 낙관한다. 원자력으로 대표되는 과학의 발전이 경제를 발전시키는 데, 나아가 국가를 재건하는 데 기여할 수 있을 것이라는 기대가 숨김없이 표현되고 있는 것이다.

1960년 전후, 한국 지식인들의 과학에 대한 입장이 낙관론과 비판론의 양면으로 엇갈리고 있었음을[24] 『사상계』 1960년 9월호는 보

---

23 김우종, 「현대문학과 인간의 고독(김광식)」, 『현대소설의 이해』, 이우, 1978, 142-152쪽.
24 이종진의 「원자력시대의 인간상」은 원자력의 평화적 이용을 주장하고 있지만, 기대보다는 우려 또는 경고를 표방하는 데 더 방점을 찍고 있는 것으로 보인다. 특히 핵폭탄이 터졌을 시 일어날 피해를 자세히 묘사하는 다음과 같은 대목은 이러한 태도가 잘 드러난다. "원수폭이 장래 불행히도 전쟁목적으로 다량 사용되면 자연의 어떠한 재난보다도 큰 영향을 사람들에게 미칠 것이다. 원·수폭의 효과는 적어도 네 개의 다른 요인을 가지고 있다. 첫째는 공기속에서의 충격파이다. 폭발지점에서 생긴 압력을 먼 데까지 미치게 한다. 광도에 떨어진 폭탄은 주위 약 2Km의 범위에서 거의 모든 건물을 충격파로 넘어뜨려 전멸시켰다. 둘째 효과는 폭탄의 불덩어리에서 나오는 열폭사이다. 이것으로 사람 피부에 화상을 일으킬 뿐만 아니라 건물에 대화재를 일으킨다. 셋째로는 방사선에 의한 장해이고 이것은 대기로 먼 데까지 운

여주고 있다. 이는 혁명 이후 기대했던 정치의 혁신이 점차 "정치의 빈곤이 지금처럼 절감되는 때가 일찌기 없었다"[25]는 자조 섞인 한탄으로 귀결되고 있는 상황과 무관하지 않아 보인다. 〈아이스만 견문기〉는 당대의 냉전 지배 이데올로기의 산물인 과학에 대한 낙관적 태도[26]에 대해 SF적 상상력을 빌려 비판적으로 형상화하고 있다.

반되어 사람 몸에 지속적인 상해를 주어 그 양이 커지면 치사적인 것이다. 우라늄 피복을 가진 수소폭탄을 세 개만 떨어뜨리면 우리나라 전 지역의 생물이 위험할 정도로 방사능으로 오염된다. 이렇게 무서운 잠재력을 가진 원수폭병기는 현재 제조되어 미국·영국·쏘련에서 축적하고 있다." 이종진, 앞의 글, 277면.

25 「편집후기」, 『사상계』 1960년 9월호, 428면.

26 오드라 J. 울프는, 2차 대전 종전 이후 세계의 지도자들은 연합군의 승리가 과학기술 공동체의 성취 덕분이라고 생각했으며, 1950년대-60년대 미국정부의 과학 후원이 거대해진 이유가 냉전 이데올로기에 바탕을 둔 과학에의 낙관적 믿음이 있었다고 밝히고 있다. 오드라 J. 울프, 김명진·이종민 역, 『냉전의 과학』, 궁리, 2017, 51-168쪽.

3. '미숙한 결말'이 내포한 당대의 증상

미래에의 기대가 좌절되는 양상은 「아이스만 견문기」에서도 무의식적으로 드러나고 있는 것으로 보인다. 문명의 비인간성을 목격하면서 지구로 하루속히 귀환하기를 열망하는 '나'의 기대와 다르게, 정작 작품 속에서 결말로 제시되고 있는 귀환 과정은 매우 간략하게 처리되고 있기 때문이다.

> 「나도 이 무서운 문명국에 와서 알지 못하는 사이에 자네들을 닮았어. 문명에 병든 모양이지.」
> 「하여간 자네는 훌륭한 문명인이야. 낙심 말게.」
> 「나는 훌륭한 이 세계의 문명을 보았고 문명인을 보았어. 하로 속히 나의 목장으로 데려다 주게.」
> 나는 이날 밤 지구의 내 고향 산천과 산양들과 그리고 내 가족들을 보았다. 파란 그 산양의 눈들은 나를 기다리는 듯했다.[27]

피랍 후 외계 행성으로 가기까지의 사세한 심경 및 상황 묘사나 이세계(異世界)인 '안센스다'국에서의 체험을 길게 쓰고 있는 것과는

---

27 「아이스만 견문기」, 363쪽.

달리, 결말 부분이라 할 수 있는 귀환 내용은 인용처럼 매우 소략하다. 물론 이 액자소설의 '외화'에 해당하는 초반부에 귀환 후일담이 '나'(손용성)의 친구를 초점 화자로 삼아 언급되고 있기는 하다. 그러나 이는 어디까지나 내화 전개의 필연성을 부여하고, '황당무계한' 내화에 핍진성을 갖게 하기 위한 소설적 장치에 불과하다. 소설의 주제 의식을 명료하게 드러내거나 감상의 여운을 안겨주지 못하고 느닷없이 끝나고 있어 작품 자체의 완성도가 다소 떨어지는 듯한 느낌마저 들게 한다.

그런데 문제는 이와 같은 미진한, 또는 미숙한 결말이 비슷한 시기에 창작된 SF 소설「재앙부조」와「완전사회」에서도 동일하게 발견되고 있다는 점이다. 임태훈에 따르면, 1960년『자유문학』제1회 소설 당선작「재앙부조」는 당대 심사위원들에게도 결말이 아쉽다는 평을 받았다고 하면서 이는 "작가의 역량 부족 탓이 아니라, 혁명도 미완, 민주주의도 미완, 전후의 재건도 미완인 현실에서, 그 모든 만연한 결핍을 반영하는 증환을「재앙부조」가 솔직히 앓고 있다고 진단할 수 있다"고 말한다.[28]「완전사회」또한 그 결말의 미진함이 "파시즘의 이분법을 이야기로 풀어 재밌게 만들 순 있었지만, 그 '재미'의 본질적인 속성을 고민하는 대신, 이야기를 멈춰버리는 쪽을 택"[29]한 것으로 본다. 손진원 역시「재앙부조」가 가진 결말의 미진함을 언급하면서 궁극적으로 이는 과학 진흥의 움직임 속에 가려

---

28 임태훈, 앞의 책, 242-243쪽.
29 위의 책, 249쪽.

져 있던 불안과 공포를 끌어올리
기 위한 의도였음을 지적한다.[30]
그러나 1967년 작「완전사회」는
위기 극복의 대안으로 휴머니즘
을 주창하여 미래에의 희망을 거
는 작품으로 본다.[31]

1960년 4월혁명 이후 숨 가쁘
게 돌아가는 정치 상황이 기대에
서 실망으로, 신뢰에서 배반으로
점철되어 가는 과정이었다고 본
다면,「아이스만 견문기」와「재앙
부조」의 미진한 결말은 곧 미래에

사진 9.3 ‖ 원자로의 구조를 사진과 함께
전한『경향신문』1962년 2월
8일(석간) 4면 기사

의 전망 상실이 외화된 것이라 할 수 있다. 반대로 1965년 1부를 쓰
고 1967년 완성된「완전사회」의 경우는 파시즘적 세계 안에 자족하
면서, 과학을 통한 '조국근대화'의 길을 걷고자 하는 당대의 미래지
향적 의식이 반영된 것으로 읽을 수 있다.『사상계』1961년 1월호에
실린 김종수의「동력원의 현황과 개발」이나 1968년 7월호 백용균
의「원자력의 작물육성에 대한 이용」이 원자력을 긍정하는 태도를
보인 것은 우연이 아니었다. 이에 앞서 1962년에는 지지부진하던
원자로 사업이 본격화되기도 했다.「아이스만 견문기」의 미래에 대

30 손진원, 앞의 논문, 63쪽.
31 위의 논문, 72쪽.

한 경고는 「재앙부조」라는 후일담을 낳았지만,[32] 파멸 이후의 재건을 상상하는 「완전사회」식의 낙관적 과학주의 앞에서 호소력을 갖지는 못했다.

사실 『사상계』에 비친 낙관적 과학주의와 유토피아적 상상력의 흔적은 「아이스만 견문기」 이전, 즉 『사상계』 1958년 1월호에 '과학과 명일의 세계'라는 표제로 소개된 여러 글들에서도 확인된다. 이 기획은 미국 대중 잡지 *Atlantic* 1957년 10월호의 내용을 옮긴 것으로[33], 당대 최첨단 과학의 면면을 흥미롭게 소개하고 과학의 발전이 인류에게 가져다줄 유익함을 설파하고 있다. 이를테면, 프리쉬의 「원자력」을 다룬 글에서는 원자력이 어떠한 용도로 사용 가능한지에 대해 쓰면서 생물체에 미치는 영향력은 미진하다고 적고 있으며 「항공」 부분에서는 유도탄 기술 발전이 인류를 달나라로 이끌 것임을 기대하고 있다. 「우주여행」에서는 아인슈타인의 상대성 이론이 빛의 속도로 우주 여행할 수 있는 가능성을 이론적으로 입증한 것이라고 하면서 우주 탐사의 실질적인 가능성과 숙제를 언급하고 있으며 「인공위성」에서도 인공위성의 유익한 용도에 대해 설명한다. 1957년 10월 소련의 스푸트니크 위성 발사 성공으로 언제 어디서든

---

32 「아이스만 견문기」 후반의 '안센스다'와 '소렐파도' 간 유도탄 전쟁은 지구의 영유권을 누가 가지느냐를 놓고 벌인 것이었다. 이는 미국과 소련 간 핵확산 상황과 전쟁 가능성을 경고하는 알레고리라 할 수 있다. 「재앙부조」는 그러한 경고가 결국 전쟁으로 실현되어 문명이 파괴되어 버린 상황을 소설의 첫머리로 놓고 있다.

33 『사상계』와 해외 매체의 관계에 대한 탐색은 권보드래·천정환, 『1960년을 묻다』, 천년의상상, 2012, 342-369쪽 참조.

미국과 그 우방에 대한 탄도탄 공격이 가능해질 수 있음을 우려하면서도(서덕순, 「스푸트니크와 NATO」, 『사상계』 1958년 3월호) 과학기술의 발전에 대해 경계하기보다 낙관하는 태도를 미국의 여러 저명학자들의 글을 번역·소개함으로써 무비판적으로 수용했던 것이다.

물론 낙관적 과학주의는 미국과 소련 간 우주 전쟁에서의 승리를 예감하게 하는 문화냉전의 입장에서 배태된 것이다. 문제는 『사상계』가 과학 관련 지식을 소개할 때 철저히 미국의 시각에서 낙관적 과학주의를 설파하고 있었다는 점이다. 원자탄의 위력을 일본 못지않게 실감했고 한국전쟁이 끝난 지 불과 10년도 되지 않았기에 전쟁기계의 비인간성과 무자비성을 누구보다 강렬히 체득하였음에도, 한국민의 주체적인 입장에서 과학과 전쟁의 친연성을 철저하게 인식한 경우는 쉽사리 발견되지 않는다. 과학은 전쟁을 이끄는 것이기도 하지만 동시에 세계 최빈국인 한국의 근대화를 이끌 동력으로 먼저 상상되고 있었기 때문이다.

4. 전유의 상상력과 냉전의 알레고리

『사상계』가 미국의 시선을 경유하여 과학을 바라보고 있는 것과 달리, 「아이스만 견문기」는 철저하게 제3의 시선, 즉 외계인의 전쟁 상황을 바라보는 지구인의 '객관적인' 입장에서 이야기가 전개되고 있다.

> 유도탄을 발사하는 단추실에는 담배와 커피가 있을 뿐 정신적인 긴장도 육체적인 긴장도 없었다. 처절한 전쟁터의 조그마한 인상도 찾아 볼 수가 없었다. 그들 전사(戰士)들은 빨간 불이 켜지면 그저 그 발사 단추를 누를 뿐이다. 전사들은 멍하니 앉아 권태롭기만 한 것 같았다. 공포가 전혀 없었다. 피비린내 나는 처참한 광경도 없고 천지를 깨어버리는 듯한 폭발음도 들을 수 없고 병사들이 쓰러져 넘어가는 비명도 없고 부상자의 절규도 없었다. 그러나 저 세계에는 이 단추 하나로써 무서운 파괴가 있었다. 커피를 마시며 담배를 물고 있는 권태로운 이 전사의 손가락이 비정한 단추 하나를 누르는 순간 천재와 같이 수천 수만의 인간이 죽어 쓰러지고 그 인간이 쌓아 올렸다는 역사와 문화가 재가 되어 타버리는 것이었다.[34]

---

34 「아이스만 견문기」, 363쪽.

'안센스다'의 뛰어난 과학기술과 전쟁 수행 능력을 과시하기 위해 지구인 '손용성'은 작전실과 전투실로 안내된다. 거기서 손용성은 분명 전쟁이 벌어지고 수많은 인명 및 재산 피해가 일어나고 있음에도 전쟁에 대한 실감을 느끼지 못한다. 전쟁을 수행하는 병사들 또한 권태롭게 발사 단추를 누를 뿐이다. 말하자면 "전쟁의 기분이란 전혀 없었다."(362쪽) 한국전쟁을 직간접적으로 경험했을 '손용성'에게 외계의 전쟁은 그 자체로 한국전쟁에 대한 기시감을 전하는 것이면서 전쟁으로 인한 파멸을 엄중히 예언하는 것이기도 하다. 그러나 이 전쟁은 그리 전쟁 같지 않아 보인다. 그런데 오히려 그 점이 전쟁을 더욱 잔인하고 무자비한 것으로 여기게 한다. 전쟁 수행자들이 아무런 도덕적 갈등과 윤리적 긴장 없이 상대방에게 엄청난 피해를 안겨주고 있었기 때문이다. 손용성이 체험한 이러한 전쟁 수행 양상은 주지하다시피, 1991년 걸프전 당시 미군에 의해 거의 그대로 이루어진 바 있다.[35] 김광식은 과학기술의 발달에 따른 전쟁 수행 방식의 변화가 전쟁에 감정을 개입할 필요가 없고, 따라서 윤리적 갈등에 따른 자기반성과 죄책감으로부터 자유롭게 되어 결국 문명을 폐허로 만들 뿐 아니라 인류를 절멸시킬 수 있게 됨을 SF적 상상력을 동원하여 경고했던 것이다.

이러한 김광식의 의도는 냉전시대의 공포감에서 비롯한 것이다. 1950년대 서구, 특히 미국에서 SF 서사물들이 쏟아져 나온 배경도

---

35 강정인, 「'걸프전'의 교훈」, 『과학과 기술』 1998년 9월호, 한국과학기술단체총연합회, 18-19쪽.

같은 맥락이었다.[36] 그러나 미국 SF 소설은 외계인에 의한 지구인(미국인)의 신체적·정신적 피해를 주로 강조하여 냉전 상대국의 위해 가능성을 '당사자'의 입장에서 경고하고 우려하는 서사적 특징을 지닌다. 이와 달리, 이 소설은 철저하게 '이방인'으로서 외계인들 간의 전쟁 상황을 지켜보는 입장에 서 있을 뿐, 지구인이기에 겪는 신체 훼손이나 피해는 존재하지 않는다. 외계인들은 자신들의 전쟁을 지구인인 손용성에게 보여줌으로써 선전용으로 과시하고자 할 따름이다. 마치 미국과 소련 간의 우주 전쟁으로 촉발된 문화냉전 상황을 제3자의 입장에서 지켜볼 수밖에 없는 상황, 다시 말해 1960년대 냉전 체제 속에서 주도적인 방향성을 가질 수 없는 무기력한 한국 지식인들의 포지션에 정확히 대응되고 있는 것이 '손용성'의 입장인 것이다. 그렇다면 이 소설은 SF라는 서구의 지배적인 장르서사 문법을 단순 도입한 에피고넨(epigonen)이 아니라, 한국의 입장으로 '전유(appropriation)'가 이루어진 작품이라고 할 수 있다.[37] 주지하다시피 전유는 지배문화와 담론의 언어를 재구성함으로써 지배 이데올로기를 거부하고 비판하는 탈식민주의 문화전략의 일환이다. 김광식은 "'식민주의자의 응시'가 아로새겨지고, 식민주의의 환상적 시나리오가 상연되는 일종의 양피지 텍스트인[38]" SF를 가져와 미국

---

36 장정희, 『SF 장르의 이해』, 동인, 2017, 77쪽.
37 빌 애쉬크로프트 외, 이석호 역, 『포스트 콜로니얼 문학이론』, 민음사, 1996. 이 책은 탈식민주의 문화전략으로 '탈식민화', '폐기', '전유', '되받아쓰기'를 소개하고 이를 상세히 다루고 있다.
38 복도훈, 앞의 책, 205쪽.

식 낙관적 과학주의를 거부하고 한국인의 전쟁 경험과 그에 따른 정동에 호소하는 전략을 채택했던 것이다.[39]

　1950년대 후반 이후,『사상계』지식인들은 대체로 미국의 낙관적 과학주의를 무비판적으로 수용하고 있었다. 그러나 이에 대한 비판적 반성의 조류가 이종진의 글이나 SF적 상상력으로 구체화되었던 부분도『사상계』에서 확인된다. 이후 5·16군사 쿠데타와 그 뒤를 잇는 가부장적·권위주의적 국가 체제의 등장은 과학을 근대화와 동일 선상에 놓은, 이른바 '전국민의 과학화운동'을 추진하기에 이르고[40]『사상계』지식인들의 대체적인 입장 또한 이와 다르지 않게 된다. 〈아이스만 견문기〉는 과학과 전쟁의 결합 가능성을 SF적 상상력을 바탕으로 시사하면서 무비판적인 낙관적 과학주의 추종을 경계한 텍스트다. 이 작품의 미진한 결말은 SF 소설이 당위적으로 가져야 할 미래에의 기대를 거절함으로써 당대의 지배적인 과학 인식을 비판적으로 사유하고자 하는 시도로 볼 수 있다.

　1960년대 본격 SF 소설들의 결말이 미진한 다른 이유로 한국형 SF 소설의 작법이 정립되지 못한 점을 지적할 수도 있겠다. 특히 「아이스만 견문기」는 본격 SF 창작 소설의 첫 작품이라는 점과 김광

39　이러한 탈식민주의 문화전략은 북한의 SF 작품들이 취하는 '폐기(abrogation)' 전략과 대비된다. 복도훈, 「북한 과학환상소설과 정치적 상상의 도상(icon)으로서의 바다 :『바다에서 솟아난 땅』,『푸른 이삭』,『두 개의 화살』,『검은 유전의 안개』를 중심으로」,『국제어문』제65집, 국제어문학회, 2015.06, 83쪽.

40　문만용, 「'전 국민의 과학화운동' : 과학기술자를 위한 과학기술자의 과학운동」, 김근배 외, 김태호 편,『'과학대통령 박정희' 신화를 넘어 : 과학과 권력, 그리고 국가』, 역사비평사, 2018, 166-170면.

식이 아동·청소년 SF 소설 창작에 별다른 관심이 없었음을 전제하면 더욱 그러하다.

그러나 「아이스만 견문기」는 작품 내적으로 볼 때, 어디까지나 납치-귀환 모티프를 주서사로 하므로 그 결말은 귀환 후일담이 될 수가 없다. 귀환 이후 독자에게 제시될 메시지는 이미 피랍자인 손용성의 외계 체험 안에 이미 모두 내재되어 있기에 서술자의 내포독자를 향한 경고는 이미 실현된 셈이다. 더욱이 귀환 뒤 외계 침공의 가능성을 폭로한다 하더라도 외계 체험을 '걸리버 여행기'와 같은 허구로 보거나 손용성을 '정신이상자'로 취급할 것이 뻔한 한국 사회가 그의 말을 귀담아들을 가능성은 거의 없다. 또한 1950년대 후반에서 1960년대에 이르는 미국과 소련 간의 우주 진출 담론은 냉전의 일환으로 수행되고 있는 일종의 유사전쟁적인 성격을 띠고 있는 것이자 그러한 우주 진출을 이데올로기 홍보 수단으로 삼고 있는 상황이었기 때문에 우주 너머 외계의 위험성을 경고하는 전언은 은폐될 수밖에 없다. 그러하기에 손용성이 고작 할 수 있는 일이란, 친구인 '나'에게 외계 체험담을 진실로 알아달라며 전하는 것뿐이며[41] 귀환 후일담은 외화의 형태로 작품 초반부에 배경처럼 잠깐 제시되는 데 그쳐질 수 있을 뿐이다. 귀환 후일담의 약화는 손용성의 체험에 대한 신뢰와 그가 인류에게 전하는 경고가 애초부터 이루어지지 못

---

41 손용성의 말을 들은 '나'는 "이십세기에도 「가리바」와 같은 여행을 한 실제의 인간이 있다는 것을 우리는 믿어도 좋고 믿지 않아도 좋다"(「아이스만 견문기」, 352쪽)면서 손용성의 체험담을 독자에게 전한다.

할 것임을 작가가 판단한 결과다. 고도로 발달한 과학기술력을 가진 외계 국가들이 미국과 소련의 알레고리라 한다면, 이 소설의 약한 귀환 후일담은 손용성의 경고 불가능성을 보여주는 것이면서, 그 미진한 서사 형식 자체가 과학기술문명의 냉전 이데올로기 추종에 대한 경고의 메시지를 전하는 것이 된다.

한편, 이 작품이 전하고자 한 냉전에 따른 전쟁 가능성의 우려는 전쟁 수행자, 즉 군인에 대한 부정적 시선을 보여주고 있는 데서도 확인된다. 이 작품에서 군인은 수많은 인명과 재산 피해를 야기하지만 그에 대한 어떠한 죄책감도 가지지 않고 "잡담을 하면서 담배같은 것도 피우고 커피같은 것도 마시면서 단추를 누르"(362쪽)는 인간성이 상실된 존재들이다. 심지어 공군장교는 '손용성'에게 직접 유도탄 발사 단추를 누르라고 권유하기까지 한다. 손용성이 이를 거부하고 사진기로 건물이 폭파되는 장면을 찍자 그를 '문명인'으로 추켜세우는 것도 군인들이다. 이러한 김광식의 군인에 대한 묘사는 4월혁명 이후 군인을 긍정적인 대상으로 인식하고 있는 상황에 대한 비판을 함축한다.

4월혁명 당시 군인들은 경찰과 다르게 민간인에게 발포 사격을 하지 않고 '침묵의 데모대'(이만갑이 군인을 가리켜 『사상계』 1960년 6월호에서 쓴 글의 제목)[42]로 자중함으로써 대중적 호의를 얻고 있었다. 혁명 직후 『사상계』 필진들도 군인을 긍정적인 시선으로 바라보

---

42 이만갑, 「군인=침묵의 데모대」, 『사상계』 1960년 6월호, 73쪽.

사진 9.4 ‖ 4월혁명 당시 상황을 화보로 전한 『동아일보』 1960년 4월 26일 자(조간) 3면 화보. 화보에는 6장의 사진을 배치했는데, 이 중 ③번과 ⑥번 2장의 사진은 시민에게 발포한 경찰을 보여주고 있다.

고 있었다. 『사상계』 1960년 5월호에서 박이문은 「한국이 본 영웅」이라는 글을 통해 프랑스 군인 '크로오드 바레스'를 소개한다. 그는 바레스를 한국전쟁에 참전한 영웅적 인물로 호명하는 한편, 한국 젊은이들이 귀감으로 삼아야 한다고 역설한다.[43] 한국 군인을 직접 거론한 것은 아니지만, 다분히 환유적인 방식으로 군인에 대한 호감을 표현한 것이라 할 수 있다. 1960년 6월호에 이만갑과 민석홍은 더욱 직접적으로 군인에게 긍정적 이미지를 부여한다. 그중 민석홍은 「현대사와 자유민주주의」라는 글에서 4·19의 결과로 학생이 선봉이 되어 혁명 세력의 주류를 이루었지만, 혁명이 성공할 수 있었던 배경에는 미국정부의 호의적인 충고와 특히 계엄군의 동정적인 중

43　박이문, 「한국이 본 영웅 : 크로오드·바레스에 죽음」, 『사상계』 1960년 5월호, 306-308쪽.

립이 중요한 역할을 수행했다고 평가한다.[44] "군(軍)은 계속해서 사회적 불안의 원인이 되어있다"[45]는 외부의 우려를 귀담아듣는 이는 없었다. 5·16군사 쿠데타 직후 "군인은 혁명 못한다"[46]고 했던 함석헌과 달리, "한국의 군사혁명은… 많은 후진국 국민들의 길잡이요, 모범으로 될 것"[47]이라 했던 장준하처럼 대다수가 5·16에 호응할 수 있었던 배경에는 이와 같은 군인에 대한 긍정적인 인식이 먼저 광범위하게 자리 잡고 있었던 것과 관련된다 하겠다.

〈아이스만 견문기〉는 4월혁명의 성공 원인에 군의 중립이 있었다 하더라도 그 공이 군인으로 하여금 전쟁 수행의 역할을 포기하게 하는 것은 아님을 은연중에 시사한다. 또한 전쟁 기계를 다루는 문명인=군인으로 형상화함으로써, 근대국민국가 건설을 당위로 삼아 무비판적으로 추종하는 당대의 인식에 회의적 시선을 보낸다.

이처럼 김광식의 「아이스만 견문기」는 『사상계』뿐 아니라 당대의 지배적인 인식에 대한 비판과 부정 정신을 SF적 상상력에 기대어 형상화한 작품이다. 그러나 주체적인 시선으로 본격 SF 서사를 읽어내는 것이 생소했던 당대에 이 짧은 작품이 지닌 메시지가 대중적 파급력을 갖기는 어려웠다. 결국 「아이스만 견문기」는 1950~60

---

44 민석홍, 「현대사와 자유민주주의 : 4월혁명의 이해를 위하여」, 『사상계』 1960년 6월호, 97쪽.
45 D·와너, 「이승만 없는 한국」, 『사상계』 1960년 11월호, 90쪽. 이 글은 저널리스트 Denis Warner가 *the Report*지의 1960년 9월 15일 자에 게재한 전문을 옮긴 것이다.
46 함석헌, 「5·16을 어떻게 볼까?」, 『사상계』 1961년 7월호, 47쪽.
47 장준하, 「권두언 : 5·16 혁명과 민족의 진로」, 『사상계』 1961년 6월호, 35쪽.

년대 지식인 담론을 주도했던 『사상계』에 발표되었음에도 불구하고 사람들의 뇌리에서 빠르게 잊힌 비운의 작품이 되고 말았다. 이는 SF 서사 읽기가 아동·청소년을 주독자로 하는 단순 흥미 위주에서 자유롭지 못했기에 SF적 상상력이 제시하는 함축적 메시지를 정치하게 추려내는 것이 당대 독자들에게 익숙하지 않았던 점 때문일수도 있겠고 작품에 함의된 낙관적 과학주의와 군인에 대한 비판적 거리 두기가 당대 독자들에게 실감의 차원으로 귀결되지 못하고 허구의 세계 안에 갇힘으로써 설득력을 가지지 못한 작품 내적 한계가 가져온 결과로도 이해될 수 있을 것이다.

『사상계』에 SF 소설이 실려 있다는 사실은 상당히 이채로운 것처럼 보인다. 그러나 작가 김광식이 사실상 『사상계』가 배출한 첫 번째 신인 작가라는 점[48], 1960년을 전후한 내외적 환경이 충분히 본격 SF 소설을 쓸 수 있도록 추동되고 있었다는 점을 감안하면 그리 놀라운 일은 아니다.

SF나 환상에 기반을 둔 서사물들은 현실로부터의 도피나 위무를 수행하기 위한 것이 아니라 현실의 감추어지고 억압된 한 부분을 또 다른 현실의 재현으로 드러내는 것이다. 환상의 영역은 현실 질서 속에서 억압된 정치적 무의식이 표출될 수 있는 장소가 될 수 있다.[49] 김광식은 낙관적 과학주의나 군인에 대한 긍정적인 이미지 부여 방

---

48   김광식, 「「사상계」와 나」, 79쪽.
49   이경재, 「이제하 초기소설의 현실묘사 방법과 그 의미」, 『인문과학연구논총』 제33호, 명지대학교 인문과학연구소, 2012.02, 130쪽.

식이 지배적인 당대의 상황을 SF적 상상력으로 비판함으로써 문제를 제기했다. 이는 궁극적으로 당대의 냉전 이데올로기 체제에 대한 거리 두기를 함축한다. 그러나 한국전쟁 이후 경제 재건이 가장 절실했고 근대화 추동 논리가 무엇보다 선행했던 한국의 상황은 과학을 통한 근대화 달성, 군조직을 통한 사회 질서 체제 확립 외에 뾰족한 대안을 갖지 못했다. 현실의 바깥과 현재 이후를 상상하는 SF가, 그리고 〈아이스만 견문기〉가 아이로니컬하게도 멈추어버린 지점은 바로 여기다. 그러하기에 〈아이스만 견문기〉의 SF적 상상력은 일정 부분 당대의 한 증상으로 읽을 수 있는 여지가 있다.

지금껏 많은 연구들이 1960년 4월혁명 이후 한국 사회의 중핵을 들여다보려는 우회적인 경로로 환상적 경향의 작품들을 검토해 온 것은 주지의 사실이다. 그러나 정작 혁명 직후 얼마 지나지 않은 시기에 발표된 「아이스만 견문기」는 제외되어 있었다. 「아이스만 견문기」의 존재는 1960년대를 파악하는 단초를 제시해줄 수 있을 뿐 아니라 한국 SF 문학사를 좀 더 풍성히 채우는 데도 일정 부분 이바지할 수 있지 않을까 기대한다.

(손남훈)

〈인명〉

ㄱ

간디Mahatma Gandhi 39, 232, 315, 316, 317, 318

강봉식 23, 30, 35, 183, 189, 190, 192

구중서 161, 162

그람시Antonio Gramsci 186

김광식 355, 356, 357, 358, 359, 360, 361, 365, 368, 369, 377, 378, 380, 381, 383, 384

김법린 43

김병걸 149, 150

김병기 23, 181, 182, 189, 192, 321, 322

김붕구 149, 158, 335

김상돈 133

김석작 130

김성한 23, 24, 26, 183, 188, 189, 190, 191, 192, 193, 194, 196, 197, 207, 330, 332, 335, 357

김수영 149, 150, 151, 152, 153, 154, 155, 156, 157, 158, 159, 160, 162, 163

김승옥 162, 170, 266, 267, 272

김승한 234, 235

김영록 90, 119, 191, 192, 196, 309

김영삼 121, 135

김우종 149, 369

김운용 132

김윤식 155, 158, 160, 161, 162, 163, 238, 239

김윤주 360

김종필 211, 218, 220, 221, 222

김준엽 24, 25, 26, 30, 70, 183, 184, 188, 189, 190, 191, 192, 193, 194, 207

김지하 168, 169, 172, 173

김철수 209

김현 150, 161, 162, 163, 272

김형석 207

김홍철 141, 142

ㄴ

네루Jawaharlal Nehru 315, 316, 317, 323

노재봉 130

닉슨Richard Milhous Nixon 121, 139, 140, 141, 142

ㄹ

로스토우Walt Whitman Rostow 90, 259

〈용어〉

민족문화 학술총서를 내면서

21세기의 새로운 미래를 향해 나아가는 현시점에서 한국학 연구는 새로운 전기를 맞이하고 있다. 한국은 물론이고, 아시아·구미 지역에서도 한국학에 대한 관심은 고조되고 있으며 여러 분야에서 다각도로 심층적인 분석이 이루어지고 있다. 이러한 추세에 발맞추어 우리나라의 한국학 연구자들도 지금까지의 연구를 기반으로 하여 방법론뿐 아니라, 연구 영역에서도 보다 심도 있는 연구가 요청되고 있는 형편이다. 따라서 우리는 동아시아 속의 한국, 더 나아가 세계 속의 한국이라는 관점에서 민족문화의 주체적 발전과 세계 문화와의 상호 관련성을 중시하는 방향에서 연구를 진행하여야 할 것이다.

본 한국민족문화연구소는 한국문화연구소와 민족문화연구소를 하나로 합치면서 새롭게 도약의 발판을 마련한 이래 지금까지 민족문화의 산실로서 중요한 역할을 수행해 왔다. 그런 중에 기초 자료의 보존과 보급을 위한 자료총서, 기층문화에 대한 보고서, 민족문화총서 및 정기학술지 등을 간행함으로써 연구소의 본래 기능을 확충시켜 왔다. 이제 이러한 성과를 바탕으로 한국학 연구자의 연구 성과를 보다 집약적으로 발전시켜 나아가기 위해서 민족문화학술총서를 간행하고자 한다.

민족문화학술총서는 한국민족문화 전반에 관한 각각의 연구를 체계적으로 정리함으로써 본 연구소의 연구 기능을 극대화하는 역할을 할 것으로 기대한다. 또한 본 학술총서의 간행을 계기로 부산대학교 한국학 연구자들의 연구 분위기를 활성화하고 학술 활동의 새로운 장이 되기를 바란다.

아울러 본 학술총서는 한국학 연구의 외연적 범위를 확대하는 의미에서 한국학 관련 학문과의 상호 교류의 장이자, 학제 간 연구의 중심 기능을 수행함으로써 명실상부한 한국학 학술총서로서 자리잡을 수 있도록 해야 할 것이다.

부산대학교 한국민족문화연구소

저자 소개

김려실(金麗實, Ryeosil Kim)

부산대학교 국어국문학과 교수. 연세대학교 국어국문학과를 졸업하고 같은 학교 대학원에서 「영화소설연구」(1999)로 석사학위를 받았다. 일본 교토대학 인간·환경학 연구과에서 「영화와 국가 : 한국영화사(1901~1945)의 재고」(2006)로 박사학위를 받았다. 부산대학교에서 희곡, 시나리오, 영상문학을 가르치고 있으며 비교문화사의 관점에서 한국문학과 한국영화를 연구해왔고 동아시아 냉전문화 연구로 관심 영역을 확장하고 있다. 지은 책으로『일본영화와 내셔널리즘』,『투사하는 제국 투영하는 식민지』,『만주영화협회와 조선영화』,『문학과 영상예술의 이해』(공저),『문화냉전 : 미국의 공보선전과 주한미공보원 영화』등이, 옮긴 책으로『문화냉전과 아시아 : 냉전 연구를 탈중심화하기』,『전후일본 단편소설선 : 갈채』(공역) 등이 있다.

김경숙(金敬淑, Kyoungsook Kim)

문학박사. 부산대학교 국어국문학과에서「『사상계』의 문예 전략 연구」(2019)로 박사학위를 받았다. 발표 논문으로「신문소설의 영화적 변용연구 : 정비석의『자유부인』그리고 한형모의〈자유부인〉」(2018),「한국 연극사에서『사상계』의 위치연구 : 연극전문지 공백기(1950~60년대)의『사상계』극문학 수록양상 중심으로」(2018),「『사상계』의 편집 양식과 담론연구(1)」(2018) 등이 있다.

손남훈(孫南勳, Namhoon Son)

부산대학교 국어국문학과 조교수. 부산대학교 국어국문학과를 졸업하고 같은 학교 대학원에서「이형기 시의 소멸 의식 연구」(2005)로 석사학위를,「『한양』게재 재일 한인 시의 주체 구성과 언술 전략」(2016)으로 박사학위를 받았다. 부산대학교에서 문학개론, 시론, 영상문학, 지역문학을 강의하고 있으며 비평 계간지『오늘의문예비평』편집위원으로 활동하면서 동시대 문학과 문화예술 비평에도 관심을 기울이고 있다. 지은 책으로는『루덴스의 언어들』,『불가능한 대화들』(공저),『비평의 비평』(공저),『비평적 시선이 가닿은 현장』(공저) 등이 있다. 2008년『부산일보』신춘문예 평론에 당선되었고 2014년 제12회 봉생청년문화상, 2018년 제11회 청마문학연구상을 수상했다.

이시성(李市成, Siseong Lee)

부산대학교 국어국문학과 박사수료. 부산대학교 국어국문학과 졸업 후 동 대학원에서「4·19 소설의 주체 구성과 젠더 양상」(2015)으로 석사학위를 받았다. 발표 논문으로「김승옥의 '60년대式' 생존방식」(2017),「대학생 담론을 통해 본 1960년대『사상계』의 담론 지형 변화」(2020)가 있으며, 지은 책으로『문학과 영상예술의 이해』(공저)가 있다.